W0379109

ALLER LAND

ROB COWEN

ALLER LAND

Aus dem Englischen von
Christine Ammann

Matthes & Seitz Berlin

Schon um ein Feld oder ein Gelände wirklich kennenzulernen, braucht man ein ganzes Leben ... Eine Lücke in der Hecke, ein glatter Stein auf einem Pfad, der Anblick einer buschigen Wiese, der Bach, wo die vier kleinen Felder aufeinanderstoßen – mehr kann ein einzelner Mensch in seinem Leben nicht wirklich kennenlernen.

Patrick Kavanagh,
The Parish and the Universe

INHALT

DAS VIADUKT
DER NIDD
BILTON BECK
DIE
KLÄRANLAGE
DIE ALTE BAHNTRASSE
BILTON

DAS WEHR
DER HOHLWEG
DAS GUT
BILTON
HALL
DER WEG
NE
N
W
E
S
NICHT
MASSSTABSGETREU

VORWORT

SILVESTERABEND

Landkarten verändern uns. Sie machen uns zu Vögeln. Auf einmal erkennen wir die Muster, in denen wir leben, und unsere Käfigtür schwingt auf. Vielleicht wäre all das ohne diese gebrauchte Landkarte, ein Weihnachtsgeschenk, gar nicht passiert. Es war Silvester, ich lag erschöpft auf dem Bett, die zerknitterte Stadt vor mir ausgebreitet. Mehr noch als die Tage zuvor fühlte ich mich eingeengt, eingesperrt. Ich musste einfach raus. Von dort, wo ich mein neues Zuhause umkringelt hatte, flog ich auf, schwebte über unbekannte Dächer und Straßen, vorbei an Geschäften, Schulen, Friseuren und Buchmachern, und suchte nach dem nächsten Stück Landschaft. Die Vorstadt unter mir kroch einen flachen Hügel hinab, dahinter erstreckte sich ein endloser Flickenteppich aus scharf umrissenen Äckern. Doch dazwischen eingeklemmt lag, wonach ich suchte: ein weißer Fleck mit Baumsymbolen und einem krampfaderartigen Fluss. Dort wollte ich hin. Und nun lief ich langsam, Schritt für Schritt, die Augen aufs Papier geheftet, über den gefrorenen Boden.

Als ich mich durch den Stop-and-go-Verkehr der Ringstraße kämpfte, läutete irgendwo eine Glocke. Es war fünf. Von den sinkenden Temperaturen nach unten gedrückt, waberten Auspuffgase wie Nebel durch die Straßen. Der regennasse Boden wurde immer mehr zur Rutschbahn, der Rasen hatte vom Frost Federn bekommen. Eine seltsame, von brennender Kohle beflügelte nachweihnachtliche Melancholie hatte sich der Stadt bemächtigt. Unbeachtet verschwand hinter den Giebeldächern, Schornsteinen und Telegrafenmasten eine runzelige Sonne. Ich lief weiter, vorbei an einem Plastikweihnachtsmann auf einem Dach ganz ohne Schornstein, dann durch eine Schlucht, in der Straßenlaternen Spalier standen. Aus der viktorianischen Architektur rechts und links wurden schließlich Nachkriegsdoppelhaushälften und dann neuere Backstein-Einfamilienhäuser an vollgeparkten Stichstraßen. Nachdem ich etwa einen guten Kilometer gegangen war, wurden sogar Vorgartenmäuerchen und Gartenhecken seltener, und in den Lücken türmte sich die nächtliche, nasskalte nordenglische Landschaft wie eine riesige schwarze Welle vor mir auf.

Am Fuß des Hügels wurde die Straße dann plötzlich von einem unebenen Weg zerteilt. Unerschütterlich durchtrennte er sie mit der typischen Arroganz des 19. Jahrhunderts. Hier verlief definitiv eine Grenze, wie auch Lichtverhältnisse und Vegetation zeigten. Dahinter war das Land in Düsterkeit gehüllt. Doch zwischen dem kahlen Buschwerk aus Schlehdorn, Esche und spinnenbeinigem Holunder konnte ich etwas erkennen: rußgeschwärzte Sandsteinmauern, genietete Eisenplatten und einen überwucherten Erdwall. Ein Wort drängte sich auf: *Eisenbahn*. Ein Schritt, und ich hatte das helle Licht und die Geradlinigkeit der Straßenlaternen und Backsteine verlassen, stand zwischen dunklen Büschen und Bäumen, deren hauchdünne Zweige über dem Weg hingen, wie Haare über einer Wunde. Der Bahndamm erfüllte ungewollt eine neue Aufgabe und markierte nun den Höchstwasserstand der Zersiedlung: An seine eine Seite plätscherte die Stadt, mit unzähligen klapprigen Zäunen und Müllsäcken, die von Brombeerbüschen ausgeweidet waren. Doch auf der anderen Seite löste sich die Stadt in eine Art Wildnis auf. Dort erstreckten sich vom Winter gezeichnete Wiesen und Felder und dahinter bewaldete Flächen, dann tauchte wieder der Boden auf, in Form von Feldern und Hügeln, und endete schließlich in einem makellosen Horizont.

Ich kauerte mich neben einen Zaun, um die Landschaft ausgiebig zu betrachten. Nichts rührte sich. In der Ferne konnte ich die Umrisse von Lärchen, Strommasten und Scheunen erkennen, aber nichts

Genaues. Die Straße, der ich gefolgt war, verengte sich, führte an einem gedrungenen Gasthaus vorbei, das in einer Mulde lag, und verlor sich schließlich zwischen Feldern. Aus Asphalt wurde ein Weg, aus dem Weg irgendwann bloße Erde. Den Übergang markierten zwei etwa dreißig Meter hohe Eichen rechts und links der Straße, deren Äste sich hoch über mir zu einem Dach verflochten. Sie bewachten eine vergessene Welt. Doch ich kannte diese Welt. Den Siedlungsrand. Das Niemandsland zwischen Stadt und Land. Wo das eine aufhört, ohne dass das andere beginnt.

Ich könnte nicht sagen, was mich so angezogen hat, nur, dass ich wieder dorthin zurückmusste. Das Niemandsland rief. Vielleicht lag es ja an einem Krümel Erde, der an einem Starenfuß klebte, tief in meinen Atemapparat gelangt war, in meinem Blutkreislauf zirkulierte und nun im Schläfenlappen als Auslöser fungierte. Jedenfalls zog es mich dorthin, wie eine Biene zum Bienenstock. Es war jetzt schon einige Wochen her, dass ich London leichten Herzens verlassen hatte, voller Vorfreude auf Yorkshire, wo ich aufgewachsen war. Doch anders als erwartet erwies sich der Umzug nicht als Befreiung, sondern als Gefängnis. Ein endloser Kreislauf aus Arbeit, Wändestreichen und Kistenauspacken hatte mich zu lange gefangen gehalten, zu lange hatte ich unruhig in nach Farbe stinkenden Räumen geschlafen, mit trockener Kehle und benommen von der Kälte, die durch die offenen Fenster drang. Während ich Dinge durchforstet hatte, die auf einmal zu einem fremden Leben zu gehören schienen, war unversehens wieder ein Tag vergangen. Ich kam kaum vor die Tür. Schon bald wurden die Tage kürzer und trüber, und es wurde noch schwieriger, die neue Umgebung zu erkunden. Mein ganzer Alltag war völlig auf den Kopf gestellt. Selbst die Lichtschalter saßen an der falschen Stelle. Den Schlüssel zu meiner Londoner Wohnung zurückzugeben, war, wie ich feststellen musste, doch ein großer Schritt gewesen: von der Gegenwart zurück in die Vergangenheit. Sämtliche Karten, die mich durchs Leben, zur Arbeit, zu Straßen, Cafés, Wohnungen, Parks und Kneipen geführt hatten, waren plötzlich sinnlos geworden. Sie zeigten eine Gegend, die 350 Kilometer weiter südlich lag. Nun hing ich irgendwo dazwischen, zwischen zwei Zeiten, Orten und Leben.

Klar, alles ändert sich, die Natur selbst ist ständig im Fluss, dennoch verdrängen wir die unangenehmen Hinweise auf die größeren Kreisläufe gern. Wir halten uns lieber an der Vorstellung einer beherrschbaren Beständigkeit fest. Unsere Uhren ticken im Takt des anthropozentrischen Lebens: Neun-bis-fünf-Uhr-Mühle, Karriereziele, Arbeitswoche, Samstagabendvergnügen, der Sommerurlaub, die Hypothek über 25 Jahre, Lebensversicherung und Ruhestand. Das ist der Takt, den uns die Werbung vorgibt. Doch als ich auf dieses Gelände blickte, schien all das plötzlich unwichtig. Auf einmal war Zeit ein vollkommen anderes Tier, so gleichgültig wie ein Reh, das unbeachtet durch den Wald springt. Woran hätte ich auch messen sollen, wie viel Zeit verging, als eine Sirene durch die Stadt heulte und dann wieder vollkommene Stille eintrat? Mit dem Einbruch einer kalten, klaren, tiefschwarzen Nacht kam die Euphorie. Mein Nacken kribbelte; ich fühlte mich wie in einer anderen Welt, vor Freude und Schrecken benommen angesichts von etwas, das größer war als ich selbst. Als sich das Adrenalin verflüchtigte und mein Puls sich langsam wieder beruhigte, glaubte ich kurz, mein Körper habe sich an den tiefen Rhythmus der Dunkelheit angepasst und zur Natur zurückgefunden.

Zurückfinden ist genau das richtige Wort, denn lange habe ich die Ränder geliebt. Als Kind bin ich über die Zäune meiner Heimatstadt gesprungen, durch den struppigen Halbschatten zwischen Stadt und Land gestreift. Ich habe nur einzelne Bilder im Kopf: wie ich nachts über dem Lichtermeer der Häuser Dachsbauten beobachte, wie sich an meinem Schulschuh mit Schnalle eine Grasnatter vorbeischlängelt oder, während die Autos oben über die Brücke donnern, ein Eisvogel saphirblau aufblitzt. Weil die Zivilisation gleich nebenan lag, wirkten die städtischen Nahtstellen wie ein weitläufiges, exotisches Reich verdichteter Wildnis. Wenn im Frühling die Bäume ausschlugen oder im Herbst die Farnwedel abstarben, fühlte ich mich lebendig und vollkommen im Hier und Jetzt. Und das konnte für jemanden, der in den 1980er-Jahren in Großbritannien aufgewachsen ist, ein lebendiger Gegenpol zur zunehmend vorgefertigten Wirklichkeit aus Klassenzimmer, Küchentisch und Fernsehen sein.

Natürlich hätte ich das damals nicht so erklären können. In den kompromisslosen Thatcher-Jahren, die unverwandt in eine aalglatte

Zukunft blickten, galt der Stadtrand eigentlich als wertlos, zusammengestoppelt und vermüllt. Privateigentum und raubeiniger Kapitalismus erlebten einen neuen Höhepunkt. Die Ränder rutschten nicht nur ab, sie selbst waren der Sturzhang. Im besten Fall arbeitsscheu oder unzufrieden. Im schlimmsten Fall gefährlich. Von den Eltern wurde man regelmäßig vor tetanusverseuchten Bierdosen, gebrauchten Kondomen und Heroinnadeln gewarnt, und glaubte man den Lehrern, lauerte in sämtlichen Teichen die Weil-Krankheit und in jedem Wald ein Pädophiler. Vielleicht lag es an der Verbreitung solcher Mythen, dass meine Generation die letzte war, die diese Nischen noch für sich erobert und ihnen Bedeutung verliehen hat. Denn schon damals war die Verlagerung des sozialen Lebens in die Innenräume in vollem Gang. Als der erste meiner Freunde einen Fernseher und Videorekorder in seinem Zimmer stehen hatte, saßen wir Tag für Tag andächtig verstummt davor. Als wäre Gott persönlich auf die Kommode herabgestiegen. Zum ersten Mal *Star Wars* zu sehen, war für uns so bewusstseinsverändernd und spannend, als wären wir selbst durchs All geflogen. Das Niemandsland zwischen Stadt und Land verödete nun noch weiter, manchmal sahen wir es noch aus den Augenwinkeln zucken, aber selten aus der Nähe. Nur ab und an tauchten ein Rain mit Sandbirken oder ein Blumenbüschel neben unserem Zug oder Auto auf, wie ein vage erinnerter Traum.

Sicher liegt es in der Natur der Ränder, dass sie immer wieder neu gezogen werden, aber die Siedlungsränder wurden besonders erbarmungslos umgebaut. An den von mir so geliebten Orten wurde das Ende der 1980er-Jahre von Projektentwicklern erledigt – etwa zur selben Zeit, als ich auf die Schule in der Stadt wechselte. Bagger rollten an, zerknickten und zerquetschten Bäume und Farngestrüpp, an ihre Stelle traten dicht an dicht stehende Stadtvillen und Doppelgaragen. Man rollte Rasen aus, und wo einst das Gebüsch mit den Dachsbauten war, wuchsen nun romantische Blumenrabatten. Ein komisches Gefühl, der buchstäblichen Demontage der eigenen Kindheit zuzusehen. Doch auch meine Beziehung zu den Rändern hatte sich verändert. Mein innerer Kompass zeigte nun auf die neue aufregende Welt der Jugend. Aber wer die Ränder einmal erkundet hat, kann sie nicht mehr wirklich vergessen. Mögen sie manchmal auch aufgekauft und zurechtgebogen werden, wer danach sucht, wird sie auch finden.

Irgendwo bellte ein Hund. Wie lange saß ich wohl schon in der Dunkelheit? Wo war ich überhaupt? Ich fischte die Karte aus meiner Jackentasche und fand dank des leuchtenden Handydisplays schließlich die Wiese, auf der ich mich befand. Wiesen und Felder verliefen einen knappen Kilometer in nordwestlicher Richtung an der alten Bahntrasse entlang und trafen schließlich auf einen mäandernden Fluss, der sich ostwärts schlängelte. Bahntrasse und Fluss begrenzten an zwei Seiten eine etwa einen Quadratkilometer große Fläche, die die Form einer Harfe besaß. Mit Mühe konnte ich zudem erkennen, dass direkt vor mir ein schmaler Weg abzweigte. Ich sah nicht viel mehr als eine Lücke zwischen Bäumen, aber er musste meiner Schätzung nach an der Ostseite der Fläche bis zum Fluss verlaufen und somit die dritte Seite des schmalen, auf dem Kopf stehenden Dreiecks bilden. Als ich das Gelände so daliegen sah, packte mich der Drang, es zu erforschen, mich in etwas zu begeben, das wie ich weder dahin noch dorthin gehörte. Ich hievte mich hoch und sprang wieder über den Zaun.

Der Weg war bedrückend dunkel. Aus Asphalt wurde schon bald ein unebener Pfad. Die dürren Bäume, schwärzer als der nächtliche Himmel, rückten näher. Ich tastete mich gerade über einen Bachlauf, als fahles Mondlicht auf den Boden fiel. Offenbar war ich auf die Zufahrt eines leerstehenden Hauses geraten. Haselbüsche und Buchen bildeten zerklüftete Wände; Hundespuren waren abgewetzte Stellen auf einem frostigen Teppich. Hundert Meter weiter stand ich plötzlich wieder vor Feldern, erstarrt und schwarzgrau, aus denen eine wangenbetäubende Kälte aufstieg. Zu meiner Linken verschwanden die Strommasten, aneinandergeseilt, in der Düsternis. Sie erinnerten mich an Bergsteiger, die bei Schneesturm einen Gletscher überqueren. Der Weg war nun wenig mehr als ein silberner Faden und fädelte sich an einer ausgefransten Schlehdornhecke entlang, die nach etwa einer Feldlänge mit der gegenüberliegenden Weißdornhecke zusammenstieß. Die Hecken bildeten unmissverständlich einen Hohlweg, der die geheimnisvolle Anziehungskraft alter Wege besaß: In dem Bewusstsein, in jahrtausendealte Fußstapfen zu treten, zog es mich dort hinein.

Woher weiß man, dass ein Haus leer steht, ohne überhaupt angeklopft zu haben? Ein Gefühl? Bestimmte Reize in einer bestimmten Zusammensetzung? Man weiß es jedenfalls. Und genauso war es mit dem Heckentunnel. Der Weg wirkte wie aus der Zeit gefallen, verlassen und verloren. Steinquader am Boden zeugten davon, dass er schon vor Jahrhunderten für Hufe und Karren tauglich gemacht worden war. Als ich mit dem Arm eine Stechpalme streifte, hörte ich die Männer flüstern, die diesen Pfad zu einer Zeit freigeschlagen hatten, als England noch vollständig bewaldet war. Als ich weiterging, dann ein anderes Geräusch: ein Zischen wie von einem Schnellkochtopf. Plötzlich stieg die Wegböschung an, der Weg fiel stark ab, und ich fand mich in einem bewaldeten Tal wieder. Es roch streng nach Fluss, also wusste ich, dass ich die nördliche Grenze erreicht hatte.

Und da sah ich die Flussbiegung auch schon. Unten im Tal schien sie durch die Stämme, schimmernd wie Zinn, mit den Patinaflecken gespiegelter Bäume. Das Zischen, erkannte ich, stammte von einem breiten, steinernen Wehr, über das sich sprudelndes Wasser ergoss. Doch die Unterbrechung währte nur kurz. Nach gut einem Meter lag das Wasser schon wieder ruhig da, und ich wandte mich nach links und lief, in ähnlichem Zustand, in einen schwarzen Wald. Dort gab es nur eine andere Farbe: Um die Wurzeln einer Erle hüpfte ein blauer Düngersack. Aber auch müllbesudelt schien der Fluss von einer hartnäckigen Kraft: Beharrlich und beständig schob er sich durch das tiefe, stille Gestein. In der Schwärze wirkten die Bäume dreidimensional und zugleich so flach wie auf einem kubistischen Gemälde. Knochige Wurzeln, die aus verrottendem Laub staken, entpuppten sich plötzlich als Äste auf Brusthöhe. Ferne Bäume zerkratzten mir Hände und Gesicht. Dann zerriss auf einmal hinter mir ein Fuchs den Vorhang der Wildnis. Er schrie. Unwillkürlich zitterte ich, ich atmete kleine, dunstige Wolken. Als ich dann über einen steilen Brombeerhang wieder hochgeklettert und auf der Wiese war, fühlte ich mich ebenso benommen wie berauscht und blutete. Verwirrung und Verzücken irrlichterten in meinem Kopf, und als ich über das spröde Gras zurück nach Hause lief, spürte ich so etwas wie Glückseligkeit. Hinter einem Schleier aus dunkelbärtigen Weidenröschen lag die Stadt wie eine Kruste auf dem Hügel und pulsierte verschwommen in halbtrübem, halbhellem Orangerot, Weiß und Gelb. Ab und zu heulte ein Feuerwerk, stob auf und explodierte über den Dächern. Doch alles sah jetzt anders aus, als hätte ich nur durch den Gang durchs Niemandsland schon einen anderen Blick.

Welchen Einfluss dieses Gebiet auf mich haben, wie stark es sich mit meinem Leben und meinem Bewusstsein verweben und mich verändern würde, sollte ich erst im Lauf des neuen Jahres erfahren. Zu diesem Zeitpunkt hatten mich das Gelände und seine Bewohner noch nicht erschüttert und erobert. Doch schon bei dieser ersten Begegnung spürte ich, wie mich dieser Flecken Erde verwandelte. Er löste in mir eine Faszination aus, die bald in Besessenheit umschlug. Dieses Gelände, obwohl im Schatten von zigtausend Häusern, war einfach anders. Es war herrenloses Niemandsland.

Viele Jahre hatte ich dort nach Wildnis gesucht, wo man sie am ehesten erwartet. Ich hatte über exklusive Nationalparks, einsame Moor- und Heidelandschaften, abgelegene Berggipfel oder wilde Küsten geschrieben – und vergessen, wie tief uns die unscharfen Orte in unserer Nähe, die Orte, wo Mensch und Natur aufeinandertreffen, berühren können. Ein Wort hatte mich allerdings schon immer begleitet: *Schichten*. Und noch ehe ich das Gelände näher erforscht hatte, wusste ich schon, dass es ein Übergang war und voller Geschichten. In das Gelände eingewebt war nicht nur das menschliche Narrativ, mit seinen Erinnerungen an die lange Verflechtung zwischen Mensch und Landschaft durch Besiedlung, Jagd, Ackerbau, Krieg, Industrie und Urbanisierung, sondern auch das pragmatische, prosaische Narrativ der Natur, die am Siedlungsrand millionenfach überlebt oder sogar prächtig gedeiht. In Wahrheit war das Niemandsland unser Aller Land. Und gerade darum umso reicher.

Später streifte ich dann zu unterschiedlichen Tages- und Nachtzeiten und von verschiedenen Richtungen aus durch das Gelände. Manchmal blieb ich, bis das letzte Licht verschwand, ein andermal wachte ich verwirrt im Dunkeln auf, unsicher, wo ich war, und die durchdringenden Käuzchenrufe ließen mich erschauern. Die Stimmen aus Feldern, Wäldern und Wiesen drangen in mein Bewusstsein und legten sich mir wie Spinnenseide auf die Haut. Wenn man einen Ort wieder und wieder besucht, gewinnt er unweigerlich an Tiefe. In der umgestürzten Kiefer, an der ich vorbeiging, sah ich auf einmal den Keimling, der sich durch matschigen Boden bohrt, ich erkannte den sozialen Stand der Leute, die neben dem Baum gesessen hatten, und wusste, dass unzählige Hunde dort das Bein gehoben und die raue Schuppenborke besprüht hatten. Ich schaute auf einmal nicht mehr als Mensch, sondern als Eintagsfliege auf den Fluss oder näherte mich einem Hasen wie ein mittelalterlicher Pelzjäger. Wenn ich den kreischenden Bögen der Mauersegler am Himmel folgte, spürte ich die Thermik wie sie. Aus dem Bedürfnis heraus, durch mehr Augen zu sehen und mehr Lebensweisen zu erleben, tauchte ich in die Geschichten derer ein, die über das Aller Land gingen, krochen oder glitten. Doch zugleich schien mir das Gelände mit seinen Schichten und Bewohnern immer stärker mit dem verknüpft, was in meinem eigenen Leben geschah.

Irgendwann hatte ich immer mein Notizbuch dabei und füllte die Seiten mit dem, was ich erlebte. Und manchmal ließ ich mich auch ins Gras fallen und träumte davon, mich zu verwandeln. Nicht weil ich verrückt geworden war, sondern im Gegenteil. Ich war bewusster, gelassener geworden und von einer Erkenntnis durchflutet: Wenn ich mich von den Ketten der menschlichen Logik und Vernunft befreien würde, so dachte ich, könnte es mir gelingen, mich in das Gelände zu versenken, und dann würde ich vielleicht keine sterile Anleitung, trockene Sozialgeschichte oder schwülstige Eloge schreiben, sondern könnte dem wahren Charakter des Geländes durch Beobachtung, geschärftes Bewusstsein und gesteigerte Sensibilität nahekommen.

Jahre zuvor hatte ich an einem anderen Fluss und steinernen Bogen gestanden: vor dem versiegelten Eingang der Chauvet-Höhle in der Ardèche-Schlucht. In den 1960er-Jahren hatte man dort über 400 zwischen 15 000 und 30 000 Jahre alte Wandmalereien entdeckt. Ein Alter, das sich kaum begreifen lässt, vor allem angesichts der Pyramiden, die vor »nur« 5000 Jahren erbaut wurden. Die Handabdrücke und zahlreichen gemalten, geschabten und eingearbeiteten Gestalten zeigen, wie die Landschaft außerhalb der Höhlenwände damals aussah. Wie das *Leben* damals aussah. Heute kann man die Höhle nur noch mit schriftlicher Genehmigung des französischen Innenministeriums betreten, aber auf zahllosen hochauflösenden Fotos, in Filmen, auf interaktiven Internetseiten und sogar in einem nahegelegenen maßstabsgetreuen Teilnachbau der Höhle lassen sich die Wandgemälde gut betrachten und studieren. An einer Stelle, an der sich die pastosen Höhlenwände verengen, sieht man zahlreiche Tiere, die auf einen Fluss zustreben, und spürt geradezu das Gedränge, Gerangel und Vorwärtsströmen, mit dem sich Tiere an einer Wasserstelle sammeln. Wundersame Auerochsen und Nashörner gehen ineinander über, daneben drängen lebensnahe Pferdeköpfe ins Bild. Aus der düsteren, ebenso furchterregenden wie faszinierenden Welt tauchen Eulen, Bären und Panther auf und wechseln die Gestalt. Auch seltsame menschliche Gestalten scheinen in Wandlung begriffen. Auf einem Fels sieht man ein Paar, halb Mensch, halb Tier: einen Mann mit Bisonkopf und eine Frau mit Oberkörper und Kopf einer Löwin. Tier, Landschaft und Mensch sind zu einem heute unvorstellbaren Tier-werden verknüpft.

Ebenso wenig fühlte es sich für mich seltsam an, beim Schreiben zwischen den Narrativen hin- und herzuspringen. Wie die Wesen der Chauvet-Höhle wechselte ich die Perspektive und bewegte mich frei zwischen den Tieren, Menschen und Geschichten, die mir im Lauf des Jahres begegneten. Was ich allerdings erst später erkannte, war, dass ich nicht nur das Gelände entschlüsseln und verstehen wollte, sondern auch mich selbst. Das Porträt der Landschaft war auch ein Selbstporträt.

Als Allmende, Niemandsland, als unser Aller Land waren uns die Ränder einst besonders gut vertraut. Die Zeiten waren hart, aber die Feldmark, die unsere Siedlung, unser Dorf und unsere Stadt umgab, gab uns, was wir zum Leben brauchten. Wir ließen das Vieh dort weiden oder sammelten Reisig als Brennstoff. Es war unser gesetzlich verankertes Recht, das Gelände zu betreten und zu nutzen. Während der Eichelmast von Michaeli bis Martini ließen wir die Schweine durch die Bäume traben, wir jagten dort, schnitten Farn als Einstreu, pflückten Pilze, Früchte und Beeren, die wir für den Winter trockneten, sammelten wilden Honig oder Kastanien, um sie zu Mehl zu vermahlen. Der Siedlungsrand war damals für die Kinder ein Spielplatz und für die Liebespaare ein verführerisches Lager. Bewusst oder unbewusst verlief unser Leben im Rhythmus von Feldarbeit und Natur. Wir richteten uns, mit schmutzigen Füßen, nach Regen und Sonne, nach Tag und Nacht, nach den Jahreszeiten und den Gestirnen.

Der Mensch ist ein Gewohnheitstier, und darum suchen wir auch heute noch die Ränder auf, wenn wir uns erholen, neu orientieren oder wieder Lebenskraft schöpfen wollen. Nur stehen uns dafür mittlerweile größere, virtuelle Welten zur Verfügung: Clouds, Reality-Shows, 3D-Filme, Multiplayer-Spiele, Onlineportale oder Social Media. Dort ist heute unser Aller Land, dort treffen wir uns, arbeiten, jagen, spielen, lernen und verlieben uns sogar. Im Vergleich zu früher ist unsere Welt größer, aber auch kleiner geworden; wir sind mit der ganzen Welt verbunden, aber zugleich isoliert, wir sind allwissend, aber wissen eigentlich nichts. Wir schwimmen durch die endlosen Weiten eines flachen Cyberspace; alles ist Geschwindigkeit und Oberfläche. Ich wollte darum einmal einem überschaubaren Flecken Erde, den zumindest global gesehen nur wenige kennen, geschweige denn besuchen, genauer auf den Grund gehen. Das schien mir wie ein Gegenentwurf. Und immens wichtig. Wie Sie sehen, glaube ich noch immer an die Bedeutung der Ränder. Denn an den ausgefransten Rändern vor unserer Haustür und hinter unseren Zäunen, wo Mensch und Natur aufeinandertreffen, zeigt sich im Kleinen unsere große, gewaltige Welt, die den Rändern immer näher rückt. Das Aller Land erinnert uns wieder an eine grundlegende Tatsache: Wir finden die Natur nicht nur in der einsamen Bergwelt oder im Naturschutzgebiet. Wir sind überall von Natur umgeben. Sie ist in uns. Wir sind Natur.

ÜBERGÄNGE

Wieder habe ich von dem Gelände geträumt. Es erobert langsam mein schlafendes Bewusstsein. Im Traum bin ich von Kiefern umgeben oder unten am eisigen Ufer, mitten im Gestrüpp. Ich folge einem Fuchs – ein rotbraunes Fell huscht durch die Bäume. Er bleibt stehen, blickt sich nach mir um; die Augen schwarze umkränzte Löcher über einer explodierenden Sonne. Und dieser Gesichtsausdruck: die Mundwinkel zu einem »Joker«-Grinsen verzogen. Ein zögernder Schritt. *Soll ich ihm folgen?* Dann trottet er hangaufwärts und verschwindet hinter der Kuppe. Plötzlich kann ich mich nicht mehr bewegen und wache auf. Das schwache Licht einer Straßenlaterne hängt wie ein Ausrufezeichen am Himmel. Im Dunkeln zitternd ziehe ich mich an, nehme mein Notizbuch und öffne die Haustür.

Im Alltag sehen wir oft nur die Gegenwart. Wir glauben, einen Ort zu kennen, obwohl wir eigentlich nur eine bestimmte Schicht, eine Momentaufnahme kennen. Meistens fällt uns das gar nicht auf. Doch wenn wir einmal genauer hinschauen, sehen wir plötzlich vermooste Risse im Gehweg, Löwenzahnrosetten in der Auffahrt oder Gänsedisteln im Rinnstein und ahnen, dass da noch etwas anderes ist: eine weit entfernte Vergangenheit und ferne Zukunft.

Auf der Landkarte, die Ely Hargrove 1798 für seinen geschichtlichen Abriss *History of the Castle, Town and Forest of Knaresborough:*

with Harrogate, and Its Medicinal Waters gezeichnet hat, besteht meine heutige Heimatstadt eigentlich nur aus zwei Reihen niedriger Häuschen. Das Harrogate, wie wir es jetzt kennen, gab es noch nicht. Wo sich heute hügelige Straßen, Ampeln, makellose Blumenrabatten, beeindruckende Hotels, Antiquitätenläden, Kirchen und Promenaden drängen, war einst bloß Landschaft. Die Bauerngärten, Felder und Feuchtwiesen warteten noch darauf, abgegrenzt, aufgeteilt, trockengelegt und notariell beglaubigt zu werden. Die Heilquellen lockten noch nicht scharenweise ein aufstrebendes Bürgertum an, das hier Urlaub machte oder, wenn es im Textil- und Bergbaugeschäft besonderes Glück hatte, an baumbestandenen Südwesthängen große Villen baute; sie waren noch nichts als sumpfige Wasserstellen, an deren Salzkrusten die Tauben pickten. Nur der kundige Adel verscheuchte die Tiere manchmal, um vom Wasser zu schöpfen. Und die Bögen, Kuppeln und Rundungen der berühmten Kurgebäude im Regency- und viktorianischen Stil schlummerten noch in den Sandsteinfelsen und Lehmgruben der umgebenden Landschaft.

In der Rückschau sehen wir auf der Karte eine Landschaft am Wendepunkt, die, den Tod schon vor Augen, nur darauf wartet, von dichtstehenden Wohnhäusern, Hochhäusern, Supermärkten, Einkaufszentren, Kaufhäusern und Autohändlern erstickt zu werden. Aus den beiden Häuserreihen wurde in nur wenigen Jahrzehnten ein Städtchen, das Landschaft und Dörfer überwucherte und irgendwann auch eine alte Siedlung gut zwei Kilometer nördlich erreichte, die, weil sie ursprünglich zum königlichen Jagdrevier gehörte, auf Hargroves Karte nur ein grüner Klecks ist: Bilton. Die Ortschaft wurde in der zweiten Hälfte des 20. Jahrhunderts fast vollständig von der Stadt verschluckt und musste ihren keltischen Namen – Hof von »Bilain« – schließlich einer Vorstadt überlassen, die man um die verstreuten alten Gehöfte und Bauernhäuser hochgezogen hatte. Doch nun war der Hunger der gefräßigen Stadt gestillt. Zumindest bis heute dehnt sich Harrogate in diese Richtung nicht weiter aus. Bilton ist zum Siedlungsrand geworden; und das, ohne dass es irgendeinen Protest gegeben hätte: kein Aufschrei der Öffentlichkeit, keine Petition, keine Naturschützer, die sich vor Baggern aufbauen, keine Aktivisten, die von jahrhundertealten Eichen gezerrt werden. Das Land hat sich seiner »Aufwertung« nicht widersetzt. Es war schließlich seit jeher ein Ort der Vergänglichkeit und des Wandels und hat schon unzählige Anfangs- und Endpunkte gesehen.

Nachdem ich mich beim ersten Mal unvorbereitet und sozusagen kopfüber in die Landschaft gestürzt hatte, wollte ich für ein erstes Herantasten an das neu entdeckte Gelände einen methodischeren Ansatz wählen. Zunächst würde ich die sichtbaren Strukturen und Orientierungspunkte der fremden, vom Winter entblößten Welt erkunden, sie systematisch vermessen und beschreiben. Ich hatte das Gefühl, zuerst die Umrisse des Geländes genauer bestimmen zu müssen, und der logische Ausgangspunkt dafür war der westliche Rand.

Harrogate war in den 1840er-Jahren an das britische Eisenbahnnetz, das gerade erst entstand, angebunden worden. Oder besser gesagt seine Außenbezirke. Man wollte nämlich den guten Ruf der Stadt, der auf Heilwasser, sauberer Luft und majestätischen neuen Fassaden gründete, nicht durch dampfspeiende Loks und dreckige Gleise besudeln. Der erste Bahnanschluss lag darum einen guten Kilometer weiter östlich, am Fuß eines Hügels und nahe einiger alter Häuser, die ihren Namen, Starbeck, einem Bach verdankten. Der Bahnhof brachte Starbeck zum Blühen. Reihenweise schossen um Rangierbahnhof und Lokunterstand Häuser, Kneipen und Hotels aus dem Boden. Von dort fuhren die Reichen und Schönen in Pferdekutschen, ästhetisch angesehener als kohlebetriebene Loks, den Hügel hinauf und in den sauberen Kurort. Mittlerweile hatten die Finanziers und Spekulanten, vom Bahnfieber des 19. Jahrhunderts gepackt, allerdings schon einen Blick auf fernere Berge und Täler geworfen und sahen dort lukrative Strecken in Richtung Norden verlaufen.

Was die eilig gegründete Eisenbahngesellschaft Leeds and Thirsk plante, ist schon aus dem Namen erkennbar: Sie wollte das aufstrebende, mächtige industrielle Leeds mit dem abgelegenen Ripon und den Marktflecken Thirsk und Northallerton verbinden. Aus der Endstation Starbeck wurde daher schon bald eine Durchgangsstation. Mit verblüffender Geschwindigkeit verlegte man um Harrogate in einem Nord-Nordwest-Bogen neue Gleise. Man machte sich dabei die natürlichen Gegebenheiten zunutze oder schüttete, wo das nicht ging, Bahndämme auf. Und mitten auf der Strecke lag, wie ein Baum auf den Gleisen, Bilton.

Ein Planungsmitarbeiter mit Brille und Anzug in einem verschnörkelten Büro in Leeds, sicher mit tickender Uhr und Feuerkorb in der Ecke, setzte den Bleistift an und zeichnete eine saubere Linie. Mehr brauchte es nicht. Bilton wurde von den Gleisen wie mit dem Skalpell durchschnitten, sie querten geradewegs die Bilton Lane, eine alte Viehhändlerstraße, über die schon seit vier Jahrhunderten Menschen und Tiere trotteten. Nun war die Straße in zwei Teile zerrissen, und die Kreuzung von Straße und Schiene erforderte einen Bahnübergang. Auch wenn es vermutlich nicht mehr war als ein weiß lackiertes Holzgatter mit Lampen, war dort nun ein Übergang. Man zeichnete an dieser Stelle ein Kreuz ein, und das ist bis heute geblieben, weil hier nun nach Häusern, Stichwegen und gewundenen Straßen das Aller Land beginnt und die Stadt zu etwas anderem wird. Ich bin davon überzeugt, dass solche Stellen in den Pufferzonen zwischen Stadt und Land häufig sind. Im Lauf der Zeit hinterlassen Mensch und Natur bei dem andern ungewollt ihre Spuren, und die Dinge bekommen eine Bedeutung, die man unmöglich vorhersehen oder vorherplanen konnte. Obwohl der Planungsmitarbeiter längst tot und die Bahnstrecke längst stillgelegt ist: Der Übergang ist geblieben.

An einem Januarnachmittag, als ich früh mit der Arbeit fertig war, habe ich mich aufgemacht, die bleiche Naht aus Stein und Schlamm näher zu erkunden. Hinter Asphalt, Baumarktzäunen und den letzten Häusern der Bilton Lane bin ich scharf abgebogen und dem Weg in nordwestlicher Richtung gefolgt. Die stillgelegte Bahntrasse war so, wie ich sie mir, ohne Gleise, Schwellen und Kies, vorgestellt hatte. An den Rändern wucherten Brombeerbüsche, Hagebutten und Weidenröschen, darüber hingen Schlehdorn, Weißdorn, Weiden, Hasel, Holunder und Esche als schattiges Wirrwarr, winterlich entblößt und gegen die tiefstehende Sonne kaum wirklich auseinanderzuhalten. Im Abendlicht flammten tote Grasbüschel auf, Vögel schrillten durch die Äste und durchbohrten flatternd die Luft. Ansonsten war es still. Und ruhig.

Ein langes, gerades Wegstück aus Mauerwerk und Beton war nahezu völlig grün veralgt und von kahlen Pflanzen zerfressen. Wie ich erst später herausfand, war dies ein Bahnsteig aus den 1880er-Jahren, wo die Kohle für das neue Gaswerk von Harrogate, westlich von Bilton in New Park, entladen und die Abbauprodukte Ammoniak und

Teer wiederum fässerweise auf Güterzüge nach Middlesbrough und den Schiffbauwerften im Nordosten verladen wurden. Der Handel und Wandel hatte sich in knolligen Lakritzresten verewigt, die die Bahnsteigkante herabtröpfelten: große, schwarze Tropfen, zu ewiger Bewegung erstarrt.

Ein paar Schritte weiter fiel der Boden dann zu beiden Seiten ab, und ich hatte das Gefühl, als ginge ich auf einem Deich. Der Deich hielt zu meiner Linken die Häuserwellen fern, die hinter kahlem Gestrüpp auftauchten, reinliche rötliche Rechtecke mit grauen Dächern, die sich wie ein wogendes Meer dahinwälzten; auf Wellenbergen und -tälern schwamm der Schutt der Vorstädte – Leitungen, Autos, Wohnwagen – und auf den Wellenkämmen der eckige Kirchturm, ein paar Bäume und hie und da den Fluten lustlos trotzende Bürohäuser. Zu meiner Rechten erstreckte sich ein Hang aus Wiesen und Feldern, der zu einem Bauernhaus und Bach hin abfiel, aber dann schnell wieder an Höhe gewann und sich schließlich in Wald verwandelte. Doch schon bald hoben sich beide Seiten wieder und stießen an der Bahntrasse aufeinander. Die Landschaft vor mir wurde flacher und verschwand schließlich in der Ferne, die wie immer seltsam unwirklich wirkte.

Quer über mir verliefen, wie sauber gezeichnete Notenlinien, Hochspannungsleitungen, die von Strommasten untergehakt wurden. Gleich in meiner Nähe trampelte einer das Gebüsch mit seinen vier stacheldrahtbewehrten Füßen nieder, um die Schultern einen schmalen Schal aus Staren. Die Leitungen bildeten um den bauchigen Rand von Bilton einen Kranz, verschwanden dann in Richtung Westen und sperrten die Stadt, die dort zum Klärwerk und zum Weiler Knox hin abfällt, quasi ein. Als ich weiterging, wurde aus den letzten Häusern linker Hand eine mit Weiden und Birken gesäumte grasige Fläche. Die Heuwiese, die im Sommer mit Vogelfußklee, Knabenkraut und Mohn übersät sein und vor Grillen erbeben würde, trug die Zeichen der Stadt: Wackelige, weiße Torpfosten rosteten in der feuchten Luft vor sich hin, Gestrüpp und Ginster trugen seltsam bunte, dünne Hundekotbeutel.

Rechts sah es ganz ähnlich aus, und hinter einem schmalen Vegetationsstreifen erkannte ich die Wiese, über die ich in der Silvesternacht nach Hause gestolpert war. Das abgestorbene Gras war von einem Trampelpfad durchschnitten, der etwa mit einem 250-Meter-Abstand parallel zur alten Bahnstrecke verlief und schließlich zwischen dunklen, dichten Bäumen verschwand. Als ich die Wiese jetzt von der anderen Seite aus sah, hatte ich wie beim ersten Mal das Gefühl, als läge dort in dem Gras, den Sträuchern und Büschen eine Gegenwelt, die nur darauf wartete, von mir entdeckt zu werden. Doch ich blieb, wo ich war. Vor mir aus dem Dunst tauchte auf, wonach ich suchte: der Schlusspunkt der westlichen Begrenzung. Hinter Erlen- und Buchenzweigen versteckt ragte ein riesiges Metalltor empor, mit Zacken und Stacheldraht gespickt. Die alte Bahntrasse lief genau darauf zu. Ich ging zu dem Tor und reckte den Hals, um um die Ecke zu schauen. Anders als erwartet entdeckte ich keine zerbröckelte, in das bewaldete Flusstal hinuntergestürzte Trasse, sondern hoch oben über dem Tal ein unversehrtes Viadukt.

Im Jahr 1846 hatten Leeds and Thirsk vom Bahnübergang in Bilton aus schon fast einen Kilometer Gleise verlegt, als sie auf ein beträchtliches Hindernis stießen: den mäandernden Nidd. Seine Gewässer entspringen an den Hängen des Great Whernside in den Yorkshire Dales, fließen nahe York in den Ouse, winden sich noch 80 Kilometer ostwärts bis in das Humber Mündungsgebiet und enden dann irgendwann in die Nordsee. Weil auch die East & West Yorkshire Eisenbahngesellschaft, die York mit Starbeck verbinden wollte und wenige Kilometer weiter östlich Gleise verlegte, auf die unverrückbaren Flussschleifen des Nidd traf, nahmen beide Gesellschaften gleichzeitig das gewaltige Unterfangen in Angriff, den Fluss – in Bilton beziehungsweise in Knaresborough – zu überqueren. Mit beeindruckender Geschwindigkeit hauten große Arbeitertrupps die enormen Sandsteinblöcke aus dem Fels im Nidd Gorge. Doch dann passierte es. Als das Viadukt in Knaresborough 1848 schon fast vollendet war, fiel es plötzlich in sich zusammen. Steine, Türme, Zinnen und gewölbte Pfeiler krachten tonnenweise ins Wasser. Drei Jahre dauerte der Wiederaufbau. Heute ist das Viadukt weltberühmt, angeblich die »schönste Sehenswürdigkeit« der Gegend und durch lokale Fernsehnachrichten und die Speicherkarten unzähliger Besucher unsterblich geworden. Das Viadukt in Bilton weiter flussaufwärts ereilte dagegen ein anderes Schicksal. Nach einer problemlosen Eröffnung 1847 wurden Güter und Menschen über hundert Jahre lang ordnungsgemäß über die sieben Bögen in 32 Meter Höhe transportiert. Doch mit der Stilllegung der Bahnstrecke 1964 setzte ein unspektakulärer Niedergang ein. Das Viadukt wurde nicht mehr gebraucht und beachtet. Ausgesperrt, geknebelt und trostlos lag es nun vor mir, mit totem Jakobskreuzkraut und Sommerflieder, die aus allen Ritzen quollen.

Meistens wissen wir gar nicht, was vor unserer Haustür liegt. Es interessiert uns einfach nicht. Doch das gewaltige, schnurgerade Viadukt, dessen verlassene Bögen sich still und vornehm im Wasser spiegelten, schien mir etwas Besonderes. Am Hang gegenüber wurde es von Kiefern und kahlen Lärchen gesäumt, unter ihm floss das Wasser breit und dunkel dahin. Das Viadukt, einst ein großartiger Übergang, war – ironischerweise – zu einem Schlusspunkt geworden. Mit Stahl und Stacheldraht oder allein durch seine schiere Höhe über dem Fluss begrenzte es nun das Aller Land im Westen. Ein Schild oder eine Informationstafel fehlten, aber irgendjemand hatte in ungelenken, weißen Buchstaben »Kurt has Hep C« auf Metalltor und Maschendraht geschmiert. Wie alt der Satz war, ließ sich schwer schätzen. Auch wenn er nach einer anarchischen, rätselhaften 1970er-Jahre-Botschaft aussah, wie auf den Häuserwänden in Belfast, deuteten Name und Krankheit doch auf ein jüngeres Datum hin. In der Dämmerung und unter den dunklen Bäumen wirkte das Viadukt mit dem Graffiti wie ein verfallenes Denkmal für vergangene, vergessene Leben, längst aus der Zeit gefallen. Ich stand vor einer zufälligen Brücke zwischen dem, was bleibt, und unserer Anschauungskraft. Ich dachte an die Männer, die das Viadukt erbaut hatten und mithilfe von Seilen und Holzgerüsten dort hinaufgeklettert waren, und an das Wasser, das dort unten noch lange nach mir über die Felsen fließen würde. Ich dachte an Kurt und seine verärgerte Freundin und daran, wie durch einen Zufall manches bleibt und anderes nicht. Ich dachte an vergangene Zeiten und an die Zeit, die vergeht.

Wahrscheinlich war es dumm und gefährlich, aber ich wollte da unbedingt näher heran.

Vorsichtig griff ich um die Zacken, hangelte mich, mit den Füßen laut gegen das Metall schlagend, drei Meter in die Höhe und saß schließlich, ein Bein rechts und eines links, schwankend auf dem Tor.

Als ich auf den Fluss tief unter mir blickte, schwindelte mir einen Moment, doch dann ließ ich mich auf die andere Seite fallen und kam hart und mit pochendem Herzen auf dem Viadukt auf. In luftiger Höhe über dem langsam dahingleitenden Fluss, sah ich nun von der anderen Seite auf das Aller Land. Es lag in seiner ganzen Breite und Tiefe vor mir, mit Vergangenheit, Gegenwart und Zukunft, Zeitalter für Zeitalter. Und hier war seine nördliche Grenze, der uralte Nidd. Er mäanderte in Richtung Osten, von Bäumen gesäumt, die wie Flakfeuer in den Himmel schossen. Im Westen, wo der Horizont langsam verschwand, umschwärmten Hunderte Krähen und Dohlen ihre Schlafbäume, kämpften klappernd, kreischend und murmelnd um einen Platz in den hohen Sepiakronen, zankten, flatterten auf, ließen sich wieder nieder und färbten die kahlen Äste schwarz. Sie alle, so dachte ich, sind die Nachkommen eines siegreichen oder einfach glücklichen Vogelpaars, die Krönung eines Stammbaums, der unvorstellbar lange zurückreicht. Wo das Tal dann schließlich in Felder überging, markierten weiße und gelbe Laternenkugeln den westlichen Rand von Harrogate. Die Kläranlage dort ähnelte einer verlassenen Stadt, die sich um sich selber dreht und pfeift. An den beleuchteten Vorstadtstraßen ragten kahle Ahornbäume schroff in den aschfarbenen Himmel. Mehr in der Nähe standen Birken, deren Silhouetten aufstiegen wie die milchigen Rauchschwaden der Bauernhäuser. Und auf einer Lichtung am Flussufer strahlte etwas hell und golden. In der zunehmenden Finsternis konnte man es fast für ein Lagerfeuer halten.

Als ich dort oben an der Kante stand, auf das ferne Zwitschern der Rabenvögel lauschte und zusah, wie sich der Nachtschleier langsam über den Fluss legte, schwanden Zeit und Raum. Ich war gleichzeitig auf dem Viadukt, unten am Feuer und in dem gefiederten Krähenschwarm. Obwohl die lange, schnurgerade ehemalige Bahntrasse hier zu enden schien, war ich entgleist und in ein Kaleidoskop aus Zeit, Körpern und Raum katapultiert worden. In der Luft lag der süßsaure Geruch nach Jauche, Laubboden und Kiefer. Doch auf einmal kroch mir etwas Durchdringendes, Schweißiges, Rauchiges in Nase und Mund, der ranzige, eindeutige Geruch nach ungezähmter Erde und Tier. *Ein Fuchs.*

Aber wo? Ich wollte ihn sehen. Ich wollte einen Blick auf das Lebewesen erhaschen, das wie ich durch das zeitlose Dämmerlicht streifte. Zuerst hielt ich mich weiter oberhalb der Baumkronen versteckt und suchte den Wald mit den Augen ab, dann kletterte ich vorsichtig über das Tor zurück, ging die Brombeerbüsche ab und – fand nichts. Doch nur wenige Tage später fand er mich.

Als ich das nächste Mal in der Dämmerung kam, um nun die nördliche Grenze des Aller Lands zu erkunden, roch ich ihn schon. Ich war vor dem Viadukt nach rechts, in östlicher Richtung abgebogen und einem schmalen Pfad gefolgt, der erst am Baumvorhang der Wiese entlang und dann hinunter in den Wald führte. Obwohl es langsam dunkel wurde, hielt ich mich am Nidd flussabwärts, ging im schwachen Licht einer Stirnlampe an ertrunkenen Bäumen vorbei und über schlammiges Ufer. Das Wasser war trügerisch ruhig. Nicht einmal ein Rieseln verriet es, doch plötzlich überholten mich Zweige und Plastikflaschen, die auf der Wasseroberfläche schwammen. Der Fuchs überraschte mich genauso. Der beißende Gestank, so durchdringend wie der von Zitronenscheiben, belagerte und bedrängte mich und trieb mich vorwärts, es war, als tanze der Fuchs mir zwischen den Beinen herum und mache sich darüber lustig, dass ich so mühselig vorwärtsschlitterte. Manchmal war ich mir sicher, dass er direkt neben oder hinter mir war, doch wenn ich mich dann umdrehte, fiel der Lichtstrahl jedes Mal nur auf leeren Wald und versilberte die Birken- und Eichenstöcke, vor denen es am Ufer wimmelte.

Ich beschloss, mich lieber auf Naheliegendes zu konzentrieren, hielt fest, welche Strecke ich zurückgelegt hatte, überprüfte meinen Standort anhand der alten Landkarte und zeichnete den ungefähren Umriss des Aller Lands in mein Notizbuch. Das nächste menschliche Zeichen war nicht weit: das große Wehr, auf das ich schon an Silvester gestoßen war. Zumindest in meinen Zeichnungen hatte ich es als östlichsten Punkt des Aller Lands ausgemacht. Dort stieg das Gelände wieder an und ein durchgehender Weg führte in südlicher Richtung zum Übergang zurück. Das Wehr kündigte sich schon von Ferne an, es brauste laut nach dem nächtlichen Regen. Dann fiel das Licht meiner Stirnlampe auf einen langgestreckten Höcker, der den Fluss durchschnitt. Das Wasser brach sich dort, schäumte und wallte über den gepflasterten Hang. Am Ufer gegenüber tauchte ein Gebäude aus dem Schatten auf, das mit kleinen Fenstern und robusten Mauern so finster dreinschaute wie typische Gewerbearchitektur. Obwohl frischer Putz und schicke Autos in der Auffahrt auf ein Wohnhaus schließen ließen, verriet das Wehr die wahre Herkunft des Gebäudes. An beiden Ufern hatte früher eine Mühle gestanden. Die eine war verfallen, die andere hatte überlebt – und spiegelte sich jetzt allein im Wasser. Dort, wo ich stand, konnte man die Fundamente noch erahnen; die matschige Lichtung war mit Wurzeln und Bruchsteinen gespickt. Ganz in der Nähe, an einer Stelle mit gutem Ausblick auf den Nidd, fand ich einen Ring aus Steinen mit verkohlter Erde und der Asche von Lagerfeuer. Es hatte ungefähr dort gebrannt, wo die Feuerstelle der verfallenen Mühle gewesen sein musste. Hier roch es am stärksten nach Fuchs. Ich umrundete die Bäume und atmete die muffige Luft ein, versuchte, der Spur zu folgen, machte einen Schritt, hielt inne, schnupperte und ging weiter, bis sich der Geruch schließlich an einer entwurzelten Birke verlor. Ein Stück weiter hörte ich ein leichtfüßiges Tier durchs Unterholz fliehen. *Er markiert sein Revier*, dachte ich. *Genauso wie ich.*

Eine Bleistiftlinie musste ich noch ziehen: die östliche Begrenzung. Sie war das Verbindungsstück, das zu dem endgültigen Geländeumriss noch fehlte, und passenderweise hatte ich das Aller Land zuallererst von dort erkundet. Nun würde ich in umgekehrter Richtung gehen. Über ein paar Stufen kam ich auf einen Weg, der Milner's Lane heißt – und ursprünglich wahrscheinlich Miller's Lane, der Müllerweg. Er verlief durch die Bäume bergaufwärts in südlicher Richtung und dann weiter bis dorthin, wo sich der Wald zum Hohlweg ausstülpt. Manchmal drängte das Gewirr aus jungen Bäumen und Buschwerk so dicht auf den Weg, dass ich meinte, eine Hand auf der Schulter zu spüren. Ich lief weiter und hatte das Gefühl, als schwämme ich am dunklen Meeresgrund und müsste mich aus dem Wasser kämpfen. Von den entfernten Hochmooren winkten mir die roten Warnlichter der Windräder zu, und die nahen Lichternebel von Harrogate blitzten wie bei einer Bildertrommel durch die schwarzen Äste. Doch plötzlich war ich draußen und holte erst einmal tief Luft.

Hinter mir schnurrte der Eingang zum Hohlweg zusammen, als ich in Richtung Übergang zurücklief, über mondbeschienene Felder und dann noch ein paar hundert Meter abwärts durch einen bewaldeten Tunnel mit ranzigem Fuchsgestank. Hinter dem Übergang, unter den Laternen der Bilton Lane, klappte ich mein Notizbuch schließlich zu und blickte zurück. Nun ergaben die Punkte ein Bild: Ich hatte die Grenzen des Aller Lands abgeschritten. Doch schon als ich die letzte Bleistiftlinie zog, wusste ich, dass jede Beständigkeit Illusion war. Ich hatte bisher zwar nur an der Oberfläche gekratzt, aber schon jetzt weit mehr entdeckt, als in einem kartografierten Dreieck Platz hatte.

Den Fuchs sehe ich an dem Tag zum ersten Mal, als ich meine Arbeit verliere. Es ist eine Trennung in aller Freundschaft, wir treffen uns mittags auf ein Bier, aber arbeitslos bin ich trotzdem. »Wir müssen Leute entlassen. Wer zuletzt gekommen ist, muss zuerst gehen. Es tut mir echt leid.« Weil seine Hände zittern, mache ich es ihm leicht. Außerdem ist da noch etwas in seiner Stimme: die Angst um die eigene Zukunft. Nicht unbegründet, wie sich später herausstellen sollte. Überall ist die Rede von Einsparungen, Personalabbau und einer Wirtschaftskrise, wie sie die Welt noch nicht gesehen hat. In meiner Branche, bei den Buch- und Zeitungsverlagen, werden Honorare gekürzt und Jobs gestrichen. Offenbar ist Schreiben kein Beruf mehr, sondern ein Luxus, nur noch eine nette Nebenbeschäftigung für Menschen, die ansonsten einer »wirklichen« Arbeit nachgehen. Erst gestern hat ein Minister im Radio gesagt: »Wir haben derzeit eine Rezession. Was sich finanziell nicht rechnet, muss weg.« *Und was ist mit der Bildung?*, hätte ich am liebsten geschrien. *Und den Büchereien? Und dem Teichrohrsänger? Und der Liebe?* Und weg wohin? Mit dem Revolver ab in eine einsame Hütte? Damit wir wenigstens einmal Anstand beweisen und die Welt endlich denen überlassen, die nur in wirtschaftlichen Kategorien denken? Wie konnte es mit uns nur so weit kommen, dass wir das Leben mit dem verwechseln, was man zum Leben braucht? Und was die Sache noch schlimmer macht: Ich werde das Bild nicht los, wie der Minister vom Mikrofon wegschleicht, sich vom Fraktionschef beglückwünschen lässt und mit den Gedanken schon beim bevorstehenden Urlaub in der Toskana oder sonst wo ist. Das alles schien mir so unwirklich, ein vollkommen anderes Leben.

Ich rufe Rosie an, meine Frau. Sie arbeitet noch den Großteil der Woche in London. Als ich ihr die Neuigkeit erzähle, verstummt sie. »Komm, das geht schon«, sagt sie dann, und wir wissen beide, dass das nicht stimmt. Wir vergraben unsere Ängste gern tief in uns, aber niemals tief genug. Die beunruhigende Unsicherheit steigt im Schlaf aus unserem Unterbewusstsein hoch; da ist plötzlich um vier Uhr morgens eine seltsame Panik, eine eiskalte Welt, die, so hoffen wir, mit dem Tageslicht wieder verschwindet.

Als ich die Kneipe verlasse, habe ich keine Lust, in mein stilles, leeres Zuhause zurückzukehren, und gehe einfach weiter und über den Weg ins Gelände. Ich habe das Gefühl, ich brauche Platz. Ein Ohrwurm quält mich: In meinen Kopf dreht sich der in den Medien allgegenwärtige Satz: »Die Rezession schlägt zu«. »Zuschlagen« fühlt sich irgendwie richtig an. Fast als Erstes finde ich eine Krähe, eine Opfergabe, ohne Kopf, mit offener Brust, das weiße Brustbein sauber abgenagt. Sie liegt auf dem Rücken und wie vom Himmel gefallen mit gespreizten Flügeln im Dreck. Der Fuchs. Ich kann ihn riechen. Er wurde wahrscheinlich gestört und hat seine Beute markiert, um später zurückzukehren. In der Nähe entdecke ich ein zerfasertes Loch im Gebüsch, eine Lücke in der Vegetation, weil dort regelmäßig jemand durchschlüpft. Hinter dem schäbigen Kreis scheinen Felder zu liegen, und als ich in die Hocke gehe, erkenne ich eine Senke, die, nach viel Erde, weiter oben verschwindet. Halb beleidigt und von meiner Menschenhaut genervt, zwänge ich mich durch die Lücke.

Ein graurosa Sonnenuntergang hinter Strommasten spiegelt sich in den Pfützen, die sich zwischen gepflügten, dunklen Erdhügeln sammeln. Hunderte winziger Fjorde verwandeln den Boden in einen glänzenden Himmel. Vor meinen Füßen hat sich der Huf eines Rehs in den aufgewühlten Boden gedrückt. Bei näherem Hinsehen ist der Abdruck ziemlich groß und zeigt eine Afterklaue. Es muss ein Rehbock gewesen sein. Weitere Spuren kann ich nicht entdecken, nur diese eine Hieroglyphe, die ein Pflug wohl schon vor Monaten aus dem Zusammenhang gerissen hat. Dann lässt sich weiter vorn eine dicke Ringeltaube nieder und hüpft in ein Stechpalmengebüsch. Ich gehe hinterher und stoße auf eine Mulde voller weißer Haare, offenbar der Liegeplatz eines Rehs. Die Erdklumpen rundherum stammen von einem Dachs, der mit seinen bärenähnlichen Klauen nach Kaninchenjungen gebuddelt hat. Es wird langsam dunkel, aber der Fuchsgeruch lockt mich weiter; den Trittsiegeln folgend, gelange ich immer tiefer ins Aller Land. Brombeerbüsche, die mir bis zum Kopf reichen, greifen wie Wogen nach meiner Kleidung. Wenn die Dornen auf Jacke oder Hose stoßen, rupfen sie Fäden heraus und treffen jedes Mal auch mich. Wenn man so durchs Gelände streift, sind die städtischen Sorgen und Nöte, etwa die Frage nach Arbeit oder Geld, schnell vergessen. Zwischen Gebüsch und Brombeeren, wo Lichtverhältnisse und Geräusche rasch wechseln, kann ich mich nicht lange auf anderes konzentrieren. Plötzlich taucht etwas auf und ist Sekunden später schon wieder verschwunden: das Krächzen und Klappern einer Krähe, die versteckt in einer schwarzen Esche sitzt, dann steigt vom eisigen Boden ein säuerlicher Fuchsgestank auf.

Langsam gewöhnen sich meine Augen an die Dunkelheit. Als das letzte Tageslicht von den Feldern verschluckt wird, krieche ich durch eine Hecke und stapfe über Erde, so fest und dunkel wie Schokokuchen. Weiter vorn sehe ich eine bewaldete Senke, von dort kommt ein Bellen. *Der Fuchs?* Es klingt eher nach Hund, nach heiserem Krächzen oder Raucherhusten. Ich rutsche eine Böschung hinunter und komme an einen Bach, wo ich das Bellen wieder höre und dann ein Knacken im Unterholz. Etwas blitzt auf, ein weißes Hinterteil mit dunklem Wedel – ein Reh. Daher kam also die Warnung. Ich stehe reglos im Dunkeln und frage mich gerade, was für Tiere wohl sonst noch in meiner Nähe sind, als ich merke, wie ich einsinke. Ich stehe bereits knöcheltief im Schlamm; hastig und blindlings wate ich mit glucksenden Schritten weiter, setze über einen Tümpel und lande mit dem Gesicht zuerst auf dem matschigen Hang.

Ich knie noch dort, versuche, wieder normal zu atmen und herauszufinden, wo ich bin, da ist der Fuchs aufgetaucht. Ich will mich gerade aufrichten, da verwandelt sich der Schatten eines Baums in eine schwarze Silhouette, und ein Wesen aus einer anderen Welt trottet mit erhobenem Kopf fünfzehn oder zwanzig Meter von mir entfernt am Wald entlang. Es ist groß, ausgewachsen und hat Winterfell, zieht halb verdeckt vom Unterholz einen buschigen Schwanz wie ein Steuerruder hinter sich her und parfümiert das Kielwasser. Die Sekunden vergehen, und plötzlich merke ich, dass ich, betäubt vom Gestank, der Stille, der großen Unmittelbarkeit und Nähe, die Luft anhalte. Von der Gleichgültigkeit dieses Wesens fasziniert, wünsche ich mir nichts mehr, als dass es mich mit sich fortreißt: *Schaut her*, will ich am liebsten sagen, *da ist der Beweis für eine andere, eine frühere und größere Welt, die keine ökonomische Rechtfertigung braucht. Da trabt gerade die Gegenwelt zu eurer endlosen Spirale aus Produktion und Konsum.* Ich möchte zu dem Wesen hin. Ihm folgen. Aber so schnell und lautlos, wie es aufgetaucht ist, ist es auch wieder verschwunden. Die Tür ist zugefallen. Als ich den Stadtrand erreiche, bringen die Straßenlaternen meine Augen zum Tränen. Ich bin von der Kälte benommen, starre vor Dreck und zittere beim Gedanken an die Begegnung.

Der Rotfuchs (*Vulpes vulpes*) lebt schon lange, wie meist auch das Aller Land, in einer für ihn demütigenden Beziehung mit uns. Doch anders als viele andere Wildtiere in England, deren Populationen durch Bejagung, moderne Landwirtschaft, Privatisierung und Monokultur stark zurückgegangen sind, hat sich der Fuchs, egal was wir ihm zugemutet haben, angepasst und trotzdem an seinen Revierregeln festgehalten. Obwohl wir immer wieder versucht haben, ihn und seinen Lebensraum zu vernichten, sind die Fuchszahlen durch diese Anpassungsfähigkeit, in der Biologie »Plastizität« genannt, stabil geblieben. Der Fuchs hat sich sogar vermehrt und ausgebreitet. Er ist unaufhaltsam. Nur schwer zu fassen. Er hat sich uns aufgedrängt und wir uns ihm. Seit eh und je leben, glaubt man den Zahlen, 225 000 Füchse in Großbritannien und während der Aufzucht der Jungen mindestens doppelt so viele. Vierzehn Prozent davon leben in unseren Klein- und Großstädten, auch wenn mir schleierhaft ist, wie man das bei ihrem Geisterwesen so genau wissen will. Jedenfalls gehört der Fuchs heute vermutlich eher zum Stadtleben als zur einsamen Wanderung querfeldein. Das wilde Tier erschreckt uns mit seinen animalischen Augen im Dämmerlicht der Straße oder in unseren Gärten und Parks. Mühelos huscht es zwischen den Welten hin und her.

Und weil wir nun schon seit Jahrtausenden widerwillig zusammenleben, ist der Fuchs in unserer Malerei und Literatur zum Symbol geworden. Ich liege nach einem heißen Bad mit geröteter, sirrender Haut im Bett und lese, dass der Fuchs in vielen fernöstlichen Kulturen einst als Gestaltwandler galt, der sich, weder Tier noch Mensch, verschiedenen Welten und Körpern anverwandeln konnte. Und in anderen Kulturen gelte der Fuchs als schamanischer Talisman, als tierischer »Seelengeleiter«. Mit einem aufgeregten Kribbeln fällt mir auf, dass ich das Wort kenne. Seelengeleiter sind Wesen, die den Menschen auf seiner Seelenwanderung oder beim Übergang in eine andere Welt führen und ihn ins Jenseits geleiten. Carl Gustav Jung hat den Begriff in den 1930er-Jahren für den Vermittler zwischen Unterbewusstsein und Bewusstsein verwendet. Ich knipse das Licht aus und lausche den Lastern, die das Erdgeschossfenster unten erschüttern. Ein tiefes Brummen, wie ein Singsang. Oder eine Weissagung.

Den Fuchs wiederzufinden, ist nicht leicht, aber ich kann nicht anders. Als mein letztes Gehalt dahinschmilzt und ich plötzlich den ganzen Tag vor mir habe und keine Arbeit, die mich zurückhält, drehe ich der Stadt mit ihren Regeln den Rücken zu, wühle mich tagelang durch verwilderte Hecken und suche nach Spuren, erlegter Beute und schwarzem Fuchskot voller Knöchelchen. Zu Hause nimmt die Unordnung zu, aber das ist mir egal. Ich verbringe meine Zeit damit, auf Wegen zu stehen und über Felder zu schauen, die aussehen, als blicke ich verkehrt herum durch ein Fernrohr, eine Tunnelblick-Perspektive. Manchmal ist das Aller Land einfach überwältigend. An tröstlichen kalten Spätnachmittagen, ehe der Regen kommt, ist die Luft in dem wunderschönen Blau und Rosa von Enteneiern angemalt, während der vertraute Duft von verbranntem Holz herüberweht. Wie Asche im Wind ziehen Krähen durch mein schmales Blickfeld. Die Sonne strahlt und gleißt durch blätterlose Zweige; die Baumschatten kriechen über die Hänge und über mich hinweg bis zum Fluss. Als würden aus den Stämmen Geister schlüpfen, um zu trinken. Wenn die jungen Bäume am Weg oder unten am Nidd von einer aufkommenden Brise erfasst werden, schlagen sie hölzern gegeneinander. Nachts lausche ich den Oktavklängen der Xylophone, die je nach Dicke der Bäume anders gestimmt sind. Sie haben sich versammelt und knacken, klopfen, kreischen und knirschen gemeinsam. Einmal höre ich die knöchernen Schläge aus weiter Ferne, dann wieder sind sie erschreckend laut und nah, so gleichmäßig wie Schritte. Allein in der Dunkelheit beschleicht mich das Gefühl, ein längst verstorbener Viehhändler, der gerade seine Langhornrinder zum Marktplatz treibt, verfolge mich: mit einem wettergegerbten Gesicht unter einem groben Hut, zwischen den Zähnen eine Tonpfeife. Doch als ich mich endlich traue, mich umzudrehen, ist er verschwunden. Die hellen Augen waren nur Lücken in der Stechpalmenhecke.

Ich habe den Fuchs schließlich unter einer Kiefer entdeckt. Wenn ich es nicht besser wüsste, würde ich sagen, er ist geradewegs aus dem Baum gesprungen, aus einer der drei Kiefern, die dort stehen, wo der Wald an die Wiese grenzt. Die Kiefer ist in der menschlichen Rangordnung der Hölzer nur ein einfacher Bürger. Billiges Zeug, das gehobelt und gespalten und als Mitnahmemöbel verkauft wird. Schon ihrem Namen haftet der Duft von Toilettenreiniger und Taxis an. Anders als Mahagoni oder Walnuss, geheimnisvolle Zeder oder majestätische Eiche gilt Kiefernholz als Plantagenfutter, als nützliche Massenware ohne jede Klasse. Doch diese jahrhundertealte Kiefer möchte das Gegenteil beweisen. Sie ist mit ihrer prachtvollen Haltung und Schönheit der Inbegriff von Wildnis und schroffem Hochmoor, ein Aushängeschild des alten Kaledonischen Walds. Ihr Grün ist jetzt im Winter durch trickreiche Farbfilter abgetönt und wirkt so graubraun wie ein 1940er-Jahre-Film. Doch ihr glatter Stamm erhebt sich dafür kupferrot leuchtend über einem Brombeergestrüpp, krümmt sich mehrfach elegant und endet weit oben in einer Spitze, die der vorherrschende Wind ostwärts gedreht hat. Ihre unteren Äste sind kurz, spitz und stachelig, schmucklos und höchstens Ocker angehaucht, doch die starken Äste der runden Krone sind wohlgeformt. Wie ein Kellner ein Tablett hält jeder hellbraune Ast ein silbergrünes, jadegrünes oder blaugrünes Nadelnest hoch. Der Wind erweckt die Nester zum Leben; die Krone scheint plötzlich ein sich erhebendes Tier: Die Nadeln schimmern, flimmern und changieren wie Fell über dem

Muskelspiel. Bei jedem Windstoß streben die Nadeln zueinander und auseinander und verwandeln den dämmrigen Himmel in einen wirbelnden Strudel aus Grün, Silber und Rostrot. Auf einmal wird eine vorbeifliegende Elster vom Wind gepackt, in den Strudel gezogen und verschwindet in den Tiefen des Baums. Genau in dem Augenblick taucht unten auf der Wiese der Fuchs auf. Vor dem rötlichen Stamm ist er erst kaum zu sehen, doch dann trabt er zu dem gefrorenen Gras und blinzelt ins letzte Abendlicht. Als er wieder kehrtmacht, folge ich ihm, so weit ich kann. Der Fuchs geleitet mich, wie es der Mythos will, in ein anderes Land.

Meine Hände sind ständig erstarrt und tauen wieder auf, weil ich dort draußen wie besessen chaotische Notizen mache. Wenn es regnet, zerläuft die Tinte. Ich schreibe auf, wo ich den Fuchs sehe, welche Wege er nimmt und was er mir zeigt. Ich brauche jetzt andere spinnennetzförmige Linien und kritzele sie in meine saubere Landkarte. Ich halte seine Routen im Groben und oft im Gehen fest. Und er ist wirklich ein er, da bin ich mir sicher. Aus der Ferne betrachtet sind die Unterschiede zwischen den Geschlechtern zwar gering, doch wenn man nah genug rankommt, gibt es gewisse Anzeichen, vor allem die Größe. Schätzungsweise ist er 70 Zentimeter lang; ich habe, um das festzustellen, den Abstand zwischen den Zweigen einer umgestürzten Kiefer gemessen, die er in Nähe des Wehrs überquert hat. Als er ungefähr in der Mitte war, hat er sich umgedreht und genau in meine Richtung geblickt. So lange, dass ich mir das Gesicht, den breiten Kopf mit der langen, schmalen Schnauze einprägen konnte. Er war dünner geworden. Hager. Nur in den Augen lärmte noch ein feuriger Trotz.

Ein anderes Mal humpelt eine Amsel über den Boden, die Augen geschlossen. Ihr fehlt die Kraft, auf einen Ast zu fliegen; erschöpft hüpft sie vor mir weg, über die alte Bahnstrecke und in die dornigen Brombeerhecken, als fürchte sie sogar die Luft. Eine andere Amsel beschimpft mich und stürzt, Schnabel voraus, an mir vorbei in ein moosbewachsenes Holundergestrüpp. Hinter den letzten Gärten an der Bilton Lane hört man jetzt keine Melodien mehr. Wie Flüchtlinge um ein Lagerfeuer scharen sich die Vögel hungrig und bucklig um die Futterhäuschen. Auf all den Feldern und in dem Hohlweg habe ich nur ein einziges Mal eine einsame Kohlmeise heiser zwitschern hören. Es ist später Nachmittag, der Himmel bleiern und gelb, alles rundherum ist kahl und öde und die Luft so kalt, dass es beim Atmen schmerzt. Steppenluft. Die Spinnennetze in dem toten Wiesenkerbel glitzern vor Frost. Der Wetterbericht hat für heute Nacht zehn Grad minus gemeldet, und die Bäume scheinen besorgt. Tiefer im Wald kriecht schon der erste Frost über ihre Stämme, mit langen, zitternden Zweigen halten sie sich aneinander fest. Sie wissen, was kommt. Am härtesten ist es für die insektenfressenden Vögel, denn aus den Borkenrillen und -furchen, die normalerweise voll leckerer Häppchen sind, quillt nur noch dickes Eis. Trotzdem finde ich unter einem Strommast einen Blätter- und Samenfresser; eine Ringeltaube liegt dort tot auf dem Rücken. Das Eis hat ihre grauen Federn schon geweißt, ihr Gesicht ist so fleckig wie schimmliges, geschrumpeltes Obst. Eigentlich ist sie mir nur durch die zwei komisch gekrümmten Füße aufgefallen, die rosig und steifgefroren in die Luft ragen, als habe es sie mitten im Nachtgebet an den Stahlriesen dort oben erwischt. Was ich allerdings erst für eine Krähe hielt, die gerade abhebt, hat sich dann doch als zerfledderter Müllbeutel erwiesen, der sich im Ständer des Strommastes verfangen hat und nun unermüdlich auf und ab flattert. Eine Weile schaue ich ihm zu, dann wird es mir zu eisig. Als ich später im Garten Brennholz hacken will, saust die Axt so vergeblich und klirrend herab, als wären die Stämme aus Stahl.

Nachdem ich mich schließlich bei Toast und Tee aufgewärmt habe, klettere ich auf die Leiter und streiche die Decke. Aus dem Radio klatscht Musik über die nackten Wände und prallt von den noch vorhanglosen Fenstern zurück. Dann sagt ein Kunstkritiker, ein Gemälde könne beim Betrachter so etwas wie einen Rausch auslösen. Vielleicht hat er recht, doch im Aller Land spüre ich geistig und körperlich eine Erhabenheit wie bislang in noch keinem Museum. Schon der bloße Gedanke daran verändert mich.

Vom Frost umweht, streife ich durch die Gegend am Viadukt und gehe Fuchsspuren nach. Der Fuchs muss schnell gewesen sein: Ich sehe zwei Abdrücke, einer vor dem andern, dann eine Lücke und wieder zwei. Sie führen eine Senke hinab und dann unter einem verrosteten Stahlstück zu einem zerkratzten Loch, das aussieht wie die, die mein

Bruder und ich früher gern vergrößert und für Kriegsspiele beschlagnahmt haben. Ein Fuchsloch. Vorsichtig nehme ich den Stahl weg und krieche hinein. Ich weiß, dass mich die Einsamkeit und der unerbittliche Januar immer tiefer in meine Gedanken und Erinnerungen hineinlocken. Wenn die Natur ihren Schmuck abstreift, verführt sie uns zur Selbstbesinnung. Und doch ist da ein Geben und Nehmen: Auch die Natur öffnet sich. Jedes Mal, wenn ich nach dem Fuchs suche, entdecke ich neue Perspektiven. Dinge, die mir bis dahin verborgen waren. Neue Dimensionen. Einmal sitze ich in der Morgendämmerung gähnend nahe dem Hohlweg, an einer windgeschützten Stelle neben einer Eiche, unter dichtem Gewirr aus Ästen, Strommast und Kabeln und warte. Es ist der Moment zwischen Tag und Nacht, dieser stille, langsame Übergang. Die Luft ist flüssig. Und erstarrt. Nach und nach schrumpft die Dunkelheit und zieht sich in die Silhouetten zurück, die nach und nach auftauchen. Das Bewusstsein weitet sich, steigt mit der Nachtluft auf und dehnt sich in der Dämmerung aus. Ostwärts hievt sich die Sonne kraftlos und rheumatisch wie das Auge eines alten Mannes über die schwarzen Bäume und verwandelt die frostigen Felder in flüssiges Gold. Überall am Himmel frieren durchscheinende, dreieckige Wolken fest, und das Morgenlicht wird zartblau, beinah zerbrechlich. Dicht am Boden bilden sich ebenso Muster: Über den Hecken liegen sanfte Dunstschleier und auf der traktorgestriegelten Erde samtige Schatten. Das Aller Land bietet sich mir dar und hält nichts mehr vor mir geheim. Es zeigt mir etwas, das man nicht in Büchern oder Bibliotheken finden und nicht kennen kann, wenn man jetzt noch im Bett liegt. Das hier noch nie gesehen hat.

Ich schaue zu, wie die Eintönigkeit unseres durchgetakteten Zeitalters ins Wanken gerät. Als die Sonne höher steigt, verfärbt sich der Wald und spielt meinem Auge einen Streich. Braun und schäumend bricht er aus dem Flusstal aus und ergießt sich über die wogenden Felder und die Stadt. Die Stelle, an der ich stehe, der höchste Punkt der Felder, wird plötzlich zum Hügel inmitten königlicher Jagdwälder. Dicht an dicht schießen um mich herum ehrwürdige alte Eichen in den Himmel, ihre Kronen werfen schwarze Schatten. Das Gestrüpp aus Schlehdorn, Brombeeren und Hasel löst sich auf und verdreht sich zu undurchdringlichen Gittern. Weiter unten leckt der Nidd an herabhängenden Weiden- und Erlenzweigen. An seinen Ufern wächst Heide und Farn, und zwischen Birken, Stechpalmen, Vogelbeerbäumen und gelb blühendem Ginster verbergen sich Füchse, Wölfe, Bären, Moorhühner und Hirsche. In der Nähe sind Jäger. Sie hauen Schneisen in das jungfräuliche Holz, in dem welligen Aller Land und den bärlauchbestandenen Bachgräben können sie sich und ihren Kleidergeruch gut verbergen. Für einen Sekundenbruchteil taucht all das vor mir auf, doch dann dreht der Wind, und ich bin wieder allein mit den glitzernden Feldern, den Strommasten und dem kahlen Hohlweg. Die alten Jagdpfade spiegeln sich in den Namen von Biltons Stichstraßen und Neubauvierteln, Meadowcroft (Wiesenacker), Knox Chase oder Bilton Chase – wobei nur Chase (Jagd) an das erinnert, was vorher war. Mitten auf einem Acker steht noch eine junge Eiche, einsam und verloren wie ein Kind nach einer Naturkatastrophe. Als ich wieder zu Hause ankomme, lese ich in meinem Notizbuch: *Ich liebe diesen Ort. Es ist der beste Ort, an dem ich je war.* Daneben habe ich ein Bild vom Fuchs gekritzelt. Ich kann mich nicht erinnern, dass ich das geschrieben oder gemalt hätte.

Ich geistere durch unser viktorianisches Reihenhäuschen. Ich lackiere Küchenschränke, reiße Tapeten ab, streiche und frage mich, welche Geschichten ich damit wohl freilege. Wo wurde der Nagel hergestellt, der in den Holzdielen steckt? Durch welche Hände wurden die Elfenbeingriffe am Küchenbüffet blankgerieben? Wie klang die verstummte Dienerglocke mit den Farbspritzern, die neben dem Bett hängt? Fremde Geister drängen in die Leere. Die Welt der Toten und Lebenden. Manchmal schweifen meine Gedanken ab und es kommt mir vor, als würden über mir Kinder Fußball spielen, oder ich drehe mich um und meine müden Augen sehen im trüben Licht den Schatten einer gebeugten Frau, die Kohlen zum Ofen schleppt. Ich koche, esse etwas und rufe Rosie an. *Ich wünschte, du wärst hier.* Doch als sie dann auf eine Stippvisite vorbeikommt, ist sie von der Fahrt erschöpft, und wir haben viel zu wenig Zeit, um zu unseren gemeinsamen menschlichen Ritualen zurückzufinden. Weil jedes Wochenende unweigerlich zu Ende geht, legen wir uns mit einem Trennungsschmerz und einer Trostbedürftigkeit ins Bett, als müsste einer von uns morgen in den Krieg. Wenn ich dann wieder allein bin, stehe ich früh auf und renne, noch ehe die Welt erwacht, zum ehemaligen Bahnübergang. An einem dunklen Morgen komme ich an gespenstisch leeren Bussen vorbei, und auf den elektronischen Anzeigetafeln steht *2B Bilton*. Ja, 2B – »to be«. Sein. Genau. Ich ergebe mich dem Aller Land, und es ergibt sich mir. Mein Tag wird von der Morgen- und Abenddämmerung bestimmt, von dem flüchtigen Übergang zwischen Tag und Nacht, in dem ich mich so besonders lebendig fühle.

Wieder ein Morgen mit weitem Himmel und ohne Wärme. Ich sehe niemanden, nicht mal verschwommene Hundebesitzer, die im Morgennebel an der alten Bahnstrecke entlanggehen, weil die Stuhlgewohnheiten ihrer Tiere sie aus dem warmen Bett geholt haben. Die Wiese ist spröde, voll feinem, weißem Staub – und Fuchsspuren. Sie bilden einen Pfad, dem ich so leicht folgen kann, als wolle mir der Fuchs etwas zeigen, etwas jenseits der alten Bahnstrecke und der Mühlen und noch vor den Geschichten von Jägern und Hirschrudeln.

Die letzten kirchturmhohen Gletscher in dieser Gegend sind vor 11 000 Jahren geschmolzen, aber heute prägen wieder Frost und Eis das Aller Land. Die Bäume sind schwarze Linien, in einen blauen Himmel gekratzt, die Luft riecht nach feuchtem, kühlem Eisen. Wo die weißen Wolkenberge aufhören und die Hügel anfangen, ist nicht auszumachen. Die Strommasten glitzern wie riesige Eiszapfen. Ich höre die gleichmäßigen Autowellen der Stadt und sehe in der Ferne das rollende Chrom und Glas wie nasses Gestein glänzen. Es herrscht eine andächtige Stille, und ich stelle mir vor, ich würde gerade den Anbeginn dieser Landschaft erleben, als vor Zigtausenden Jahren die Eisdecke endlich zerbarst und sich in den Norden zurückzog. Ich schließe die Augen: Das Rauschen des Verkehrs wird zu den Fluten eines Gletscherflusses, der den Weg des geringsten Widerstands wählt, sich durch den weichen Sandstein bohrt und das steile Tal dort hinten aushöhlt. Als der fruchtbare Boden endlich freigelegt war und nach über 100 000-jähriger Gefangenschaft von Samen und Sporen besiedelt wurde, die dort nur so explodierten, hat der Mensch die Region schnell erobert. Schon so lang haben ununterbrochen Augen auf dieses Tal geschaut und wie ich auf Baumskelette geblickt, die in der Abendsonne glühen. Das steile Tal ist ein Riss in der Landschaft geblieben.

Wenn man nur tief genug gräbt, kann man sehen, dass alle Schichten dieser Region mit dem Fuchs verknüpft sind. An den Sedimenträndern der mittleren, der sogenannten britischen Wolstonian-Eiszeit in Warwickshire hat man Überreste gefunden, die zwischen mindestens 135 000 und 330 000 Jahre alt sind. Manche Füchse flohen dann mit der nächsten großen Eiszeit weiter südwärts auf die Iberische Halbinsel, nach Italien oder Südfrankreich, wo das Klima milder war, andere zogen sich hingegen in Höhlen und Bauten zurück und versteinerten dort. Doch der Fuchs hatte die Ränder ein für alle Mal im Blut. Sobald das Klima es erlaubte, kehrte er zurück und eroberte die bewohnbaren Randgebiete. Überreste aus der Zeit nach der Eiszeit, die man an verschiedenen Stellen in Großbritannien fand, belegen, dass er das Land genauso schnell besiedelte wie der Mensch. Beide wanderten über Doggerland ein, eine Landbrücke, die Großbritannien einst mit dem heutigen Deutschland und Kontinentaleuropa verband. Wer weiß, vielleicht haben uns die Füchse auch damals auf dem Weg in die neuen Gefilde geleitet, und wir sind ihnen gefolgt. Jedenfalls wurden wir beide durch die Überflutung von Doggerland 3500 Jahre später vom Rest der Welt abgeschnitten und saßen nun gemeinsam am Rand der Welt fest.

Es ist schon ein paar Tage her, dass ich ihn gesehen habe. Dazu trägt sicher auch die trübe Sicht bei, wie durch einen klebrigen Vorhang aus kalter, nasser Wolle. Ab und zu weht das Rattern eines Traktors und Lasters herüber. Meine Atemwolken sind so dicht wie der Nebel auf dem Meer. Von irgendwo höre ich leise Schreie und seltsamerweise Schafe. Dohlen klappern und schnattern in der Nähe. Ich habe das Gefühl, um mich herum rottet man sich zusammen, es geschieht etwas, aber ich kann es nicht sehen. Die Zeit verläuft angeblich linear, doch hier scheint sie mir eher ein Knäuel aus Bindfäden, die sich nur manchmal kurz berühren und ansonsten nebeneinander herlaufen. Ein übergewichtiger Hirtenhund schnüffelt am Gestrüpp neben der alten Bahntrasse. »Das ist doch dreckig!«, schreit ein Mann und zerrt an der Leine. »Da ist der Fuchs«.

Ohne nachzudenken, ducke ich mich und durchsuche dann das Gebüsch. Auf der Erde entdecke ich eine zerdrückte Fantaflasche und die verstreuten Federn einer Fasanenhenne. Eine ungewöhnliche Mahlzeit. Die Daunen sind überall, ob in den Spinnennetzen oder Brombeerbüschen, doch drei oder vier schöne, gescheckte, rötlichbraune Flugfedern hängen noch an einem knöchernen Stumpf. Sie sind am Rand leicht einwärtsgedreht, wie bei einem kleinen Baseballhandschuh.

Der Übergang ist in Nebel gehüllt, der wie eine undurchdringliche Wand vor den Häusern liegt und jede Entfernung auslöscht. Die Welt ist, scheint es, nur eine Straßenlänge tief, eine Hollywoodkulisse mit Bäumen in der amerikanischen Wüste. Doch vom Viadukt aus hat man einen anderen Blick. Von dort kann ich in die eine Richtung 30 Kilometer weit sehen, und vor mir liegt eine verblüffende Landschaftscollage. An die Felder im Vordergrund, im britischen Militärgrün gehalten, schließen sich verwischte grauviolette Linien aus Bäumen und Hecken an. Dahinter taucht wiederum ein verschwommenes Ocker auf, in dem Himmel und Erde nur durch ein blutrotes Abendleuchten geschieden sind. Wie ein riesiges Feuer am Horizont färbt es eine niedrig hängende Wolke rot.

Nach ein paar weiteren Tagen habe ich das Gefühl, als steige etwas latent Bedrohliches in mir auf, wie wenn man beim Nasenbluten den Kopf in den Nacken legt und Blut verschluckt. Die Sinneseindrücke sind hier draußen in der Kälte außergewöhnlich klar und manchmal so intensiv, dass ich fast zu viel höre, sehe und fühle. Doch immer noch kein Zeichen vom Fuchs. Auch keine frische Beute, zumindest keine, die ich sehe. Trotzdem liege ich weiterhin nachts in dem Gebüsch zwischen alter Bahntrasse und Wiese. Die Zeit vergeht, aber ich spüre keine Sehnsucht nach dem leeren Haus. Ich sitze lieber da und schaue, wie sich die Form meiner Hände im schwindenden Licht verändert und meine Nägel langsam dunkel schimmern. Wenn ich nur lange genug ausharre, denke ich irgendwo in meinem Hinterkopf, wenn ich ihn irgendwie entdecken und dorthin gehen könnte, wohin er mich führt, dann würde ich das Aller Land und seine Tiere wohl besser verstehen, weil wir ein gemeinsames Bewusstsein entwickeln würden. Und plötzlich höre ich etwas, etwas bewegt sich am Ende der Wiese. Adrenalin durchflutet mich, als mich ein Gedanke wie eine kalte Brise anweht.

Er spürt mich vom Waldrand aus und erstarrt. Ich bin konturlos, inmitten von Dunkelheit und Vegetation kann er mich nur vage erkennen, doch da ist etwas. Etwas Großes, etwas, das nicht hierhergehört. Das Störende verrät mich: die Art, wie die reifbedeckten Spitzen der abgestorbenen Weidenröschen zur Seite gebogen sind, das Behäbige inmitten der skelettartigen Stängel. *Versteck dich*, scheinen sie zu rufen, und er gehorcht. Die Dunkelheit fällt schnell herab, ein letzter Lichtschein flackert auf. Laternen erleuchten nun die Stadt, stoßen aber das umgebende Land nur noch tiefer ins Dunkel. Was auf der anderen Seite der Wiese liegt, ist nicht mehr auszumachen. Er schnuppert. Wabernde Gerüche – *Borke, Kiefernsaft, verrottendes Laub* – dann eine stärkere Note, meine: chemische Stoffe und Zucker. Wie jeder Fuchs erkennt er sie sofort: *Mensch.*

Hundert Atemzüge später, und wir haben uns noch immer nicht bewegt. Wir stehen Aug' in Aug' unter einem sternenbesprenkelten Himmel. Das Gelände zwischen uns ist spröde vom Raureif, für meine Ohren liegt es still da, für seine ist es vom Kratzen winziger Krallen belebt. Waldmäuse rieseln wie Rinnsale durchs Untergras. Ich spüre den Hunger, der ihn wie ein Mantel umhüllt. Das Kratzen der Mäuse schürt seinen Hunger, doch er hält sich weiter versteckt, mit aufgestelltem Fell, angespanntem Rücken und zuckendem Körper. Sein Herz schlägt vor Angst, einer Angst, die seit dreitausend Jahren von Nase zu Nase weitergegeben wird und stärker ist als ein schmerzlich leerer Magen. Die Nase und die schwarz bespitzten Ohren versuchen, die Gerüche und Geräusche einzuordnen. Meine Hände riechen nach Fleisch und Knoblauch. Ein Dachsmännchen, das weiter östlich in eine Mulde kotet, um sein Revier zu markieren, hat Blut an der Schnauze. Aus der Stadt weht ein Furzstaccato herüber, der Auspuff eines aufgemotzten Vauxhall Astra, der auf dem Weg zur roten Ampel beschleunigt und dann scharf abbremst. Irgendwo wird eine Tür geöffnet, Musik dringt leise nach draußen. In dem Moment hört er, wie ein Flügel unmerklich einen Ast streift: Ein Waldkauz stürzt sich vom Baum auf eine Spitzmaus. Doch so etwas beunruhigt ihn nicht. Es ist das Ungewohnte, das den Stillstand schließlich beendet. Auf der anderen Seite der Wiese hat mich ein Krampf dazu gezwungen, die Position zu wechseln, und der Stoff meiner Regenjacke reibt knirschend aneinander. *Krisch.*

Krisch. Für den Fuchs ein unbekannter, grauenhafter Ton. *Es reicht.* Langsam weicht er zurück, und erst als seine Hinterpfoten den steilen Hang eines Grabens ertasten, dreht er sich um und springt mit einem Satz hinab.

Ein Gedankenblitz, und schon folge ich ihm. Wir züngeln wie eine Flamme gemeinsam über stinkendes Laub, hasten an einer Eiche vorbei und ins Stechpalmendickicht. Eine Amsel, die auf einem niedrigen Ast kauert, stiebt auf, ein zeterndes, kreischendes Gestöber. Sprung und Biss kommen instinktiv, aber er erhascht nur noch die Schwanzfedern. Er gräbt einen Wurm aus, kaut und wartet, bis es wieder still ist im Wald. Die gespannte Aufmerksamkeit legt sich erneut wie eine Membran um uns, und wir huschen zurück unter die Bäume.

Unmöglich, aber ich folge ihm immer noch. Da ist eine Verbindung, eine Verschmelzung. Und plötzlich weiß ich es: Weiß, dass er vor sieben Jahren unter einem Ginster am Fluss als glitschiges Bündel zur Welt kam. Dass seine Eltern kurz nach seiner Entwöhnung umkamen, der Vater von einem Bauern in den Rücken geschossen, die Klugheit seiner Mutter vom flüchtigen Schlag eines Lasters zertrümmert, der Schafe zum Schlachthof fuhr. Ich sehe sie lang hingestreckt zwischen Silberkraut am Straßenrand liegen, ihr Schwanz wedelt im Luftsog der vorbeifahrenden Autos. Und ich sehe ihn, wie er jung und ängstlich den Bau verlässt und Jagd auf Käfer und Mäuse macht. Wie er im nächsten Sommer wächst und gedeiht und nun die Füchse vertreibt, die, weil sich der Moschusgeruch seines Vaters an Zäunen und Büschen verliert, das Randgelände erkunden. Und jetzt begleite ich ihn. Ich bin in seiner Nähe, als er das Gelände wie selbstverständlich in Besitz nimmt, es mit Schnauze und Schwanzdrüse vermisst und erobert.

Mit der Nase am Boden durchpflügt er die Felder und Wälder, Hecken und Wiesen zwischen Nidd und altem Bahndamm. Er kennt das Gelände genau, weiß, wie die 129 Hektar aussehen, riechen und klingen; er weiß, wie es dort ist, wenn er mit Stockente im Bauch in einer Laube aus Gras und Wegerich liegt und die Sonne genießt, der beißende Geruch von Kamille in der Luft; er weiß, wie es dort ist, wenn er seine Angst einen Moment vergisst und zwischen sonnenverdorrter Quecke döst, pollenbeladene Bienen zwischen weißen Windentrichtern trudeln und Mauersegler die Bläue über ihm zerschneiden. Doch er weiß auch, wie es dort im Winter ist, mit hartgefrorenem Boden, bleicher Luft und einem Brennen im Körper.

Die Pfoten hastig hebend trabt er durch den ansteigenden Wald bis zum Hohlweg. Die Kälte hat die Haselstrauchwände zurückgedrängt. Die Stämme sind mit Eis überzogen. Am Boden bilden die Pfützen Krater, doch die Kälte hat ihnen das Wasser geraubt. Es ist zu Scheiben gefroren und gesplittert. Der Fuchs schnüffelt an Geisterpflanzen, aschiger Erde, an vom Raureif niedergebeugtem Farn- und Brombeergestrüpp. Nur Stechpalmen und Efeu konnten sich vorm eisigen Griff des Winters retten. Grün und glänzend hängen ihre Blätterfelle herab.

Auf halber Höhe nimmt er den Geruch eines alten Pfads auf, der die Felder durchschneidet. Er folgt ihm westwärts, schnüffelnd und stöbernd stolpert er über Ackerfurchen. Der Hufabdruck eines Rehs ist neben einer verrosteten Türangel in den Boden gemeißelt. Er überprüft drei, vier, fünf Abdrücke, den letzten dort, wo das Reh die Flucht ergriffen, die Muskelkraft sich in den Huf gesenkt hat. Weiter vorn ein dunkler, gefrorener Blutfleck. *Ein Kaninchen.* Er verschlingt einen abgetrennten Fuß, das Fell und den Kopf des jungen Rammlers, der letzte Nacht von einem Dachs getötet wurde. Dann kratzt er an einem Stück Stein herum, dem umgestürzten Torpfosten eines längst vergessenen Pfads, und versucht, die Larven oder Samenkörner darunter zu erhaschen.

Am Feldrain schwillt der Boden an und trifft auf eine Flurhecke. Der kahle Weiß- und Schlehdorn kämmt durch sein Fell, als er sich auf der Suche nach Beeren darunterzwängt, doch die Mäuse haben die Speisekammer längst geplündert. Nicht einmal mehr ein paar erfrorene Beeren sind da. Dürre Zweigspitzen reiben zitternd und quietschend gegeneinander, *tschiep-tschiep*, und nehmen schon das Tschilpen der Waldsängerjungen vorweg, das im Frühjahr die Hecken erfüllen wird. Dann ruht er sich zwischen Bärenklau aus. Er weiß nicht, dass hier einst, im Neolithikum, ein Platz zur Feuersteinbearbeitung war. Zwei Meter weiter unten ist der Boden mit Feuersteinen aus Kent übersät. Oben wirbeln die Sterne um den neuen Mond. An seiner Schnauze gefriert der Atem, er blinzelt, schnuppert und blickt über die wie Perlmutt glänzenden Felder. Umsäumt von dunkler Hecke und Wald, gehen sie nahtlos ineinander über, ehe sie sich der wuchernden Stadt ergeben, einem schwarzen Meer mit flackernden Lichtern. Der Fuchs sieht eine Million Augen: Straßenlampen, Autoschweinwerfer und die leuchtendgelben Madenkörper der Pendlerzüge, die zischend, fauchend und ratternd aus Leeds oder York zurückkehren. Das ewig atmende Tier verwirrt ihn. Er fürchtet es – und sehnt sich danach.

Mager und gebeugt streunt er über Pfade, die ausgetrockneten, erodierten Bachläufen ähneln. Doch irgendwann kehren all diese Nebenläufe zum Wiesenrain zurück. Dort schnüffelt er vorsichtig nach mir. Er trabt über vereiste Grasbüschel, scheucht eine Rötelmaus aus ihrer Ruhe auf und packt sie an den Beinen. Stoßweise ist ein Brechen und Knacken zu hören, wenn die scharfen, gelben Zähne auf Knochen treffen. Dann lässt er die Maus fallen, setzt ihr eine Pfote auf den Kopf und reißt sie in zwei Stücke. Irgendwo im Dickicht der Stadt schaltet ein Krankenwagen die Sirene ein.

Waah. Waah.

Ein anderer Ruf. Ein Tier. *Nah.* Ein warmer Ruf aus offener Kehle. Der Fuchs, mit erhobenem Kopf, die wackelnde Wühlmaus zwischen den Zähnen, spürt ihn mehr, als dass er ihn hört. *Eine Füchsin.* Er stellt die Ohren auf und horcht. Sie ist jung und in seinem Revier, unten am Viadukt. Hinter der alten Bahntrasse werfen die Zäune der Siedlung Gebellsalven zurück. Ein einziger Deutscher Schäferhund hat den fast vergessenen Instinkt der Wolfsmeute geweckt, die nun eine Welle aus Knurren und Bellen um die Häuserzeilen schickt. Krallen kratzen an Küchentüren und Gartentoren. Die Füchsin bleibt unbeeindruckt und singt wieder: *Waaaaah.* Der Laut dringt durch doppeltverglaste Fenster, Gabeln kommen vor dem Mund zum Halt, Verwunderung über den Schrei da draußen. Zwischen den dürren Hüften des Fuchses löst er ein Verlangen aus, nach Paarung. Wäre er jetzt kräftiger, würde er sie vielleicht erwählen, aber so nicht. *Waaaaaah.* Bald werden andere da sein, die jünger sind als er, Fuchsrüden mit nur drei Sommern unter dem Pelz, die aus Feldern und Brachflächen hinter Spielplätzen, Lagerhäusern und Farbfabriken schlüpfen und nach ihr suchen. Der Fuchs weiß, wie gefährlich es ist, ihnen so hungergeschwächt zu begegnen. Sein Stück Erde könnte ihm genommen werden. Oder Schlimmeres.

Das Revier ist im Winter alles. Jetzt herumstreunen zu müssen, wäre tödlich. Der Fuchs hievt sich hoch und besprüht die Brombeerbüsche um seinen Bachlauf. Alles muss markiert werden. Von der Kuppe aus betrachtet, wo er steht, scheinen die Bäume darunter einwärts zu kippen und ins Wasser zu stürzen, das sich durch den schmalen Graben windet. Hier entspringt der Bilton Beck und plätschert in einem mit schwarzen Steinen gesprenkelten Lehmbett bis in den Nidd. Hie und da kreiseln Plastikflaschen endlos in Strudeln, am Ufer wird das Wasser teils von einer dünnen Eisschicht überdacht. Doch nur selten friert der Bach vollständig zu, und das weiß der Fuchs. Kein Fuchs würde irgendwo einen Bau graben, wenn es dort im Umkreis von wenigen hundert Metern nicht einen Teich, Sumpf oder Bach gäbe. Den hier hat er allerdings nicht gebaut. Er nutzt die Überbleibsel eines Baus, den ein Dachs vor hundert Jahren unter einer Buche grub. Die Baumwurzeln wurden durch Überschwemmungen und Erdrutsche freigelegt und greifen nun wie eine Sperberklaue nach der Erde. Dahinter befindet sich eine Mulde. Dort liegt der Fuchs an warmen Tagen und überwacht die Bachsenke, wenn aber die eisige Luft wie Dornen in der Nase sticht, verschwindet er unter der Erde und läuft geduckt durch den wurzelverhangenen Gang bis in die letzte Kammer. Dort ist die Erde weich, schwarz und stickstoffhaltig, und wenn er sich dann dort zusammenrollt, zeigt sich unter dem sich teilenden roten Fell das schlohweiße Unterhaar.

Der Boden bewahrt auch alte Gerüche auf. Sie werden durch die Wärme und Bewegung zum Leben erweckt und steigen nun zu ihm auf. Am stärksten riecht es nach Füchsin. Einen Augenblick lang erinnert er sich an Lecken, die absichtsvolle Unterwerfung bei der Paarung und an wunderbar durchdringenden Welpengeruch. Der Bau hat viele braune Fellknäuel gesehen, die auf der Suche nach Wärme und Milch über den Boden rutschten. Er ist benommen: Vergangenheit und Gegenwart verschwimmen, und krallenlose Pfoten klettern über sein Gesicht. Blinde, wässrige Augen schieben sich in sein Blickfeld. Unter dem betörend warmen Atem der rosafarbenen, jaulenden Münder bewegt sich sein Fell. Doch dann ist er wieder allein und träumt von Wurzeln, Höhlen, Erde und Blut.

Seine Partnerin hat den Bau vor zwei Jahren verlassen. Zartes Rispengras und Brennnesseln breiteten sich unter den Brombeeren gerade wie ein Teppich aus. Er schaute ihr nach, als sie oben, am Rand seiner Bachsenke, dem Horizont entgegentrabte. Sie hielt einen Moment inne, eine Silhouette unter ausladenden Eschenästen, und verschwand schließlich hinter der Kuppe. Die Welpen sprangen ihr hinterher und krabbelten den Hang hinauf, ihre weißen Schwanzspitzen zitterten, ihr Fell war gerade braun geworden, sie waren knapp dreißig Tage alt.

Die beiden Füchse hatten sich schon öfter gepaart und gut genährte Würfe aufgezogen: Sie bekamen erst Milch und dann etwas von den Kaninchen, Waldmäusen und Tauben, die er jagte. Doch im letzten gemeinsamen Winter hatten sie häufig hungern müssen. Bauern hatten sechzig Jahre zuvor Kaninchenkadaver, die mit Myxomatose infiziert waren, in die Bauten am Rand der nördlichen Weizenfelder geworfen. Die Kaninchenpest hatte sich gnadenlos ausgebreitet und die Zahl der teils jahrhundertealten Bauten erheblich dezimiert. Die grauenvolle Plage suchte auch noch die Nachkommen der Überlebenden heim und nahm in heißen Sommern, wenn die Bedingungen für den das Virus übertragenden Kaninchenfloh ideal sind, epidemische Ausmaße an. Auch in jenem Jahr gedieh der Floh prächtig und sprang von Fell zu Fell, und als die Buche über dem Fuchsbau die letzten Blätter abwarf, war die dringend benötigte Beute drastisch zurückgegangen. Und die wenigen Kaninchen, die der Fuchs noch fand, musste er nicht einmal mehr jagen, so aufgeschwollen, zittrig und nach Krankheit stinkend, wie sie waren. Die Augen traten blutig rot aus dem Schädel hervor, ohne Sehkraft und zerkratzt. Jämmerlich strampelnd zogen die blinden, stummen und desorientierten Tiere auf der Suche nach Deckung ihre nutzlosen Hinterläufe hinter sich her. Er spürte keine Freude, wenn er sich herabbeugte, um ihnen das Genick zu brechen. Und das Fleisch schmeckte nicht einmal, weil es so zersetzt war.

Die Füchse hungerten, und der Hungerschmerz wurde noch schlimmer, wenn abends die Nahrungsgerüche über die Wiesen wehten. Bei der Jagd auf den dunstigen, gefrorenen Feldrainen knabberte der abgemagerte Fuchs dann vom Duft nach Hühnerknochen, Fleisch, Markfett, altem Gemüse oder gebackenem Weizen und scharrte wie wild nach Würmern und Insekten. Einmal grub er den Eichelvorrat eines Eichhörnchens aus, fraß alles auf und brachte seiner Partnerin nichts. Doch er blieb seinem Revier trotz Magenknurren treu und schnürte nie weiter als bis zur alten Bahntrasse. Menschengeruch löste bei ihm, dem wilden Fuchs, Ängste aus. Von Fuchs zu Fuchs waren über zitternde Schnurrhaare und Mutterleib verschwommene Erinnerungen weitergegeben worden: etwa an die Bramham Moor Hunt, die 1740 vom Abgeordneten für York mit dem unwahrscheinlichen Namen George Fox-Lane ins Leben gerufene Hetzjagd. Die Jagd war mittlerweile längst mit anderen zusammengelegt und in angesehenere Gefilde verlegt worden, doch einst wurde hier auf den Wiesen und in den Wäldern regelmäßig gejagt. Der Fuchs erinnerte sich vage an etwas, das er nie gesehen hat: beeindruckende braune und graue Pferde, goldglänzende Hörner und Adlige in blauen Samtjacken, die den Waldrand entlangdonnern und Hetzhunde über Uferhänge treiben. An dicke, abgezogene Winterfelle und rosa Kadaver, die auf verschneiten Feldern verwesen. Doch seine Füchsin war anders als er. Sie war in einem alten Kanalrohr hinter der Kläranlage in Bachelor Gardens zur Welt gekommen und wühlte, seit sie entwöhnt war, in Takeaway-Styropor und Mülleimern. Sie wusste, wie man versteckt hinter parkenden Autos darauf wartet, dass mit Geschäftsschluss die Stunde der Takeaways kommt und die Betrunkenen Essbares auf den Bürgersteig fallen lassen. Menschgeruch löste bei ihr etwas anderes aus: *Mach dich auf. Friss. Zeit, sich wieder zu paaren.*

Der Fuchs hatte auf sie gewartet, der frische Abrieb um den Bau hielt die Erinnerung an sie lebendig. Nachts ging er auf Patrouille, markierte die Bäume mit seinen schwarzen Spiralhäufchen und überwachte die Wiese von der großen Esche aus, unter der schon seine Vorfahren Wache gehalten hatten. Ein guter Platz. Generationen von Füchsen hatten die Borke des Baums glattgescheuert, als sie sich an einem praktischerweise eingeschlagenen Nagel rieben. Der Nagel war ein unbeabsichtigtes Mahnmal. Lieutenant Thomas Watson hatte ihn in den Stamm geschlagen, als er 1914 mit den Leeds Pals nach Ägypten aufbrach, und seiner Verlobten Elizabeth feierlich geschworen, nach Kriegsende würden sie ihn gemeinsam wieder herausziehen. Doch dazu kam es nicht mehr. Die Mischung aus Knochen und Matsch, die man drei Jahre später aus einem Granatkrater barg, wurde in belgischer Erde, auf dem Soldatenfriedhof Tyne Cot, begraben. Der Nagel aber blieb im Baum und wurde im Lauf der Jahre fast vollständig von der Borke vereinnahmt. Mittlerweile ragte er nur noch so weit hervor, dass manchmal ein paar Haare hängen blieben, wenn sich der Fuchs daran rieb. Die Haarbüschel, die sich so sammelten, wurden dann im Frühjahr von den Blaumeisen geplündert, um ihr Nest damit auszukleiden.

Die Monde vergingen, fünf insgesamt, aber von seiner Partnerin keine Spur. Als sich in der Dämmerung der sechste Mond ankündigte, streifte der Fuchs am Bachufer entlang, vorbei an dem eingestürzten Bau, in dem er zur Welt gekommen war, und überraschte eine junge Ratte, die er an einem kleinen sichelförmigen schlammigen Strand in Sekundenschnelle verschlang. Mit den Backenzähnen zerknackte er den Schädel, den Schwanz verschluckte er ganz. Da floss die Kraft in seine Glieder zurück, und als der letzte Lichtstreif den Horizont in eine scharfe Linie verwandelte, trottete er den Uferhang hinauf und folgte ihrer Spur. Der Tag war grau und feucht gewesen, nun trabte er der verblassenden Wärme entgegen und suchte, die Nase am Boden, den Weg, schnüffelte in herabgefallenen Zweigen und jungen Schneeglöckchen nach ihrem Duft. Das Gras wurde schon länger, und plötzlich tauchte zwischen Grasbüscheln und sprießendem Löwenzahn ein Fasan auf. Der Fuchs duckte sich, doch in dem Moment drehte der Wind. Ein Hauch blies in sein Fell, und der Fasan rasselte los. Wie Gewehrsalven drang das Gackern durch den Wald.

Der Fuchs schlich am Waldrand entlang, bis er zur alten Bahntrasse kam. Dort hatte die Füchsin früher auf ihre Jungen gewartet, und dort hatte früher einmal ein Signalhäuschen gestanden. An einem alten Backstein, der aus dem Matsch stak, hatte er ihren Geruch erschnüffelt. Von hier sah die Stadt ganz anders aus, eher wie ein offenstehender Mund. Häuser zeichneten sich ab. Dahinter der bernsteinfarbene, verschwimmende Bogen der Straßenlaternen. In der Ferne knisterten Stromleitungen zu einem ächzenden Umspannwerk. Metallgeruch. Fremde Muster und Formen. Es begann zu nieseln, und er wusste, das war der düstere Vorbote eines Unwetters. Es roch nach Mensch. Noch ein Schritt, und zum ersten Mal verließ er sein Revier.

Er zwängte sich durch eine Ligusterhecke und blieb mitten im orangen Schein einer regennassen Stichstraße stehen. Sein Geruchssinn war verwirrt: Öl, Tabak und Minze hatten sich ins Pflaster gerieben. Der Regen trommelte auf die Laternen und wirbelte von einem brombeerfarbenen Himmel herab. Er spürte, wie der Asphalt erzitterte, drehte sich um und sah, die Lichter schnell näherkommen. Ein Kreischen und ein langer Hupton, er huschte in eine schmale Gasse, sprang über eine Mauer, rutschte eine Böschung hinab und dann in lockeres Gehölz. Der Regen nahm zu, die Erde erwachte. Der Wind rüttelte an den Bäumen. Weiter unten wehten Plastiktüten und -flaschen umher, und Holunderbüsche schlangen sich um einen vier Meter hohen Sicherheitszaun. Auf der anderen Seite davon lagen Gleise: Unter Bogenlampen klimperte eine dumpfe bronzefarbene Linie. Dann peitschte zischend ein Zug heran, Metall schlug auf Metall, etwas unfassbar Schweres näherte sich. Der Fuchs schlich weg und trottete weiter südwärts. Mit den schwarzen Pfoten platschte er durch ablaufenden Regen. Da sah er es, zuckte zusammen und erstarrte: Fell blitzte auf. Rotbraunes Fell. Und der Geruch. Seine Füchsin.

Die Füchsin zerteilte an der Böschung auf der anderen Seite der Gleise den flaumigen Vorhang einer Eberraute und schlüpfte, von den Lampenblumen beleuchtet, auf die Gleise, um eine Chipstüte zu erhaschen. Der Lärm schwoll an, der Fuchs stellte die Ohren auf und duckte sich unter dem sägenden Geräusch, wie das Kreischen einer Möwe, doch die Füchsin stand noch immer da, eine Vorderpfote angehoben, und beobachtete etwas. Sie jagte. Sie schlug nach einer Ratte, die aus ihrem überfluteten Loch floh. Und auf einmal war die wandernde Wand aus Lärm und Schwere und Licht genau über ihnen, auf ihnen, ein Teil von ihnen. Ein furchtbares Aufblitzen und ein Schrei.

Der Fuchs rannte, die Beine ein geschwindes Chaos, es trieb ihn einfach vorwärts, immer am Zaun entlang und dann ins Aller Land. Durch den verwilderten Korridor lief er zum Übergang und noch weiter, bis seine Kräfte schließlich schwanden. Unter der letzten Ulme am Fluss rollte er sich zum Schlafen zusammen. Sein Herz beruhigte sich erst am nächsten Abend.

Jetzt hat ihn eine Wühlmaus geweckt, die zu ihrem Gang in der Wand seines Baus trappelt. In der Dunkelheit streckt er die vom langen Liegen taub gewordenen Glieder. Er gähnt und schmeckt wild wirbelnde Luft. Vor dem verwurzelten Eingang seines Baus drehen sich lautlos und ziellos fiedrige Flocken. Er blinzelt, knabbert an seinem Fell und schnobert. *Nichts.* Alle Gerüche sind begraben. Der Schnee lässt selbst die Vögel schweigen. Seine arthritischen Beine schmerzen. Er ist so hungrig wie noch nie, aber bei Schneefall zu jagen, das weiß er, ist sinnlos. Er legt den Schwanz über die Schnauze, liegt wach, wartet und wird schwächer.

Als die nächste Abenddämmerung hereinbricht, ist die Welt einfarbig geworden. Auf den Feldern kauern reihenweise Krähen und suchen nach Lücken in der weißen Kruste. Der Fuchs beobachtet vom Hohlweg aus, wie eine Krähe den Schnabel in eine kalkharte Verwehung schlägt. Mit jedem Schlag bricht der Schnee ein wenig ein, und schließlich klopft die Krähe auf undurchdringliche Erde und stößt ein ratterndes *Krah-ah-aaahhh* aus. Der Fuchs schleicht geduckt heran, doch die Krähe hat ihn gehört. Sie hüpft, springt und verschwindet in der grauen Luft. Weiter oben fliegt ein großer dröhnender Metallvogel in Richtung Süden und zieht mit einem Heulen und Jaulen das Fahrgestell ein.

Trotz Schnee trägt die feuchte Luft Geräusche und Gerüche weiter: ein vernebeltes Brummen von Autos und Lastern oder die Gerüche von Entlüftungsanlagen. In einem chinesischen Imbiss an der Bilton Lane wird Schweinefleisch frittiert. Der Fuchs spitzt die Ohren, schnappt nach der Luft, würgt, hustet und gähnt. Er scheucht damit die Krähen auf, die sofort ins Gehölz flüchten. Ein paar Ringeltauben, die paarweise vorbeifliegen, legen die Flügel an und landen auf ihrem Schlafplatz. Doch an Vögel, das weiß er, braucht er in seinem Zustand nicht mehr zu denken, darum zieht er sich in die toten Bärenklaubüschel am Feldrain zurück. Drüben in der Stadt beleuchten die ersten Straßenlaternen den dunkler werdenden Nebel. Nur wenige Atemzüge später erhebt er sich und humpelt los.

Sein Revier endet hinter dem alten Bahndamm, dort, wo ein paar gartenentfleuchte Christrosen stehen. Sie bilden in dem hermelinweißen Schnee eine violette Markierung. Ein verrotteter Gartenzaun ist nach außen gekippt und liegt halb unter Erde begraben, die Kaninchen dort beim Bauen angehäuft haben. Der Fuchs geht von Loch zu Loch, schiebt den Kopf hinein und schnuppert an dem schwachen Kaninchenbaugeruch. Erinnerungen blitzen auf: Kaninchenfell an Zunge und Zähnen, Fleisch, brechende Knochen. Doch da ist nur noch ein Hauch, der Bau ist eingebrochen. Vor einem Jahr wurde das letzte Muttertier von einem Staffordshire Bullterrier getötet, als dessen Besitzer stehenblieb, um sich eine Zigarette anzuzünden. Das rosafarbene Häufchen aus verwaisten Jungen, das im Bau zurückblieb, wurde zum willkommenen Schlemmermahl einer trächtigen Ratte. Der Fuchs, der all das riechen kann, läuft weiter.

Er steigt über den umgekippten Gartenzaun, robbt eine Böschung hinauf und unter einem Lorbeer hindurch in einen langen, schneebedeckten Vorgarten. Der Schnee hat die Blumentöpfe in riesige Bovist-Pilze verwandelt. Eine Mülltonne ist umgefallen, der Deckel steht offen, Müll quillt hervor: Der Gestank steigt ihm in die Nase. Genau das hat ihn hierher geführt. Doch da ist noch ein anderer Geruch: *Hund*. Aber nur schwach. Hier war seit Tagen niemand mehr außer ein paar Amseln, die ein längst leeres Vogelhäuschen inspizierten. Jetzt ist nur noch ihr spinnenähnliches Gekrakel auf dem glänzenden Schnee zu sehen. Angespannt kriecht der Fuchs weiter, mit seinen weißen Stiefeln hinterlässt er kaum eine Spur. Patt, patt, patt, knirscht er auf das Hausviereck zu, das wie ein Felshang am Ende des Gartens auftaucht. Oben, in einem Schlafzimmer, leuchtet der Rollladen gelblich. Das ist alles. Er bleibt stehen. *Lieber nicht*. Da ist noch ein anderes Licht, das flackert wie die Sonne auf dem Fluss. Es kommt von irgendwo hinter der Hausecke, aus der Nähe der Mülltonnen. Plötzlich bricht aus der Hauswand gurgelndes, dampfendes Wasser und strudelt durch einen Abfluss. Den Geruch kennt er: *Holunderblüten*. Er fällt in einen Trab, umrundet das Haus und steht vor einem großen Wintergarten, in dem ein Fernseher plärrt. Nur eine Sekunde später liegt er mit zurückgelegten Ohren und gefletschten Zähnen geduckt am Boden. Alles in ihm sagt: flieh. Hier ist nichts als unsicheres Gelände und drohende Gefahr, aber sein Hunger ist wie ein Tier, das ihn von innen zerfleischt. Er huscht zu der umgekippten Mülltonne und reißt, wie einen Kaninchenbauch, eine Plastiktüte auf: durchweichte Pappe, Eierschalen und Gemüsereste quellen heraus. Er vergräbt die Schnauze darin, umklammert mit den Zähnen ein Hühnchengerippe, zerrt es in den Schnee, zerknackt den Knorpel und verschlingt die bleichen Fleischreste.

In seiner Verzweiflung ist er weniger wachsam und merkt nicht, dass er einen jungen Hund geweckt hat, der nun zum Wintergartenfenster geht. Erschrocken über das wilde Tier da draußen, schlägt er mit den Pfoten gegen die Scheibe und bellt wie rasend, heiser und spitz. Der Schrei, der von oben kommt, klingt wie ein Kaninchen, das man am Genick packt. Schon ist das ganze Haus in Gelb getaucht. Der Fuchs stürzt denselben Weg zurück, den er gekommen ist, und rennt, so schnell er kann. Die schmerzenden Knochen sind vergessen, er denkt an nichts anderes als an sein Revier, an seinen Fleck Erde, den er unbedingt erreichen muss. Aber er läuft nicht direkt dorthin. Sein Instinkt sagt ihm, er muss die Feinde auf fremdem Boden abschütteln, und darum macht er kehrt und läuft westwärts an der alten Bahnstrecke entlang, fegt durch Flurhecken, über Zäune, eine Brombeerböschung hinauf und durch Gestrüpp, das mit Glas- und Metallmüll übersät ist. Unter einer Hecke riecht er einen *jungen, starken* Fuchs, aber er muss trotzdem weiter, an einem schiefen Schrebergartenzaun vorbei, wo Ringeltauben auffliegen. Hundert Meter weiter führt hinter einem Spielplatz mit Rutsche und Schaukel ein verschneiter Waldstreifen hinab zum Fluss. Als er Wasser erschnuppert, läuft er langsamer und humpelt schließlich um einen flachen, zugefrorenen und laubbesprenkelten Teich, der mit Moorhuhnspuren gesäumt ist.

Ein zweijähriger Fuchs beobachtet ihn unbemerkt von einer erhöhten Böschung aus und stößt, als er die knochige Gestalt an seiner Wasserquelle entlangkeuchen sieht, ein spitzes Warngeheul aus. Der alte Fuchs macht einen erschrockenen Satz, wirbelt herum und würgt einen keckernden Schrei heraus. Mit weit aufgerissenen Augen spannt er jeden Muskel an, aber der junge Fuchs hat keine Lust zu kämpfen. Der Eindringling ist zu schwach, um ihm sein Revier streitig zu machen. Er stinkt nach Angst und Tod. Und nach etwas, das er kennt: nach Bau und warmer Erde. Mit einem Aufheulen lässt der junge Fuchs seinen Vater vorbei und schaut dann der humpelnden Gestalt hinterher, die langsam zwischen den Bäumen verschwindet.

Im Mondschein glänzt der Nidd wie poliertes Silber. Mit der Zunge zersplittert der Fuchs den Glanz und schleckt. Er hört nichts außer dem ununterbrochenen Pfeifen und Summen der Kläranlage, die so nah ist wie sonst nie. Instinktiv läuft er weiter ostwärts zu seinem Revier. Nebelbänke geistern um das Flussufer, wabern um die Erle und die schneebestäubten Kiefern. Schnuppernd findet er den Weg flussabwärts, schleicht durch den Schnee, der eine tote Vegetation bedeckt, und erkennt an einem flachen bewaldeten Hang schließlich seine eigene schwache Duftfahne. Als er endlich oben am Hang ankommt, nimmt das nachtverhangene Land langsam eine bekannte Gestalt aus Viadukt, Wald und Wiese an. Er schnüffelt. *Es ist ganz nah.* Er läuft schneller, humpelt durch ein Weißdorndickicht und kommt an einen schiefen Zaun, der von einer undurchdringlichen Brombeerhecke überwachsen ist. Doch er kehrt nicht um, sondern schlüpft durch die schmale Lücke zwischen Zaunpfahl und Baum, landet mit den Vorderpfoten in einem Graben und weiß auf der Stelle, dass es ihn erwischt hat.

Da ist ein Reißen und das Gefühl, als sei er gebissen worden. Scharfe Zähne halten seine Hinterbeine fest. Er jault, windet sich, schnappt und faucht, befürchtet einen Dachs oder Hund, aber sein Maul umklammert Schlimmeres. In seine linke Hinterpfote hat sich rostiger Stacheldraht gegraben und um die andere schlingt sich ein weiteres Stück der Rolle, beide Pfoten hängen in der Luft. Wie wild zieht und kaut er an dem Draht, versucht gewaltsam, den Körper über den Graben zu zerren, aber reißt die Wunde nur noch weiter auf. Nun springt er vor und zurück, will auf der anderen Zaunseite hinab, doch zieht damit die Schlinge nur noch fester zu; sie verknäult sich, und der Schnee färbt sich blutrot. Irgendwann kippt er erschöpft zur Seite, mit bebendem Brustkorb, er kann nicht mehr.

In dem schmalen Graben herrscht noch tiefe Nacht, als ein Rotkehlchen die Stille durchbricht: *diddel-uu, diddel-iidii, diddel-ii.* Der Fuchs erwacht vom Klangregen. Er blinzelt zu der Stelle, von wo der Gesang durch den Wald perlt. Das Rotkehlchen sitzt auf einem nahen Holzapfelbaum und salbt die Erde. Mit durchgedrückten Beinen und aufgeplusterter Brust blickt es dem ersten Morgenrot entgegen. Auch von der Siedlung hinter der Wiese dringt leiser Gesang herüber. Das

Aller Land erwacht. Baumstämme und Äste zeichnen sich nach und nach vor einem weißen Himmel ab. Licht erstrahlt vom Osten her. Auf den Strommasten sammeln sich die Stare. Die Krähen schreiten die Felder ab. In regelmäßigen Abständen ist das *Wisch-wusch* der Autos zu hören.

Er spürt keinen Schmerz, nur Taubheit, und einen Augenblick lang vergisst er die Fesseln und will aufstehen. Als er aufjault, verscheucht er das Rotkehlchen. Wieder leckt, zieht und knabbert er an dem Draht, aber der Schnitt wird nur tiefer, weil der alte Zaunpfahl, an den der Draht genagelt ist, ein zwar krummer, aber kräftiger teerölbehandelter Kastanienholzpfosten ist und von einem Bauern in die Erde getrieben wurde, der dachte, wenn schon, dann auch richtig. Die Wunde scheuert weiter auf, blutet stärker und ist schließlich so empfindlich, dass er nicht einmal mehr daran lecken kann.

In der Mittagssonne taut, einen Meter von ihm entfernt, eine zugefrorene Pfütze auf; der Durst macht ihn schier verrückt, aber während das Nachmittagslicht langsam von Mauve zu Silber wechselt, kann er nichts tun, als an der Erde zu kratzen und in die schneebedeckte Brombeerhecke zu beißen. Schon bald ist jedes Atmen nur noch ein Röcheln. Als sich der Himmel blutrot färbt, hört er den gleichmäßigen Atem der zurückkehrenden Autos. Das Wasser in der Pfütze wird dickflüssiger und schließlich hart. Oben am Graben taucht ein Kaninchenjunges auf. Neugierig nähert es sich dem Fuchs, die seltsam gebundenen Beine verwirren es. Der Fuchs blinzelt mühsam. Schließlich wird das Kaninchen zu einer Krähe und versucht, ihn einzuschätzen. Mit dem Schnabel putzt sie sich unter einem Flügel, reckt dann den Kopf und krächzt. Selbst mit Fauchen und Zähnefletschen kann er sie nicht einschüchtern. Doch dann merkt er, dass er die Lippe gar nicht mehr hochziehen und den Kopf nicht mehr heben kann.

Der Graben wird von zwölf im Schnee wurzelnden Sandbirken gesäumt. Mit ihren harten Linien und der weichen Borke wirken sie wie eine Erscheinung; in ihren weiß-rostbraunen Stämmen destilliert das strahlende Winterlicht. Nur kurz denkt der Fuchs an seinen Bau, dann an nichts mehr. Die Krähe hüpft über den Wundrand, beugt den Kopf, zupft und weicht dann geduckt mit fedrigen Sprüngen zurück. Auch andere Tiere schleichen herum, ein glänzender Rabe und ein grauköpfiges Dohlenpaar. Als die Sonne nur noch ein Kranz am westlichen Horizont ist, verfärbt sich hinter einem Gewirr aus violetten Birkenzweigen der Himmel. Vom erlöschenden Stern vergoldete Wolken schweben einen Moment lang im vergiss-mein-nicht-blauen Himmel, der jedoch schnell weizengelb wird. Dann bernsteinfarben, narzissengelb und rosarot, und schließlich so purpurn wie eine Feuernelke. Die Farbe dehnt sich am ganzen Himmel aus, spiegelt sich in Eis und Schnee und färbt alles blutig rot. Als der Himmel dann verblasst, bleiben nur die Hüllen der Bäume und Hügel, Häuser und Gehöfte und am Horizont die rußig schwarzen Stämme der Windräder. Die letzte Farbe, die schwindet, ist der Topas im Auge des Fuchses, als sich sein Atem in der Dunkelheit auflöst.

Erst nach einem Monat oder noch länger finde ich den Kadaver. An einem rötlich strahlenden, aber beißend kalten Morgen, Boden und Bäume sind noch immer schneebedeckt, laufe ich vom Viadukt aus abwärts in Richtung der Bachelor Gardens Klärwerke. Ich überlege gerade, ob ich den Fluss fotografieren soll, der im Sonnenaufgang wie Aluminiumfolie glänzt. Nahe einiger Sandbirken umgehe ich einen brombeerüberwucherten Graben, klettere über ein paar Zaunreste, und da rieche ich es: den durchdringenden, süßlichen Gestank der Verwesung. Ich schiele nach rechts, und es dauert einen Moment, bis ich in dem Etwas, das dort unten in dem zerschrammten Graben liegt, den Fuchs erkenne. Schlaff, durchweicht, schwarz verfärbt und eingefallen hängt er dort, die Hinterbeine nichts als Knochen, noch vom Stacheldraht gefesselt. Es tut weh, ihn so zu sehen, und das Schuldgefühl macht es nicht besser. In den letzten Wochen hatte ich ihn fast vergessen. Als er nicht mehr aufgetaucht war, hatte ich noch hie und da und zu verschiedenen Tageszeiten nach ihm gesucht, aber eigentlich wusste ich, seine Arbeit war getan. Ich habe den Übergang hinter mir gelassen; das Aller Land erschließt sich mir jetzt auf eine Weise, die vorher nicht möglich war. Während ich dem Fuchs folgte, hat sich die Karte in meinem Kopf entfaltet und an Tiefe und Kontur gewonnen. Jetzt sind die Geschichten zum Greifen nah. Doch auch die Welt der Menschen hat an mir gezerrt. Rosie ist von London hieraufgezogen. Neue Arbeit hat sich angekündigt, und auch durch weitere aufregende Neuigkeiten schwindet meine Einsamkeit. Als ich nun den traurigen, skelettierten Fuchskadaver sehe, erkenne ich darin keinen Seelengeleiter oder Führer mehr, sondern wieder ein Tier: ein Gesicht, das nur noch eine leblose, eingefallene, zerquetschte Maske ist, Klauen, die bei dem Versuch, sich zu befreien, gebrochen sind, und ein kupferrotes Fell, dessen Farbe längst von der Erde aufgesogen wurde.

Als ich vierundzwanzig war, musste ich notoperiert werden. Nach drei Stunden wachte ich auf und sah, noch von der Narkose benommen, den Chirurgen an meinem Bett stehen. In einer Hand hielt er ein durchsichtiges Röhrchen mit meinem Blinddarm. »Jetzt sind sie ein neuer Mensch«, sagte er. »Ich gebe Sie der Welt zurück.« Ein komischer Moment und ein komischer Satz, der mir wahrscheinlich genau darum in Erinnerung geblieben ist. Als ich nun den Fuchs sehe, löst das in mir ein ähnliches Gefühl aus, als wäre ein Teil von mir entfernt worden. Ein Ende, das auch ein Anfang ist.

Die Sonne bestreicht das Aller Land. Ein neues Licht über einem nun vertrauten Gelände. Ich habe das Gefühl, als wäre es eine Ewigkeit her, dass die Welt ein wenig Wärme gespendet hat. Ich stecke das Notizbuch ein und lege mich auf den Boden, mit meinem Bündel als Kopfkissen. Neben mir wächst, wie ein kleiner, zufälliger Grabschmuck, Huflattich. Die Blüten gehen vor den Blättern auf und sind von demselben nahrhaften Gelb wie der Dotter eines im Freiland gelegten Hühnereis: eine Erklärung an das Leben. Um mich herum erhellt die Sonne die Knospen von Birke und Weißdorn und lässt alles erstrahlen: die Ränder der Stämme und Stiele, die Flügel einer vorbeifliegenden Taube, die schreienden Krähen auf der Wiese und eine einsame Hummel. Jemand hat die Vorhänge aufgerissen und die Staublaken weggezogen. Ich liege da, das Gesicht in der Sonne, lausche dem schneller werdenden Tröpfeln von Eis und Schnee und spüre beinah, wie sich die Erde dreht.

ULTRASCHALL

Wo ich auch hingucke, nur Eulen. Dort ein Kissen mit Filzeule, da eine Windschutzscheibe mit Plastikeule, T-Shirts, Vorhänge und Lampenschirme mit Eulenaufdruck, ein Kinderschlüsselring mit Miniatureule. Welche Einkaufsstraße ich auch entlangschlendere, in den Schaufenstern tauchen überall Eulen auf und verwandeln Möbel- und Modegeschäfte in Vogelschutzgebiete; Sperber-, Schleier- und Schneeeulen, Wald-, Bartkäuze und Wüstenuhus drängen sich hinter Glas. Sogar im Krankenhaus gibt es einen Kauz. An einer Wand der Geburtsabteilung kleben, eingeklemmt zwischen zwei blauen Stoff-Pinnwänden mit baumelnden Merkzetteln und Flyern, Tiere, die Grundschüler ausgeschnitten haben. Eine seltsame Menagerie: Tiger, Elefanten, Löwen, eine Giraffe, ein Fuchs, ein Eichhörnchen, ein Igel und dann – wahrscheinlich – ein Waldkauz. »Wahrscheinlich«, weil man nur einen braun-weißen Papierfetzen sieht, aber die großen Augen, die einen direkt anschauen, sprechen dafür. Die Kinder haben erfasst, was Modedesignern und Spielzeugherstellern normalerweise entgeht: Eulengesichter haben etwas befremdlich Menschliches.

Nachdem wir unsere Hände unter den kitzelnden Gelspender am Eingang gehalten haben, meldet sich Rosie am Empfang an. »Der Zwölfwochen-Ultraschall, nicht wahr?«, fragt eine Dame freundlich lächelnd. »Nehmen Sie doch bitte Platz. Es wird sich gleich jemand um Sie kümmern.«

Wir sitzen auf schicken, roten Stühlen gegenüber der Wand mit dem einsamen Waldkauz, der vom Ast seines Baumfetzens auf uns herunterschaut. Unter der Handtasche auf Rosies Schoss verhaken wir unsere Finger, unsere Handgelenke berühren sich, der Puls hüpft nervös und aufgeregt. Ab und zu nippt Rosie von einem Becher Wasser, um die Ebbe und Flut der morgendlichen Übelkeit einzudämmen. Nicht umsonst liegt das Pränatalzentrum vom Tabakqualm der Raucher im Eingangsbereich und vom Backwaren- und Kaffeegeruch der Cafeteria ein gutes Stück entfernt. Um hierher zu finden, folgt man einer roten Linie durch endlose eintönige, matt schimmernde Gänge. Doch hier ist alles in Kiefer und Pfirsich getaucht und wirkt hell und entspannt. Der Anfang ist wohl der angenehmere Teil der menschlichen Reise: Der Körper verändert sich mit der Schwangerschaft, und der Schmerz hat zumindest einen Sinn. Welche Belohnung auf einen wartet, wenn alles gutgeht, ist überall zu sehen. Poster mit glücklichen Müttern und süßen Babys werben fürs Stillen. Auf der Anzeige eines Fotografen krabbeln Puttengesichter durch weiße Spitzenkissen.

Würden die Fenster der Abteilung nach vorne und nicht auf den Innenhof gehen, hätten wir wahrscheinlich in den strahlenden, kalten Morgen und tiefblauen Himmel geblickt. Doch der Wartebereich wird nur von den vergitterten Neonvierecken einer Kassettendecke beleuchtet. In der Ecke stehen niedrige Tische mit Holzspielzeugen, daneben Regale mit zerfledderten Zeitschriften, die ich lieber nicht anfassen möchte. Wir sitzen auf unseren Stühlen und betrachten den Waldkauz, streichen mit dem Daumen über die Handgelenke des anderen und lauschen dem leisen Piepen, Summen und Quietschen der Schuhe auf dem desinfizierten Linoleum.

Den Ultraschall macht Rachel, eine hübsche Frau mit zurückgebundenem Haar und weißem Kittel, der an den Ärmeln blau eingefasst ist. Sie hält ein Klemmbrett in der Hand und fordert uns freundlich lächelnd auf: »Würden Sie mir bitte folgen?«

Das tun wir und kommen in einen kleinen, hellen Raum, in dem gerade genug Platz für die Einrichtung ist: die Liege, das Waschbecken, die Ablage und die obligatorischen bunten Mülleimer mit den

Totenkopfaufklebern. Es riecht wie der Gelspender am Eingang, nach Sauberkeit und Arzt. Rosie streckt sich auf der frisch bezogenen, fahrbaren Liege aus und zieht, von Rachel dazu aufgefordert, das T-Shirt hoch. Rachel verstellt die Jalousien und befördert uns ins Dunkle. Dann nimmt sie an der nierenförmigen Tastatur des Ultraschallgeräts Platz. Mit den großen Tasten, abnehmbaren Teilen und der ergonomischen Rundung sieht sie eher wie ein Kinderspielzeug aus, »Mein erster Ultraschall« von Fisher-Price. Doch dann fährt das Gerät hoch, der Bildschirm leuchtet auf, alles piept und blinkt, und Rachel sitzt wie eine Pilotin vor dem Gerät. Sie schaut sich zu mir um. Ich trete nervös von einem Bein aufs andere und halte krampfhaft unsere Jacken und Rosies Tasche fest.

»Sie können sich gern setzen.«

Ja. Nehmen Sie Ihre Plätze ein. Lehnen Sie sich zurück. Unser Bordfilm beginnt in Kürze.

Ich halte Rosies Hand, während Rachel reichlich und kreisförmig bläuliches Gel auf dem Bauch verteilt. Rosie unterdrückt einen Aufschrei. »Entschuldigung, das Gel ist etwas kalt«, sagt Rachel. Aber es ist nicht die Kälte, nur die Aufregung. Von der Liege aus kann Rosie die Bildschirme nicht sehen, weil Rachel beide zu sich gedreht hat. Wahrscheinlich für den Fall, dass es Probleme gibt. Man will den Eltern die emotionale Bindung ersparen, die dadurch entsteht, dass man das neue Leben sieht. Aber ich bin ein großer und neugieriger Mann. Ich lehne mich auf meinem Stuhl zurück, und als sich der taschenlampenähnliche Schallkopf schwankend und horchend über den Bauch meiner Frau bewegt, sehe ich erste Bilder.

Über den Bildschirm stürmen schwarzsilbrige Wolken, die anschwellen und dann schrumpfen wie zusammengedrückte Luftballons. Rachel hat den pochenden Ring der Gebärmutter schnell gefunden und fährt über die Plazenta. Routiniert wechselt sie die Richtung, klickt seitlich auf den Schallkopf, vergrößert das Bild und verweilt dann auf der dunklen Fruchtblase. Ich sehe weitere schwarzsilbrige Ringe, die sich ausdehnen, öffnen, teilen und zu neuen Formen verbinden. In Rosies Bauch bilden sich alle möglichen Landschaften: Wir fliegen über die zerklüfteten Bergrücken im Lake District, über Wintermoore, die Hügelkuppen von Salisbury und die Themse im

Mondlicht – überall dort sind wir zusammen gewesen. Nun trägt Rosie die Landschaften in sich. Sie sieht mich forschend an. Ich drücke ihre Hand und lächle. Dann schaue ich wieder auf den Bildschirm. Und einen Moment lang sieht der Pixelschnee eindeutig aus wie ein Waldkauzgesicht.

»Und?«, flüstert Rosie. »Was siehst du?«

Waldkäuze (*Strix aluco*) begegnen einem normalerweise nicht im Krankenhaus, auch wenn sich ihr Lebensraum momentan verändert. Sie hocken gern im Wald, in höher gelegenen Spalten oder Asthöhlen alter Laubbäume wie Eichen. Weil wir ständig um neues Land rangeln, verschwindet zwar immer mehr Wald, zudem nehmen die traditionellen Nistmöglichkeiten ab, weil wir die toten und hohlen Baumstämme fällen. Doch weil der Waldkauz ein Standvogel ist, hasst er es, an Boden zu verlieren, und seine gleichbleibende Population in Großbritannien zeugt davon, dass er sich, um in seinem angestammten Gebiet bleiben zu können, mit Alternativen begnügt: mit Eulen-Nistkästen, Eichhörnchenkobeln, verlassenen Krähen-, Elster- oder Reihernestern und sogar baufälligen Häusern. Als ich noch Student in Leeds war und einmal nach einer Party zehn Kilometer nach Hause laufen musste, hörte ich aus einer fensterlosen Lagerhalle in Autobahnnähe einen Waldkauz schreien. Offenbar gefallen dem Waldkauz vor allem die Brachflächen, die unordentlichen Inseln, die der Mensch vorübergehend in Ruhe lässt und wo sich funktionierende Ökosysteme blendend entwickeln können: die Wälder, Friedhöfe, Kirchhöfe und fast immer die Siedlungsränder.

Über Wochen habe ich unten im Wald ein Waldkauzpärchen beobachtet. Vier Wochen lang, um genau zu sein. Und wohl eher belauscht als beobachtet, denn es ist fast unmöglich, die lautlos fliegenden Nachttiere zu sehen. Ihre Rufe krochen jedenfalls in mein Ohr und verweilten dort so hartnäckig wie früher nach einem Kneipenabend der Tabakrauch in den Kleidern. Zum ersten Mal hatte ich die Waldduette auf der Suche nach dem Fuchs gehört. Sie waren manchmal so furchterregend wie der gurgelnde Panikschrei von Schiffbrüchigen, die im dunklen Ozean treiben, und dann wieder so beruhigend wie das sanfte Gurren einer jungen Mutter. Doch immer wurden sie vom steilen Tal zurückgeworfen, so hallig und spacig wie das Echo der »Wall of Sound« in »Be My Baby«. Die schrecklichen, schrillen Schreie und die liebevollen, tiefen Rufe wurden zu meinen nächtlichen Begleitern, und in meiner sich neu ordnenden Welt klangen sie noch umso lauter.

Anfang Februar weitet sich der Horizont. Das passiert jedes Jahr wieder und hat mit dem helleren Licht und dem Himmel zu tun. Die Tage wirken nicht mehr ganz so kurz, so als müssten sie sich wahnsinnig beeilen, um ans Ende zu kommen. Eines Nachmittags konnte ich sogar mitten in der Altstadt von Harrogate beobachten, wie hoch oben Hunderte Wolkenballen vorbeizogen, sich wie knorrige Eichenborke in endlose Fernen erstreckten und die Luft in ein psychedelisches Mauve tauchten. Schaut doch alle mal hoch, hätte ich am liebsten gerufen, weil niemand davon Notiz zu nehmen schien. Die Leute kamen einfach aus den Geschäften und Büros, eilten mit dem Handy in der Hand zum Auto, warteten gelangweilt an der Bushaltestelle, rauchten oder spielten Candy Crush. Doch mir schien es ein vielversprechender Abend zu sein, und darum ging ich über eine Straße nach Hause, an der hinter einer hohen Gartenmauer einst gekappte und nun wild wuchernde Eschen standen. Ich hatte die Vögel im Kopf. Rotkehlchen, Zaunkönige und Blaumeisen hielten sich nicht länger versteckt, sondern verteidigten ihr Revier derart stürmisch, dass sie sogar die vorbeifahrenden Autos übertönten. Wie in einem Sci-fi-Film von dem flüchtigen Gesang angezogen, versuchte ich, die Flugbahn einiger Vögel zu verfolgen, die alle paar Sekunden zu einem hölzernen viktorianischen Giebelfries aufflogen und sich dann wieder abwärts ins Getümmel stürzten. Als ich den Weg erreichte, verfärbte sich der Himmel zu einem hellen Korallton, und die schwarzen Besen der Bäume an der alten Bahntrasse spannten sich davor wie verästelte Herzgefäße auf. Aus einem kalten, klaren Tag wurde langsam eine eisige, tiefschwarze Nacht. Ein unwirklicher Anblick.

Um halb sechs war das Licht nur noch ein rötlicher Hauch hinter kreuzförmigen Bäumen. Unten im Tal herrschte schon unwidersprochen die Dunkelheit. Auch wenn die am Boden liegenden Ästchen so spröde waren wie ein Geweih, zeigten sich überall an den Zweigen der Bäume die ersten kleinen Lebensquellen. Steinhart, eiförmig und glänzend grün verhießen sie schon den Frühling und, obwohl noch schlafend, das Leben. Auch ein Eichenzweig vor mir war mit Knospen übersät. Sie waren anders: rund und rostfarben drängten sie sich am Ende mäandernder Zweige. Aus den elegant geschwungenen Ästen einer hohen Birke wuchsen kupferfarbene Pfeilspitzen. Vielleicht lag es an der Rehfarbe der schiefen Kiefern am Fluss, jedenfalls schienen sie mir die schwache Wärme des Tages am besten zu halten. Darum streifte ich in ihrer Nähe herum, als die letzten Flaschenhalstöne einer Ringeltaube ins Taumeln gerieten und verklangen. Und plötzlich flirrte der Fluss unter dem Echo der Käuzchen. Ein schmerzlicher Ruf. Eigentlich allerdings kein »Ruf« im Singular. Das berühmte *Kuwitt Kuwitt* ist nämlich nicht der Ruf eines einzelnen Vogels, sondern ein Duett. Dabei ruft das Weibchen weniger *Kuwitt* als *Kiwick*, wobei sich sein kurzer, gellender Schrei auch damit nur unzulänglich beschreiben lässt. Das Männchen lässt dagegen ein heulendes, synkopisches *Huh-Huhuhu-Huuuh* ertönen – das wärmer klingt, als es geschrieben aussieht, weil der raffinierteste Teil fehlt: ein zitternder Tonabfall am Schluss, der dem Ruf wie ein Folksänger emotionales Gewicht verleiht.

Die besondere Sorgfalt, die auf stimmliche Details verwendet wird, verwundert nicht. Gesang ist für den Waldkauz alles. Die Käuzchen leben in lockeren Gruppen, wobei Distanz und Pachtverhältnisse genau geregelt sind. Die Reviere grenzen so nahtlos aneinander wie die Flurstücke im amtlichen Kataster, weil die Käuze aber nicht über Geruchssinn – und Kataster – verfügen, leben sie hauptsächlich in einer akustischen Welt. Mit den Rufen melden sie Revieransprüche an: *Das ist mein Jagdgrund und meine Partnerin.* Die Rufe sind zudem so ansteckend wie ein Ohrwurm. Ein Käuzchenschrei führt zu weiteren Käuzchenschreien. Manchmal habe ich in Rufpausen sogar das entfernte Echo von Käuzchenpaaren weiter flussabwärts oder von der Wiese oder der Stadt her gehört. Dann stellte ich mir die Gespräche vor, die rund um unsere nachttrunkene Welt geführt werden, das silbrige Netz aus Geplapper, mit dem Streitfälle beigelegt und Nistplätze erobert werden.

Büchern können wir entnehmen, dass Käuzchen ihre Nachbarn anhand winziger stimmlicher Merkmale genauso gut unterscheiden können wie wir Freunde oder Verwandte am Telefon. Wenn ein

Männchen nicht oder zu leise antwortet, spricht sich das herum, und das Revier wird ihm in einem schnellen, lautstarken Staatsstreich abgejagt. Der Käuzchengesang wirkt aber auch erotisierend, und bei Paaren kann das männliche Gesumme den Eisprung stimulieren. Die beiden Käuzchen, die ich gehört habe, hatten sich bestimmt im Herbst gefunden und bildeten höchstwahrscheinlich gerade ein federzartes Paarungsknäuel. Oder das lag schon hinter ihnen, und sie entspannten sich nun an ihrem Nistplatz Seite an Seite mit postkoitalen Ritualen aus Gefiederpflege, Ruhen und Schlafen. Nach der Paarung wird das Verhalten liebevoller, aus nächtlichem Flirten mit protzender Krallenbeschau wird gegenseitiges Vertrauen und Wohlwollen. Vielleicht ging es bei den Rufen, die ich hörte, nicht um schmutzigen Sex, sondern um Kinder, Hypotheken und Geld.

Plötzlich, ich hatte nichts bemerkt, rief das Männchen direkt über mir in der schwarzen Kiefernkrone. Noch nie hatte ich einen Käuzchenschrei so deutlich und nah gehört, ich spürte quasi das Schwingen der Membran, das Vibrieren der Kehle und die Luft, die der Waldkauz in seinem Sinne bearbeitete. Doch ich konnte nicht länger bleiben. Meine eigene Partnerin rief. Seit zwei Tagen lag Rosie erschöpft und kränkelnd im Bett. Jetzt rief sie nach Futter. Die SMS war klar und deutlich: »Bring mir bitte Pizza mit«. Das klang für mich nicht nach Grippe.

Nichts als Zufall, aber als ich erfuhr, dass ich Vater werden würde, fing es gerade an zu schneien. Die Welt veränderte sich. Hingerissen von der blauen Linie, die in dem winzigen Fenster des Schwangerschaftstests langsam auftauchte, blickten wir auf, und es schneite, als würden die Schneeflocken lastwagenweise auf die Straße gekippt. Wo der Horizont anfing und wo die grauen Schieferdächer gegenüber aufhörten, ließ sich nicht mehr ausmachen. Wir legten uns auf unser großes Bett und schauten zu, wie es immer stürmischer schneite. Vor der Scheibe drängte sich ein Gestöber aus lautlosem Weiß und entfernte sich wieder. Die Schneeflocken verdoppelten, wie bei der Zellteilung, ihre Zahl und vereinten sich zu größeren Flocken. Die Stadt war vollkommen still, die Autos fuhren langsam und vorsichtig. *Daran*, sagte ich mir, *will ich mich mein Leben lang erinnern, an diese himmlische Ruhe, an die Rinnsale aus schmelzendem Schnee, die die Scheibe hinunterlaufen. Und an Rosies warme Freudentränen, die mein Hemd durchnässt haben.*

Das Gelächter unserer Gäste vor der Haustür riss uns nach einer Weile aus der Traumwelt. Plötzlich war unser Haus von Leben erfüllt. Die Freunde aus London hatten sich schon vor Wochen angemeldet, als wir an all das nicht einmal im Entferntesten gedacht hatten. Doch es war noch zu früh, um etwas zu sagen; wir schoben unsere Aufgekratztheit auf den Schnee und schlugen einen Spaziergang durch das Gestöber vor. Eine halbe Stunde später hatten wir uns winterfest eingepackt und kämpften uns an Häusern auf der Bilton Lane vorbei, die unter der Schneeschicht beleidigt schienen wie Rentner, die auf dem Weg zur Kirche in eine spontane Schaumparty geraten sind. Der Verkehr war mittlerweile lahmgelegt. Es fegte ein Nordwind durch die Stadt, der den Schnee aufwirbelte, und es schien, als kämen die Flocken vom Aller Land. Der Himmel war eine weiße Leuchtspur, und die Landschaft lag zäh und grau wie Spachtelmasse in der Ferne. Doch der Schneesturm hatte seinen Höhepunkt schnell erreicht; als wir an dem Weg ankamen, schwächte er sich schon wieder ab. Langsam, wie hinter einer beschlagenen Duschwand, kam die vertraute Topografie wieder zum Vorschein; die tief stehenden Wolken flackerten in der Sonne, verdunsteten und lösten sich schließlich auf. Plötzlich gab es nur noch zwei Farbtöne: das Leinenweiß von frischem Schnee und unter Bäumen und Hecken das Kohlrabenschwarz der Erde. Als wir über den frisch verschneiten Weg knirschten, flogen aus den Haselsträuchern Buchfinken auf. Beim Blick von einer Kuppe über die sonnenbeschienene Landschaft schmerzten meine Augen zwar, aber ich bildete mir ein, durch die gleichmäßige Schneedecke weiter gucken zu können denn je. Alle Unebenheiten waren geglättet, die Landschaft hatte einen neuen und reinen Anstrich erhalten.

Wir ließen die anderen vorgehen und standen plötzlich am Anfang des Hohlwegs vor einer Lücke in der Weißdornhecke. Rosie kannte das Gelände noch nicht so gut und war wie angewurzelt stehengeblieben. Ich legte die Arme von hinten um sie, die Hände auf ihren Bauch, und den Kopf an ihre Schulter. Nun sahen wir, Seite an Seite, genau dasselbe: die einsame Eiche, die rasiermesserscharf geschnittenen Hügel, die Strommasten, die zugedeckten Kirchtürme, Kuppeln und Türme der Stadt. In meinem Kopf drehte sich alles, die Kraft der Natur draußen und in uns überflutete mich. Mein Magen kribbelte vor Freude, ich war so glücklich, wie ein Mensch nur sein kann. Doch da war auch eine Sorge. Den Gedanken, wie leicht etwas falsch laufen konnte, wurde ich nicht los. »Falsch« ist eigentlich nicht richtig. Falsch und Richtig gibt es nur in der menschlichen Vorstellung. Aber manchmal laufen die Dinge anders, als wir uns erhoffen. Unsere Wünsche sind der Natur egal. Zellen können versagen. Das Leben kann so plötzlich enden wie ein Schneegestöber. Natürlich behielt ich meine Gedanken für mich. Ich stand bloß da und ließ alles auf mich wirken. Heute erinnere ich mich vor allem an das Geräusch. Daran, wie wunderbar es war, dass es keins gab.

Wie sich herausstellen sollte, ist das Geräusch auch ein wichtiger Bestandteil des Ultraschalls in der zwölften Woche. Das wird einem nicht gesagt, es geht mehr darum, was man sieht, als was man hört, aber die Ultraschallsonde ist auch ein Mikrofon. Rachel beugt sich vor, schwenkt den größeren Bildschirm herum und stellt ihn lauter. Aus den Lautsprechern dringt jetzt ein hohles *Krrrrrr,* ein Rauschen wie von einem schlecht eingestellten Radiosender oder der leerlaufenden Kläranlage, wenn man am Viadukt steht. Als Rachel die Sonde, das eine Ende in der Luft, auf den Bauch presst, drückt Rosie meine Hand fester. Das Geräusch schwillt an, ein schneller, pochender, gleichmäßiger Rhythmus. Der Herzschlag: *wusch-wusch-wusch-wusch.* Es klingt wie ein bedrohliches Motorengeräusch. Ich muss an Filme über den Zweiten Weltkrieg denken, wenn die U-Boot-Besatzung einen Schiffspropeller herankommen hört. Das körnige silbrigschwarze Meer auf dem Bildschirm verwandelt sich vom Käuzchen in eine kleine, liegende Gestalt mit Haut und Knochen, einem pulsierenden Dreieck in der Mitte und winzigen, angezogenen Knochen-Beinen.

»Sehen Sie dort die Hände?«, fragt Rachel, während sie eine Stelle markiert und vergrößert. Nicht wirklich, nur eine winzige im Schlaf zuckende Faust, die auf dem Kopf ruht und ihn wie beim Boxen zu schützen scheint. Dann bewegt sich die Gestalt und dreht sich zur Seite, als wollte sie im Bett eine bequeme Schlafhaltung einnehmen.

Später sollten wir uns beide daran erinnern, wie wir leicht dümmlich auf das Gezappel blickten, auf diesen winzigen wieselflinken Geist, der das Bettzeug zerwühlte.

An der Straße vorm Krankenhaus sind schon die ersten weißen und rosa Kirschblüten aufgegangen. In den Gärten stehen Schneeglöckchenspieße. Vorher habe ich sie noch nicht gesehen. Die ganze Welt riecht sauberer. Ich beichte Rosie, dass ich in dem Ultraschallbild ein Käuzchen gesehen habe, und sie lächelt. Am Abend sagt sie: »Sollen wir nicht einen Spaziergang machen? Ich würde heute gern das Käuzchen hören.«

Langsam lerne ich, die kleinen Feinheiten der verschiedenen Tageszeiten zu schätzen. Das Gelände scheint jedes Mal verwandelt, je nachdem, wann und wie ich dort ankomme, und fast auch je nachdem, wer ich gerade bin, wenn ich dort hingehe. Heute fühlt sich der Abend feierlich an. Die Sonne macht aus den kahlen Ästen Goldfontänen und aus den einsamen Krähen in der Krone Wetterhähne, die ihren Schnabel nach Südwesten drehen. In den beiden Schneewochen war ich wie geblendet. Aber nun ist es, als wäre ich beim Augenarzt gewesen, und man hat mir eine neue Brille verschrieben. An manchen Stellen sieht der Boden aus wie ein aufgeschürftes Kinderknie: Wie grün gefärbtes Blut drängen die Weizentriebe an die Oberfläche. Im Hohlweg brechen die Holunderknospen auf, man sieht zusammengedrückte Knollen mit zerknitterten, rotgeränderten Blättchen. Als wir weiter in Richtung Wald spazieren, zittert die Luft vor überbordendem Leben. In dem langsam auftauenden Boden haben die Kaninchen neue Gänge gegraben und die ausgebaggerte terrakottarote Erde unter einem Haselstrauch verstreut. Silbrige Kätzchen lassen die dunklen Weidenzweige heller erscheinen. Und obwohl es noch nicht wirklich dunkel ist, funkt der Waldkauz schon auf Langwelle und schickt seinen hohen Ruf bis über das Wehr.

»Hör mal!« Wir flüstern und zupfen den anderen am Ärmel. Das Käuzchen sitzt höchstens drei Meter von uns entfernt auf einem unteren Kiefernast und schaut in die andere Richtung, nach Norden.

Viele Leute erzählen einem von »ihrem Lied«, einer mit Bedeutung aufgeladenen Melodie, die für sie untrennbar mit einem Ereignis verbunden ist. Und die rein zufällig persönlich bedeutsam wurde. Wenn das auch für Vögel gilt, ist unserer ein Eulenvogel. Auf dem Heimweg von einem unserer ersten Dates – ein Weg von Pub zu Pub im Lake District – hat uns der Gesang einer Waldohreule begleitet. In unserer ersten Londoner Wohnung trugen mehrere Waldkauzmännchen in den Gärten eine Mondscheinsonate vor. Doch am beeindruckendsten war die Schneeeule, die ungebeten am Ort unserer Flitterwochen auftauchte. Wir dachten eigentlich, in dem abgelegenen Cottage in Cornwall, das wir für ein paar Januartage gemietet hatten, wären wir ganz für uns, aber als wir eines Morgens durch die Eisblumen nach draußen blickten, standen auf den schmalen Wegen und Feldern Autos, fernglasbewehrte Vogelbeobachter und Fernsehcrews. Sie waren in der Nacht aus dem ganzen Land angereist, um einen seltenen Gast zu sehen, einen Wandervogel aus der Arktis, der diese südlichen Gefilde normalerweise meidet. Das weiße Phantom jagte wie »ein kleines Lamm in den Bäumen«, so eine Zeitung, im Gehölz und auf den Feldern der Küste von Zennor. Wir haben es leider trotz aller Bemühungen und unseres beneideten Standorts nie gesehen. Und ausgerechnet als eine Schneewand hereinzog, verschwanden Eule und Leute.

Um besser sehen zu können, robben wir an diesem Abend über Kiefernnadeln und Laub, aber, von unserer Amateurlist genervt, dreht sich das Käuzchen um und fixiert uns aus schwarzen Marmoraugen. Ich fühle mich wieder, als würden mich meine Eltern mit einem Mädchen im Zimmer erwischen. Das zerklüftete Gesicht mit den dunklen Ringen schaut uns furchtlos und scheinbar missbilligend an. Mit dem melierten struppigen Federkleid ist der Waldkauz vor der Borke gut getarnt. Tagsüber schläft er, doch er liebt die Sonne, und die letzten warmen Strahlen verleihen ihm eine wunderbare Bronzefarbe. Doch wir sind nicht die Einzigen, die ihn sehen. Eine Kohlmeise sitzt in sicherem Abstand, schlägt mit Flügeln und Schwanzfedern und stößt wilde Warnrufe aus. Das Tageslicht ist für Käuzchen riskant. Mit ihrem charakteristischen Kopf und Körper werden sie leicht erkannt und – gemobbt. Früher haben die Jäger Bäume mit Vogelleim bestrichen und dann mit Eulenattrappen andere Vögel angelockt und gefangen. Und genau darum geht es beim Kohlmeisentanz.

Die Meisen sollen zusammengerufen werden, um den Beutegreifer so lange zu piesacken und zu picken, bis er endlich wegfliegt. Bislang hatte ich Ähnliches nur einmal in Kent gesehen. Misteldrosseln hatten damals eine dicht belaubte Eiche umschwärmt, als wollten sie das Waldkauzweibchen darin verpetzen: *Da sitzt sie, da sitzt sie.* Dann folgte Angriffswelle auf Angriffswelle, Frontalangriffe mit spitzem Schnabel. Kaum ein anderer Vogel ist so verhasst und gefürchtet wie der Waldkauz. Nicht einmal der Habicht. Schon der römische Dichter Ovid schrieb über die Eule: »Nun ist sie ein Vogel ...; ihre Schande verhüllt sie tief in Dunkel, von allen verjagt im Bereiche des Himmels.«

Doch ehe die Eulenvögel bei Mode- und Möbeldesignern so hoch im Kurs standen, waren sie auch bei uns nicht besonders angesehen. Seit der Antike sah man in ihnen geflügelte Krankheitsboten und ein Symbol für Düsternis und Untergang. So schrieb Plinius der Ältere vor über tausendneunhundert Jahren: Der Uhu »ist ein nächtliches Ungeheuer ... Wird er ... irgendwo gesehen, so ist dies ein schreckliches Zeichen.« Vermutlich rührte der schlechte Ruf der Eulenvögel von ihrem gequälten Schrei und ihrer Vorliebe für Brachflächen und verfallene Gebäude. Und irgendwas bleibt eben immer hängen. Davon zeugt Shakespeares *Macbeth* aus dem 16. Jahrhundert: »Die Eule war's, die schrie, der traur'ge Wächter, der grässlich gute Nacht wünscht.« Doch im 18. und 19. Jahrhundert wurde den Eulen dann plötzlich oft das Gegenteil angedichtet. Man hielt sie für Glücksboten. Der Schrei der Eule sagte die Geburt eines Mädchens voraus, eine Eule nahe dem Haus einer Schwangeren kündete von einer leichten Geburt oder einem Jungen. Hier in Yorkshire glaubte man, Keuchhusten ließe sich durch eine kräftige »Eulenbrühe« kurieren, zahlreiche Rezepte verwiesen auf die gesundheitsfördernde Wirkung von Euleneiern, und die Bauern wussten natürlich zu schätzen, dass Eulenvögel den Feld- und Waldmäusebestand niedrig hielten. Nach dem Glauben mancher Native Americans beklagt die Eule mit ihrem Schrei auch den Verlust des Goldenen Zeitalters, in dem Mensch und Natur noch im Einklang lebten. Dass die Eule als trauriger Barde den verlorenen Garten Eden besingt, gefällt mir eigentlich am besten.

Aber genug. Die schmalen Schultern der Eulenvögel können das gar nicht tragen. Das Käuzchen interessiert sich nicht für unseren Aberglauben. Es ist, was es ist. Es schielt noch einmal zu uns, dreht sich dann zum schwindenden Licht, klappt weg und gleitet schnell und dicht über dem Fluss davon.

Der März schreitet fort. Rosies Bauch wird dicker. Die Bäume schlagen aus. Nur ein riesiger Bergahorn weigert sich, mitzuspielen. Ich betrachte seine kahle Gestalt von der blassen, lichten Krone bis zu den freiliegenden Wurzeln. Sie scheint wie ein mächtiger Wasserlauf auf einem Satellitenfoto. Die Äste sind Nebenarme, die aufbrechenden Knospen an den Zweigenden sprudelnde Quellen. Es könnte der Nidd sein, zugefroren, schwarz und senkrecht gedreht. In der Nähe, etwa dreißig Meter vom Wehr, steht eine große Birke. Bestimmt haben die Käuzchen dort, in einer verrotteten Astgabel, ihr Nest. Der Eingang liegt zwar hinter Efeu gut versteckt, aber wenn ich lange genug in die Dunkelheit horche, taucht dort irgendwann das Männchen auf und begibt sich auf einen ausgedehnten, ausgiebig kreisenden Flugeinsatz. Käuzchen sichern ihre Grenzen durch regelmäßiges Kreischen. In der Nähe ihrer Reviergrenze springe ich dann erschrocken auf. Es klingt, als ob der Wind im Kamin pfeift und heult.

Das Männchen geht jetzt zunehmend tagsüber auf Jagd und bringt seiner brütenden Partnerin Geschenke, wohl Wühlmäuse, Kaninchen und Feldmäuse. Mittlerweile habe ich ein Fernglas dabei und außerdem die alten Vogelführer meiner Mutter studiert. Sie empfehlen nach dem Gewölle der Vögel zu suchen, um anhand ausgewürgter Knochen- und Fellreste die Nahrung der Vögel zu bestimmen. Doch das ist leichter gesagt als getan. Wie soll man zwischen verrottendem Laub und frischem Grün von Bingelkraut, Buschwindröschen, Scharbockskraut und Bärlauch etwas finden? Doch die Suche ist trotzdem aufschlussreich. Die Mulden im Aller Land hat der Winter noch fest im Griff, aber sonst überall sprießt eine reiche Pflanzenauswahl in der nach Knoblauch riechenden Erde. Das neue Leben: Am Boden liegen Teppiche aus perfekt geformten Bonsai-Brennnesseln und Miniatur-Labkräutern, im Wasser und an sumpfigen Ufern schwimmen Flecken mit gelben Sumpfdotterblüten. Zwei Meter von mir entfernt kommt eine junge Waldmaus unter einem Stein hervor, mit der ich mir ein fünfminütiges Blickduell liefere. Die Maus bleibt unbeirrt sitzen, bis ich für ein Foto mein Handy heraushole. Vermutlich hatte sie noch nie einen Menschen gesehen.

Der rauschenden, hupenden Rushhour der Stadt und den rumpelnden, klappernden Ackermaschinen nach, die in die Scheunen zurückrollen, dürfte es ungefähr 17 Uhr sein. Die Schatten werden länger, ein Fasan lässt ein eingerostetes *Gö-Göck* hören, die Rotkehlchen zwitschern. Am Waldrand sitzt das Waldkauzmännchen allein auf dem langen, dicken Ast einer Eiche. Das senffarbene Licht reicht noch für das Fernglas, und vom Hohlweg geschützt, stütze ich die Ellbogen auf einen niedrigen Ast und betrachte in Ruhe das gesprenkelte, gedämpfte Gefieder in Crème und Chocolat, das so unglaublich weich wirkt wie diese luxuriösen, muschelförmigen Pralinen. Als sich der Kopf roboterartig bewegt, rotiert das runde Gesicht wie ein Satellit.

Wenn man sich näher mit dem Gehör der Käuzchen beschäftigt, scheint es einem immer sci-fi-mäßiger. Waldkauzohren sind ungefähr zehn Mal empfindlicher als unsere und können niederfrequente Klangnuancen, etwa das Rascheln ihrer Beute im Laub, über beträchtliche Entfernungen wahrnehmen. Auch wenn ich Ohren gesagt habe, handelt es sich eigentlich um zwei unter Federn versteckte Öffnungen zu beiden Seiten des Gesichts, die im Lauf der Evolution für Klangwellen »durchlässig« geworden sind. Die linke Ohröffnung sitzt etwas höher als die rechte, die ihrerseits abwärtsgerichtet ist und besonders sensibel auf Geräusche von unten reagiert. Alle Geräusche unterhalb der Visierlinie klingen daher im rechten Ohr lauter. Die beiden Trommelfelle sind durch einen mit akustischen Neuronen vollgestopften Gang verbunden, der das Käuzchengehirn in Echtzeit über die winzige Zeitdifferenz informiert, mit der das Geräusch die Ohren erreicht. Die Daten – rechts, links, oben und unten – werden sodann umgehend vom Waldkauz interpretiert, der die Position der Klangquelle so kartiert und genauestens bestimmt.

Dann fällt er wie angeschossen vom Ast und verschwindet aus dem Blickfeld meines Fernglases. Als ich das Fernglas absetze und nach ihm Ausschau halte, sehe ich eine braune Unschärfe, die aufs Feld zustürzt, und stelle das Fernglas hastig neu ein. Der Waldkauz fliegt schnell und vollkommen lautlos; der gezahnte Flügelkamm schaltet alle Fluggeräusche aus. Der Kopf ist völlig reglos, nun ist sein beeindruckendes Sehvermögen eingeschaltet, doch mitten im Flug, vielleicht eineinhalb Meter vom Boden, korrigiert er sich plötzlich, dreht nach links ab, stellt die Füße auf, fährt die Krallen aus und klappt, als wolle er die Beute obendrein ersticken, die Flügel zum Boden. In dem Kugelweizen kann ich nicht sehen, wie er zuschlägt, aber sein Kopf ruckt auf und ab, mit kräftigen, schleudernden Hieben. Das Herz schlägt mir bis zum Hals. Nur eine Minute später schaut er sich entspannt um und erhebt sich mit einem kleinen, grauen, zerknautschten Kaninchenball in die Luft. Ein Leben, das zu Ende ging, noch ehe es richtig begann. Ein Hunger wurde gestillt. Unterdessen haben Fasan und Rotkehlchen gemächlich weiter geplaudert. Keiner hat hingesehen. Keiner hat sich dafür interessiert. Jagen und Sterben scheinen erschreckend normal.

Als ich später nach Hause komme, öffnet Rosie gerade das Schreiben mit dem Termin für den Ultraschall in der zwanzigsten Woche. Während sie den Termin in den Kalender einträgt, lese ich die beigelegten, zigmal kopierten Erläuterungen zum Ultraschall, wie der Schallkopf hochfrequente Wellen zwischen eins bis fünf Megahertz durch den Körper schickt und das zurückkommende Echo auffängt. Offenbar treffen die Schallwellen auf die Grenzfläche zwischen Flüssigkeit und Fleisch oder zwischen Muskel und Knochen. Einige Wellen werden dann zum Schallkopf zurückgeworfen, andere weitergetragen und von anderen Grenzflächen reflektiert. Wenn der Schallkopf auf dem Bauch sitzt, nimmt er die Frequenzdifferenzen von nur Millionstelsekunden zwischen den Grenzflächen wahr, und der Computer kann so die interne Körperlandschaft mittels der bekannten Schallgeschwindigkeit in Gewebe (1540 Meter pro Sekunde) vermessen und in ein zweidimensionales Bild verwandeln. In der Broschüre finden sich zudem Warnungen. Man nennt diese detaillierte Untersuchung auch Fehlbildungsultraschall. Damit wird festgestellt, ob sich Grenzflächen, Knochen und Gewebe richtig verhalten. »Im Ultraschall können unter Umständen ernste Fehlbildungen festgestellt werden«, heißt es in einer Fußnote. »Darauf sollten Sie vorbereitet sein.«

Auch das ist erschreckend normal.

Wie sich die Frau während der Schwangerschaft anatomisch und emotional verändert, ist allgemein bekannt und gut beschrieben, doch auch der werdende Vater verändert sich. Ich kann es schon spüren. Ich werde dünnhäutiger und empfindlicher, die Welt ist noch herrlicher und grausamer.

Am Ende scheint der März so rachsüchtig wie eine geschlagene Armee, die auf ihrem verbitterten Rückzug alles vernichtet, was ihr in die Quere kommt. Vom Westen kreischt ein stürmischer Regen ins Aller Land, vorher ist er schon kilometerweit über Hügel und Felder gefegt. Er erzählt von vergangenen Kriegen und kommenden Schlachten. »Das ist ja nicht auszuhalten«, ruft eine Frau auf dem windgepeitschten Weg vom Auto zur Haustür, als ihr der Schirm aus der Hand fliegt und hinter einer Hecke verschwindet.

Es stürmt so stark, dass das Laub vom Wald bis in die Bilton Lane gefegt wird – wie hastende Flüchtlinge, die in der Stadt Schutz suchen. Ich bin in der Gegenrichtung unterwegs, lasse den Weg hinter mir, gehe links durch die kleine Furt und dann den Weg hinauf. Außer mir ist niemand hier, und die Bäume wollen mich wild gestikulierend verscheuchen. *Du gehst falsch! Du gehst falsch!* In dem wirbelnden, beißenden Wind kann ich kaum atmen oder länger in eine Richtung schauen, und ich beneide die Kaninchen und Wühlmäuse, die sich jetzt in ihrem Bau aneinanderdrängen. Eine Kohlmeise stürzt sich schutzsuchend in eine Hecke. Ich renne auf der Suche nach einem Unterschlupf in den Hohlweg, Schreie, Stöhnen und Heulen dringen durch die Haselwände. Im Wald dann rudert eine Esche wild umher, ich lege meine Arme um sie, um nicht umgeweht zu werden. Der Wind bringt uns alle in Bedrängnis. Die Kronen beben und vereinen sich, die Kiefern brüllen ihre Qual über den Fluss. Um mich vor dem Sperrfeuer aus herumfliegenden Teilen und Sturm in Sicherheit zu bringen, zwänge ich mich zwischen zwei Kiefernstümpfe. Dort hocke ich ebenso verängstigt wie aufgeregt, als würde ich vom Meeresgrund aus einen oben vorbeidonnernden Tsunami beobachten. Aber wenn ich mich hinknie, habe ich genau den Baum mit den Käuzchen im Blick und kann mit dem Fernglas den schwankenden Stamm beobachten. Wahrscheinlich brütet das Weibchen gerade. Ich mache mir Sorgen. In dem zerstörerischen Sturm, der durch den Wald jagt, können die Vögel ihr Gehör nur eingeschränkt nutzen und kaum jagen. Sie müssen hungrig sein. Doch wie die Beobachtungsbücher sagen, brütet das Weibchen von so etwas unbeeindruckt zwei bis fünf weiße Eier aus, die es in wöchentlichem Abstand legt. Unwetter oder nicht, das Leben geht weiter.

Der Wind schreit lauter und höher als ein wütender Choleriker, und irgendwo stürzt ein Baum. Ich werfe einen kurzen Blick über meine Brüstung: Zum Glück nicht der Käuzchenbaum, aber wie lange kann das noch gutgehen? Hier am Boden, zwischen dem langsam dunkler werdenden Unterholz, spüre ich den dünnen Grad zwischen Leben und Tod wie eine Verwerfung unter mir. Noch wehre ich mich gegen das Gefühl der Solidarität zwischen werdenden Vätern. *Das ist nur die Natur*, sage ich mir, *was auch immer passiert*. Doch plötzlich schlägt das Gefühl von irgendwoher zu, und ich muss an meinen Freund Peter denken, der vor sieben Monaten einen sinnlosen Unfalltod starb. Es steigt wieder dieselbe tiefe Traurigkeit auf, wie so häufig seit jener Nacht um zwei, als mich der Anruf seines Cousins aus dem Schlaf riss, eine unwirkliche Mischung aus Hilflosigkeit und Ungläubigkeit. Und dann diese furchtbare Leere. Es ist ein plötzlicher Stoß, als berühre man einen Elektrozaun, und auf einmal befindet man sich in einem Grenzbereich, wo Mensch und Natur ihre klar abgesteckten Bereiche verlassen, die wir ihnen doch eigentlich zugewiesen haben. In solchen Momenten stehen wir auf einmal dem Kleingedruckten und nicht Verhandelbaren unseres Lebens gegenüber. Und auch dann hören wir sonst nicht wahrnehmbare Frequenzen und unvergessliche Laute: die brechende Stimme von Peters Cousin in der Nacht und dann, als ich es Rosie sagte, das wiederholte »Oh nein« und die zitternde Hand, mit der sie halb den Mund bedeckte.

Hier draußen in dem Gelände ist alles in Verwandlung. In einer Millisekunde kommt es millionenfach zu Leben und Tod, hier kann man dem Gefühl nicht entkommen, dass sich die Zustände immerzu wandeln. Das Wasser, das ich über das Wehr stürzen höre, fließt bis ins Meer und existiert, auch wenn es dann kein Fluss mehr ist, weiter. Eines Tages wird er als Regen wiederauferstehen. Es ist wie mit dem Kaninchenjungen und dem Waldkauz. Die Energie verändert nur ihre Form. Sie entsteht nicht und endet nicht. Jede Kalorie, die an mir vorbeifließt, war seit Anbeginn da und wird auch am Ende noch da sein. Das ist ein Trost, aber sagen Sie das mal einem Vater, der im Krankenhausflur auf und ab läuft, während sein Baby mit einem angeborenen Herzfehler auf dem OP-Tisch liegt. Die »Natur« hat eben zwei Gesichter. Und doch hält genau sie uns am Leben. Auch wenn sich das manchmal nur schwer mit ihrem anderen Gesicht vereinbaren lässt.

Drei Nächte hintereinander habe ich geträumt, ich säße in einem Krähennest auf tobender See. Vom Wind umheult, kracht, jammert und brüllt unser Haus wie eine viktorianische Maschine, die an ihre Grenzen kommt. Doch heute klingt das Ächzen und Stöhnen dort draußen, als kühle sich die Maschine langsam wieder ab.

Sobald es geht, laufe ich die Straße hinunter Richtung Wald. Immer wieder muss ich Zweigstücken, Plastiktüten und Imbisspackungen ausweichen, die der Wind noch immer unter die Autos und über den Gehweg bläst. In den Gärten schwanken und brausen die Nadelbäume. Aus einem Garten in Nähe des Wegs kommt ein gequältes Kreischen, wie von einer Amsel, die die Katze erwischt hat. Als ich den Garten erreiche, sehe ich in der Auffahrt ein Auto mit offener Motorhaube, über die sich ein Mann in verschmiertem Overall beugt. Kurz registriert er meinen überraschten Blick, dann wendet er sich wieder der eigentlichen Lärmquelle zu, einer fehlerhaften Zündung.

An der alten Bahnlinie ist die Welt vom Kampf gezeichnet. Umgeknickte Bäume hängen vornüber, als wollten sie ihr aufgeplatztes, knochenhelles Kernholz betrachten. Die Hecken sind aufgeschlitzt und aufgerissen, überall am Boden verstreut liegen Bruchstücke, abgeknipste Zweige und zerfetzte Blätter. Und von den Feldern weht noch ein anderes Zischen und Klicken herüber: Hoch oben, in der Dreieckspitze des Strommasten knistert es, als würde ein Rieseninsekt seine Mundwerkzeuge wetzen. Weiter vorn in einer Ackersenke liefert sich ein Gehölz noch ein letztes Gefecht mit dem schwindenden Wind.

Dann ist es wieder still auf Erden. Ich stehe unter dem Strommast und lausche seinem seltsamen Gesang. Der Abend legt sich sacht über das verwundete Land, wie eine aufgeschüttelte Decke, die sich in sanften Wellen auf das Bett niedersenkt. Als ich mich gerade frage, wie die Landschaft das alles überlebt, weht aus dem Hohlweg und dem Wald taumelnder Amselgesang herüber. Und ein Käuzchenschrei, ein langes *Huh-Huhuhu-Huuuh,* steigt lauter noch zum Milchmond empor.

Schnellvorlauf. Wir sind wieder im Pränatalzentrum. Wieder nehmen wir auf den schicken roten Stühlen Platz. Diesmal liegen unsere Hände auf Rosies rundem Bauch. Unsere desinfizierten Handflächen und Finger spüren flatternde Fußtritte und Bewegungen. An der Wand gegenüber, zwischen den Pinnwänden, sitzt noch immer das einsame Käuzchen in seinem Papierfetzenbaum. Wer weiß, wie lange noch. Das kleine Kind einer hochschwangeren Frau, die mit den Nerven am Ende ist, läuft herum und versucht, das Käuzchen herunterzureißen. »Ich, ich«, sagt es und zupft daran. *Genau, mein Kleiner.*

Betrachtet man die Vogelwelt mit ihren fantasiereichen Formen und Farben, dann fällt auf, dass der Waldkauz uns frappierend ähnelt: mit der aufrechten Haltung auf zwei Beinen, dem runden Kopf, den großen Augen, dem beidäugigen Blick, den Wangen und nicht zuletzt dem abwärts gebogenen Schnabel, der wie eine Hakennase aussieht. Selbst die weißgrauen Federbüschel, die sein Gesicht umrahmen, könnten als der ungepflegte Schnurrbart eines alten Generals durchgehen. Und das ist wohl auch der Grund, warum er ins Reich der Stofftiere aufgestiegen ist und unsere Möbel, Kleidung, Taschen und Tapeten ziert. Es ist nichts als Eitelkeit. Wir finden ihn so schrecklich süß und menschlich. Es ist der alte, unbewusste Disney-Blick auf die Natur, die wir für etwas halten, das wir beherrschen, verändern und vereinnahmen können. Das eben so ähnlich ist wie wir. Das mag in vielerlei Hinsicht sogar stimmen, doch wenn wir Raubvögel näher beobachten oder mit Geburt und Tod in Berührung kommen, dann stellen wir unweigerlich fest, dass wir emotional und auf der Ebene von Atomen, Zellen, Blut, Muskeln und Knochen eng mit Natur verknüpft und verzahnt sind, und entdecken, wie widersprüchlich, zufällig, unbarmherzig, mitleidlos und wunderschön die Natur ist.

Während meine Hand über mein ungeborenes Kind streicht, habe ich keineswegs ein Gefühl der Unzerstörbarkeit, das unsere Spezies sonst gern kalt und zynisch werden lässt. Vielmehr ist mir überdeutlich bewusst, dass wir genauso wie alle anderen Lebewesen den Launen der Natur ausgesetzt sind. Mit dem nächsten Herzschlag oder Babyfußtritt können wir auf den Boden der Natur zurückgeholt werden. Darum wollen wir Gewissheit. Ich halte Rosies Hand. Übrigens auch etwas, das wir gern vergessen: dass die Hand, der Arm um die Schulter, der zarte Kuss auf die Stirn, die innere Stimme, die im Krankenhaus lautlos ein Gebet spricht, ebenfalls Natur sind.

»Kurze Frage: Möchten Sie das Geschlecht wissen?«, fragt Rachel und schließt die Jalousie, während Rosie sich hinlegt und das T-Shirt hochzieht.

»Wir möchten eigentlich lieber überrascht werden.«

»Gut«, sagt Rachel. »Das ist schön.«

Dann leuchtet es. Die Anzeigen flackern auf. Diesmal fliegen wir über vertrautes Gelände. Der Schallkopf kreist, drückt und horcht. Rachel redet; sie benennt die Körperteile, als lese sie den Seewetterbericht: Gehirn, gut. Arme, gut. Schultern, Brustkorb und Becken: gut. Ab und zu hält sie inne, misst oder vermerkt etwas, dann schwenkt sie den Bildschirm endlich herum. Jetzt ist alles in dem schwarzsilbernen Meer genau zu erkennen: da die Finger, Füße, die Hüfte, eine kleine Nase, ein Knie. Ich kann genau sehen, wie sich der Körper krümmt und streckt, während das pochende Herz so schnell und kraftvoll klingt wie davonsprengende Hufe.

» Sie haben ein sehr gesundes, kleines Baby«, sagt Rachel irgendwann. »Möchten Sie ein Foto?«

Den gefalteten Ausdruck lege ich wohlbehütet in mein Portemonnaie.

Aber das alles liegt ja noch vor uns. An dem Abend gehe ich wieder in den Wald. Das Käuzchennest hat das Unwetter überlebt, das Männchen ist früh auf der Jagd und bringt seiner brütenden Partnerin zu fressen. Ich lege das Fernrohr auf dem Kiefernstumpf auf, versuche, mir die Käuzchenembryonen dort oben in dem Baum vorzustellen, und frage mich, wie groß ihre Überlebenschance wohl ist. Doch ich will nicht näher herangehen. Bekanntlich verteidigt der Waldkauz sein Nest vehement und greift selbst Hunde und Menschen an, die seinem Nest zu nahe kommen. Allerdings währt der Beschützerinstinkt nur kurz. Wenn die Jungen flügge sind, kümmern sich die Eltern noch etwa zwei bis drei Monate um sie, gegen August müssen sie sich dann einen eigenen Platz zum Rufen suchen. Wer kein freies Revier findet, muss verhungern oder ist bald so geschwächt, dass er zur Beute für andere wird. Die Natur nimmt ihren Lauf. Da greifen weder Ärzte und Medizin noch Wärme und Liebe helfend ein.

Ich überlasse die Käuzchen ihrem Schicksal und biege hinter dem Weg ab, um noch fürs Abendessen einzukaufen. In Gedanken noch bei den Käuzchen, denke ich, was habe ich bloß für ein Glück, und dann fällt mir ein Gedicht von Edward Thomas ein, »Die Eule«:

Gänzlich ausgesperrt war die dunkle Nacht
Bis auf den Eulenschrei, den melancholischen Schrei,
Der lang und klar vom Hügel kam,
Kein freudiger Ton und kein Anlass zur Heiterkeit in der Tat,
Sondern ein Ton, erzählend von dem, dem ich entkommen war,
Was anderen nicht gelungen war, in dieser Nacht,
als ich das Haus betrat.

DIE EINHEIT DER GEGENSÄTZE

I

Am Tag der Frühlings-Tagundnachtgleiche schneit es völlig unerwartet noch einmal. Im Schutz der Nacht fällt ein weicher, schwerer Schnee. Auf das menschliche Bewusstsein wirkt nichts so unmittelbar, wie morgens nach dem Aufwachen auf eine völlig veränderte Landschaft zu schauen. »Ein Wetterwechsel aber genügt, um die Welt und uns selbst gleichsam neu zu erschaffen«, schrieb Marcel Proust. Und er hat recht. Der Morgen fühlt sich seltsam unwirklich an – als hätte ein Witzbold Halluzinogene ins städtische Trinkwasser gemischt. Gegen neun haben es alle aufgegeben, zur Arbeit zu kommen. Männergruppen lehnen sich vor und schieben Autos mit durchdrehenden Rädern zurück in die Garage. Nachbarn, die bisher kaum zwei Worte gewechselt haben, haken sich unter und stapfen, versonnen vor sich hinlächelnd, über die Bilton Lane. Die Gespräche drehen sich um geschlossene Schulen, ausgefallene Züge und gesperrte Straßen. Ein freier Tag.

Eltern ziehen Schlitten über das ebenmäßige, weiße Antlitz und befördern ihre Kleinkinder in Richtung Siedlungsrand. Doch heute gibt es keinen Rand. Für kurze Zeit sind Stadt und Land nicht mehr zu unterscheiden. Alles ist unten weiß, während oben die letzten Flocken träge wie Federn nach einer Kissenschlacht am Himmel treiben.

Gärten, Häuser, Zäune, Gehöfte, Straßen und Felder sind unter Schnee begraben. Und auch die psychologischen Grenzen sind vergessen, Fremde spazieren zusammen über die alte Bahntrasse und die Wiesen, ohne überhaupt zu wissen, wo sie genau sind. Das ist heute egal. Heute gehört die Welt allen. Die Kinder kreischen beim Anblick von so viel Platz und stapfen ungeduldig wie Segler, die endlich seichte Küstengewässer erreicht haben, in den Schnee. Die Hunde springen hinterher, bellen und beißen in die Wellenbögen; auf ihren wackeligen Beinen sehen sie aus wie seltsame Rehe. Rotkehlchen und Buchfinken fliegen überall aus den Hecken auf, und bei der nächsten Böe biegen sich die Kiefernwipfel in der Ferne, als würden sie verzweifelt Ausschau halten. Vögel, Bäume und Himmel haben sich versammelt, um ein Schauspiel zu betrachten: Der Mensch ist aufs Land, wieder ein Aller Land, zurückgekehrt.

Das Schauspiel, das sich dort entfaltet, ist wie ein aus der Zeit gefallener Traum und will selbst dann nicht enden, als der Tag schon gähnt und nach der Brille greift. Man fühlt sich im Schnee rauschhaft erregt und zugleich ruhig, so heiter und beschwingt wie nach dem Weinen. Die Luft ist kalt und klar; am Waldrand plappern die Misteldrosseln. Unter dem gleißenden Scheinwerferlicht der Sonne und zu zartem Vogelgesang tanzt das Leben leichtfüßig und unerschütterlich über die Felder. Aronstäbe – *Arum maculatum* – räkeln sich unter dem Schnee und lecken mit grünen Zungen am kühlen Nass; überall wird der glatte Schnee von jungen Brennnesseln, Knoblauchkraut und weichen Grasschwertern gekitzelt. Ich hocke mich vor eine Eiche am Wiesenrain, lehne mich an den Stamm, lasse mein Gesicht von der Sonne bescheinen und spüre eine angenehme Benommenheit, fast wie in Trance. Das ist die flirrende Einheit der Jahreszeiten. Ich kann sie überall sehen.

Anhand des Stammdurchmessers würde ich schätzen, dass die Eiche ungefähr zweihundertfünfzig Jahre alt ist. Damit ist sie eindeutig die älteste, die mir hier begegnet ist. Eine Überlebende. Wie vielen Eichhörnchenkobeln und Wendehalsnestern hat sie wohl schon Platz geboten, denke ich, und vielleicht haben sogar Wildkatzen ihre Krallen an der Wurzel neben mir geschärft. Momentan singt der Eichenchor aus voller Kehle: Die Zaunkönige trillern, die Kohlmeisen quietschen wie Fahrräder und die kräftigen Flötentöne der Amseln fluten den Baum wie

Blut, das in taube Glieder zurückfließt. Und die Stadtflucht hört gar nicht mehr auf, die Wiese wimmelt vor Menschen. Kinder, die Hände rot und rau, rollen Schnee auf knirschenden Bahnen zu großen Kugeln und ziehen tiefe Furchen. Wenn sie kreischend in die Gräben ein- und wieder auftauchen, hüpfen ihre bunten Jacken und Mützen auf und ab. Ich blinzle in das grelle Licht und frage mich, wie es hier wohl früher an einem späten Augustnachmittag war, als die Eiche in meinem Rücken noch eine Eichel war. Anstelle von Schnee sehe ich ein silbrig-goldenes Weizenfeld, auf dem Familien Ährenzöpfe ernten. Die Mädchen und Jungen im Schnee wiederholen die alten Muster. Wir alle sind schon einmal hier gewesen, mit Sense und Sichel, gebeugt und schweißgebadet, und haben durch wispernde Stängel schwielenträchtige Schneisen geschlagen, Garben aufgehäuft und gebunden. Für einen kurzen Moment bin ich Teil einer anderen Einheit und, wie wir landlosen Massen heute sonst nur selten, auf den Acker zurückgekehrt.

Die Älteren unter uns, die den Acker noch erlebt haben, tragen solche Momente vielleicht in sich und nehmen sie mit in die Innenräume, in denen unser Leben heute größtenteils stattfindet. Irgendwo sitzt vielleicht jemand in einem weit entfernten Büro, und wenn der helle Strahl der Frühlingssonne seinen Schreibtisch streift, steigt die Erinnerung in ihm auf: Er hält inne, blickt nach draußen und fühlt sich mit einer größeren Welt verbunden. Oder irgendwo sitzt jemand alt und allein in einem Seniorenheim, und wenn durch ein gekipptes Fenster frische Luft hereinströmt, füllt sich der Raum mit dem Duft nach knospendem Leben und Neuschnee. Dann spüren die gealterten Kinder die Einheit der Jahreszeiten, schließen die Augen und machen sich durch den Spalt davon.

Doch solche vergoldeten Momente vergehen, lösen sich in Luft auf oder schmelzen dahin, und zurück bleibt nur, was wir in uns tragen. Es ist erst Mittag, doch im milchigen Blau des Himmels zeigt sich schon ein schwaches Mond-Wasserzeichen. Die Kinder werden zusammengetrommelt, abgeklopft und über die alte Bahntrasse nach Hause getragen. Man lockt sie mit dem Versprechen von Süßigkeiten und Fernsehen, und schließlich hören sie auf zu strampeln und sinken mit müdem Blick auf die elterliche Schulter. Aus und vorbei. Der Rausch verfliegt. Die Gespräche verstummen. Das Lachen verfliegt.

Warum, ist klar. Nicht nur die Sonnenwärme, auch unermüdlicher Fleiß hat die Grenzen neu gezogen. Gärten, Felder und Straßen sind wieder aufgetaucht. Der Schnee auf Mauern und Zäunen ist geschmolzen, davor reihen sich klumpige Schneehaufen. Maschendrahtzaun und Betonpfosten liegen wieder offen da. Mein und Dein. Tore und Türen jederzeit geschlossen halten. Die Bevölkerung kehrt in die Stadt zurück, in ordentlichen Bahnen und sorgfältig nach den freigeschaufelten Auffahrten getrennt; die morgendliche Freiheit ist aus den Köpfen gespült, Gedanken an eilige Rechnungen, unbeantwortete E-Mails und Anrufe kehren zurück. Auch ich spüre die Macht des Alltags, bleibe aber unter der Eiche hocken. Bestimmt hält der Tag noch mehr bereit.

Mit dem Gefühl, Grenzen zu überschreiten, gehe ich später durch den Wald und über die Felder. Es riecht, als würde man Ampfer über ein nacktes Bein reiben. Mittlerweile ist viel Schnee weggeschmolzen. Die Landschaft ist mit feuchtem Weizen gesprenkelt, der unter einem unwirklichen Licht glänzt. Plötzlich taucht auf einem Weizenfleck ein Hase auf. Erst hielt ich ihn für ein Kaninchen, doch dann richtet er sich auf, schnuppert und stellt seine langen, in Tusche getunkten Löffel auf. Umrahmt von der Schachbrettstadt und dem Rotweiß weit entfernter Heide hoppelt der Hase im Kreis, springt dann zum Feldrain und verschwindet hinter einem Schlehdorn. Am auffälligsten war sein Fell: Unter das Rotbraun hochsommerlicher Erde waren noch graue Flecken seiner Wintertarnung gemischt. Mit dem Hasen, dem Feldhasen, läuft ein Hybrid, eine Einheit der Gegensätze, durch das Aller Land.

Wer einem Hasen begegnet,
Wird ihn niemals besiegen,
Wenn er sich nicht, ob mit
Knüppel oder Bogen,
Auf den Boden legt und
ihn auf den Ellbogen preist.
Und mit aufrichtiger Demut
Dieses Gebet ausstößt
– dem Hasen zu Ehren.

Winter und Sommer. Im Jahreskreis liegen die beiden entgegengesetzten Jahreszeiten am weitesten auseinander. Sie könnten gegensätzlicher nicht sein: hell und dunkel, kalt und warm, Leben und Tod. Der Winter scheint sogar optisch der Negativabzug eines Sommertags. Wenn die beiden im Frühling und Herbst aufeinandertreffen, werden sie eins, und an diesen Tagen blitzen die Extreme auf: Aus Schneefall wird ein Blütenschaum, im Regen bricht sich ein greller Sonnenstrahl und Morgenfrost verwandelt sich am Abend in ein Aquarell in Pfirsich und Blassgelb. Alles ist im Gleichgewicht, und das meine ich nicht nur wischiwaschimäßig. Ich spreche hier vom planetarischen Gleichgewicht.

Das Fachwort Äquinoktium für Tagnachtgleiche kommt vom lateinischen *aequus* (gleich) und *nox* (Nacht). Im März und im September sind Tag und Nacht in der nördlichen Hemisphäre dann ungefähr gleich lang. Die Sonne befindet sich für einen kurzen Augenblick genau über dem Äquator, und unsere Planetenachse ist weder zu ihr hin- noch von ihr weggeneigt. Nord- und Südpol ragen wie die Cocktailspießchen in einer Olive in gerader Linie auf- und abwärts.

Heutzutage ist der Wechsel von Dunkel zu Hell nichts Besonderes mehr. Das erleben wir andauernd. Wir schalten zigmal am Tag ohne nachzudenken das Licht ein und aus und zaubern am Thermostat mehr Wärme herbei. Wir fliegen in zehntausend Meter Höhe mit Hunderten Stundenkilometern zwischen den Hemisphären hin und her und wechseln in Minutenschnelle zwischen Winter und Sommer. Darum können wir uns kaum noch vorstellen, welche Wirkung die Frühlings-Tagundnachtgleiche einmal hatte. Wenn die Augen den erbarmungslosen Winter leid waren, die Sonne kräftiger schien und endlich die Dunkelheit verscheuchte, war das ein erhabener, wirkmächtiger Moment. Die Schneedecke brach auf, und jetzt herrschte nicht mehr Zerstörung, sondern neues Leben. Auf wundersame Weise war die Erde wieder fruchtbar, vermehrungsfähig und voller Kraft. Mit der Tagnachtgleiche kam das belebende Licht zurück, und für eine Spezies, die von Boden und Tieren abhängig war, bedeutete das einfach Überleben. Daher verwundert es nicht, dass wir nach Symbolen dafür suchten und die Assoziationen nur so strömten. Wie immer wollten wir das Unbekannte benennen, ihm Form und Ausdruck verleihen. Und schließlich setzte sich unter allen Kandidaten ein auf der nördlichen Erdhalbkugel weit verbreitetes Tier an die Spitze, das mit der Erfindung des Ackerbaus prächtig gedieh: Der Sprung in unser Bewusstsein und unsere Bilderwelt gelang am Ende dem Hasen.

Obwohl sich der Feldhase (*Lepus europaeus*) bei jedem Wetter über der Erde aufhält, ist er lange seltsam rätselhaft geblieben. Man sieht ihn kaum, weil er normalerweise nachtaktiv, einzelgängerisch und versteckt lebt. Im Winter zieht er sich in Wäldchen, Hecken oder seine gut geschützte Sasse, eine flache Mulde zurück, die er aus dem Boden schabt, und ab Anfang Mai verdecken ihn dann Ähren und Gräser. Scheinbar gehört er also zum Frühling: Dann taucht er plötzlich aus dem Untergrund auf, sucht sich und findet sich in wilden Paarungsspielen. Der promiskuitive, höchst vermehrungsfreudige Hase symbolisiert das neue Leben in Fellform.

In verschiedenen Sprachen heißt der Hase einfach »der Springer«, einer, der auf einmal da ist, auch im Sinne von neuem Leben oder einer neuen Jahreszeit. Die ägyptische Hieroglyphe für den Hasen bedeutet auch »sein«; der Hase ist das fleischgewordene Leben. Und der Name des Gottes *Michabo*, Schöpfer und Personifikation der Sonne, der von allen Native Americans als gemeinsamer Vorfahr angesehen wird, setzt sich aus *michi*, »groß« und *wabos*, »weißer Hase«, zusammen. *Michabo*: Der Große Weiße Hase ist der Gott der Morgenröte.

Und vor meiner eigenen Haustür, auf derselben Erde, die ich bei Sonnenaufgang betrachtet habe, beteten die Angelsachsen Eostre an, die germanische Göttin der Morgenröte. Sie hat verschiedene Namen, im northumbrischen Dialekt heißt sie Eostre, im Altenglischen der Westsachsen Eastre und im Germanischen Ostara, doch alle stammen vermutlich von der antiken Göttin der Morgenröte ab: von Eos (in Griechenland), Aurora (in Rom) oder Ushas (in Indien). Wie der englische Mönch Beda Venerabilis im achten Jahrhundert in *De Temporum Ratione* schrieb, hat das Christentum dann den Namen der Eostre und die ihr gewidmeten Rituale für sein eigenes Auferstehungsfest übernommen, denn bis dahin war der April der »Eosturmonath«, der Monat der Morgenröte. Einige glauben auch, dass die Göttin einen Hasenkopf und Hasenschultern besessen habe oder der Hase als ihr Schutzgeist eine Lichter- oder Fackelprozession in die Welt getragen habe. Andere halten das hingegen für die pure Erfindung bestimmter Erweckungsprediger, die das Neuheidentum im zwanzigsten Jahrhundert wieder populär machten. Doch unabhängig davon zeigt sich die frühe und nachhaltige kultische Bedeutung des Hasen auch daran, dass das Christentum ihn mit Hexerei in Verbindung brachte. Die Verteufelung und spätere Vereinnahmung durch die neue Religion zeugt davon, dass es im Bewusstsein der Menschen bereits eine Verknüpfung gab und das Symbol zur Zeit der christlichen Missionierung so allgegenwärtig war, dass man darauf nicht verzichten konnte. Man ist versucht, sich vorzustellen, dass der Hase einfach getauft und wiedergeboren, kastriert und dann in Schokolade verwandelt zu unserem harmlosen Osterhasen wurde.

Außerdem besteht eine Verbindung zwischen dem Hasen und einem mindestens tausend Jahre alten anderen Osterbrauch, der Eiersuche. Traditionell suchten Erwachsene und Kinder um den April nach den farbenfrohen und bekanntlich schmackhaften Kiebitzeiern und verspeisten sie. Im Viktorianischen Zeitalter war der Brauch so beliebt, dass 1926 ein Gesetz zum Schutz des Vogels erlassen wurde. Aus dem Brauch konnte sich auch darum die heutige Ostereiersuche entwickeln, weil der Kiebitz am Boden brütet. Wie der Hase bevorzugt er das freie Feld, das ihm eine gute Sicht erlaubt und nahende Feinde frühzeitig verrät. Und weil sich die Lebensräume von Hase und Kiebitz so stark gleichen, verstecken sich die Hasen nachweislich sogar in Kiebitznestern. Möglicherweise scheuchten Leute irgendwann einen Hasen auf und fanden dort, wo er gesessen hatte, ein Gelege. Und kamen so wohl zu dem Schluss, der Hase habe die Eier gelegt.

Obwohl der Hase auf Wiesen und Feldern lebt, ist er auch zum Held zahlreicher Flutmythen geworden, unter anderem der Volkserzählungen um die Arche Noah. Natürlich symbolisiert die Geschichte der Sintflut ebenfalls den Neubeginn und die Auferstehung der Welt vom Tod: Die stürmische Finsternis weicht schließlich dem lebenspendenden Licht. In manchen Erzählungen bohrt der Teufel Löcher in den Schiffsrumpf, um die Arche zum Sinken zu bringen. Noah kann die Löcher stopfen, doch als ihm schließlich das passende Material ausgeht, nimmt er den abgeschnittenen Schwanz einer Häsin. In einer anderen Version behilft sich Noah mit einer Hasenpfote, um den

Teufel zu verjagen. Und auch der Aberglaube, dass es Glück bringt, wenn man eine Hasen- oder Kaninchenpfote bei sich trägt, hat sich bis heute gehalten – obwohl die Häsin in der Geschichte stirbt. Ihr Opfer wird von Gott damit belohnt, dass der männliche Hase auf der Arche die Fähigkeit erhält, zu gebären.

Bis ins späte 19. Jahrhundert hinein klang das in Großbritannien keinesfalls so lächerlich wie heute vielleicht, weil man die Hasen damals allgemein für Zwitter hielt. Schon in der griechischen Antike glaubte man, die Hasen würden ihr Geschlecht von Monat zu Monat wechseln. Diese Meinung vertraten etwa Plinius, Philostratos und Plutarch. Und auch die alte walisische Rechtsprechung trug dem Rechnung, wenn sie bei der Bewertung des Hasen darauf hinwies, dass er »einen Monat männlich und einen weiblich« sei. Doch der Glaube an die Geschlechterdualität geht vermutlich auf noch frühere Kulturen und Religionen zurück, für die der Hase als zugleich männliches und weibliches Wesen die Tagundnachtgleiche verkörperte, die Einheit der Gegensätze, aus der plötzlich neues Leben entsteht. Zudem beruht der Mythos des Geschlechterwandels wohl auch auf der physischen Ähnlichkeit von Hase und Häsin. Sie sind kaum zu unterscheiden, und anders als bis noch vor kurzem angenommen, verteidigen sich auch die Weibchen durch Boxen gegen zudringliche Männchen. Wenn man wie die meisten noch bis vor kurzem geglaubt hat, nur die Männchen würden um die Weibchen boxen, kann man ebenso leicht die Weibchen für Männchen halten oder umgekehrt.

Im Lauf der Zeit hat sich sogar der wilde Fruchtbarkeitsmythos verbreitet, der Hase könne sich selbst befruchten. Und wegen ihrer großen Ähnlichkeit glaubte man auch, die Kaninchen besäßen die »Gabe« der asexuellen Fortpflanzung. Der gute Ruf der jungfräulichen Geburt steigerte das Ansehen der Tiere in der christlichen Symbolik und ist der Grund dafür, warum man auf religiösen Gemälden des 16. Jahrhunderts Hasen und Kaninchen sieht. Doch auch ohne unbefleckte Empfängnis bleibt die Fortpflanzung der Hasen faszinierend. Neuere Studien weisen für den Hasen angeblich eine »Superfötation« nach, das heißt, noch während er Junge austrägt, kann er wieder trächtig werden. Anders gesagt: Eier aus unterschiedlichen Ovarialzyklen können sich gleichzeitig im Körper entwickeln. Doch die These hat nicht alle Wissenschaftler überzeugt. Die Debatte tobt noch, und die akademischen Fetzen fliegen. Doch eins ist sicher: Der Hase gilt nach wie vor als mythischer Lebensstifter und Fruchtbarkeitssymbol. Da kann er noch so leichtfüßig sein, Großbritanniens schnellstes Säugetier kann der Vergangenheit nicht entkommen.

Der Hase, die Hasenfamilie,
Alter Herumtreiber, alter Kämpfer,
Der Quirlige, der Lebhafte,
Der Schnellfüßige, der Weißgefleckte,
Der im Graben Lauernde, das lange Ohr,
Der Fortschleicher, der Knabberer,
Der Huscher, der Freund im Tau,
Das Tier im Farn, der Spring ins Feld,
Der Pfeilschnelle, der Drückeberger,
Der Rammler …

Unvermittelt überfällt mich eine Erinnerung. Es muss ungefähr fünfzehn Jahre her sein. Ein heißer Tag, der Horizont zitterte vor Hitze, ich wanderte nordwestlich von hier über bewirtschaftete Berghänge und machte an einem Feld, auf dem ein alter Mann Heu mähte, eine Trinkpause. Als der Mann mich sah, schwang er sich von seinem rostigen Traktor, der einfach weiterlief, und schlenderte mit lachendem Gesicht, sonnengegerbt wie Maishülsen, zu mir herüber. Ich hatte gerade gesehen, wie ein Häschen vor seinem Traktor weggesprungen war. Es war geschickt vor dem nahenden Sturm aus Körnern, Metall und Motorlärm weggeflitzt, über das gemähte Feld geschwirrt und weiter vorn in den Grasschleier eingetaucht. Das sagte ich dem Mann.

»Tja«, sagte er. »Aber gut, wenn sie läuft.«

Sie. Daran erinnere ich mich genau. Der Hase war eine Häsin.

»Laufen Hasen nicht immer weg?«

Er schüttelte den Kopf. »Zwei hab ich dies Jahr schon erwischt. Furchtbar.«

Wir blieben eine Weile sitzen, der Mann rauchte die Letzte aus einer zerknitterten Silk-Cut-Packung. Er roch nach Heu und Erde und Motoröl. Ich weiß nicht, ob es stimmt, aber er beharrte darauf, dass die Männchen, die er »Jack« nannte, bei der Partnersuche große Strecken zurücklegen, während die Weibchen, »Jill«, dort bleiben, wo sie zur Welt kommen. »Eine Reviersache«, wie er sagte. Und ganz offensichtlich behagte es ihm nicht, wenn er ein Tier, wenn auch ungewollt, tötete. In seinen Worten schwang eine gewisse Ehrfurcht mit, weil der Hase für ihn ein besonderes Lebewesen mit einem tiefen Wissen war.

»Jill kennt ihr Land«, sagte er. »Rillen, Furchen, jeden Halm.« Er schnippte seine Kippe weg und trat sie mit dem Stiefelabsatz in die Erde. »Besser als wir. Sogar besser als ich oller Kerl.«

Als ich das nächste Mal durch das Gelände streife, gehen mir seine Worte durch den Kopf. Es ist schon später Nachmittag, aber die Sonne steht jetzt volle zwölf Stunden am Himmel, ich habe also genug Zeit, um noch einen Hasen zu entdecken. Ich habe das Gefühl, er könnte jetzt plötzlich aus der Erde auftauchen, und denke an das neue Leben. Wenn ich den fleischgewordenen Mythos, den alten Zauber doch bloß noch einmal aus der Nähe sehen könnte.

Aus den Häusern an der alten Bahntrasse dringt helles Licht. Ein Hund bellt ohne Unterlass. Von der Ripon Road hört man Knurren, Hupen, Druckluftbremsen, die ärgerlich fauchen. Drüben durch die Vorortsiedlung bimmelt ein Eiswagen; ein verzerrtes, metallenes »You Are My Sunshine« in gequältem Staccato scheint Unheil zu verkünden. Kaum zu glauben, dass die Hasen das aushalten und in ihrem Revier, keinen halben Kilometer von der überschwappenden, wuchernden Stadt entfernt, bleiben. Tun sie aber. Weil das ihr Gebiet ist. Wie der Bauer sagte: Dort kennen sie *Rillen, Furchen, jeden Halm.*

In der bewaldeten Bachsenke des Bilton Beck liegen Düngersäcke, Äste und Laub, doch der Motorlärm und der bimmelnde Eismann werden vom Rauschen des teils verlegten Bachlaufs und der Buchen überdeckt. Der Schatten der Lärchen fällt auf eingestürzte, vermooste Mäuerchen, die sinnlos geworden sind. Diese Senke begrenzt auch noch ein anderes Reich. Nun sitze ich direkt an ihrem Waldrand, ungefähr dort, wo ich zur Tagundnachtgleiche den Hasen gesehen habe, auf einem matschigen Feldrain. Offenbar ein guter Platz. Vor mir streben die geschwungenen Sommerweizenreihen wie grüne Straßenbahngleise in die Ferne. Ein grünes Wogen auf hellbrauner Erde. Weiter hinten, am Ende des Felds versteckt sich zwischen einer struppigen Hecke aus Weißdorn, Schlehdorn und Hasel ein Ginster mit seinen gelben, nach Kokos duftenden Blüten. Vor mir, zwischen meinen lehmigen Schuhen, sehen die präzise gesetzten Weizenreihen aus wie Haartransplantate. Die Pflänzchen sind gerade mal zehn Zentimeter hoch, doch ein Hase kann sich schon darin verstecken.

Und tatsächlich hocken dort zwei, etwa fünfzig Meter voneinander entfernt, rechts und links von einem Telegrafenmast. Bei jeder Windböe, die durch die Felder geht, sehe ich dort etwas, was genauso gut ein Stein oder eine Ackerkrume sein könnte. Doch im Fernglas verwandelt es sich in die Schenkel angewinkelter Läufe oder in mit erdfarbenem Fell überzogene Hüftknochen. Dann verschwindet es wieder im grünen Meer. Das Gefühl, mit dem ich hier sitze und sehe, wie zwischen Lehm und Grün etwas endlos auftaucht und verschwindet, hat Freud *Das Unheimliche* genannt. Ab und zu stellt sich einer von beiden, ein Jack, nehme ich an, auf wacklige Hinterbeine. Er dreht sich um sich selbst und lässt sich wieder auf alle viere fallen. Hasen ruckeln und zuckeln bei ihren Bewegungen, als litten sie an einem Energiestau oder an einem Schmerz, der nur beim Rennen nachlässt. Man könnte denken, sie zapfen an einer Brachlandlinie von der Energie der Erde und beben darum vor aufgestauter Kraft.

Durch den Winkel zwischen Feld und untergehender Sonne bildet sich exakt um zwanzig nach fünf ein Lichtsee, der sich über die Landschaft ergießt – und offenbar eine geheime Botschaft übermittelt. Wenn die Häsin hitzig ist, schüttet ihr Körper Pheromone aus, die beim Männchen als Startsignal wirken. Es richtet sich auf, reckt den Kopf und rast los. Wer schon einmal einen Hasen laufen gesehen hat, weiß, wie stark er einem flüchtenden Hirsch ähnelt. Nicht ohne Grund heißt er im alten Englisch *stobhert,* der »Hirsch der Stoppelfelder«. Die Löffel zu einem aerodynamischen Rennfahrerhelm zurückgelegt, kann er einfach unglaublich beschleunigen und erreicht Spitzengeschwindigkeiten von fast sechzig Stundenkilometern. Die Häsin wartet schon – und lässt ihn abblitzen. Einen Moment rollen sie wild herum, dann ist sie wieder frei. Doch nur Sekunden später taucht sie an anderer Stelle auf, zwanzig Meter oder noch weiter von ihm entfernt. Er holt sie ein, sie umkreisen sich. Ein Gestöber aus Boxhieben, Faustschlägen und fliegenden Läufen. Und schon bald scheint es mehr ein Tanz als ein Kampf, als hielten sie sich an den Händen und drehten sich wie Kinder im Kreis. Doch dann stürzen und fallen sie wieder übereinander, jagen sich dabei drei Mal quer übers Feld, und als ich gerade denke, jetzt hat sie den feurigen Liebhaber aber lange genug hingehalten, bleiben sie stehen. Mit gespitzten Löffeln und starrem Blick. Mit hervortretenden, gelben, ziegenähnlichen Augen. Plötzlich ist Sex kein Thema mehr. Die Bedrohung gewinnt die Oberhand. Es braut sich Ärger zusammen. Ich kann keinen Grund erkennen, aber etwas hat sie erschreckt. Sie flitzen davon und versinken, mit angelegten Löffeln und den Kopf am Boden, im Weizenmeer. Als sie aus meinem Blickfeld verschwinden, sind sie ungefähr zehn Meter voneinander entfernt. Aber das hatte ich mir schon gedacht. Auf einen Hasen kann man sich eben nicht verlassen.

Das Gesicht in der Sonne, warte ich noch eine Weile, doch eigentlich weiß ich, dass die Hasen längst wieder in ihrer Sasse sind und sich dicht an den Boden drücken, um damit zu verschmelzen. Mit schrillen Schreien kreist ein Bussardpärchen über dem Hohlweg. Der Schlusspfiff. Krähen steigen auf, um sie zu vertreiben, und auch ich mache mich auf, um denselben Weg zurückzugehen, den ich gekommen bin: durch die Senke und am rieselnden Bach entlang. Wo der Weg breiter wird und schließlich auf den Nidd trifft, wende ich mich nach Osten. Hier ist alles voller Bärlauchlanzen-Büschel, ich stopfe mir die Jackentaschen voll. In Nähe des Wehrs weht ein kräftigerer Duft um die Bäume. Beißend und rauchig. Ich weiß sofort, was es ist. Und dann sehe ich es schon. Ein Lagerfeuer. Zwischen den restlichen Fundamenten der verschwundenen Mühle glimmen noch halb verbrannte Rotescheäste. Zu sehen ist niemand, aber es beunruhigt mich, dass die Glut genau dort ist, wo ich schon zu Anfang des Jahres die Asche eines Feuers entdeckt hatte, das offenbar bewusst mit Ausblick auf den Fluss aufgeschichtet worden war. Hier scheint doch jemand regelmäßig zu wohnen. Hier am Wehr teilt sich der Nidd wie sorgfältig gescheiteltes, gegeltes schwarzes Haar und fällt in lärmenden Kaskaden hinab, die alles übertönen. Wenn jetzt jemand hierhin zurückkäme, würde ich ihn erst hören, wenn wir uns Aug in Aug gegenüberstünden. Also gehe ich lieber. Und zwar sofort. In dem dicken Flor aus Bingelkraut stolpere ich über Plastiktüten mit Ravioli- und Gemüsedosen. Hinter einer Erle steckt ein zerschlissener Rucksack, aus dem ein zerknitterter brauner Schlafsack quillt.

Der Heckenhocker,
Der ohne Freunde, die Katze des Waldes,
Das Stummeltier, der Lauernde,
Der Zappelfüßige, der Bodensitzer,
Der Sitzer in der Sasse, der Springer im Gras,
Der Schnellaufsteher,
Der dich erschaudern lässt und
Den niemand beim Namen zu nennen wagt.

In dem kleinen Zimmer, das nach hinten hinausgeht, war es, solange wir hier wohnen, morgens immer düster. Doch heute steht die Sonne schon um sieben hoch über den Dächern, und auf dem Weg in die Küche fällt mir ein schmaler Lichtstrahl auf, der ins Treppenhaus fällt. Verschlafen drücke ich die Zimmertür weiter auf und stehe plötzlich in einem lichtdurchfluteten Raum. Normalerweise wäre das nur aus zwei Gründen interessant: weil wir hier gerade das Kinderzimmer einrichten und weil an der Wand ein etwa dreißig Zentimeter großes Beatrix-Potter-Kaninchen klebt, das nun genau in die aufgehende Sonne blickt. Doch heute sehe ich kein Kaninchen, ich sehe einen Hasen.

Frühmorgens und in der Abenddämmerung ist es am besten. Dann fressen sie. Ich nehme diesmal den längeren Weg außen herum, weil ich den Wald und seine Bewohner vermeiden will, und beziehe noch im grauen Morgennebel Position. Unwillkürlich blicke ich zum Waldrand hinüber und sehe ein qualmendes Lagerfeuer, doch es ist nur der Nebel. Der Löwenzahn hängt voller Tautropfen. Langsam lichtet sich der Dunst. Ich richte mich an meinem Platz ein und schaue über die Felder. Die menschenleeren Äcker unserer Tage wirken auf mich immer seltsam verloren und verlassen, was die Tonscherben und verrosteten Hufeisenstücke, die hie und da aus dem Boden ragen, Überbleibsel längst vergessener Leben, noch verstärken. In

Bilton läutet die einsame Glocke des blockbatterieförmigen Turms von St. John. Wenn man nur lange genug still und reglos dasitzt, wird man in den Augen der Tiere zum Feld. Auf einmal hüpfen aus einer Hecke ein paar Kaninchenjunge und jagen sich verspielt; ich schrecke auf. Ungefähr in einem Drei-Meter-Radius um sie herum sitzen zwei ältere Kaninchen und beobachten genau, was in Reichweite ihres Bewegungsmelders passiert. *Eine Bewegung, und wir sind weg.* Ich rühre mich nicht, aber aus den Augenwinkeln kann ich sehen, wie sie gemeinsam Wache halten: Sie sitzen im rechten Winkel zueinander, sodass sie einen Rundumblick genießen und alle Angriffsrichtungen im Visier haben. Als eine Reihe Rothühner auf Futtersuche direkt vor ihrer Nase vorbeiperlt, bleiben sie unbeeindruckt sitzen.

Aus einer krakeligen Sandbirkenlinie und rötlich-braunen Baumkronenpinseln weiter vorn am Fluss regnet es Krähen aufs Feld, die den Platz für makellose neue Blätter freigeben. Kurz bin ich mir sicher, weiter unten im Gestrüpp einen menschlichen Kopf zu erkennen, wirre schmutzige Haare über einem erdigen Gesicht, das mich über die Felder hinweg anstarrt. Da kauert jemand. Mein Herz pocht, ich kneife die Augen zusammen und nehme das Fernglas hoch, aber sehe nichts mehr. Das Morgenlicht ist jetzt so bräunlich gelb wie die Nordsee, wenn man unter Wasser die Augen öffnet, und der Krähenschwarm zieht wie eine schwarze Wolke über die Bäume hinweg: Die Vögel hüpfen auf und ab, trennen sich, necken sich, Schnäbel berühren Schwanzfedern. Ihre Rufe klingen so rau, splittrig und ruckartig wie Holzdübel, die man in einen Balken treibt. Als ich wieder aufs Feld schaue, sind die Kaninchen weg, verscheucht von einem Hermelin, das suchend am Feldrain entlangläuft. Es ist nur etwa einen Meter von mir entfernt, sein glattes Fell hat dieselbe Farbe wie altes Motoröl. Ich lege mich flach auf den Boden, um auf Augenhöhe zu sein, und stelle mir vor, wie ich mit ihm zwischen Mauselöchern, Maulwurfshügeln und Halmen herumschleiche.

Die Sonne und der Himmel wirken so hoch und fern wie hinter einer Glasscheibe. Auf einmal tauchen die Hasen wieder aus dem Boden auf, knabbern am Weizen und balzen vor mir auf dem Feld. Als ich sie beobachte, verliere ich jedes Zeitgefühl, und dann möchte ich noch näher heran. Auf allen vieren krieche ich über einen Rain zwischen den Feldern. Doch sofort drehen sich ihre aufmerksamen hundeartigen Gesichter zu mir um und fixieren mich. Schnupper, schnupper, schnupper: Sie stieben auseinander und ducken sich zu Boden. Langsam lege ich zehn, zwanzig, schließlich dreißig Meter zurück und bin näher an die Hasen herangekommen als je zuvor. Ein Flüsterabstand. Jägernah. Das Männchen schaut in die andere Richtung, ich sehe nur einen schmalen Fellstreifen im Grün. Dann habe ich es fast erreicht, doch offenbar auch eine unsichtbare Toleranzgrenze überschritten. Es springt auf und davon, schleudert herum und schlägt Haken, ist aber immer noch so flink, dass sich seine Gestalt wandelt.

Und wer nun all das gesagt hat,
Möge ausschwärmen, nach Ost, West,
Nord oder Süd, wohin
Ein Mann auch gehen will,
Ein Mann mit Fähigkeiten,
und möge dich, Meister Lampe, begrüßen.

II

Bestimmt haben Sie noch nie einen Hasen im Caffè Nero gesehen, oder? Das erwartet man nicht gerade, wenn man dort auf einen Morgenkaffee vorbeischaut. Aber ich sitze hier, ich, John Joseph Longthorne, 1945 in Harrogate geboren, sitze in einer Ecke des Cafés und nippe seit eineinhalb Stunden an einem großen Americano mit vier Stück Zucker. *Was macht der denn hier?* Es ist immer dasselbe: ein kurzer Blick, ein fragendes Stirnrunzeln, dann wendet man sich verlegen wieder dem fettarmen Blaubeermuffin zu. Eine Frage von Sekunden. Das kenn ich schon. Ehrlich gesagt gucken die Leute mittlerweile weniger wegen meines Gesichts, der Bart verbirgt meine Lippe ziemlich gut, sondern eher wegen meiner Kleidung. Sie haben Angst, dass ich stinke. Die Mädchen, die hier arbeiten, fuchteln neben mir gern mit Raumspray herum, dabei wasche ich mich jeden Tag. Und bei vernünftigem Wetter knöpfe ich mir Hemd, Pulli und Hose einmal wöchentlich vor, reibe sie mit Seifenkraut ab – *Saponaria officinalis* – und lasse sie auf einem Gebüsch in der Sonne trocknen. Klar kriege ich sie nicht so knochenbleichsauber wie früher meine Mutter, manches geht einfach nicht raus, aber das ist doch allemal besser als diese krebserregenden Stoffe, mit denen sich die Leute heute von Kopf bis Fuß einseifen. Auch die Männer. Ein widerlicher Narzissmus, wirklich. Und wohl ein Zeichen unserer Zeit.

Gucken Sie sich doch mal die beiden zugekleisterten Frauen an, die da gerade mit Kinderwagen reinkommen. Schnurstracks steuern sie auf einen Tisch in meiner Nähe zu, aber als sie mich sehen, bereuen sie es sofort. Doch sie haben heute kaum eine Wahl. Besprechung im Flüsterton, schmallippige Mimik, Augenbrauenhochziehen, zögerndes Einverständnis. Ich lächle und puste auf meinen Kaffee. Ich könnte was sagen, tu's aber nicht. Warum soll ich ihnen ein schlechtes Gewissen machen?

»Echt eine tolle Frisur, Lu, wirklich«, sagt die eine, als sie endlich auf ihrem Hintern sitzen und ein extragroßer Caramel Latte vor ihnen steht. »Bist du zufrieden?«

»Wenn bloß das Scheißwetter nicht wär', das macht alles kaputt«, sagt Lu, stopft dem Baby die Flasche in den Mund und fährt sich mit der anderen Hand durch den Pony. Die Freundin befreit ihr Kind aus einem Wollschal, es wacht auf und schreit, mit roten Wangen und riesigen blauen Augen.

»Ich weiß. Ich dachte heut' morgen auch, es wär' endlich Frühling. Sonne, blauer Himmel, endlich ein bisschen braune Haut. Und dann das. Es pisst wie aus Eimern.« Die nächste Flasche taucht aus einer Tasche auf und landet in einem kreischenden Babymund. »Komm, Süße.«

»Leck mich.«

»Eben, Lu, genau das mein' ich. Das ist England. Und darum versuch ich's jetzt mit Australien. Noch drei Wochen und ich bin weg …«

Dann werden ihre Stimmen von den klappernden Absätzen einer wohlhabenden Dame, ganz teure Düfte, Kamelhaarmantel und Anspruch, übertönt, die durchs Café stolziert. Ich kenn sie. Das Trinkgeld in der Tasse mit den Kaffeebohnen neben der Kasse, das ist von ihr. Ein Pfund am Tag. Mindestens. Und immer klimpern da haufenweise Zwanzig-Pence-Münzen rein. Wahrscheinlich sammelt sie die in einem Glas wie andere Leute das Kupfergeld. Auch mir schmeißt sie manchmal was hin, in dem Kaufhauseingang, wo ich mich aufwärme, aber nur wenn ihre Freundinnen dabei sind. Jetzt umrundet sie kopfschüttelnd das alte Paar, das vor den plastikverpackten Sandwiches steht und nachfragt, was »Pesto« ist.

»Wie immer«, sagt sie zu dem Barista, der hinter den Mandelcroissants steht, und lässt fünf Zwanzig-Pence-Münzen in die Tasse gleiten. »Nur eine kleine Stärkung. Ich fahr ja gleich nach Hause ...«

Maria, die freundliche Mitarbeiterin aus Andalusien, will in ihrem spanisch-englischen Kauderwelsch irgendwas antworten. Die Dame hört angestrengt zu und starrt die ganze Zeit auf Marias Lippenpiercing.

»An Hause, Sie sagen? Heute nix Arbeit?«

»Mmmmmh?«, fragt die Dame.

Maria versucht es noch einmal. »Sie nix haben Yorb? Nix Yorb? Glücklich, *sí*?« Maria sagt Yorb, wenn sie Job meint. Dasselbe fragt sie mich auch immer.

»Oh, Job.« Endlich hat die Dame kapiert. »Nein. Ich habe im Haus so viel zu tun. Jetzt ist der Wocheneinkauf erledigt, und ich ...«

Weil die Musikberieselung kurz aussetzt, hängen die Worte plötzlich in der Luft. Alle können sie hören. Sie lassen sich nicht mehr zurücknehmen, die Vorstellung einsamer Vorstadtnachmittage hat sich schon in den Köpfen festgesetzt. Verärgert beißt sich die Dame auf die Lippen und fuchtelt mit der Kundenkarte herum, weil ihr fettarmer Cappuccino noch lautstark zubereitet wird, dann eilt sie zurück zu ihrem silbernen Range Rover, den sie in zweiter Reihe geparkt hat. Tief in ihren Mantel gehüllt, knallt sie die Tür hinter sich zu. Und findet wieder Zuflucht in dem sicheren, selbst auferlegten Tagesplan der Wohlhabenden: Fitnessstudio, Shoppen, ein schneller Rundgang durch den teuren Supermarkt. Kinder abholen. Und schon ist der Tag um. Die Woche. Das Leben. Oder warum nicht mit dem iPad irgendeinen Urlaub buchen? Malediven oder Karibik. Oder andere exotische Ziele ... Wenn die Enkel der Dame einmal in Rente sind, werden die Orte schon unter Wasser stehen. Aber die Leute hier machen sich was vor, tun so, als wäre nichts, wollen gar nichts wissen und trödeln rum, obwohl Rom längst brennt. Kaiser Nero, Caffè Nero. Wo ist da der Unterschied?

Und ich? Ich komm nur wegen dem Kaffee her und um meine Klamotten zu trocknen. Was gäb's sonst für'n Grund? Diese unselige sterile Atmosphäre mit Massenware, beklebten Scheiben, Gebäckbergen und Kunstledersesseln? Das »Für die Toiletten brauchen Sie leider einen Schlüssel«, das privatisierte Pissen? Doch alles nichts als dampfende Belanglosigkeit. Ein Konzentrat von dem, was auch sonst in der Welt schiefläuft. Aber der Kaffee, den sie hier machen, der ist unglaublich gut, und ich bin genauso süchtig danach wie alle anderen hier. Wohl ein Überbleibsel aus schlechten alten Tagen. Im Büro mussten mir die Mädchen früher jede Stunde frischen Kaffee bringen, punktgenau zur vollen Stunde, und ehrlich gesagt bringt mich ein Kaffee immer noch in Schwung. Von dominikanischer Bohne berauscht, hüpf ich hier gleich raus. Am Lagerfeuer hab ich auch schon Kaffee aus gemahlenen Eicheln aufgebrüht, aber es geht einfach nichts über Arabica.

Der Jazz aus New York hat wieder zugeschlagen. Schon zum zweiten Mal in dieser Stunde. Das muss man nicht hören. Eine Playlist voller Melodien aus der Autowerbung. Belanglose Beruhigungsmusik, aber gefährlicher, als man denkt. Jetzt kommen Männer mit Architektenbrillen in einer Zitruswolke hereingefegt und bestellen, den zugeklappten Regenschirm in der Hand, einen starken Latte oder einen »Flat White«, was immer das ist. Sie checken die Mails auf ihren Smartphones, und ihr Fuß klopft im Takt zu dem jaulenden, jammernden Saxophon. Eigentlich eine echte Verirrung in diesem viktorianischen Sandsteingebäude, aber es soll wohl zu den freigelegten Backsteinen passen. An Kabeln von der Decke hängen patinierte Sepia-Fotos mit Straßenszenen, die es längst nicht mehr gibt, weil sich überall diese Coffee Shops breitmachen. Man schmückt sich mit den Bildern seiner Opfer wie ein Kannibale, der die Ohren seines Mittagsmahls um den Hals trägt. Heute kann ich darüber nur lachen. Manchmal auch ziemlich laut, da kann ich nichts gegen tun. Ihr braucht doch nur hinzugucken, ihr habt doch alles vor Augen und wollt es nur nicht sehen. Keiner. Keiner will sich wirklich mit diesem Niedergang auseinandersetzen. Und damit meine ich jetzt die wuchernden Klonstädte, die uniformierten Citys, die Vorherrschaft der globalen Marken und

Firmen. Als ich noch auf der Walz war, hab' ich das doch alles gesehen: wie die sich überall ausbreiten. Die Versklavung durch immer mehr Wachstum. Die Profitregeln. Die kapitalistische Logik. Was das Ergebnis ist? Aber das kennt ihr doch, es kommt ja Abend für Abend in den Nachrichten, man sendet es direkt in eure Wohnzimmer, aber ihr zappt dann bestimmt weiter und sucht nach dem nächsten kopflosen Kochgeschwafel. Aber Klimakatastrophe, Erderwärmung, Artensterben, Überschwemmungen, Dürren, Flucht, Krieg um Ressourcen. Die große Eiszeit. Das Ende unseres Planeten. Darüber solltet ihr alle mal nachdenken, wenn ihr euren Cappuccino schlürft.

Was? Das ist nicht eure Schuld, meint ihr? Ihr sitzt da mit eurem Kaffee und denkt, was geht mich denn die globale Zerstörung an? Aber wo kommt der Kaffee denn her? Wie wird er angebaut und hergestellt? Und was für Ressourcen nutzt man hier wohl für Heizung und Licht? Doch wohl Erdöl, Erdgas, Kohle. Fossile Brennstoffe. Kohlenstoff. Jeder ist mitschuldig. Der ganze Wahnsinn wird mit einem Lebenssaft am Laufen gehalten, der unsere Erde zerstört. Und wer hilft Mutter Erde? Wer hält die Zerstörung auf? Die Regierungen? Die Marken? Die Firmen etwa, die uns anhalten, den Müll zu trennen und das Wasser abzustellen, wenn wir uns den Schwanz einseifen? Dass ich nicht lache. Das ist doch ein Witz. Sieben der zehn größten Unternehmen weltweit sind Erdöl- oder Automobilkonzerne. Wirklich. Sie kontrollieren die Rohstoffe und ihre Verteilung. Und wer nicht expandiert, geht unter. Bohren wir in der Arktis, machen wir Fracking im Meer, ehe es die anderen tun. Diese Kohlenstoff-Junkies. Alle miteinander sind sie im Beschaffungsrausch und füllen uns mit Jazz, Kaffee und Range-Rover-Fantasien ab. Sie stellen uns ruhig. Oder schlimmer noch, haben uns längst mit Deprivation, Armut, ihren aufgeblasenen Lotteriegewinnen und Talentshows im Griff.

Was in Zukunft passiert oder früher mal war, kümmert doch kaum einen. Ja, euch meine ich, euch alle, genau dich, du Coffee-Shop-Klischee. Ich wette, keiner von euch weiß, dass das hier mal ein Tanzsaal war. Dort drüben, wo jetzt der Zucker steht, haben todgeweihte Soldaten den Amüsiermädchen Feuer gegeben. Genauso bin ich wohl der Einzige, der sich noch daran erinnert, dass das Striplokal am Ende der Straße mal eine Festung der Heilsarmee war. Aber wenn dann die

Meeresspiegel steigen, dann ist das hier eine Küstenstadt und dahinter nichts als Meer. Aber ja, ihr habt ganz recht, ich bin vollkommen verrückt. Genauso verrückt wie der Märzhase. Besser, ihr wärt's auch.

Schon okay, müh dich nicht unnötig ab, Maria. Ich geh eh. Es regnet ja nicht mehr. Wenn Miles Davis das nächste Mal ins Horn stößt, hab ich meinen Americano bis auf den letzten Tropfen ausgetrunken und kann endlich diesem Gesundheitsgefasel, den Markentassen, kostenlosem WLAN und Feedback-Karten entkommen. Auf der Einkaufsstraße spiegele ich mich dann in den Scheiben von diesem globalen Fashionstore; wettergegerbt, dürr, mit langen Beinen stehe ich da, mit flackerndem Blick, das Gesicht so staubig wie Mottenflügel und die Haare wie ein Vogelnest verfilzt. Wie immer fällt mein Blick auf die Lippe, aber die ist unter meinen grauen Zotteln gut versteckt. Und in der Zierkirsche vor Greggs singen wieder unermüdlich die Amseln: Ein Lied der Freiheit an die Götter, die die Sonne scheinen lassen. Oh und übrigens, ihr Mädels, ja ihr da, die beiden Mamas mit dem Caramel Latte, in einem hattet ihr recht: Der Frühling ist wieder da.

Dank mir.

Ich war der jüngste von vier Brüdern und der Einzige mit Cheiloschisis. Heute nennt man das angeblich nur noch Lippenspalte, aber damals hieß das selbst bei den Chirurgen Hasenscharte. Doch eigentlich ist der Name egal, es bleibt doch, was es ist: eine Spalte oder Kluft in meinem *labium superius oris*, die ich schon bei der Geburt hatte; schon im Mutterleib hat sich das Gewebe nicht vereint. Als Kind wunderte ich mich immer, warum es Hasenscharte heißt. Weil, so erfuhr ich irgendwann, sich bei älteren Hasen die Haut über den Zähnen teilt und die Vorderzähne freiliegen. Natürlich hat man sich damals redlich bemüht, die Scharte zuzunähen, die Ärzte taten, was man damals konnte, aber ich sah immer noch komisch aus. Die Narbe macht aus jedem Lächeln ein Grinsen. Meine Mutter hat es gehasst. *Armer John*, sagte sie dann. Als Irin war sie abergläubisch, und in ihrem Kopf schwirrten jede Menge Sagen über Hasen und Hexen herum. Auch wenn sie es eigentlich nicht zeigen wollte, merkte ich doch, dass da hinter ihrer Brille, die unruhig hin und her schaute, noch etwas anderes war. Enttäuschung vielleicht. Mein Vater war da anders. Er machte Witze, aber das machte er immer, und er liebte mich kein bisschen weniger als meine Brüder. Im Gegenteil. Ich sollte mehr noch als sie was lernen. Jeden Abend las er mir was vor, und manchmal, wenn er bei der Bahn Nachtschicht hatte, sogar morgens vor der Schule. So lange ich denken kann hat mein Vater nur Gutes über diese blöde Lippe gesagt und mich beispielsweise Meister Lampe genannt, nach einem alten Gedicht, das er immer mit meinem Großvater aufsagte, wenn sie wildern gingen. Und dabei verbeugte er sich jedes Mal vor mir. »Ist mir eine Ehre, Meister Lampe«, sagte er dann. Und der Name ist mir geblieben.

Vielleicht lag es an der Lippe, jedenfalls habe ich mich beim Lernen echt ins Zeug gelegt, viel mehr als meine Klassenkameraden an der Bilton Endowed School. Die ist heute ja wirklich ein hübsches Gebäude und gepflegt, aber ich freue mich jedes Mal, wenn ich an einem kalten Morgen sehe, dass das Kondenswasser noch wie früher an den Sprossenfenstern runterläuft. Und sich die Mücken von der Kläranlage wie heimkehrende Urlauber auf den Lorbeer stürzen. Jedenfalls, wenn die anderen in den Pausen über die Schulwiese galoppierten, blieb ich drinnen und übte Sprechen, Schreiben und Lesen. Und das zahlte sich aus. Als die Schule 1793 gebaut worden war, hatte man als einzige Aufnahmebedingung festgelegt, dass man das Neue Testament lesen konnte. Mit zehn konnte ich schon alle Evangelien auswendig, ich stellte mich auf einen Stuhl und sagte daraus auf. »Aufgepasst«, sagte Herr Wallbank dann. »Hier kommt Meister Lampe, der Bibelfritze.« Aber er war stolz auf mich, und einmal schenkte er mir sogar einen Büchergutschein. Weil Celia Taylor sich im Querschiff den Knöchel gebrochen hatte, sprang ich beim Erntedankfest ein und sagte Lukas 12, 16-31 vollständig auf.

Was Freunde anging, war ich damals nicht gerade verwöhnt, aber das war mir egal. Nach der Schule habe ich mit meinen Brüdern Bilton unsicher gemacht. Wir pesten durch das Weidenwäldchen, über die Gleise, auf denen damals noch die Schmalspurbahn schnaufte, über Wiesen und Felder. Das eine Mal machten wir Jagd auf Kreuzottern, das andere Mal suchten wir nach Vogelnestern. Wenn wir im Gras ein Kiebitznest fanden, waren wir glücklich. Damals gab es ja noch jede Menge davon, kleine Strohnäpfe mit einer schwarz-gelb gesprenkelten Schar. Doch schon damals bestand ich immer darauf, dass wir alle Eier zurücklegten. Meine Brüder machte das wahnsinnig. Und vom Brombeerpflücken bekamen wir gar nicht genug, trotz zerkratzter Arme und lila Lippen, aber wir sammelten auch Augentrost, Kuckuckslichtnelke, Storchschnabel, Ehrenpreis, Mohn und Kornblumen, und wenn wir an heißen Tagen nach stundenlangem Herumstreunen verschwitzt waren, schwammen wir in den kühlen, braunen Gewässern des Nidd.

Von uns Longthorne Jungens war ich der Einzige, der vielleicht einmal studieren würde, und das tat ich dann auch, 1964, weil mein Vater darauf gedrungen hat. Meine Mutter war da schon ein Wrack, süchtig nach Tabletten und Glotze, und nur ein paar Monate später lag sie schon auf dem Kirchhof von St. John. Mein Vater war damals bereits in Rente und ging immer mehr in seinen Stauden auf, in seinem geliebten Garten am Red Cat Hill. Dort saßen wir dann und redeten über Blumen, Büsche, Insekten und Vögel. Und als ich eines Nachmittags in meinem Zimmer lag und las, rief er nach mir und hielt eine Pfeilspitze aus Feuerstein hoch, die er im Garten ausgegraben hatte. Hier in der Gegend gab es ja kaum Feuerstein, habe ich gesagt, die Spitze muss mehr aus dem Süden oder Osten stammen, wahrscheinlich eine Speerspitze zum Fischefangen. Einen Feuerstein hätte man ja nie weggeschmissen, so wertvoll, wie der war. Da umarmte er mich. »Lauf, Meister Lampe«, sagte er, während hinter ihm im Vogelhäuschen die Grünfinken pickten. »Geh zur Uni. Schau dich in der Welt um. Es wird dir guttun.«

London war damals schon ganz schön im Rausch, als ich dort hinging, auch wenn ich es am Anfang gar nicht gemerkt habe. In den ersten Monaten lebte ich noch in der dumpfen Schwarzweißwelt der 1950er-Jahre, mit Flanellkrawatte und feinem Anzug, feilte an meiner Aussprache und meiner Frisur, lernte eifrig und ging auf Bälle auf der King's Road. Wenn ich mich ranhalte, dachte ich, kann ich irgendwann die erste Anzahlung auf einen Wolseley Hornet Mini und ein Haus in Surrey hinblättern. Meine Bude war in der Gower Street, nur einen Sprung und Kurztrip von der Uni und den heiligen Hallen der Geschichtsfakultät entfernt. Wenn es eilig war, fiel ich einfach aus dem Bett und war in zehn Minuten in der Vorlesung. Als sich dann die Welt in Farbe neu erfunden hat, nutzte ich das weidlich aus, oft noch von Schwindel und Kater geplagt und mit dem Parfümgeschmack von *Unforgettable* auf der Zunge. Mein Rekord lag unter acht Minuten, vom Ausdrücken der Zigarette nach dem Sex bis zum Referat über den angelsächsischen Polytheismus. Ich war eben schon immer schnell. Aber mein Erfolg beim schönen Geschlecht, das können Sie mir glauben, war für mich genauso eine Überraschung wie für meine vergeistigten Freunde, die ich in der Bibliothek mit Storys über einhändig geöffnete BHs zur Weißglut trieb. Die meisten Mädchen mochten mich eben – weil ich zuhören konnte. Auch die Lippe war nicht schlecht. Ein Mängelexemplar. Das kam damals allgemein gut an. Wer anders war, hatte es gut, und wer ein paar frühe Alben von Lead Belly besaß. Und plötzlich war auch mein Spitzname wieder da. An der Uni nannten mich alle Meister Lampe, diesmal aber rein positiv gemeint.

Wer das Glück hatte, seinen Uniabschluss im Sommer 1967 zu machen, wurde in ein Land entlassen, in dem es vor ungeahnten Freiheiten und grenzenlosen Möglichkeiten nur so knisterte. Das Land war noch jungfräulich. Und wartete auf uns. Das zumindest sagte der Dekan. Aber auch meine Abschlussnoten versprachen reichlich Jobangebote. Und nicht mal meine berüchtigte Hofhaltung in den Musikclubs von Soho konnte an meinem guten Ruf nagen. Das nützte mir sogar. Meister Lampe galt als »robuster Typ«, der die Intelligenz und Konstitution besaß, Eric Clapton im UFO bis zur Neige auszukosten und am nächsten Nachmittag, noch aufgedreht vom LSD-Schlussfeuerwerk, trotzdem eine Superprüfung über die Beratungsfunktion der angelsächsischen Witans im neunten Jahrhundert hinzulegen. Man hofierte mich von links, von rechts und von der Mitte: Behörden, Gerichte und selbst das Außenministerium schickten Anzugträger vorbei, die ich aber alle abgewimmelt habe. Ich hatte nämlich schon vor Ende der Studienzeit beschlossen, dem wunderbaren dionysischen Wahnsinn um mich herum noch tiefer auf den Grund zu gehen. Es war eine gute Zeit. Eine Zeit der Unschuld. In dem pulsierenden, überschäumenden Hort der Gegenkultur und Kreativität, im Umkreis von fünf Kilometern um die Oxford Street, wimmelte es nur so vor Happenings, Vernissagen, Musik, Partys, Drogen und herrlich experimentierfreudigen Mädchen. Irgendwann ging mir das Geld aus, aber bei meinem Kopf, Können und Charme schien das das geringste Problem. Das Geld lag schließlich auf der Straße. Die Kommunikationsrevolution hatte gerade an Fahrt aufgenommen, und durch reichlich und scheinbar endlos sprudelnde Ölquellen williger internationaler Partner wurden die Träume der Vorstadt noch befeuert. Billiger Strom aus Kraftwerken floss durchs ganze Land, und Fernsehen, Radio und Presse sorgten dafür, dass die Konsumkultur so unaufhaltsam und schneller anschwoll als die Foie-Gras-Leber einer Gans. Der Welt der Werbung, das habe ich schnell erkannt, stand der schnelle Reichtum auf der Stirn geschrieben. *Klink dich da ein, Meister Lampe,* dachte ich, *und du bist ein gemachter Mann. Einfacher kannst du's nicht haben.*

Ich habe also die Agentur gegründet, MLW!, aber nie verraten, wofür »ML« steht, »W« stand jedenfalls für Werbung. Sie war sofort ein voller Erfolg. Im Frühjahr 1970 habe ich einen Mietvertrag für vier Etagen in der Charlotte Street unterschrieben, die konnte ich mir mit einem Kundenstamm aus über dreißig Konzernen locker leisten. Ein paar Kunden kamen sogar von der anderen Seite des großen Teichs. Dann machten wir diese Werbekampagne für *Sticky Fingers* von den Rolling Stones, und damit verschwimmen die Ereignisse langsam. Auf einmal drehte sich alles noch schneller. Ich hatte das Gefühl, als könnte ich zwischen den Jahren hin- und herspringen, so einfach als würde ich die nächste Flurtür öffnen. Ganze Heroin-Monate schnurrten auf ein paar Minuten zusammen. Ich kann mich vage erinnern, wie ich meinen Mitarbeitern etwas aus der *Angelsächsischen Chronik* vortrage und dabei auf dem Schreibtisch stehe. Gemurrt hat erst jemand, als ich irgendwann Parfüm-Storyboards präsentiert habe, bei denen es um rituelles Schlachten ging. Und da waren natürlich noch die obligatorischen Afterwork-Clubpartys – nur für Mitglieder. Ich habe die Zügel schleifen lassen, es aber immer noch geschafft, sie kurz genug zu halten. Doch mittlerweile waren die Drogen schmutziger, der Sex aggressiver und die Toten häufiger geworden. Die meisten aus meiner Generation waren Mitte der Siebziger schon rausgezogen und träumten ihren bäuerlichen Traum von Brokkoli und Bodenfräse. Zurück zum einfachen Leben und so. Aber ich jagte in Fitzrovia noch wer weiß wie lange einem hochzerstörerischen, drogenreichen Lebensstil hinterher. Irgendwann starb auch mein Vater, aber an eine Beerdigung kann ich mich nicht erinnern, angeblich war ich allerdings da. Das muss 1978 oder 79 gewesen sein.

Eigentlich wusste ich da längst, das Spiel war aus, aber wer hat schon die Willenskraft, damit Schluss zu machen. Ich jedenfalls nicht. Zumindest damals nicht. Es war wie eine einzige lange Szene aus *Caligula*. Aber dann passierte es, eine Erleuchtung. Ich bin in der Morgendämmerung von einer Party in Weybridge nach Hause gefahren, mit einem Mädchen. Sally oder Sandy hieß sie glaub ich. Sandy, genau. Mortimer. Nett. Später hat sie einen Politiker geheiratet, wie in der Zeitung stand. Wir waren voll auf Cognac und Kokain, und ich raste mit meinem Lotus Esprit über die Landstraßen irgendwo beim Meadowlands Park. Da tauchte im Scheinwerferlicht plötzlich mitten auf der Straße etwas auf, eine Gestalt, wie erstarrt. Nur eine kurze Sekunde – und dann bums. Ich bremste scharf, und dann schrie Sandy auch schon los. Ich riss die Autotür auf, da war dieser graue zähe Nebel, stieg aus und stolperte rückwärts. Noch heute erinnere ich mich an den Auspuffgestank. Und an das »(Just Like) Starting Over« von John Lennon, das aus dem Radio grölte. Und da lag er, mitten auf der Straße.

»Was ist das?«, kreischte Sandy. »Was ist das?«

»Ein Hase.«

»Gott sei Dank«, sagte Sandy.

Gott sei Dank? Wie konnte sie das bloß sagen? Ich spürte die Tränen in mir aufsteigen und wie sich die Kehle zuschnürte. Ich sank auf die Knie und zitterte nur noch. Verstehen Sie?, ich habe mich da liegen sehen. Das war *ich*. Das war mein Brustkorb, der sich da rasend schnell hob und senkte. Das waren meine zerschmetterten Beine. Aus der Nase kamen Blutbläschen und rannen über die Lippen. Und dann der Blick. Ich sah die ganze Welt darin, wie in einem Spiegel. Und ich begriff. Begriff, was aus mir geworden war, und schlimmer noch, was aus uns allen geworden war. Auf einmal schämte ich mich. Ich hob den Hasen auf und lief ins Feld, wie eine Opfergabe trug ich ihn vor mir her. Sandy ist völlig ausgeflippt. »Was machst du da zum Teufel?« Nimm das Auto, schrie ich, und fahr einfach. Behalt das Auto, und alles andere auch. Ich brauchte es nicht mehr. Irgendwo bei

Staines, glaube ich, hab ich dann gemerkt, dass der Hase nicht mehr röchelte. Ich begrub ihn in einem Rapsfeld und wartete, bis die Sonne aufging. Schließlich machte ich mich, in einer leuchtenden Morgenröte, in Richtung Norden auf, ein bisschen Knete hatte ich noch dabei, aber irgendwann warf ich das Portemonnaie dann weg, in den River Meden, gleich hinter dem Markham Moor.

Und ohne mich zu schämen gebe ich zu, dass ich auf meiner Pilgerreise durch dieses Land viel geweint habe. Ich habe über die Sturheit der Menschen und die Rolle geweint, die ich dabei gespielt habe. Wenn ich bei Regen unter einer alten Kanalbrücke kauerte, sah ich den endlosen, flirrenden Verkehr, der über den spritzenden Asphalt rollte. Ich schlief unter düsteren Autobahnbrücken und überquerte faulige, nach Chemieabwässern stinkende Kloaken. Wenn es abends dämmerte sah ich, wie die flimmernden Wohnhäuser und Geschäftsgebäude die Energie verschwendeten. Ich kam an Kraftwerken und Fabriken vorbei, deren Schornsteine hochmütig in den Himmel spien und die Luft mit Kohlendioxid, Methan und Fluorkohlenwasserstoff vernebelten. Wenn ich auf Feldrainen nach Essbarem suchte, fand ich Ampfer, Wegerich und Zaunwinden voll weißem Staub, die pestizidvergiftet eingingen, unter Hecken entdeckte ich Massengräber mit gekalkten Zwergmäusen, Meisen und Spatzen und überall dazwischen zerdrückte Cola-Dosen, aufgeweichte, zerfetzte Oben-ohne-Seiten aus Boulevardzeitungen oder die abgezogenen schwarzen Häute geplatzter Fahrradschläuche. Ich ging durch eine graue Welt, die unter der Last des Kindischen und Banalen erstickte, deren Verwalter krank vor Gier und Wollust waren; durch ein asphaltiertes Land, dessen menschliche Bewohner vergessen hatten, woher sie kamen, und das Geschenk des Lebens für selbstverständlich hielten. Die Menschen waren vereinzelt, versklavt und gezwungen, um Arbeit, Wohnung und Ausbildung zu konkurrieren. Betäubt von Alkohol, Drogen, Golfmitgliedschaft oder funkelnder Falschheit, hat keiner mehr darüber nachgedacht, wo unser Platz im großen Ganzen ist. Mutter Erde hatte längst die Grenze der Belastbarkeit erreicht und konnte nicht weiter tatenlos zusehen, wie ihr verwöhnter Sohn die Biosphäre zerstört. Ich sah ihre Wut in den Augen eines vergifteten Sperbers, der an der Common Lane nahe Tickhill im Todeskampf flatterte. *Meine*

Liebe gilt nicht uneingeschränkt, hörte ich sie in dem krachenden Donner rufen, der in dem Moment über mir losbrach. Mit jedem Schritt begriff ich nun besser, und als ich eines Tages, nahe Doncaster, unter Lärchen neben der A1 aus einem unsanften Schlaf erwachte, sah ich völlig klar. Das war am Samstag, dem 21. März 1987.

Als ich dann hierhin nach Harrogate zurückgetrampt war, war ich körperlich vollkommen erschöpft, aber mein Geist von großem Gerechtigkeitssinn erfüllt. Am Bahnhof machte ich mich daran, den gelangweilten Pendlern, die gerade ihre Rover und Volvos parkten, zu erklären, dass wir ein neues globales ökologisches Bewusstsein brauchen. Ich kletterte auf die Brüstung der Fußgängerbrücke und begrüßte sie von dort oben, hoch über den Gleisen: »Brüder und Schwestern«, sagte ich. »Haltet inne, ehe es zu spät ist. Wisst ihr denn nicht, dass in unserer kranken Welt alles mit fossilen Brennstoffen hergestellt oder transportiert wird? Dünger, Pestizide, Baustoffe, Arzneimittel, die guten Anzüge und Kleider, Strom, Heizung, Licht oder diese Beförderungsinfrastruktur sind alle aus Kohlenstoff gemacht. Das ist das Ende der Welt. Das ist euer Ende …«

Viel weiter kam ich nicht, weil mich das Bahnhofspersonal runterzerrte, festhielt und mir lebenslanges Hausverbot erteilte. Danach versuchte ich, unauffälliger vorzugehen: Ich klopfte an Wohnungstüren oder hängte mich auf der überfüllten Einkaufsstraße an einzelne Leute. Ich bettelte und flehte, dass sie sich und die Welt doch einmal anschauen sollten, damit sie endlich erkennen, was los ist. Die einen lachten, die anderen schrien. Einige drückten mir auch Kleingeld in die Hand. Oder schlugen und traten mich oder urinierten auf mich, wenn ich zwischen dem Verpackungsmüll hinter Woolworth schlief. Ein paar Mal kam ich ins Krankenhaus oder in Polizeigewahrsam. Doch als mich die Grippe so richtig erwischt hatte, ließ mich eine ältere freundliche Dame einmal eine Woche lang in ihrem Gästezimmer schlafen, bis ihr Sohn, ein Immobilienmakler, davon erfuhr und mich rauswarf. Später ging ich zu handgeschriebenen Flugzetteln und zu Petitionen an den Gemeinderat über. Die mussten das doch verstehen, oder? Aber jedes Mal, wenn ich kam, haben die Leute am Empfang die Polizei gerufen, also entschied ich mich für die Guerillataktik. Ich versteckte mich in den gepflegten Gärten der konservativen

Abgeordneten im Duchy-Estate-Viertel und stopfte ihnen Morgen für Morgen Zettel unter die Scheibenwischer. Aber nun drohte man mir an, mich wegen Stadtstreicherei ins Gefängnis zu stecken, warf mir angebliche sexuelle Abartigkeit vor, und schließlich unternahm das Amtsgericht erste Schritte, um mich wegen Geistesgestörtheit dauerhaft in der psychiatrischen Anstalt High Royds unterzubringen.

Damals hat man mich, wenn ich überhaupt einen Namen bekam, »Verrückter«, »Penner«, »Nichtsnutz« oder »Schandfleck« genannt. Man jagte und bespuckte mich, aber das Schlimmste kam erst noch: 1996 nach dem verlorenen EM-Halbfinale prügelten wütende und betrunkene englische Hooligans auf mich ein. Da verkroch ich mich, verwirrt und halbtot, mit meinen paar Habseligkeiten an den einzigen Ort, wo man mich mit Sicherheit in Ruhe lassen würde und wo ich mich erholen konnte. In den Wäldern, auf den Wiesen und Feldern hinter der neuen Stadtgrenze von Bilton fand ich Zuflucht, dort, wo ich früher einmal, auf einem noch viel größeren Gelände, gespielt hatte. Darum konnte ich nun auf ein tief verwurzeltes Wissen zurückgreifen, das ich der Botanikleidenschaft meines Vaters und meinen eigenen historischen Studien verdankte. Meine Wunden behandelte ich mit alten römischen Heilkräutern, reinigte sie zuerst mit Torfmoos und drückte dann den faulig riechenden Waldziest, *Stachys sylvatica,* hinein. Ich merkte schnell, dass nichts so gut wirkte wie dieses Allheilmittel der römischen Legionäre. Die Wunden bluteten nicht mehr, und die Haut heilte, ohne sich zu entzünden. Das Fieber ging schnell runter, und ein Tee aus den violetten Waldziestblüten brachte schließlich auch meine Lebensgeister zurück. Tja, ich werde wohl für immer humpeln, aber wenigstens konnte ich wieder laufen. Als ich wieder bei Kräften war, streifte ich überall dort herum, wo ich schon als Junge gewesen war, ernährte mich von dem, was ich finden konnte, klaute auch im Supermarkt – eine Frage des Prinzips – oder schnorrte bei den North Outfall Schrebergärtnern, die die Erde zwischen meiner alten Schule und der Kläranlage beackern. Und abends machte ich am Hang über dem alten Wehr ein Feuer, kochte und beobachtete die flackernden Schatten der Wasserfledermäuse, die über dem Nidd nach Insekten jagten.

Nachdem ich wieder in die Gesellschaft von Wald und Flur aufgenommen worden war, verfiel ich in die Rituale früherer Zeiten. Ich betete zu den Göttern der Kelten, Angeln, Sachsen und Jüten und kommunizierte mit Insekten, Säugetieren und Pflanzen, damit sie mich in ihr geheimnisvolles Wissen über Mikroben und Zellen einweihten. Wenn ich mit bewusstseinsverändernden Mischungen aus Spitzkegeligem Kahlkopf – *Psilocybe semilanceata* – und Kiefernnadeln experimentierte, vergaß ich allen Schmerz und Einsamkeit. Die endlose Forschung an der Uni hat sich bei meiner Heimkehr als überaus wertvoll erwiesen, und ich kramte in meinem Gedächtnis nach Praktiken, die ich im Wald anwenden konnte. Meine Welt, das waren nun Ebbe und Flut der Vogelgesänge, Sonnenauf- und -untergang. Den surrenden Mechanismus meiner instand gesetzten biologischen Uhr bestimmten jetzt die Erde, die sich langsam dreht, der Sonnenstand und das Erblühen und Sterben der Pflanzen. Meine barfüßigen Schritte richteten sich nach dem zu- und abnehmenden Mond, ich lebte nach dem Lunarmonat und passte mich vollkommen dem Rhythmus an, in dem sich unsere Erde im Weltall dreht.

Mitten im Wald liegt eine kleine Lichtung, die im Sommer zu einem Schmelztiegel im Sonnenlicht wird. Man muss diesen himmlischen Flecken kennen, um ihn zu finden, und darum war es ein Schock, als ich eines Tages vom Waschen zurückkomme und dort ein Mann steht. Er trug Strickweste und Krawatte und stocherte mit einem Zweig in meinem Schlafsack herum. Das herrliche Licht um ihn herum hat er nicht einmal bemerkt, aber ab und zu blickte er sich um, als ob er etwas verloren hätte. Ich brauchte einen Moment, um zu begreifen, dass das George war, mein ältester Bruder.

»Was tust du hier, verdammt noch mal?«, fragte er. »Wir machen uns Sorgen. Joy hat mir erzählt, sie hätte letzte Woche gesehen, wie du im Asda-Supermarkt geklaut hast. Und um Himmels willen, John, guck doch bloß mal, wie du aussiehst.«

Ich erzählte ihm alles, in der Hoffnung, er würde es verstehen. Ich erklärte ihm, wie ich über unsere Kohlenstoff-Gesellschaft und Treibhausgase denke und warum der Mythos vom unendlichen Wachstum nur zu Zerstörung führen kann. Ich legte ihm dar, welche Gefahr die gleichgültigen, kurzfristig denkenden Volkswirtschaften für unsere Erde bedeuten und welche Einsichten in die Mikroökosysteme von Hecken und Wäldern ich gewonnen habe. Ich dachte, er würde mir wirklich zuhören, aber offensichtlich wurde er nur noch wütender. Der Speichel sprühte, als er mir erklärte, dass er bei den nächsten Kommunalwahlen für den Bezirksrat von Harrogate Bilton und Nidd Gorge kandidieren würde. Wenn ans Licht käme, wie ich hier lebe, wäre das das Ende seiner politischen Karriere.

»Wenn du Scheißkerl mir das kaputtmachst!«, brüllte er. »Ich habe hart dafür gearbeitet. Und während du vollgedröhnt durch London scharwenzelt bist, habe ich im Büro Blut und Wasser geschwitzt.«

Dann kam der Gnadenstoß. Er meinte, ich würde hier illegal leben und dem Gesetz nach könnte und *müsste* ich von hier weggebracht werden. Das ging noch eine Weile so hin und her, ich warf ihm vor, er würde sich an der weitverbreiteten Ausbeutung und Zerstörung der Erde beteiligen, und er sagte, ich hätte eine ernsthafte Kopfverletzung und bräuchte gute Pflege. Rund um die Uhr. Die Art Pflege, in der man weggesperrt wird. »Du bist krank, John«, sagte er. »Diese bescheuerten Ideen müssen endlich aufhören, du musst mit jemandem reden.« Da forderte ich ihn endlich auf, zu gehen, was er auch tat, aber erst nachdem er mir mit den Worten »du verdammter Idiot« noch einen zerknüllten Zwanzig-Pfund-Schein vor die Füße geschmissen hatte. Dann stapfte er fluchend durch den Wald davon. Ich blickte ihm hinterher und merkte irgendwann, dass ich genau die Zeilen aus dem Lukasevangelium vor mich hinsprach, die ich Jahrzehnte zuvor auf dem Erntedankfest vorgetragen hatte.

> Es war ein reicher Mann, des Feld hatte wohl getragen. Und er dachte bei sich selbst und sprach: Was soll ich tun? Ich habe nicht, wo ich meine Früchte hin sammle. Und sprach: Das will ich tun: ich will meine Scheunen abbrechen und größere bauen und will darein sammeln all mein Korn und meine Güter und will sagen zu meiner Seele: Liebe Seele, du hast einen großen Vorrat auf viele Jahre; habe nun Ruhe, iß, trink und habe guten Mut. Aber Gott sprach zu ihm: Du Narr! Diese Nacht wird man deine Seele von dir fordern; und wes wird's sein, das du bereitet hast? (...) Darum sage ich euch: Sorget nicht um euer Leben, was ihr essen sollt, auch nicht um euren Leib, was ihr anziehen sollt. Das Leben ist mehr als die Speise und der Leib mehr als die Kleidung.

Der Winter war damals besonders lang und hart, die Nächte eiskalt, und an den kurzen, sonnenlosen Tagen herrschte nichts als Frost, Regen und Graupel. Der Winter wollte einfach nicht aufhören, und Ende März war ich so weit, mich ganz Eostre, der Göttin der strahlenden Morgenröte, zu ergeben, wenn sie bloß das Licht zurückbringen und uns angeschlagene Überlebende aufs Neue wärmen würde. Mit dem Gelöbnis, ihr vollständig zu Willen zu sein und mich ihr zur Freude und Ehre in ein lebendes Schauspiel zu verwandeln, baute ich bei Sonnenaufgang des Ostersonntags 2007 ein Freudenfeuer. Als der Rauch schließlich zu den Baumkronen aufstieg, hörte ich die Glocke von St. John, die mit ihrem Läuten die gute Nachricht der Auferstehung in der ganzen Stadt verbreitete, auch über den ergrünenden Gebeinen meiner Eltern. Ich musste daran denken, wie ich mit meinem Vater im Garten gesessen hatte, und lächeln. Seit Ewigkeiten hatte mich keiner mehr Meister Lampe genannt, und plötzlich konnte ich mich wieder spüren. Ich wusste wieder, wer ich war. *Was* ich war.

An jenem Abend saßen Hasen auf dem Feld. Eine riesige Schar. Ungefähr dreißig oder vierzig hatten sich in der Abenddämmerung versammelt. Hastig verließ ich den Wald, um mich ihnen anzuschließen, und preschte in großen Sprüngen über das Feld. Gemeinsam rasten wir an dem dichten Haselgebüsch entlang, über die ansteigenden Felder und durch die Hecken, bis ich nicht mehr konnte, keuchend auf den Rücken fiel und liegenblieb. Und plötzlich sah ich ein komisches Etwas im Gehölz, eine Sandsteinkuppel, von Brombeergestrüpp, Buschwindröschen und Glockenblumen überwachsen. Sie war mir überhaupt nur aufgefallen, weil der Boden dort sumpfig war und es nach faulen Eiern stank. Nachdem ich das Gestrüpp beiseite gedrückt hatte, sah ich einen Stein, der eine schwefelig riechende Quelle schützte. Auf den Deckstein waren die Initialen »JW« und die Zahl »1778« graviert, ein Datum, das mir dank Herrn Wallbank von der Bilton Endowed School auf ewig ins Gedächtnis gebrannt war. Damals hatte man in Harrogate die Enclosure Acts, die Flurbereinigung verabschiedet. Als mir die ungeheuerliche Bedeutung dieser Entdeckung langsam dämmerte, taumelte ich rücklings in einen großen Teppich aus Sternmieren. Während ich noch auf die schlichte steinerne Besitzmarkierung starrte, wurde sie zum Symbol der Enteignung. Mit solchen Marksteinen hatte man unsere schöne Welt zerhackt, zerteilt und eingezäunt; mit solchen Steinen waren Feldflur, Quellen, Wald und Tiere zur Ware geworden, zu einer Ware, die Menschen beanspruchten, kauften, verkauften und für die sie töteten. Aus diesem Markstein flossen, ich sah es genau, globaler Landraub, Bodenausbeutung, Industrialisierung und Klimawandel und legten sich als giftiges Dunkel über das Land. Bestimmt hatte Eostre mich nicht grundlos hierhergeführt, und ich würde sie nicht enttäuschen.

Darum bat ich den Kriegsgott Tyr um Kraft und nahm mir den Deckstein vor, hob und schob und zerrte so lange an ihm, bis er endlich im Gebüsch lag. Nun quoll das Wasser aus dem Boden empor und floss in den dunklen Schlamm. Ich beugte mich herab, nahm eine Handvoll und trank gierig, schöpfte mit beiden Händen Wasser um Wasser, hielt das nasse Gesicht dem Mond entgegen und schrie meine Freude und Dankbarkeit heraus.

Früher schrieb man dem Wasser, das man an den Ostertagen aus dem Brunnen zog, heilige, heilende Kräfte zu. Und das war nicht gelogen. Plötzlich fühlte ich mich mit der Welt im Einklang: Uralte Stimmen, die tiefgründige Musik der Sterne und die ewigen Träume der Welt schwirrten durch meinen Kopf. Ich war der flinke Hase, der durch das Paradies springt und die universelle Harmonie hört, die aus der Einheit von Seele, Geist und Erde entsteht. Eine göttliche Einheit. Und am nächsten Tag in der Morgendämmerung stand Eostre da: wunderschön, mit güldenem Haar, wohlgeformt, lebendig, lieblich und nach Heckenkirsche duftend, verführerisch, voller Gerüche, Farben und Stimmen, klug und tapfer, mit einem Atem, so warm und rein wie der eines Babys. Das wogende Gras war das weiche Haar auf ihrer Haut; und die perfekten Blüten, die den Birnbaum zierten, ihr Gesicht. Und allein ich hatte sie herbeigerufen.

Ich habe die Quelle befreit und die Göttin des Frühlings herbeigerufen.

Nun wandere ich viel herum und folge dabei der Sonne. Es bleibt mir auch nichts anderes übrig, weil das Amtsgericht in Harrogate vor vier Jahren einen Haftbefehl wegen Diebstahls und Sachbeschädigung gegen mich erlassen hat. Ich bin zu Fuß unterwegs und immer allein, laufe kreuz und quer durch die Gegend, über Landstraßen und Feldwege und schlafe in Gestrüpp und Gehölz. Wahrscheinlich sind

Sie irgendwann irgendwo schon an mir vorbeigegangen und haben meine vertraute Gestalt in einer Hecke oder einem Weizenfeld gesehen. Zur Sommersonnenwende bin ich immer in Stonehenge und zur Wintersonnenwende dann auf dem Windmill Hill, wo ich zuschaue, wie der glutrote Ball den Glastonbury Tor-Hügel heraufrollt. Wenn das Wetter für meine alten Knochen zu viel wird, gehe ich in eine öffentliche Bibliothek und wärme mich auf. Dann sitze ich dicht an der Heizung und lese mit einer Mischung aus Hoffnung und Horror über Klimakonferenzen und die Klimafahrpläne der UN, aber wenige Seiten weiter unvermeidlich über Fracking-Lizenzen an multinationale Konzerne. Wenn ich genug Kleingeld zusammengebettelt habe und meine eigene Scheinheiligkeit ertrage, setze ich mich auch manchmal in einem Coffee Shop in eine Ecke und nippe eine Stunde oder so an einem süßen Caffè Americano. Der ist himmlisch, aber nichts gegen das Wasser der kraftvollen Bilton Quelle, die Leben und Hoffnung in diese dunkle Welt bringt. Darum fordere ich das Gesetz heraus und komme jedes Jahr zur selben Zeit wieder hierhin zurück. Ich muss einfach, verstehen Sie? Jemand muss der Natur wieder ihren Lauf lassen. Das ist unsere einzige Hoffnung. Ich bereite mich gut darauf vor, beobachte, wie die Hasen über die Felder laufen, und wenn der Mond genau richtig steht, wiederhole ich das Ritual und lasse die Frühlingsgöttin frei. Und wenn ich genug Quellwasser getrunken habe, schlage ich beim Wehr mein Lager auf, rolle meinen Schlafsack aus und mache wie früher ein Feuer zum Kochen. Dann lege ich mich hin und schlafe seelenruhig, in der Gewissheit, dass das Licht morgen zurückkommt.

III

Ich lasse ihn in seinem schmuddeligen braunen Schlafsack in der Nähe des Wehrs liegen, eine Einheit aus Land und Landlosem, und klettere durch den Wald nach oben. Unerwartet stehe ich, selber ziemlich dreckverschmiert, im gleißenden Tageslicht. Zu meiner großen Überraschung sind die Schlehdornknospen aufgegangen. Auf den Flurhecken häufen sich die Blüten wie Schnee; vor den schwarzen, blattlosen Ästen leuchten sie so grell, dass es auf der Netzhaut brennt. Ein Schöner-Wohnen-Weiß, das Weiß von Hochzeitskleidern und Baisers. Einen Moment lang steht eine Krähe, wie an Drähten aufgehängt, am Himmel. Von dort oben müssen die Blütenstreifen der Schlehdornhecken wie der Kalk auf einem Fußballfeld wirken: die Feldflur unterteilen und ferne Wälder, Wiesen, Straßenränder und Häuser miteinander verbinden. Auch die veränderlichen Schattenlinien der hochstehenden Sonne unterstreichen diesen Eindruck. Noch mehr Parzellen und noch mehr Grenzen. Heute habe ich plötzlich das düstere Gefühl, ausgeschlossen zu sein. Das muss wohl sein Einfluss sein. Das muss am alten John liegen, der dort drüben im Wald in aller Seelenruhe schnarcht; wahrscheinlich hallen seine Worte noch in mir nach. Er hat ja nicht ganz unrecht. Ich trotte an den Feldern entlang, halte Ausschau nach Bauern und Hasen, aber nichts. Als ich mir im Bilton Beck den Lehm von den Schuhen spüle, lösen sich braune Erdwolken und ziehen bachabwärts. Ich muss wieder an das Land und seine ständige Veränderung denken. Es geht ein Gespenst in England um, ein Geist noch aus der Zeit, als man die Menschen so einfach von den Feldern spülen konnte wie Lehm vom Schuh. Ich habe es schon bemerkt, als ich das Aller Land zum ersten Mal betrat, auch wenn ich es wohl nicht wahrhaben wollte. Doch über der Stadt, dem Land und dem Siedlungsrand dazwischen liegt nach wie vor ein Schatten. Es wurde langsam Zeit, dass ich nach seinen Überbleibseln suche, der Ursache dafür auf den Grund gehe und ihm ins Gesicht schaue. Und jetzt weiß ich, wo ich anfangen muss.

Die Suche nach der Quelle gestaltet sich schwieriger als gedacht. In der maßgeblichen viktorianischen Studie zu diesem Gelände, der *History and Topography of Harrogate and the Forest of Knaresborough* von William Grainge, findet man kaum etwas dazu, ebenso wenig in der neueren Lokalgeschichte. Dort stehen die berühmten Heilquellen im Mittelpunkt, die die Stadt zu einem Kurort machten. Mehrfach stoße ich zwar auf verführerisch vage Hinweise, die das reinste Heilwasser der Stadt einer abgelegenen »Bilton-Quelle« oder sogar einem »Bilton-Born« zuschreiben. Doch abgesehen von dem Hinweis auf ein Privatgelände und der Nähe zum Gut »Bilton Hall«, was genauso präzise ist wie irgendwie mit den Händen zu fuchteln, gibt es keine genauen Angaben zur Lage. Nicht gerade ideal für eine Geolokalisierung.

Ich gehe also zu Fuß los, und als ich mich über eine narzissengesäumte Kiesauffahrt Bilton Hall nähere, stolpere ich über den ersten Schmetterling dieses Jahres: Zwischen den Ampfer- und Löwenzahnblüten auf dem Rasen flattert ein Großer Fuchs. Die Zweige der Baumreihen berühren sich hoch über mir, in dem dünnen Baldachin singen die Finken. Der Kies spritzt auf, als ein Auto vorbeifährt; der Fahrer nickt und hebt die Hand zum Gruß. Der Kittel, den er trägt, ist eindeutig der eines Mediziners. Das ehemalige Gut ist heute eine private Seniorenresidenz und so teuer, dass die Ärzte vermutlich auf Knopfdruck anmarschieren. Die Gärten und die stattlichen Fassaden aus Back- und Bruchsteinen im jakobinischen Stil wirken gepflegt und sogar schön und strahlen die romantische, schwermütige Gediegenheit alter Herrenhäuser aus. Es herrscht – mit den unbestellten Feldern im Süden und Osten und Bauernhöfen, Wäldern, Fluss und Aller Land im Westen und Osten – eine Atmosphäre luxuriöser Abgeschiedenheit. Nicht einmal einen Kilometer von hier liegen die Überlandstraßen der Pendler, die Tankstellen und Müllhalden, die Gärten, Häuser, Kirchen, Krankenhäuser, Werkstätten, Friseursalons, Supermärkte, Sanitärfachgeschäfte und Autoteilehändler, die aus dem östlichen Harrogate, Starbeck und Knaresborough heute eine durchgehende Stadt machen. Doch wenn man hier steht, scheint das wie ein ferner Krieg in fremden Ländern. Das Leben in Bilton Hall folgt, wie eine Schallplatte, die mit falscher Geschwindigkeit läuft, einem anderen, gemächlicheren Rhythmus. Hier betritt man einen Ort mit einer scheinbar ganz eigenen Geschichte, wo schlafende und sterbende Erinnerungen gesammelt und aufbewahrt werden, um sie immer wieder neu zum Leben zu erwecken. Das kann ich am Gesichtsausdruck der Bewohner ablesen, die nun, kurz nach zehn, zwischen Frühstück und Morgentee gefangen, in ihrem Schaukelstuhl dösen oder durch die Bogenfenster auf blühende Magnolienbäume und Rhododendren starren. Oder auch am Gefüge des Gebäudes, das in der einen oder anderen Form seit fast sieben Jahrhunderten an selber Stelle steht.

»Da weiß ich nichts von«, sagt Elaine, die Schwester am Empfang, während irgendwo weiter unten im Gang ein knatternder Alarm losgeht. »Von einer Quelle hier hab ich noch nie gehört.« Es knattert noch einmal. »Becky?«, schreit sie nach hinten. »Eine Quelle?«

Becky steckt den Kopf aus dem hinteren Büro, kaut auf einem Stift herum, schiebt die Unterlippe vor und schüttelt den Kopf. »Keine Ahnung. Aber soweit ich weiß, war das Gelände irgendwann mal ein Wildpark, ohne Gebäude. Vielleicht kann man da drüben auf der Karte was sehen.«

Um die Ecke hängt in einem schäbigen Rahmen eine ausgeblichene sepiabraune Draufsicht von Bilton Hall, die aus verschiedenen alten Teilaufnahmen zusammengesetzt ist. Auch sie nützt wenig, aber in einem hat Becky recht: Wenn man nur weit genug zurückgeht, dann gehören Hall, Gärten, Wälder und Fluss zu etwas Größerem: zu dem riesigen, 20 000 »Forest Acres«, also 12 000 Hektar großen einstigen Königsforst von Knaresborough. Wann genau der gigantische königliche Landraub stattfand, ist unbekannt, aber vermutlich zu der Zeit, als Wilhelm der Eroberer das englische Land an seine Anhänger verteilte. Als die Herrschaft von seinem jüngsten Sohn Heinrich I. 1135 endete, galt der Forst als wertvolles Vermögen, das sich in etwa vom Knaresborough Castle 400 Quadratkilometer westwärts erstreckte. Die Bezeichnung »Forst« kann allerdings leicht in die Irre führen, denn das zwar dicht bewaldete Gebiet bestand vielerorts nicht nur aus Bäumen, sondern gleichermaßen aus Wald, Lichtungen, Flüssen, Moor- und Heidelandschaften. Dort sollte sich das »Wild« geschützt vermehren, wobei Wild alle jagbaren Tiere wie Wildschweine, Wölfe, Moorhühner oder Hasen umfasste. Die »hohe Jagd« zur Befriedigung der Mordlust der normannischen Herrscher und später des Hauses Plantagenet widmete sich allerdings vor allem Rot- und Rehwild. Im Forst von Knaresbourough wurden dazu besonders zwei Gebiete mit speziellen Pfahlzäunen begrenzt, durch die das Wild zwar herein, aber nicht wieder heraus konnte. In erster Linie ging man in diesen Wildgehegen oder Wild-»parks« also auf Jagd. Sie wurden daher sorgfältig von »Förstern« gepflegt und bewacht, die dort oder in der Nähe lebten – und Wilhelms brutales Forstrecht durchsetzten, das, wie die Angelsächsische Chronik berichtet, »das Wild umfassend schützte und jeden, der einen Hirsch oder eine Hirschkuh erlegte, mit Blindheit bestrafte«. Das eine Wildgehege, Haverah Park, lag westlich vom Dorf Beckwithshaw, etwa 5 Kilometer südlich vom heutigen Harrogate. Das andere umfasste die Wälder südlich und westlich des Nidd, einschließlich des heutigen Aller Lands, und sein Zentrum lag genau dort, wo ich gerade stehe. Sein Name war Bilton Park.

Im Jahr 1380 befahl Johann von Gent, Sohn von Edward III. und damaliger Lord von Knaresborough, den Bau eines neuen Jagdschlösschens, und im Lauf der Jahrhunderte und zahlreicher Umbauten und Veränderungen wurde daraus dann Bilton Hall. Auch wenn nachfolgende Herrscherdynastien dem Jagdkitzel nicht mehr ganz so viel abgewinnen konnten, blieb das Anwesen im Besitz der Krone und wurde erst 1628 von Karl I. zur Finanzierung seiner verheerenden Außenpolitik und seines Kriegs gegen Spanien verkauft. Doch bereits zuvor hatte die wohlhabende Adelsfamilie Slingsby die Immobilie gepachtet. Später sollte dann ihr Name zum Synonym für die Quellen um Harrogate werden, weil Sir William Slingsby die erste Heilquelle der Stadt »entdeckte«. Nachdem er von seiner Grand Tour durch Europa zurückgekehrt war, fiel ihm auf, dass das eisenhaltige Wasser der sumpfigen Tewit Well, einige Kilometer weiter südlich, dieselben Eigenschaften besaß wie das berühmte Heilwasser in der belgischen Stadt Spa. Seine »Entdeckung« begründete nicht nur Harrogates Ruf als Gesundbrunnen, sondern brachte auch das Wort »Spa« in die englische Sprache. (Das erzählen zumindest die Lokalhistoriker, aber dasselbe hört man in den meisten englischen Kurorten). Ob Slingsby auch wusste, dass sich in der Nähe seines Hauses eine wirkungsvolle Schwefelquelle befindet, ist nicht bekannt. Doch die Tage seiner Familie auf dem Anwesen waren jedenfalls gezählt. Im Jahr 1615 wurde sein Sohn Henry als Aufseher und Gärtner von Bilton Park angeklagt, den Park verfallen zu lassen. Man beschuldigte den Adligen, Bäume gefällt und Wild getötet zu haben, und erachtete eine hohe Geldbuße und den zügigen Auszug der Familie als eine angemessene Strafe. Drei Jahre nach dem Verkauf durch Karl I. wurde das Anwesen ausgerechnet von Thomas Stockdale erworben, einem entschiedenen Anhänger des Parlaments und erbitterten politischen Gegner von Henry Slingsby. Vielleicht war die Feindschaft so erbittert, dass er ihn damit ärgern wollte. Die Immobilie wurde dann nach dem Erstgeborenenrecht in der Familie Stockdale weitergereicht, doch 1720 verpfändete ein weiterer Thomas Jagdhaus und Land und investierte die 1000 Pfund, die er dafür bekam, in die unglücksselige South Sea Company. Als die Spekulationsblase platzte, hatte er alles verloren, und die Familie Stockdale war trotz Refinanzierungsversuchen und neuer Darlehen ruiniert. Am Ende ereilte sie dasselbe Schicksal wie zuvor die Familie Slingsby: Sie wurde ohne viel Aufhebens geräumt und versuchte schließlich einen Neuanfang in Nordamerika.

Plötzlich reißt mich eine Alarmkakophonie aus den Gedanken. Die Bewohner der oberen Gemächer benötigen dringend Aufmerksamkeit. Der gellende Ruf, so barsch und roboterhaft wie eine Schiffssirene, erinnert daran, dass es in Bilton Hall auch heute noch Zwangsumsiedlungen in fremde Gefilde gibt. Becky und Elaine stürzen los und empfehlen mir, mit den Mitarbeitern der Außenanlagen zu sprechen. »Wenn es irgendwo eine Quelle gibt, dann wissen die das bestimmt«, sagt Becky und wedelt mit der Hand. »Waidmannsheil!«

Ich schlendere um manikürte Hecken und Holzliegestühle herum. Als mein Blick über den gepflegten Rasen und die Apfelbäume schweift, sehe ich vor meinem inneren Auge, wie sich eine Jagdgesellschaft im Tweedanzug zum morgendlichen Messerschleifen trifft oder die weißgekleideten Töchter des Hauses in langen Vorkriegssommern Blumen pflücken, um die Kristallvasen auf den Tischen damit zu schmücken. Hinter einem Kunststoffschuppen finde ich eine Gruppe polnischer Gärtner, die schweißgebadet Torf und Kompost auf Schubkarren hieven. Auch hier weiß man nichts von einer Quelle, aber als der Chef kommt, zeigt er ein gewisses Interesse und erlaubt mir achselzuckend, das Gelände zu durchstreifen. »Machen Sie ruhig«, sagt er mit stark schottischem Akzent. »Aber halten Sie mich auf dem Laufenden. Ein bisschen Geld könnte ich auch gebrauchen.«

Ich mache einen großen Schritt über die Blumenbeete mit Schlüsselblumen, durchquere die verwilderten Randstreifen und dann ein Stechpalmen- und Eichendickicht. Schließlich ziehe ich aus meiner

Jackentasche die verbotene Kopie einer alten Karte hervor, die ich tief unten in einer Schublade der Harrogate Bücherei gefunden habe. Darauf ist ein Teil der bewaldeten Hänge zwischen Bilton Hall und dem Nidd als »Quellwald« eingezeichnet. Das ist mein einziger Anhaltspunkt. Ich stolpere durch Gestrüpp, Laubberge und Rhododendronbüsche und irre durch einen Wald, der offenbar seit Jahrzehnten, wenn nicht Jahrhunderten sich selbst überlassen ist. Offenbar wird der Privatwald nicht mehr genutzt, überall treffe ich auf eingebrochene Zäune und kreischende Fasane. Die Luft scheint wie der Boden langsam nach unten zu sinken und Bilton Hall und die Welt hinter sich zu lassen. Wo junge Sandbirken und Haselsträucher stehen, sind sie mit dem verrottenden Holz ihrer umgestürzten Brüder verflochten. Vor Jugend strotzende Eichen haben unzählige frische Blätter, und dahinter greifen pelzig-grüne Buchenäste wie verschimmelte Knochen nach dem Himmel. Irgendwo klopft ein Specht. Schon bald kann ich dem wuchernden Wald keine Zeichen auf der Karte mehr zuordnen. Die Ununterscheidbarkeit, die mich umgibt, macht mich kurzsichtig.

Dann lasse ich die Verästelungen hinter mir und stehe auf einer Wiese mit hohem, struppigem Gras. Ich weiß nicht, ob ich noch auf dem Bilton-Hall-Gelände oder auf einem anderen Privatgrundstück bin. Die Begrenzungen sind verwirrend: auch hier die Reste niedriger Mauern, schlammig-braune Flecken mit kaputtem Draht und eingezäunte Schilf- und Wollgrasbüschel. Ich klettere über einen robusten, diesmal hellen zersplitterten Holzzaun, der offenbar erst kürzlich zurechtgesägt, zusammengenagelt und mit glänzendem Stacheldraht versehen wurde, und stehe vor einem Einschnitt in der Landschaft. Es rumpelt und dröhnt, riesige Maschinen tosen und scheppern über den Abhang. Oben am Hang reißt ein Bagger eine Bungalowwand ein. Nicht weit davon entfernt mischen Arbeiter mit oranger Warnweste und Schutzhelm Beton, andere stehen auf einen Spaten gelehnt und warten darauf, dass sie die Fundamente in einen keilförmigen Spalt gießen können. Mich beachtet niemand. *Womm.* Wieder knickt eine Wand mit stahlumrahmtem Fenster ein und zerbricht in tausend Stücke. Ich mache mich davon, klettere über einen anderen Zaun zurück und verziehe mich wieder in den Wald.

Ich habe die Suche längst aufgegeben, als ich auf dem Laubboden einen achtlosen Schritt zur Seite mache und in müffelnder, morastiger Erde versinke. Vor meinen Augen fließt ein winziges Rinnsal hangabwärts. Ich schaue näher hin und entdeckte ein lebhaftes Bächlein, das durch den Boden blubbert und zischelt. Als ich es durch Bärlauch und glänzende Glockenblumenblätter zurückverfolge, stoße ich auf eine flache Senke und in der Mitte, unter lauter Gestrüpp, auf etwas sandiges, grau-grünes Großes. Ein alter Deckstein. Den jemand zur Seite gewuchtet hat und der nun träge und schief im Schlamm steckt. Mein Blick wandert zu den eingravierten Initialen und Zahlen auf der Oberseite, doch noch bevor ich es lese, weiß ich, was dort steht.

JW 1778

Es irritiert mich immer wieder, aber unsere heutige Vorstellung von privatem Grundbesitz ist nur wenige hundert Jahre alt. *Wenige hundert Jahre.* Es sagt einiges über unsere heutige Welt, dass wir einen Moment brauchen, um das wirklich zu begreifen. Wir müssen dafür erstmal von allem absehen, auf dem unser heutiges Dasein beruht. Wenn man aus dem Flugzeug auf den Flickenteppich aus Feldern, Wäldern und Wiesen in England schaut, sieht man beinah zu hundert Prozent privatisiertes Land, von dem drei Viertel dem reichsten einen Prozent der Bevölkerung gehören. Manches davon wird sogar noch durch Zuschüsse und Subventionen, die der Steuerzahler aufbringt, gefördert, während, wie Simon Fairlie, Herausgeber der Zeitschrift *The Land*, feststellt, »die überwiegende Mehrheit der Durchschnittsbevölkerung ihr halbes Arbeitsleben lang den Kredit für ein kleines Grundstück abstottert, das gerade groß für ein Haus und eine Wäschespinne ist«. Wir leben heute in einer Kultur, in der das Recht auf privaten Landbesitz – also einerseits Alleinbesitz und andererseits Armut – fest verankert ist. Es wurde zuerst mit dem Landraub durch das Herzogtum der Normandie in Großbritannien eingeführt und dann durch eine fünfhundertjährige Entwicklung legitimiert, die die physische und psychische Landschaft der Welt vollkommen verändern sollte. Ich spreche von der sogenannten »Enclosure«, der rechtlich verankerten Einhegung oder Einzäunung von Grundbesitz.

Dass ein Einzelner das uneingeschränkte und alleinige Recht an einem Stück Land hat, wäre für einen mittelalterlichen Bauern eine vollkommen abwegige Vorstellung gewesen. Die Krone oder Gutsherren besaßen zwar scheinbar sehr viel Land, aber ohne die Kleinbauern, die das Land bearbeiteten, die Ernte einfuhren und den Pachtzins zahlten, wäre es wertlos gewesen. Dafür durften die Kleinbauern ein bestimmtes Stück Land gemeinsam nutzen, um sich und ihre Familien zu ernähren. Dieses Recht wurde im Lauf der Zeit kodifiziert und als legales Gewohnheitsrecht von einer Generation an die andere weitergegeben. Es wurde schließlich zur Tradition und überlebte als Gewanneflur sogar das Feudalsystem. Es wurde zu einer Art Bauernkooperative, in der Nachbarn und Familien, das Rückgrat der ländlichen Gemeinden und Dörfer, die Felder gemeinsam bestellten. Die englischen Lehmböden waren schwer zu beackern. Um mit dem Holzpflug Furchen und Rillen zu ziehen, mussten vor dem Pflüger vier Paar Ochsen hertraben. Weil sich nur wenige Kleinbauern mehr als ein oder zwei Stück Vieh leisten konnten – oder überhaupt ausreichend Land besaßen –, war das Pflügen Gemeinschaftsarbeit. Und weil Hecken dabei nur im Weg gewesen wären, wurde neu gewonnenes Land in Weiden und Gewannestreifen unterteilt. Das System war streng geregelt und ließ keine Innovationen zu, aber die Kleinbauern stimmten sich dafür auf ihren Streifen notgedrungen ab, teilten sich Ochsen und Ackergerät und pflanzten Weizen, Roggen, Gerste, Gemüse oder Hafer in Dreifelderwirtschaft. Und dazwischen wuchsen Mohn- und Kornblumen wie buntes Konfetti. Das jeweils brachliegende Feld diente als Weide fürs Vieh, das wiederum für den Dünger des nächsten Jahres sorgte. Und das Land abseits der Gewanne war Allmende, von allen genutzte Wiesen, Wälder und Weiden, die den Kleinbauern boten, was sie sonst noch zum Überleben brauchten: Weideflächen für die Kuh, Heuwiesen, wild wachsende Nahrungsmittel, Einstreu und Eicheln für die Schweine, Holz als Brennmaterial und Reet für die Dächer.

Es war ein ärmliches Leben, das dann später und aus der Ferne von makellosen Gänsekielen und Pinseln als warme, pastorale Idylle romantisiert wurde. In Wahrheit kämpften die Kleinbauern mit einfachsten Mitteln gegen eine erbarmungslose Natur, fristeten ein karges Dasein voller Hunger und Dreck und waren Missernten, Seuchen, Krankheiten und den Launen des Wetters mehr oder minder hilflos ausgeliefert. Der Tod war allgegenwärtig, heftete sich als wandelnder Schatten an die Fersen des Pflügers und lauerte in jeder Schnittwunde, aber dennoch waren diese Menschen auf ihrem Land zu Hause und für die Schönheiten der Natur nicht unempfänglich. Ohne Pestizide und Jäger gab es reichlich wilde Tiere: Über den Feldern schwebten Turmfalken, die vom Schweiß brennenden Augen sahen Lerchen, Wiesenrallen und Milane, und vor der Sense sprangen Hasen, Feldmäuse, Hermeline und Wiesel davon. Die Menschen spürten die kleinste Brise auf der Haut, wussten, wie gemächliche, neblige Herbsttage dufteten, sahen im Frühling eine gewaltige rote Sonne auf- und im Winter untergehen. All das wurde in Volksliedern besungen und an Festtagen gefeiert. Die Menschen kannten die Tagundnachtgleichen, Sommer- und Winterwende und bejubelten die berauschenden Höhepunkte im Jahreskreis. Sie fühlten sich mit der Natur auf eine für uns heute kaum noch begreifliche Weise verbunden. Das steht fest.

Mit der Enclosure, auch Allmende-Raub genannt, änderte sich alles. Die Gewanneflur geriet im Spätmittelalter, unter dem Haus Tudor, langsam unter Druck. Die reichen Landbesitzer vertrieben erste Kleinbauern von der Gewanne, weil sie Platz für Schafe brauchten, die neuerdings die Wolle für eine wachsende Textilindustrie lieferten. Anfänglich galten Schafe als eine kluge Lösung, um freies, unbewirtschaftetes Land kurz zu halten, auch wenn man dem Landbesitzer dafür vielleicht ein Bußgeld zahlen musste. Doch mit dem Wachsen der Herden und einem aufblühenden Wirtschaftszweig eröffneten sich neue Möglichkeiten. Der Boden konnte plötzlich Rendite abwerfen. Und einen reich machen. Die Katze war ein für alle Mal aus dem Sack. Die wachsende Schicht der Grundbesitzer, die nicht unbeträchtliche finanzielle Interessen verfolgte, wurde dabei von gleichgesinnten Reformern und von Gesetzen unterstützt, die ihre Besitzansprüche legitimierten. Trotz Protesten von Seiten der Kirche und Kritik wie den oft zitierten Worten von Thomas Morus in *Utopia* – »Eure Schafe, die gewöhnlich so zahm und genügsam sind, sollen jetzt so gefräßig und wild geworden sein, daß sie sogar Menschen verschlingen sowie Felder, Häuser und Städte verwüsten und entvölkern« – kam es auf dem Land zu einer großflächigen Entvölkerung und Armut. Die verzweifelte, verarmte Landbevölkerung floh. Gemeinschaften zerbrachen und Dörfer verschwanden, was übrigens auch eine der Ursachen für die zahlreichen missglückten Bauernaufstände im 16. Jahrhundert war. Mitte des 17. Jahrhunderts war schon die Hälfte des englischen Agrarlands in Besitz genommen und aufgeteilt. Die Folgen waren katastrophal. Zigtausende Kleinbauern wurden vertrieben und mussten ihre Arbeitskraft an eine aufstrebende Schicht von Gutspächtern verschachern, die sie, weil die Schafhaltung weniger Arbeitskräfte erforderte, nicht brauchte.

Damit hatten die Kleinbauern eine Verwundung erlitten, doch der Todesstoß kam erst mit den vom Parlament beschlossenen »Enclosure Acts«, den Einhegungsgesetzen, die vor allem zwischen 1760 und 1870 verabschiedet wurden. Bislang war das Land durch den »Allmende-Raub« hauptsächlich in Schafweiden umgewandelt worden, doch nun legten die Fürsprecher der Allmende-Auflösung eine andere Gangart ein: In Schottland wurden die Kleinbauern systematisch zugunsten der Schafzucht vertrieben und in Indien und den US-Südstaaten, um Baumwolle anzubauen. Jetzt wurde das Land konsequent umgestaltet. Gewannefluren, Weiden und »Brachland« wurden zu Ackerflächen und mit Hecken und Zäunen gesichert. Und weil höchstens kleinere Flächen wie Dorfwiesen oder winzige Allmenden verschont blieben, nahm die Landflucht weiter zu. Gleichzeitig schossen in den Städten im Zuge der englischen Industrialisierung Fabriken und Webereien aus dem Boden, die nach vielen billigen Arbeitskräften verlangten. Nach dem Allmende-Raub gab es für die Millionen entwurzelter und landloser Menschen nur zwei Möglichkeiten. Sie konnten die Schufterei und die Demütigung ertragen, als völlig entrechtete Tagelöhner durch ein Land zu ziehen, das über Generationen ihre Heimat gewesen war, und bei erbärmlichem, unregelmäßigem Lohn langsam verhungern. Oder aber sie machten sich in Richtung rauchbekränzter Horizont auf und gingen durch das Tor, hinter dem wie ein Schwarzes Loch die Fabrik lag.

Da das Parlament eher ein Ausschuss der Landbesitzerschicht war und weniger eine demokratische Institution, die sich für das Volk einsetzte, unterstützte es die Entwicklung. Ebenso zogen neureiche Kaufleute, Gutspächter und eine neue Elite gegen die »Faulheit« und Schlampigkeit der Kleinbauern zu Felde, die nur so viel arbeiten würden, dass sie sich und ihre Familie ernähren könnten. Das Wort der Stunde in allen Pamphleten und Berichten lautete »Verbesserung«. Zudem hielt man die »Flurbereinigung« für unerlässlich, wenn sich England als Industriemacht durchsetzen und seine kolonialen Expansionsgelüste befriedigen wollte, was, in vielerlei Hinsicht, auch stimmte. Es ging um Leistung statt Genügsamkeit, um Agrarindustrie statt Kleinbauerntum. Doch die Gegner dieser Entwicklung sahen schon, wie die Landschaft hinter dem Hügel aussah: Die Taschen der Reichen würden noch voller und die Habenichtse in die Slums der Städte gespült.

Ich streiche immer wieder über den verwitterten Deckstein und spüre der Gravur nach. *JW 1778*. Aber die verblichenen, stummen Zeichen können keine Erklärungen oder Augenzeugenberichte liefern. Auch über John Watson, der Bilton Hall 1742 erwarb, ist wenig bekannt. Man weiß nur, dass das Gebäude unter ihm und seinen Nachfahren goldene Zeiten erlebte. Man unterzog es einer Schönheitsoperation, baute es um und verlieh ihm die Grandezza, die die Gesellschaft im 18. und 19. Jahrhundert erwartete: mit kunstvollen Treppenaufgängen und gemauerten Kaminen, einem neuen Dachgeschoss und Weinkeller sowie Mauerwerk, Kronleuchter, Wandverkleidungen, Fassaden und Erkerfenster im Tudorstil. Der Deckstein verrät uns, dass Watsons Enkel, ebenfalls ein John Watson, der Gutseigentümer war, als das Land um den Bilton Park seinen ganz eigenen, vom Parlament genehmigten Umbau- und »Verbesserungs«-Prozess durchlief. Ich fahre mit dem Finger über die Initialen.

Schon jahrhundertelang hatte sich die Monarchie kaum noch für den Königsforst von Knaresborough interessiert; sie war nun eher mit dem Überlebenskampf als mit dem Jagdkitzel beschäftigt. Längst hatte man Freibauern die Rechte von Zinslehensbesitzern eingeräumt. Sie hatten Land gerodet, in Gewannefluren und Allmenden umgewandelt und Kleinbauern darauf arbeiten lassen. Die Gewannefluren waren dafür in weitere Streifen unterteilt worden. Die ersten Abholzungen hatte man noch mit »Strafzahlungen« belegt, doch schon bald entwickelte sich daraus ein regelmäßiger, von der Krone genehmigter Pachtzins. Die Förster versuchten auch mit anderen Betätigungsfeldern, ihr Einkommen aufzubessern, etwa Flachsanbau, Leinenweberei, Bleibergbau oder Gesteinsabbau. Im Wald entlang des Nidd wurde untertage Braunkohle gefördert. Man baute Kalkstein ab, brannte ihn und gewann Löschkalk, den man als Dünger auf die Felder aufbrachte. Doch in erster Linie wurde gepflügt. Auf einer Karte der Grenzbeamten, die den Forst von Knaresborough damals vermaßen und umzäunten, ist ganz Bilton als verpachtetes Ackerland ausgewiesen.

Harrogate sei im Großen und Ganzen, so liest man allgemein, ganz gut davongekommen, und für manche mag das auch stimmen. So erbat und erhielt der Forsteigentümer Georg III. in seiner Eigenschaft als Herzog von Lancaster 1770 das Recht, die Grenzen und Hecken der Gewannestreifen und Allmenden aufzuheben und meistbietend zu versteigern. Doch nach Protesten kam man der aufstrebenden Kurortbranche in Harrogate entgegen. Damit die Gastfreundlichkeit der Stadt nicht litt, ließ man ein etwa einen Quadratkilometer großes, hufeisenförmiges Wiesenstück an und um mehrere Eisen- und Schwefelquellen außen vor. »The Stray«, wie das »Niemandsland« bis heute heißt, scheint auf den ersten Blick ein Sieg der kleinen Leute. Auch einige Steinbrüche durften eine Zeitlang weiterarbeiten, weil es gewohnheitsmäßige Zugangsrechte gab. Doch der Teufel steckt wie immer im Detail. Denn Rechtsansprüche besaßen nur Landsassen und Zinslehenbesitzer. Nur die Pyramidenspitze der Pächter wurde für ihre ehemaligen Gewannestreifen mit Ersatzland entschädigt. Zudem stieg der Pachtzins, und die Einhegung war teuer. Die Kosten für Notar, Vermessung, Hecken und Zäune zwangen manchen zum Verkauf. Die Kleinbauern hatten zwar ebenfalls Anspruch auf Ersatz, doch das ihnen zugewiesene Land war häufig so klein, dass es ohne Allmende wertlos war und sie es nur verkaufen konnten. Am härtesten aber traf es die Häusler ohne Eigentumsrechte, die nur durch die Allmende, die aber nirgendwo verbrieft war, überleben konnten. Sie tauchten in keinem Verzeichnis auf und hatten keine Stimme. Man nahm ihnen das Wenige zum Leben, und sie bekamen dafür nichts.

Von seinem Park aus muss John Watson beobachtet haben, wie Bilton vermessen, aufgeteilt und verkauft wurde. Er muss gesehen haben, wie Häusler und Kleinbauern von ihrem Land ausgesperrt und Familien in überfüllte Städte wie Leeds und Bradford getrieben wurden, als Futter fürs Industriezeitalter. Manchen ist es sicher gelungen, sich an das Diktat von Webstuhl und Rädchen anzupassen, manchen ging es sogar gut. Doch die anderen erwartete dasselbe Schicksal wie die meisten Enteigneten auf dieser Welt: Identitätskrise, Alkohol, Armut und Tod. Der Deckstein verrät uns nicht, was Watson empfand oder – und das ist nur ein Gedanke – ob die Schwefelquelle überhaupt auf seinem Grundstück lag. Vielleicht hat er auch nur befürchtet, die Grenzbeamten würden die Quelle beschlagnahmen, und seinen Markstein, solange niemand widersprach, einfach dorthin gesetzt. Vielleicht war er aber auch, die lukrative Heilquelle nahe seinem Gutshof vor Augen, von Unternehmergeist beseelt und hat das Waldgrundstück bei der Versteigerung erworben. Doch in jedem Fall hat er Anspruch auf einen bestimmten Flecken Erde erhoben und mit dem Markstein den historischen Moment verewigt, an dem unser neues Verhältnis zu Grund und Boden seinen Anfang nahm. Und wenn die Vertriebenen in den Städten überleben wollten, mussten sie das Verlorene vermutlich für immer aus ihren Köpfen tilgen. Wer weitermacht und bewusst vergisst, findet leichter Trost. Mit der Zeit wurde das Land für die städtischen Massen dann zu etwas anderem, zur Gegenwelt. Es war endgültig Vergangenheit. Geduldig passten wir, über Maschinen gebeugt, unseren Körper und unsere Seele dem neuen Produktions- und Konsumrhythmus an und zählten dabei die Stunden.

Das Wetter schlägt um. Ein nasser Wind kommt auf, ohrfeigt mich und fegt durch die Bäume. Der Regen tropft langsam tickend von den Blättern. Ich wende mich von der Quelle ostwärts und gehe am Nidd entlang flussaufwärts zum Aller Land zurück. In Luftlinie eine relativ kurze Strecke, einen guten Kilometer lang, aber weil ich von den Höfen und 1970er-Jahre-Bungalows am Hang nicht gesehen werden will, schlage ich mich durch ein Wirrwarr aus elektrisch umzäunten Feldern, Böschungen, Hecken, Gräben und abgesperrten Wäldchen.

Manche Stellen wirken so geschichtsträchtig, dass ich unweigerlich überlege, was dort wohl einst war. In jeder Landschaft stecken Geschichten und rote Fäden, wie in verirrten Briefen oder einzelnen Sätzen aus einem Roman. Und diese hier birgt die vernachlässigte und neu erzählte Geschichte des Allmende-Raubs, die auch im 21. Jahrhundert nicht endet. Rechteckige, kurze und langweilige Wiesen sind von verwilderten Weißdornhecken gesäumt, unter denen es vor Kaninchen wimmelt. Struppige, schläfrige Pferdepaare stehen mit gebeugtem Kopf in der Landschaft. Durchnässte, halb zerfallene Wohnwagen und Fertighütten wölben sich neben Holzstapeln und aufgetürmten Traktorreifen. An Feldrändern stecken Schilder mit »Grund zu verkaufen« und unglaublich archaischen Maklernamen. Der Wohnwagen-Park ist zurzeit geschlossen und wartet auf die Osterferien. Und alles ist von den orangen Fäden der Elektrozäune umgeben, die unentwegt wie ein Metronom ticken und nichts vor nichts schützen.

Weiter vorn erheben sich die Felder zu einem sanften, baumlosen Buckel, von dem die Landschaft wegstrebt: nördlich die ebenen, endlosen Äcker mit verstreuten Inseln aus Wellblechscheunen, Traktoren und Bauernhäusern und auf der anderen Seite die Stadt mit ihren Schornsteinen, Antennen und Schieferdächern, die der Regen in schwarze Spiegel verwandelt hat. Ich ziehe mir die Kapuze über den Kopf und haste in Richtung der Wildnis dazwischen.

Über den Beatrix-Potter-Hasen im Kinderzimmer klebe ich Buchstabe für Buchstabe ein Lern-Alphabet. *E wie Erde* steht da. Doch wenn es E wie Erde heißt, müsste es auch E wie Einzäunung heißen, so eng sind beide heute verbunden. Es war diese Einheit, die den weltweiten Prozess aus Landflucht und Kommerzialisierung, Schulden und Geldvermehrung auf verschiedene Weise in Gang gesetzt hat. Aber war das nun alles schlecht? Überhaupt nicht. Andere Buchstaben im Alphabet benennen die Vorteile: H wie Haus, K wie Klinik. Es ist ein kalter Morgen, aber unten höre ich schon den Heizungskessel schnaufen und prusten. Und wenn er das einmal nicht tut, kann ich jemanden anrufen, der ihn repariert. Nein, es ist nicht alles schlecht, nur komplizierter geworden.

»Wir haben unvorstellbare Freiheiten gewonnen und unvorstellbare Freiheiten verloren.« Ein großer Satz, den ich wohl irgendwo gehört oder gelesen habe, aber darum geht es, für Sie und für mich. Genau in diesem Spiel haben sich unsere Eltern und deren Eltern eines Tages wiedergefunden, und nun müssen auch wir auf Biegen und Brechen mitspielen. Während ich auf der Leiter stehe und die Buchstaben von der weißen Folie ziehe, mache ich mir allerdings Sorgen, wie unsere Welt wohl aussehen wird, wenn dieses Baby einmal Enkel hat. *Was für eine Welt hinterlasse ich meinen Kindern? In welches Spiel verwickle ich sie? Werden sich seine Regeln ändern?* Frühere Generationen haben Äcker, Meer und Luft eingezäunt, wir zäunen uns heute selbst ein. Jahr für Jahr vereinzeln wir mehr und kreisen weiter um uns selbst. Wir sind zwar mit einer virtuellen beeindruckend bunten und globalen Welt verbunden, aber in physischer, emotionaler und ethischer Hinsicht oft von der realen Welt getrennt. Jede Entscheidung, ob wir nun Lebensmittel kaufen oder das Licht anschalten, impliziert so viele logistische, institutionelle und technologische Schritte, dass wir kein Empfinden mehr dafür haben, welche Folgen unser Handeln hat. Unsere Verbundenheit mit der Welt versiegt mehr und mehr. Wir sind landlos und lustlos, der Erde so entfremdet und so weit weg von den Entscheidungen, die unser Leben bestimmen, so isoliert von den anderen Menschen und Lebewesen auf dieser Erde, dass wir offenbar sogar unfähig sind, uns zusammenzutun und eine drohende Katastrophe für Mensch und Umwelt zu verhindern. Die Zäune trennen und beherrschen uns noch immer, nur sind sie heute unsichtbar und tief verinnerlicht.

Vorm Schlafzimmer Vogelgesang. Lauter als der Verkehr. So laut, dass er sich in meinen Traum schleicht. Der Klang eines sonnigen Frühlingsmorgens, einer erwachenden Welt. Auf Schornsteinen und Fernsehantennen zwitschern, kreischen und pfeifen die Stare. Die Haussperlinge zischen zwischen den Vorgärten hin und her. In einem Hinterhof reklamiert eine Amsel eine struppige Zypresse für sich. Ich möchte aufspringen und mich ins Aller Land stürzen, aber Rosie greift nach meinem Arm und hält mich fest. Es ist Ostersonntag. Alte Rituale sind zu befolgen. Die Familie ruft. Der Braten muss in den Ofen.

Die Schokohasen müssen aus dem Schrank geholt und auf ihren Aussichtsplatz am Kaminsims gestellt werden. Später müssen meine Nichten im Wohnzimmer Ostereier suchen. Die Sonne geht schon unter, als sich die Familie zufrieden auf dem Sofa lümmelt, *Der fantastische Mr. Fox* guckt und ich mich endlich davonstehlen kann.

Auf der Bilton Lane verdichtet sich das Dunkel. Ein fernes Amselzwitschern besänftigt die Luft, die vom Verkehr der heimkehrenden Osterausflügler vibriert. Am Horizont türmen sich grauschwarze Gewitterwolken wie Gebirge auf. Berge über Bergen. Davor ragt wie der große schmucklos schöne Mast eines Schiffs ein Strommast empor. Es riecht nach Holz und nach dem reinen Leinenduft der Waschmittel, die durch die Hauskanäle fließen. Wir sind unentwirrbar mit dem Land verknäuelt. Man muss nur nah genug hinschauen und nur wenige Generationen zurückgehen, dann hat jeder von uns Dreck unter den Fingernägeln. Ich, der das hier schreibt, und Sie, die dieses Buch in der Hand halten. Es gibt in Großbritannien keine und auch sonst nur wenige Landschaften, die nicht vom Menschen mitgeprägt sind. Stadt und Land sind, so verschieden sie sind, keine Gegenwelten. Ob wir die Natur möglichst von uns fernhalten oder sie hegen und pflegen, hier wie dort haben wir unsere Spuren hinterlassen. Und dabei ist Gutes und Schlechtes entstanden. So hat das Enclosure-Gesetz bei den Feldhasen einen Boom ausgelöst. Sie gediehen prächtig, weil wir ihre natürlichen Feinde dezimierten und mehr Essbares auf den intensiv bewirtschafteten Feldern anbauten. Heute wird mancherorts die Forderung laut, man solle die Landschaft »renaturieren«, den menschlichen Einfluss minimieren und naturnahe Lebensräume schaffen, wo wieder alte ausgewilderte Arten leben, Bäume auf kahlgefressenen Schafhügeln wachsen und sich die bedrohte Natur erholen kann. Die Idee ist wunderbar und lässt auch mich nicht kalt. Und ich möchte gern glauben, dass wir nur Gutes damit tun. Doch der Zweifel nagt an mir: Wo bleibt der Mensch in der Idylle? Ist das nicht eine neue Form der Vertreibung? Und die Landschaften müssten doch weiterhin gepflegt werden, damit auch die »richtige« Natur aufblüht. Was ist mit dem Land, das wir für unsere Ernährung brauchen? Wo sollen die Lebensmittel für die größer werdende Weltbevölkerung herkommen, und wer baut sie an? Und vor allem frage ich mich, ob wir damit nicht eine neue Form des Landraubs begehen. Sind die vielen Naturschutzgebiete – mit Wald, Moor, Heide, Bergsümpfen, Küsten und Wiesen – denn nicht wieder Land, zu dem uns der Zugang verwehrt wird? Von einer neuen Grundbesitzerschicht aus Landschaftspflegern, Naturschützern und großen Naturschutzorganisationen? Zweifellos verfolgen sie mit ihrer Arbeit edle, wohlgemeinte Absichten, aber wir werden wieder ausgesperrt. Der Mensch wird zum neutralen Beobachter degradiert, der nur vom Weg, Parkplatz, Café oder Picknickplatz und mit gebührendem Abstand einen Blick auf die Natur werfen darf. Die »umweltfreundliche« Unterwerfung von Land ist auch eine Unterwerfung: Wir gestalten die Landschaft so, wie sie unserer Meinung nach sein soll. Und wer entscheidet, bis zu welcher Epoche wir das Rad zurückdrehen wollen? Welchen Moment der wechselhaften Landschaftsgeschichte wollen wir einfrieren? Welche der zig natürlichen Formen und Ökosysteme setzen wir auf unserer Prioritätenliste nach oben? Das Land ist ganz offenbar eine verwirrende Angelegenheit, und wir sind, ob es uns gefällt oder nicht, Teil des Knäuels und können uns nicht einfach davonmachen. Wenn wir uns aus dem Land verabschieden, ziehen wir nur aufs Neue eine Trennlinie zwischen Mensch und Natur. Und soweit ich das sehe, hat genau diese Trennlinie immer den größten Schaden angerichtet. Wenn wir noch irgendeine Chance auf einen guten Ausgang haben wollen, dann müssen wir diesen Zaun niederreißen.

Unter einem mattschwarzen Himmel mit prickelnden Sternen gehe ich von der alten Bahntrasse über die Wiese und weiter durch den Wald wieder zum Feldrain. Ich schliddere auf dem zähen Boden, und als ich den gleißenden Schlehdorn streife, duftet es süß nach Moschus. Auf dem Hügel von Bilton türmen sich die Lichter wie bei einer Fähre im Hafen. Vom Wald wehen die gleichmäßigen Schreie der Käuzchen herüber, und über ihnen sitzt wie ein silberner Uniformknopf der frisch polierte Mond. Die Hasen, die aus dem Weizen auftauchen, sehen in dem Mondlicht aus wie aus Zinn. Weil ich nicht damit gerechnet habe, habe ich kein Fernglas dabei, aber ich kann deutlich drei Hasen erkennen, die sich jagen, grasen und sich plötzlich in ein rasendes Band verwandeln, das davonflitzt und verschwindet, aber nur, um gleich darauf an anderer Stelle wieder aufzutauchen. Lange hat man

Mond und Hase zusammengedacht, unter anderem, weil beide zu verschwinden schienen: So wie der Hase über die Felder huscht, wandert der Mond am Himmel entlang, um in der nächsten Nacht plötzlich wieder aufzutauchen. Zudem spielte bei der Verknüpfung der Wahnsinn eine Rolle. So leitet sich von lateinisch »luna« (Mond) lunatisch, mondsüchtig oder im Englischen »lunacy«, Wahnsinn, Geistesgestörtheit, ab. Und weil das rätselhafte Verhalten der Hasen in der Paarungszeit nicht zu ihrer sonstigen Furchtsamkeit passte, wurden sie als »mondsüchtig« oder wahnsinnig bezeichnet. Doch sie symbolisierten in früheren Zeiten auch die Intuition und den klugen Geistesblitz. Die Erkenntnis, die aus tiefer Dunkelheit herausführt. Die Aufklärung. Der Hase ist Wahnsinn und Genie in einem.

Wie Hase, Frühling, Dämmerung oder Tagundnachtgleiche ist auch das Aller Land eine Einheit der Gegensätze. Ein Ort, wo menschliches und nichtmenschliches Leben ineinandergreifen. Ein Ort, wo vergangene Welten und unser modernes entfremdetes Leben aufeinandertreffen. Und das kann uns vielleicht etwas geben. Natürlich müssen wir in unserer heutigen Welt leben, aber manchmal sollten wir auch durch den Dreck stapfen. Darum müssen wir zwischen den halbdurchlässigen Lebensformen hin- und herhuschen. Wir brauchen nicht nur unsere Häuser und Kliniken, wir brauchen auch die Nähe zur Natur, die Empathie und das Gefühl der Verbundenheit mit der großen Lebensgemeinschaft, die daraus erwachsen. Und dazu müssen wir uns vor allem in der Natur aufhalten, weil wir uns physisch und emotional nur mit ihr verbinden können, wenn wir Gras und Erde spüren.

Am Ostersonntag springen kaum einen Kilometer vor der Stadt Hasen durch ein Feld der Möglichkeiten. Sie sind, wie die Landschaft, hinreißend, wandelbar, unwirklich, unbegreiflich und immer präsent. Tja, vielleicht könnten sie einfach zu einem neuen Symbol werden, zum Symbol für ein individuelles und globales Gleichgewicht. Wenn wir sie finden, beobachten und ihnen folgen, können wir erleben, wie unsere eigene Einhegung aufbricht, und uns ganz neu erden. Dann können wir den Wert jeder Furche und Rille wieder schätzen lernen – und vielleicht sogar unsere eigene Neuwerdung erleben.

DNA

All das in nur einem Blick. Ich wache auf. Oder besser, ich wurde geweckt. Recken und Strecken im aschfahlen Licht, aus dem Boden steigt Kälte auf. In Sekundenbruchteilen weiten sich meine Pupillen, und ich halte die Nase in den rauen Wind: Über die bewaldeten Hügel weht der Tod; aus Tausenden von scharfen Spitzen knurrender Reißzähne und stechender Spieße. Noch unsichtbar, durchtränkt er schon alles, verändert Wald und Luft, Gerüche und Farben, so lautlos und bedrohlich wie frisches Blut, das sich im Wasser verteilt. Es ist Jagdzeit, und man macht Jagd auf mich.

Mein Herz schlägt schneller, pocht lauter, ich muss fliehen. Mit einem Schnauben säubere ich die feuchte Nase, stehe auf und atme tief ein, um die genaue Richtung zu bestimmen, doch ich rieche nur saubere, sichere Waldluft. Die Dinge haben sich beruhigt. Die Welle ist abgeebbt, nur eine Wolke am heiteren Himmel. *Habe ich mich geirrt?* Die Singdrosseln, Zaunkönige, Rotkehlchen und Amseln verweben offenbar unbeirrt ihre Melodien. Nirgendwo flattert eine Taube ängstlich auf. Also bleibe auch ich gut versteckt unter der Stechpalme liegen und schnüffle. Schnüffle. Es riecht nach Wärme, weil die langen Strahlen der Morgensonne jetzt tiefer in den Wald kriechen und Moos, abgeknickten braunen Farn und neue grüne Wedel vergolden. Eine frühe Schwebfliege wird von einem Strahl erfasst, wie in Bernstein eingeschlossen. Ich warte, bis die Sonne höher steigt, die Luft sich silbergolden färbt, die Schatten kürzer werden und Tautropfen an den Blättern hängen. Als ein Kleiber über einen Haselzweig hüpft und nach Beute pickt, im Schnabel ein Wirrwarr aus gebrochenen Beinen und zerdrückten Deckflügeln, fällt eine Tautropfenkette herab. Doch dann schmecke ich wieder den Tod auf der Zunge, die Luft ist geladen. *Gefahr. Noch näher jetzt.* Ich spüre sie, wie der Löwenzahn die Fliege auf seiner Blüte.

Ich schiebe mich, gut versteckt, vorsichtig nach vorn, bis ich meinen Weg vollständig vor Augen habe. Unterhalb von dem Hang, an dem diese Stechpalme steht, liegt hinter dichtem Wald und Unterholz der Fluss, der nach dem Frühlingsregen jetzt reichlich Wasser führt. An dem großen, flachen Hangstück zwischen hier und dort haben herumstreifende Tiere Gräser, Ginster und Gestrüpp an vielen Stellen ausgedünnt und niedergetrampelt. Dort, auf der Wiese, rieche ich manchmal Bären. Auch Wölfe. Sie kommen im Winter vom Hunger geschwächt aus den Bergen, folgen uns durch Bachgräben und Täler, packen unsere Jungen, Alten und Lahmen und reißen ihnen Bauch und Kehle auf. Vorhin, noch im silbrigen Dunkel, habe ich dort unten Haselblätter und Heidelbeertriebe gefressen, und nun hockt dort ein Mann und betrachtet meine Fährte.

Der Mann, dieser Jäger, ist eins mit dem Wald. Selbst mit den hohen Lederbeinlingen und der dicken, warmen Jacke geht er so leise, dass ihn nicht einmal die Vögel bemerken. Ein leichtfüßiger Pirscher, ein Vorbote, ein Nachrichtenüberbringer, Fährtenleser, Späher und Kotriecher. Wenn er sich bückt und am Boden schnuppert, Blätter und Stiele prüft und meine Losung zwischen Daumen und Zeigefinger zerreibt, ähneln seine langsamen Bewegungen mehr einem Tier als einem Menschen. Schon als Kind hat dieser Reisig-Entzifferer mehr über Hunde und Wald gelernt als über seine eigene Spezies. Als Siebenjähriger schnitt er den Jagd- und Windhunden drüben in Kennelhall schon die Nägel, schlief zwischen ihrem Bellen und Furzen im Stroh, wechselte die Pisspfosten, füllte die Wassertröge und verstand bald jedes Schwanzwedeln und Kieferknirschen, alle Tücken und Macken der Hunde genau. Während er vom Handlanger zum Knappen und später zum Stallburschen aufstieg, bürstete er die Pferdedecken und schnitt die Hundehalsbänder, die aus den Häuten meiner Art gefertigt waren. Er badete schmerzende Hundefüße in Essig, führte die Tiere über Graszirkel und gab ihnen nur Brot, damit sie nach Fleisch gierten. Und nun gehorchen ihm diese Hunde, denen er einst diente, wie einem grausamen Gott. Selbst der stromernde Bluthund an seiner Seite, der schwarz- braune Leithund mit dem dicken Kopf und stieren Blick, würde nur auf seinen Befehl hin, ein beinah lautloses Zischen, an der Leine zerren.

Der Mann blickt den Hang hinauf, und ich weiß, dass er mich sieht, nicht mit den Augen, sondern so, wie ich ihn sehe, durch eine Mischung aus Sinneseindruck und Instinkt. Er sieht einen kräftigen Rehbock mit starkem Hals, der fliehen kann wie ein Hirsch und seine besten Hunde an ihre Grenzen bringt. Und genau das sucht er für seine Herren. Für die Jagd. Der Leithund schnüffelt, dreht den Kopf in meine Richtung und giert nach meiner vollendeten Geschmeidigkeit. Er will meine Wildheit besiegen, mir Gewebe und Knochen zerreißen. Angst flackert in mir auf, aber sie lässt mich nicht wie andere Tiere erstarren. Für meine Art ist sie ein Geschenk, die Kraft, die uns antreibt und wachsam macht. Wer sie verliert, stirbt in diesen Wäldern, wird plötzlich von hinten oder von der Seite angefallen, gepackt, wenn er fliehen will, und in einen zerstörerischen Mahlstrom aus Zähnen und Klauen hinabgezogen.

Ich horche weiter reglos und merke plötzlich, dass Mann und Hund nicht mehr auf der Wiese sind. Ich stelle die Lauscher auf, luge durch Gebüsch und hohes Gras, aber sie bleiben verschwunden. Nicht ein Zweig erzittert in dem gebrochenen Licht. Die Vögel murmeln ihren Singsang. In der Ferne wiehert ein Pferd. Es ist, als wären sie nie dagewesen. Es riecht nicht mehr und nicht weniger als zuvor. Ich atme das Wesen eines echten Jägers ein: das Nichts.

Vielleicht wird mir dieser Mann einmal den Gnadenstoß versetzen. Nicht achtlos und voller Wut und Lust wie seine prunkverliebten Herren, sondern voller Erbarmen, weil er meinen Körper besser kennt als seinen, weil er meine Gestalt liebt und, wenn er mich tötet, von Zärtlichkeit erfüllt ist. Stöhnend werde ich dann auf die Knie sinken, erschöpft nach Luft ringen, und er wird neben mich treten, mir die Klinge schnell und schmerzlos in die Kehle stoßen, und weil er die

Arterie durchtrennt hat, werde ich für immer in die Dunkelheit entfliehen. Wenn mir die rosa Zunge schließlich aus dem Mund hängt und mir kein Hauch mehr entströmt, dürfen sich die Hunde auf meinen Hals stürzen, um ihre eigene Wildheit zu spüren, aber nur so lange, bis der Mann sie für das Curée zurückruft. Ein anderer Mann, ein Adeliger, der diese Wälder nicht kennt, wird mir dann mit dem Schwert den Kopf abschlagen, ihn hochhalten, das Blut über das Brot für die Meute laufen lassen und ihn dann als Trophäe dem Leithund zuwerfen. Meine Knochen werden unter den Knien der Männer brechen, meine Eingeweide sich über die Blumen ergießen. Man wird mit Rinderhörnern zum Halali blasen, meine Hufe zu den langen Todesklängen über einem Speer zusammenbinden und mich zum Jagdhaus tragen, um mich zu zerlegen. Meine Schulter wird sich der Jäger für sich und seine Familie nehmen, der Rest ist für den Festschmaus. Da wird das Fett über das Kinn der Männer tropfen, wie ein glänzender Bach im Feuerschein. Ja, dieser Mann wird mir vielleicht einmal den Gnadenstoß versetzen.

All das in nur einem Blick. Ruhe. Zwischen der warmen, weichen Erde und dem Blätterdach über mir glitzern Glockenblumen im Morgenlicht. Der Totengesang der Krähen flussaufwärts scheint weit entfernt. Die Zaunkönige zwitschern und schwatzen ohne Unterlass. Ich bin hellwach, aber rühre mich nicht. Wer sich bewegt, wird gesehen, von Feinden erkannt und zur Beute. Vertiefungen im Boden haben einen ganz eigenen Klang und Geruch. Ich kenne sie alle, und alle sind sicher. Darum liege ich hier und käue wieder, kaue hochgewürgte Blätter und Heidelbeertriebe, während Sonnenpfützen unter den Bäumen mein glattes, kastanienbraunes Fell wärmen. Vor mir hieven sich Dunkle Erdhummeln über die Lippen weißer Taubnesselblüten, und überall stürzen sich Tagpfauenaugen auf erlösende Lanzen. Es riecht nach Wildschwein. *Mir kann nichts mehr passieren*. Ein warmer Südwestwind kommt auf. *Ruhe*. Ich spüre, wie meine Augen zufallen wollen, und lasse es geschehen.

Das Bellen ist nur schwach, aber laut genug. Ich stehe sofort auf und atme tief ein. Doch während ich geschlafen habe, hat der Wind gedreht, und noch ehe ich sie riechen kann, sehe ich sie schon. Dort auf der anderen Seite vom Fluss, wo sich der dichte Lärchenwald ausdünnt und aufbricht wie das Fell über dem Schulterblatt, laufen sie auf einer Bodenerhöhung; graue Schatten, Männer und Hunde, bewegen sich zwischen den Bäumen, springen, laufen und bleiben dann, nach kurzem dreimaligen Hörnerblasen, stehen. Die Männer kauern sich neben die Hunde und streichen ihnen beruhigend über den Kopf. Hinter mir im Wald kreischt ein Fasan. Als die Vögel im dichten Unterholz aufstieben, drehe ich mich um. Ihre pfeifenden Rufe kommen näher und fliegen über mich hinweg. Jetzt höre ich aus derselben Richtung Hundegebell, viele Hunde, die vor aufgestauter Aggression kläffen, jaulen und japsen. Wieder Hörnerblasen. Ich hebe einen Vorderlauf an, stelle die Lauscher auf, rühre mich aber noch nicht. *Lauschen, nicht bewegen.* Noch kommen die Hunde nicht, sie sind nur die Ablösung. Die Männer wissen genau, dass ich mit jeder Faser meines Körpers fliehen werde, und auch, dass selbst die schnellsten Windhunde irgendwann ermüden. Sie stellen darum Gruppen zusammen, die später übernehmen. *Nicht bewegen.* In allen Gliedern spüre ich die Angst, heiße sie willkommen und halte sie fest. *Nicht fliehen, noch nicht.* Wenn ich fliehe, ohne die Meute genau gesehen zu haben, renne ich vielleicht geradewegs auf sie zu. Ich muss erst genau wissen, von wo sie angreifen.

Dann kommt der Leithund, schwarz und braun, über die Wiese galoppiert. Ich spüre, wie ihn der Blutrausch beherrscht. Von dort aus, wo er vorhin noch still neben seinem Gebieter saß, zerteilt er das Gestrüpp; Gras stiebt in alle Richtungen davon, als er die Leine drei oder mehr Klafter weit abrollt. Pfeilschnell rast er über den Weg, über den ich sonst gemächlich vom Äsen zurückkomme. Dann bricht hinter ihm, auf einem Schimmel, der Jäger durch die Bäume; als sein Blick auf meine Stechpalme fällt, verlangsamt er zum Trab; er greift nach dem gedrehten Horn, das um seinen Hals hängt, setzt es an die Lippen und bläst mehrmals hinein. Das Pferd bleibt stehen, der Leithund, der das Leinenende erreicht hat, bäumt sich knurrend auf und weicht zurück. Schon antworten die anderen Hörner, aus dem Wald dröhnt vielstimmig der Tod. Die Windhunde strömen weiß, brodelnd um Bäume und Büsche, wie ein schäumender Fluss um den Fels. Dicht dahinter treiben Männer in roten und blauen Uniformen die Pferde mit Bellen, Schreien und Peitschen vorwärts. Nun bindet der

Jäger den Leithund vom Sattel los und wirft die Leine einem Knappen zu. Ein Tritt in die Pferdeflanke, und der Jäger hat die Windhunde eingeholt; damit sie weiterlaufen, schlägt er mit einer Latte gegen seinen Stiefel. Sichthunde müssen ihre Augen auf die Beute heften können. Und er wird sie hinführen. Zu mir.

All das in nur einem Blick. Ein Blick, der auf einmal lebhafter ist denn je. Weil ich mich nirgendwo mehr verstecken kann, fliehe ich, breche durch die Stechpalme, falle aber dann in einen lautlosen Trott, laufe aufmerksam lauschend über umgestürzte Bäume und Unterholz und schone mich. Ich höre, wie Hunde und Pferde näherkommen, aber meine Muskeln dürfen nicht vorschnell ermüden. Darum springe ich mit langen Sätzen vorwärts, setze mit angezogenen Läufen einen Abhang hinab und zwinge die Windhunde so, durch dichten Wald zu laufen. Sie müssen mich jetzt gesehen haben, weil der Jäger sich mit dem Pferd zurückfallen lässt und sie schneller laufen. Die Pfoten kommen näher, fallen wie Regen auf den Waldboden.

Ich lasse die Angst in meine Beine sinken und rase nun durch die Bäume. Ich stiebe über die Abhänge und den sumpfigen Boden, während meine Verfolger, die sich kopfüber ins Unterholz stürzen, durch Matsch, Brombeeren und Gebüsch aufgehalten werden. Doch die Hunde sind erbarmungslos, wenn einer zurückfällt, macht ein anderer Meter gut und versucht, mir in die Fersen zu beißen. Lange laufen wir so weiter, so lange, bis die erste Hundewelle langsamer wird, stehen bleibt und die Hörner die nächsten herbeirufen. Wieder Geschrei und Pferde, die mit der Peitsche vorwärtsgetrieben werden. Mein Atem entweicht nun als Schnauben. Ich merke, wie mein Herz anfängt zu ermüden und meine Lunge schwer wird, aber meine Beine springen weiter, kreuzen, springen, kreuzen. Mein Blickfeld verengt sich zu einem Tunnel, einem dunstigen weißen Kreis, dank dem ich die Landschaft besser erkennen und im dichten Wald besser fliehen kann. Mein Lebenswille ist stark.

Sie sind noch immer hinter mir her. Noch mehr Hunde. *Die Ablösung*. Sie haben den Fluss weiter oben an der Holzbrücke überquert. Die frischen Windhunde versetzen mich in eine neue, bislang unbekannte Angst, die ich nicht beherrschen kann: Panik steigt in mir auf, bricht durch meine Flanken, umklammert meine Brust und nimmt mir die Luft zum Atmen. Die Hunde sind so nah, dass sie meine Erschöpfung spüren können, als sähen sie, wie ich meine letzte Kraft als Gedärm hinter mir herschleppe. Einer, ein Vieh mit schwarzen Augen und Fell wie ein alter Wolf, hält mit mir Schritt, hat mich fast eingeholt, dreht den Kopf und schnappt nach meinem Hals, aber er beißt daneben und fällt zurück. Jetzt ist ein anderer beinah zwischen meinen Hinterhufen. Die Panik lässt mich in einen letzten, glühenden Galopp fallen. Zwischen mir und den Hunden entsteht eine kleine Lücke, und wohlwissend, dass ich bald aufgeben muss, wechsele ich die Richtung und stürze durch einen dichten Haselvorhang hinunter zum Fluss.

Die Reiter haben, angeführt von dem vorausschauenden Jäger, gewendet und galoppieren nun über eine Lichtung in denselben dunklen Wald. Ich höre, wie die Rösser in meiner Nähe durchs Gebüsch preschen und junge Bäume und Äste unter dem Sturm aus Muskeln und Hufen brechen. Und noch immer blasen hinter mir die Hörner. Dieser verhasste Menschengeruch. Dann springt eine Ricke von ihrem Lager auf, macht einen rechtwinkligen Satz und verwirrt drei der Hunde, doch auf das Schreien der Männer hin heften sie sich wieder an meine Fersen. In einem sumpfigen Gelände zwischen zwei Baumstreifen drängt schließlich ein Reiter an die Spitze, zieht sein Schwert und setzt mir nach. Er schlägt zwei Mal zu, doch ich springe seitwärts weg, und er trifft meine Wirbelsäule nur mit der flachen Seite.

All das in nur einem Blick. Einem angstgeweiteten Blick, und der breite, schnellfließende Fluss ist so nah. Doch ich kann nicht mehr. Meine Vorderläufe sind taub, zittern, werden langsamer und versagen. Ich strauchele, falle auf die Knie, auf die Brust und dann liege ich zwischen Ufergras und Bachminze. Weiter vorn lenkt der Jäger seinen Schimmel zwischen das strudelnde, schwarze Wasser und mich. Die Lanze hält er locker in der Hand, das goldgefasste Horn an seinem Hals glänzt. *Ganz ruhig.* In meiner Panik möchte ich am liebsten die Augen schließen und mich von der Flut aus Reißzähnen und Lanzenspitzen mitreißen lassen, doch in mir sammelt sich alles zu einem letzten Aufbegehren. *Steh auf.* Ich springe auf, drehe mich um und stelle mich der Meute aus Pferden und Hunden, die näherkommt. Ich senke den Kopf und zeige mein Geweih. Pfeifend atme ich ein und aus. Schaum dringt mir aus dem Mund. Doch noch will ich kämpfen, wie gegen einen Rivalen in der Brunft, wenn ich mit aller Kraft losrenne, mich ducke und ihnen mein kleines, scharfes vierendiges Geweih in die Flanken stoße, sodass sie stöhnend und strampelnd einsam im Wald zurückbleiben. Der Jäger schreit einigen jüngeren Männern etwas zu. Sie steigen ab, nehmen die Windhunde, die um mich herum knurren und bellen, an die Leine und zerren sie aus dem enger werdenden Kreis der Pferde. Die Hunde stieren blind vor Hass, hecheln mit langen Zungen, und ihre Rücken dampfen. Ich sehe, wie kopflos sie sind, verwirrt.

Die verschwitzten Gesichter der Reiter glänzen in der niedrigstehenden Sonne. Die Männer jubeln, nicken und tätscheln den Hals ihrer Pferde. Gleich kommt der Jäger mit der Lanze auf mich zu, denke ich, doch sein Herr, der nach mir geschlagen hat, treibt nun sein Pferd heran und beugt sich zu mir herab. Seine feine Steppjacke ist vom Schweiß dunkel geworden. Sein Gesicht ist dornenzerkratzt, die Wangen mit frischem Blut verschmiert. Dann schwingt er sich vom Ross, mit dem Schwert in der Hand, und stellt sich so nah neben mich, dass ich das blonde Haar und die blauen Augen sehen kann. Er trägt einen gepflegten Backenbart. Seine Männer verstummen, setzen das Horn schon an den Mund, aber das Schwert kommt kurz vor meinem Kopf zum Halt. Ich wende den Kopf hin und her, damit es mich nicht trifft, doch noch immer schwebt die Schwertspitze wie eine Fliege vor meinem Auge. Der Geruch nach Kot, Angst, Schweiß, Erschöpfung. Auf der Nase des Mannes stehen Schweißperlen. Neben meinem Huf versenkt eine Wespe ihren Stachel in eine sterbende Biene. Ein Marienkäfer breitet auf einer Süßdolde seine Flügel aus und fliegt davon. Ich drehe den Kopf zu dem reineren Geruch der Kiefern und dem Brausen des schnell dahinfließenden Wassers. Doch dann blitzt die Zunge zwischen seinen Zähnen auf, und er hebt das Schwert. Eine schnelle Bewegung, aber ich bin schneller. Schnaubend stemme ich mich hoch, trete aus und springe, in einem letzten Aufflackern meiner Kräfte, zum Fluss, weg von dem überraschten, empörten Geschrei.

All das in nur einem Blick. Wegspringend sehe ich noch in meinem zitternden Blickfeld, wie der Jäger die Zügel herumreißt und antrabt, um meine Flucht zu verhindern. Er hebt die Lanze, neigt den Kopf, um meine Zickzacksprünge besser verfolgen zu können, und ähnelt nun noch mehr einem Tier. Jetzt flackert das Feuer auch in ihm. Da ist keine Bosheit, aber er ist, ähnlich wie ich es bei Wölfen gespürt habe, davon besessen, mich möglichst rasch zu töten. Das verraten mir seine angespannten Glieder, seine fließenden Bewegungen und die kehligen Laute, mit denen er, ohne es zu wissen, sein Ross antreibt. Während er noch denkt und überlegt, kommt er dem großen Herzen, das hinter meinem Vorderbein laut pocht, immer näher. Dann gibt er seinem Pferd mit einem lauten Schrei die Sporen, es galoppiert los, aber ich bäume mich auf, wende mich um, buckle und trete aus: Nah am Ufer prallen unsere Glieder aufeinander. Auf einmal finde ich mich zwischen Pferdehufen wieder und stoße mein Geweih in das weiße, wilde Ungeheuer über mir. Es steigt; der Jäger gerät ins Wanken, und die Lanze trifft nicht das Herz, sondern meinen Hinterlauf. Ich springe zum Wasser, der Schmerz explodiert, doch er vergeht, als ich von eisiger Dunkelheit verschluckt werde. Ich merke noch, wie jemand neben mir ins strudelnde Wasser stürzt und nach mir greift. Doch dann ist er ebenso verschwunden wie der Himmel, die Sonne und das Ufer.

Keine Gerüche mehr. Kein Vogelgesang. Keine menschlichen Laute. Nichts als das Donnern der reißenden Fluten, die mich auf und ab, hin und her werfen. Ich spüre, wie die lange Lanze an meinem Hinterlauf schwankt, an mir zerrt, dann vom Wasser fortgerissen wird und warmes Blut in Schwaden durch das kalte Wasser zieht. Ich sehe nichts; meine Lunge ist gequetscht, wie nach einem Biss. Doch der Instinkt lässt mich paddeln, ich komme an die Oberfläche und hole Luft. Da ist etwas fast über mir. Etwas Grünes. Hände greifen nach meinem Hals. Mit weit geöffneter Nase schnappe ich nach Luft, doch dann sinke ich wieder in die Tiefe. Als meine Hufe über Fels schleifen, zwinge ich mich, mich aufzurichten. Ich will ans andere Ufer.

All das in nur einem Blick. Der Blick des Jägers stürzt in dem wirbelnden Wasser auf mich zu, mit Augen so groß und weiß wie ein Wintervollmond. Wieder greift er nach mir, packt diesmal mein Geweih und zieht uns beide in die Tiefe, hinab in den strudelnden Fluss. Wir trudeln, ineinander verwoben und verkeilt, mit Steinen und abgerissenen Zweigen durchs Wasser. Ich spüre, wie mich sein Gewicht, die schwere Jacke und die Stiefel nach unten drücken. Ich trete, buckle, werfe den Kopf hin und her und blicke auf einmal der Panik ins Gesicht. Es sind die Augen eines Rehkitzes beim Wolfsgeheul in den Bergen. Er will mich nicht mehr töten, sondern nur noch weg. Sein Lebenswille ist stark. Er zerrt an seiner Kleidung und versucht, den Kopf über Wasser zu bekommen, aber wir kreiseln immer tiefer. Schließlich schreit er auf, mit strömenden Luftblasen, dann atmet er, mit schmerzverzerrtem Gesicht, den Fluss wieder ein. Jede Sehne seines Nackens ist angespannt, doch plötzlich hat er nur noch die Kraft eines Neugeborenen und lässt mich los. Als ich verzweifelt nach oben strample, sehe ich, wie er von dem dunklen Strudel hinabgezogen wird und schließlich, mit den Gesichtern seiner Kinder vor Augen, darin verschwindet.

All das sehe ich in dem tiefgründig-dunklen, verschwimmenden Blick eines Rehs. Noch nicht einmal eine Sekunde schwebt es über mir und wird mich doch mein Leben lang begleiten. Ich liege in einer kleinen Mulde unter einer Birke, etwa zwanzig Meter oberhalb vom Fluss, als ich Schüsse höre. Es ist nachmittags, der 3. Mai, einer dieser strahlenden, wundersam heißen Tage, wie es sie nur nach heftigem Regen gibt. Über mir leuchten die Blätter wie grüne Wolken und verwandeln den Sonnenschein in angenehme Wärme. Doch dann höre ich von weiter drüben im Wald das scharfe *Krack-Krack* von Schrotgewehren. Ich stütze mich auf die Ellbogen und suche das Gelände mit den Augen ab. Vielleicht ein paar Bauern, die Kaninchen oder Ringeltauben jagen. Egal, es ist so weit weg, dass es mein kleines Idyll nicht stören kann. Ich lasse mich wieder zwischen Blumen und Blätter sinken und rücke den zusammengerollten Pullover unter meinem Kopf zurecht. Die Geräusche kommen und gehen: der unvermeidliche Verkehr, ein Flugzeug, das Krächzen eines Eichelhähers am anderen Ufer, Buchfinken. Dann hallen noch einmal vier Doppelschüsse wie Donnergrollen durch das Flusstal. In der Stille, die darauf folgt, höre ich dann zwei andere Geräusche, als würde jemand schnell hintereinander zwei Chipstüten zerknüllen. Das erste Geräusch ist für meine Sinne so weit entfernt, dass ich nicht reagieren muss, aber das zweite, nur Sekunden später, ist direkt neben mir. Gefährlich nah, und etwas bewegt sich gefährlich schnell über das Laub. *Ein Tier.* Ich öffne die Augen, und da ist der Rehbock genau über mir, er springt über die Mulde und schwebt einen Moment lang in der Luft. Ich sehe ihn, und er sieht mich, was ich an dem Zittern erkenne, das wie ein Peitschenschlag über seine Flanke zuckt. Es ist, als stehe die Zeit still. Und ehe sich mein Gehirn wieder einschaltet und realisiert, dass ich in einer zusammengekrümmten Abwehrhaltung daliege, hat es sich unzählige Einzelheiten gemerkt: den muskulösen Körper und wie geschmeidig er aufsetzt, die schwarze Nase, das weiße Kinn; den ächzenden Atem, die zwei kleinen, gedrehten, eistütenfarbenen Geweihstangen und das Fell in der Färbung von Eichenblättern im Winter. Alle vier Hufe sind in der Luft, Muskeln und Sehnen kraftvoll angespannt, ein Wogen und Walken der Brust, wie Segel und Takelage in voller Fahrt. Und dann die Augen, der überraschte, ängstliche, vielsagende Blick, nur etwa einen Meter über mir und zu mir hinab. Ich kann mich nicht erinnern, in der Natur einem Tier dieser Größe jemals so nah gewesen zu sein oder es in dieser Intensität gespürt zu haben. Es ist, als hätte mich ein Wirbelsturm aus Fell, Masse und Kraft plötzlich vom Sofa geschleudert. Als wäre der ganze Wald auf einmal aufgestanden und losgelaufen. Die Begegnung ist so unmittelbar und ungewöhnlich, dass sie völlig unwirklich scheint. Und vielleicht halte ich mich darum an diesem Blick fest. Ich kann das Auge genau sehen, den runden Augapfel in funkelndem Schwarz und von Wimpern umrahmt, aber gleichzeitig auch noch viel weiter, bis weit hinter die Linse und die Netzhaut, am Sehnerv entlang bis zu einem Ort, der den Verstand übersteigt, in dem man leicht verschwinden kann und dann nie mehr wiederkehrt.

Aber dann nimmt die Zeit wieder Fahrt auf, wie eine Angelschnur, die sich abspult, wenn ein Fisch angebissen hat. Der Rehbock gleitet wahrscheinlich weiter in den Wald und flussaufwärts, was ich allerdings nicht sehen kann, weil mein Körper unwillkürlich zusammengeschreckt ist und in Erwartung eines Angriffs, der dann nicht kommt, die lebenswichtigen Organe geschützt hat: mit einer Bauchwärtsdrehung, den rechten Arm über dem Kopf, angezogenen Beinen und hochgezogenen Schultern. Als ich mich schließlich aufgesetzt habe, ist der Wald wieder wie zuvor. Das Aller Land geht seinen üblichen Geschäften nach. Das Flugzeug fliegt, die Häher krächzen, nur ich bin noch gebannt von dem Reh. Ich fühle mich, als hätte mir jemand mit dem Hammer aufs Zwerchfell geschlagen. Kurzatmig, schwindelig, irgendwo zwischen Rausch und Herzinfarkt. In der Brust donnert es, die Ohren fiepen. Ich fühle mich aufgekratzt und angespannt. Mein Körper verhält sich ungewöhnlich – oder vielleicht gerade nicht. Genauso wie Metall magnetisch wird, wenn man mit einem Magneten darüberstreicht, hat der Bock, der über mich hinweggesprungen ist, meine Nerven und Atemwege vorübergehend in einen animalischen Zustand versetzt. Da sind Ungläubigkeit, Erleichterung und dann der Drang, loszuschreien, mich von der Anspannung zu befreien, mich mitzuteilen und anderen zu erzählen, was eben passiert ist. Instinktiv blicke ich mich nach jemandem um, der das Ganze vielleicht zufällig gesehen hat. *Es war genau hier!,* will ich am liebsten rufen. *Haben Sie das gesehen? Ich hätte genauso gut tot sein können!* Oder, so denke ich eine Sekunde später: *Er hätte genauso gut tot sein können.* Als die mehr menschlichen Impulse wieder zurückkommen, fühle ich mich völlig verlassen, als wäre ich versehentlich zu weit aufs Meer hinausgetrieben. Das Adrenalin verliert seine Wirkung, und ich wünsche mir, es wäre jemand hier. Dabei *könnte* ja jemand hier sein. Ich hole mein Handy aus der Tasche, aber dann zögere ich. Hinter mir, weit drüben in der Stadt rast ein Zug mit lautem Tuten in einen Tunnel und fragt mit einem letzten ansteigenden Tröten: *Wirklich?* Da stecke ich das Handy wieder ein und taste nach meinem Notizbuch. Das ist wohl das Richtige. Ich muss das niemandem erzählen. Noch nicht, jedenfalls nicht so. Was sollte ich auch sagen? Wie sollte ich meine Gefühle beschreiben oder jemandem, der das nicht erlebt hat, das Urgefühl erklären, das auf einmal durch meine Adern floss? »Hallo, wie läuft's? Ich wollt nur mal anrufen und sagen, dass ich grad gespürt hab, wie gigantisch das Leben sein kann?« Große Worte, aber genau so hat es sich angefühlt.

Viele meinen, die Jagd liege in unseren Genen. Manche halten sie sogar für ein menschliches Grundrecht, einen kulturellen Imperativ, obwohl wir zur Beschaffung von Nahrung, Kleidung und Behausung längst bequemere, effektivere und moralisch angenehmere Methoden entwickelt haben. Aber unabhängig davon, wie wir dazu stehen: Das Jagen und Gejagtwerden ist seit Urzeiten in unser Gehirn einprogrammiert, und wir empfinden zweifellos vor allem darum Neugier, Bewunderung, Respekt, Angst und Verbundenheit, wenn uns Tiere in der freien Natur begegnen. Beute und Beutegreifer – die Tiere, von denen wir uns ernährt haben und vor denen wir geflohen sind – haben sich im Lauf der Evolution in unsere Gedanken und Träume geschlichen. Und seit schätzungsweise zwei Millionen Jahren, von den Anfängen der Menschheit bis zum heutigen *Homo sapiens*, jagen wir rehähnliche Tiere, zudem ist das Aussehen des Rehbocks in den letzten Millionen Jahre wohl unverändert geblieben. Wir hatten also genügend Zeit, uns kennenzulernen und Gestalt und Eigenschaften des anderen dank unserer sehr engen, von Gewalt geprägten Beziehung tief im Gedächtnis zu verankern.

Schon lange bevor der Boden, auf dem ich hier sitze, zum königlichen Jagdrevier wurde, war diese Gegend von Rehen und Hirschen bevölkert. Als die Gletscher langsam schmolzen und sich in Richtung Norden zurückzogen, wurde die präboreale Landschaft geradezu von Tieren überflutet. Schon vor 11 000 Jahren, als Klima und Waldausdehnung bereits ähnlich waren wie heute, liefen durch dieses Flusstal darum mittelsteinzeitliche Siedler – insofern man Jäger und Sammler als Siedler bezeichnen kann. Sie jagten, töteten, häuteten, räumten auf, kochten und verwerteten die Tiere. Sie aßen das Fleisch, vernähten die Felle zu Kleidung, verspannten die Häute zu Zelten und fertigten Waffen und Schmuck aus Knochen und Geweih. Sie wussten, wie das Gedärm riecht, wie sich das Fett anfühlt und wie viel Kraft man braucht, um eine Beinsehne zu zerreißen. Das war ihr Alltag, das tägliche Klein-Klein, in dem sich unsere präagrikulturelle Abhängigkeit von diesen Tieren manifestierte.

Gar nicht weit von hier kann man eine Vorstellung davon bekommen, wie eng diese Beziehung war. Etwa 80 Kilometer entfernt, grob in Richtung Ostnordost, liegt acht Kilometer unterhalb von Scarborough eine der einzigartigsten mesolithischen Fundstätten der Welt: Star Carr. Schon die ebenen saftigen Wiesen und gepflügten Äcker dort sind verräterisch. Die Landschaft entstand durch jahrtausendelange Zersetzung und Ablagerung pflanzlicher Stoffe und begrub dabei einen großen Binnensee aus der Nacheiszeit vollständig unter Torf. »Begrub« heißt allerdings nicht »zerstörte«. Vieles, was normalerweise für immer verschwindet, blieb in dem Torf erhalten wie eine zwischen Buchseiten getrocknete Blüte. Der »Lake Flixton«, wie er bei den Archäologen heißt, war ein großer, relativ flacher See, in dem es vor Tieren nur so wimmelte. Rund um ihn lagen Feucht- und Sumpfgebiete, und auf seinen Halbinseln und Landzungen standen mittelsteinzeitliche Behausungen, die vermutlich jahreszeitenabhängig von Sammlern und Jägern genutzt wurden. Das zeigen die Funde. Man fand jede Menge Holz, mithilfe von Feuerstein gefällt, das am Seeufer zu einer robusten Plattform verbaut worden war, außerdem die Pfähle einer dauerhaften Behausung, die aus Heckenkirschenzweigen geflochten, mit Nesseltauwerk verzurrt und mit Reet bedeckt worden war, sowie Zighunderte Ahlen, Schaber, Harpunen und Pfeilspitzen aus Feuerstein und Tierknochen. Am ergreifendsten und augenfälligsten sind jedoch die 21 Kopfbedeckungen, die aus den Stirnplatten männlicher Hirschschädel samt Geweih gefertigt sind. Sie wirken selbst hinter den sterilen Plexiglasscheiben des British Museum noch auf elementare Weise furchterregend, ihr Anblick ist kaum zu ertragen und zugleich faszinierend. Es sind seltsame Kappen von großer Präsenz, die beinah an Menschen erinnern. Weil sie unterhalb des Geweihs, wo die Stirnplatte am dünnsten ist, zwei sorgsam mit Feuerstein gebohrte Löcher besitzen, will unser Gehirn darin ein Gesicht erkennen. Unvermeidlich sehen wir zwei Augenhöhlen, als stünden wir vor dem Schädel eines kleinen Menschen mit Hörnern, der uns anstarrt. Aber eigentlich befanden sich die Löcher auf der Rückseite der Hirschgeweihkappen, die man so mit einem Lederband am Kopf festbinden konnte. Die Stirnplatten waren keine Jagdtrophäen wie die heutigen, die man bleicht, auf eine Platte schraubt und als Staubfänger an die Wand hängt. Die Kappen sollten getragen werden. Sie wurden sorgfältig bearbeitet, an bestimmten Stellen abgeflacht und ehe man die Nasenknochen wegbrach und die Schädelkanten glattschliff von allen Fleischresten, wie Schnittstellen zeigen, gesäubert. Damit die Kappe bequem auf einen bestimmten Menschenkopf passte, wurden die Innenseiten abgeschabt und geglättet. Eine Geweihkappe war Maßarbeit. Doch wofür? Für Feste?

Rituale? Schamanentänze? Initiationsriten? Oder als Tarnung bei der Jagd? Auch wenn uns der Torf darauf keine sichere Antwort gibt, zeigen die Hirschknochenwerkzeuge, ausgehöhlten Geweihstangen und Geweihkappen jedenfalls, wie stark wir unseren Körper immer wieder mit dem Animalischen verbunden haben. Dabei scheint die Verbindung zwischen Mensch und Hirsch besonders durchlässig gewesen zu sein. Und das musste vielleicht so sein. Die Jagd war schließlich unsicher und gefährlich. Wer sich ein Bein brach, konnte für immer hinken, ein durchbohrter Bauch bedeutete einen langsamen, qualvollen Tod. Vielleicht waren wir ja umso geschickter und erfolgreicher, je durchlässiger die Membran wurde und je mehr wir das Tier in uns selbst beschworen. Wenn man wie ich in der Nähe von Star Carr lebt, spürt man beim Anblick der Funde zudem eine Verbundenheit mit dem Ort, was bei anderen großen archäologischen Funden oft fehlt. Das alles ist nicht irgendwo am anderen Ende der Welt passiert, sondern direkt vor meiner Haustür. Natürlich schafft die große zeitliche Entfernung trotzdem eine gewisse Distanz, aber eigentlich wäre es ja auch seltsam, wenn wir auf diese kurze, unerwartete Wiederbelebung der Beziehung nicht unwillkürlich emotional, körperlich und mental reagieren würden. Es ist wie bei einem ehemaligen Paar, das sich am anderen Ende der Welt zufällig über den Weg läuft. Man ist sich fremd geworden, spürt aber sofort wieder eine gewisse Nähe und Vertrautheit.

Das Entscheidende ist die Nähe, da bin ich mir sicher: die Nähe, die man empfindet, wenn man einem Tier unmittelbar in die Augen blickt. Dann steigen uralte Erinnerungen auf und nicht nur beim Menschen. Der Rehbock hat mich in diesem Augenblick genauso gemustert. Da blitzte eine Erinnerung auf, und über seine Flanke zuckte die Furcht. Noch vor kurzem wäre jeder Forscher lauthals ausgelacht worden, der bei Tieren Gedächtnisinhalte für vererbbar gehalten hätte. Die Platte werde in jeder Generation blitzblank saubergewischt, lautete die einhellige Forschungsmeinung. Doch neuere epigenetische Forschungen haben das genaue Gegenteil bewiesen. So ist es Wissenschaftlern an der Emory University in Atlanta beispielsweise gelungen, Mäuse auf die Angst vor Kirschblütengeruch zu konditionieren und anschließend nachzuweisen, dass sich die gesammelte Erfahrung auf Aufbau und Funktion des Nervensystems nachfolgender Generationen auswirkt: Auch ohne jegliche Erfahrungsgrundlage zeigten die Nachkommen dieselbe emotionale Reaktion auf den Reiz. Doch auch wenn Umwelt, Erfahrung und traumatische Ereignisse von Säugetieren über die DNA vererbt werden sollten, wissen wir immer noch nicht, woran sich ein Rehbock erinnert, der unter sich in einer Mulde einen Menschen liegen sieht. Wer weiß schon, was genau vererbt und weitergegeben wird?

Nur ein Reh zu sehen, reicht nicht aus. Das merke ich spätestens, als ich wieder in der Mulde hocke, den Fluss rauf und runter gucke und darauf warte, dass mir die Gewehre noch ein Reh herüberschicken. Bei jedem knackenden Zweig drehe ich mich um: Ich will das nochmal spüren. Das hat nichts mit Blut oder Töten zu tun, sondern mit einer tiefen Sehnsucht nach Nähe, danach, sich vom Animalischen überfluten oder durchfluten zu lassen.

Zu den Zeiten, als die mesolithischen Sammler und Jäger noch auf die Pirsch gingen, lebten in dieser Gegend wesentlich mehr Rehe als Menschen. Doch spätestens um 1800 waren die Rehe in Großbritannien fast ausgerottet. Heute kann man ihnen sowohl in urbanen als auch in ländlichen Regionen wieder begegnen. Die verwilderten, mehr oder minder menschenleeren Siedlungsränder wie das Aller Land bieten ihnen eine ideale Verbindung zwischen ihren Revieren und jede Menge Gestrüpp und menschenfreien Raum, wo sie sich verstecken, äsen und Kitze aufziehen können. Vor ungefähr zwei Monaten standen etwa zwanzig Meter vom Hohlweg zwei auf dem Feld, als ob sie auf mich gewartet hätten. Der Morgennebel waberte über das Feld. Die Köpfe ragten geradeso daraus hervor. Im ersten Moment sahen die Rehe aus wie zwei riesige Kaninchen, die, mit ruckenden und zuckenden Ohren, fraßen. Dann beschleunigte auf der Straße plötzlich ein Motorrad und löste ihren Fluchtreflex aus. Da sprangen sie lautlos davon und lösten sich zwischen den stacheligen Stummeln einer Weißdornhecke in Luft auf, wie Zigarrenrauch. Ein wunderbares Erlebnis, aber doch etwas völlig anderes, als wenn man ein freilebendes Reh zum Greifen nah vor sich sieht, und, die angespannte Flanke direkt vor Augen, genauso gut hätte getreten oder gestoßen werden können. Eine solche körperliche Nähe kommt in unserem Alltag normalerweise nicht mehr vor. Schon als wir zu sesshaften Bauern wurden, wurde sie vermutlich seltener, und als man die Forste wie Knaresborough zum bewachten Krongut machte, wurde sie uns schließlich gänzlich untersagt. Heute begegnen wir Tieren meist nur noch in vermittelter Form: am Bildschirm. An die Stelle des Jägers ist der Beobachter getreten. Natürlich war das genaue Beobachten auch ein Teil der Jagd: Man verfolgte die Fährten am Boden und zog Schlüsse auf Tierpfade, Verhalten, Standort und Schwächen. Doch heute beobachten wir nur noch. Tierfilme können uns Arten, die wir sonst nie zu Gesicht bekämen, auf erstaunliche Weise nahebringen. Sie entführen uns in die Tiefe der Meere oder in abgelegene Urwälder und gewähren uns einen Blick auf die Natur, der für unsere Vorfahren undenkbar gewesen wäre. Doch der Blick bleibt immer nur ein passiver, distanzierter Vorgang in unserem Gehirn. Wenn wir einem Tier unmittelbar in der Natur begegnen, erleben wir ein viel komplexeres, komplizierteres und größeres Wunder. Und interessanterweise will sich diese enge, nahe Beziehung auch nicht aus unserem System verabschieden. Das zeigen eindeutig die zahllosen Tier- und Natursendungen, unsere Mode und sogar manche Automarke. Selbst Wissenschaft und Technologie, die sich früher geradezu durch die Distanz zur Natur oder die Herrschaft über die Natur definiert haben, lassen sich heute von der Natur inspirieren. So erforscht ein neuer faszinierender Forschungszweig, die Biomimikry, Strukturen, Organismen und Ökosysteme der Natur, um in Anlehnung daran Probleme der Menschheit zu lösen. Autofirmen orientieren sich, wie ich gelesen habe, bei der Entwicklung von Solarmodulen an den Schuppen der Schmetterlingsflügel, dem »Schmetterlingsstaub«, und amerikanische Laufschuhfirmen bei traktionsstarken Sohlenprofilen am Huf der Bergziege. Auch das Reh hat sich in dem zukunftsträchtigen Wirtschaftszweig für den Menschen wieder als nützlich erwiesen. So ahmen Wissenschaftler, die an der University of York derzeit unglaublich harte, widerstandsfähige Materialien entwickeln, den Aufbau von Geweihen nach. Wie sie herausgefunden haben, trocknet das

Geweih von Reh- und Hirschböcken vor der Brunft und den damit einhergehenden Zweikämpfen aus, wird aber wider Erwarten nicht spröde oder brüchig, sondern zweieinhalb Mal so robust wie zuvor. In York siedelte auch der Mensch der Mittelsteinzeit, vermutlich dort, wo der Foss in den Ouse mündet. Wo man einst mit Feuersteinkeilen das Leder und Fleisch von Hirschen schnitt, setzt man heute das Skalpell an und schaut durchs Mikroskop. Beides mit demselben Ziel: unsere Art zu erhalten. Oder zumindest, manche Lebensdauer zu verlängern.

Und während ich hier sitze und warte, fällt mir noch etwas ein. Letzte Woche hat mein Bruder einen ganzen Kofferraum voll Babysachen bei uns abgeladen: lauter Dinge, aus denen seine Kinder rausgewachsen waren. Darunter war auch ein Karton mit Büchern, und erst jetzt fällt mir auf, dass sich fast auf jedem Buch ein Tier befand: ein Hase, eine Schlange, ein Elefant, ein Löwe, Panda, Pinguin, Wal, Bär, Fuchs, Eule, Schwan, Maus und auch ein Reh. Und eigentlich setzte sich auch dieser seltsame *Grüffelo* auf dem Buch mit den vielen Eselsohren aus lauter wilden Tieren zusammen. Bestimmt ist es kein Zufall, dass wir unseren Kindern möglichst früh beibringen wollen, wie die Tiere der Natur heißen und aussehen, und dass die Tierbücher auf der Stelle zu den Lieblingsbüchern der Kinder werden. Zweifellos liegt das nicht nur an den exotischen Farben und Formen der Tiere. Und zweifellos werde ich es bei unserem Kind genauso machen und es, sobald es alt genug ist, hierhin ins Aller Land bringen. Noch immer gewöhnen wir unsere Kinder in frühestem Alter daran, Dinge zu beobachten, oder bringen es ihnen bei. Wir fühlen uns unbestreitbar bis heute mit den Tieren der Natur verbunden. Und ich frage mich, ob das nicht auch daran liegt, dass sich unser Leben so radikal verändert hat und die Welt immer unsicherer wird, aber die freilebenden Tiere, obwohl wir ihre Umwelt bis zur Unkenntlichkeit verändert haben, relativ unverändert geblieben sind. Der Rehbock, der über mich hinweggesprungen ist, war zwar nur ein einzelnes Tier, aber gleichzeitig das Glied in einer Kette, die uns in Raum, Historie und Zeit verankert. Ich war nicht panisch und aufgeregt, weil er mir fremd war, sondern weil ich mich im Gegenteil vage an etwas erinnerte, das ich kannte, vergessen hatte und das auf einmal wieder da war. An etwas, das immer noch durch unsere Wälder und Gene geistert. Was das im Endeffekt bedeutet, weiß ich nicht genau, aber als ich den Rehbock sah, hatte ich jedenfalls das Gefühl, eine Distanz zu überwinden und eine Sehnsucht zu stillen, die tief aus der Vergangenheit kam.

Mit dem Sinken der Sonne verändert sich das Licht zu einem wässrigen Grün. Die Gewehrschüsse sind verklungen, und die Ringeltauben gurren, um sich zu trösten. Die Amseln singen um die Wette. Ich kann ein Sumpfhuhn hören, das am anderen Flussufer unter den smaragdgrünen Lärchen sitzt. Zeit zu gehen, aber ich habe keine Lust. Ich will nicht in mein normales Leben zurückkehren. Noch kann ich mich nicht von diesem Gefühl lösen und den Ort verlassen, an dem plötzlich ein Fenster aufflog und den Blick auf eine andere Welt freigab. Ich lasse mich wieder in die Mulde zurücksinken. Beobachte und warte.

NUR EIN TAG

(An alle, die hören können),
Mögen unsere Verdienste allen Lebewesen dienen.
Buddhistische Wassersegnung

Der Horizont flirrt, der Himmel ist babyblau und das Gelände prächtiger und strahlender denn je. Überall am Weg und am Hohlweg wachsen Labkräuter, Brennnesseln, Purpurwicken, kniehohe Gräser und die weiße Klöppelkunst von Wiesenkerbel und Wilder Möhre; auf den Wiesen blühen Gänseblümchen, Butterblumen und leuchtendgelber Löwenzahn. In der Nacht wurde die schlafende, murmelnde Stadt von wüsten, windigen Regenschauern aufgewirbelt, doch das scheint heute Morgen nur noch ein schlechter Traum. Jetzt, in der Morgensonne, dampft die feuchte Luft und duftet nach den Weißdornblüten, die wie Sahnekleckse überall auf den verhakten Zweigen und Ästen der Hecken und Büsche liegen. Wenn die Blüten reifen und sich öffnen, entströmt ihnen ein Moschusgeruch, ein wenig nach Honig, ein wenig nach Mensch. Er liegt schwer in der Luft, steigt in Nase und Kopf und vernebelt die Welt mit seiner, wie man einst sagte, »Fleischlichkeit«. Kurzum, es riecht nach Sex. Der Duft weht weit, fliegt in die offenen Fenster der Autos im Stau auf der Skipton Road, wirbelt durch die Küchen der Vororte, die Klimaanlagen der Pendlerzüge und schwebt zu den Insekten, die im Wald umherschwirren.

Weiter unterhalb dieser berauschenden Luft wirbeln Göttinnen unterdessen den Fluss auf und streben ans flache Ufer. Eintagsfliegen, englisch »Mayflies« genannt. Wenn die Nymphen von *Ephemera danica* über die algengesäumten Steine kriechen, sehen sie aus wie die sechsarmige Vasudhārā, deren Auswüchse sich im sonnendurchfluteten Wasser in kunstreichen Kopfschmuck verwandeln. Zwei Jahre lang haben sie sich unter Wasser von toten Substanzen ernährt, aber jetzt tauchen sie zu Hunderten, Tausenden oder gar Millionen als 30 Millimeter große Bodhisattva aus ihren Schlammlöchern auf; dank der Luftblasen, die sich unter ihrem Außenskelett bilden, treiben sie langsam aufwärts. Ab jetzt gibt es kein Entrinnen mehr. Keinen Weg zurück. Wenn sie überleben wollen, müssen sie mit aller Kraft aufwärtsstrudeln und die gummiartige Oberflächenspannung durchbrechen. Wer sich wehrt und seine Kraft verschwendet, sich irgendwo festklammert oder stur ins vermeintlich sichere Flussbett zurücktaucht, wird niemals die oberen Gefilde erreichen.

Da lässt eine Nymphe los, ein Weibchen. Es lässt sich mit erhobenem Schwanz und rückwärts treiben, dreht seine zylindrische, segmentierte Gestalt dann der Sonne entgegen und wedelt mit seinem langen dreizackigen Schwanz. Wie ein winziger Delfin buckelt es durchs Wasser. Andere folgen, ganze Bänder zucken und kreisen ans Licht. Die Forellen in den Flussrinnen warten schon. Sie schnellen hervor und schnappen nach den wehrlosen Nymphen. Doch diese wirbeln mit kreiselnden Schwänzen stetig weiter nach oben. Schon durchstoßen die ersten den Wasserfilm und klettern ans warme, feuchte Tageslicht, mit beinah menschlichem Blick, wie jemand, der sich mit letzter Kraft aus dem eingebrochenen Wintersee hochstemmt. Dabei zerreißt ihr durchsichtiges Außenskelett, ihre Larvenhaut; ihre graugrünen Flügel entfalten sich und richten sich auf. Sie bilden eine elegante Segelbootsilhouette. Die Mundwerkzeuge sind jetzt überflüssig geworden und sterben, von den aufgebauten Energiereserven gesteuert, vorprogrammiert und unvermeidlich ab. Nun treiben die neuen Wesen, *Subimago*, mit Körpern, so sahnig wie Weißdornblüten, auf dem Wasser dahin. Angelfliegen, die darauf warten, abheben zu können.

Es ist zwei Minuten nach elf, als Lauren Jackson ihre Frühschicht beendet, die Flügel der Lagertür schwungvoll aufstößt und ihr Namensschild abnimmt. Draußen ist es heiß wie Föhnluft, und es stinkt: nach klebrigem Asphalt und nach den aufgeheizten Gemüseresten aus den Müllcontainern, die wie Frachtschiffe hinter Sainsbury's ankern. Lauren hockt sich auf den Gehweg, dreht sich eine und schaut die Straße hinunter. Hier raucht sie in den Pausen und nach der Arbeit immer, auch wenn sich ihr Chef darüber beschwert, dass die rauchenden Mitarbeiter dort von Kunden gesehen werden könnten. Die Straße ist nur kurz, mit einfachen niedrigen viktorianischen Häusern zu beiden Seiten, doch sie endet an einem Maschendrahtzaun, an dem die Stadt wie abgeschnitten wirkt. Weil das Gelände dahinter abschüssig ist, verschwindet der Hang mit seinen labyrinthischen Häusern, Kleingärten, Straßen und dem Betreuten Wohnen hinter der Kuppe, und es scheint, als ob die Straße direkt auf die weit entfernten Felder, Hügel und in den Himmel führen würde. Eine alte englische Landschaft wie ein Gainsborough-Gemälde hinter Glas, die einem ein einmaliges Gefühl von Freiheit gibt, als könne man jederzeit dorthin entfliehen, auch wenn man es nie tut.

Lauren schaut eine Weile die Straße hinab, dann klappt sie eine Puderdose auf, streicht sich eine verirrte L'Oreal Hot Chilli Red-Strähne hinters Ohr, pustet den Zigarettenrauch zur Seite und hält den Spiegel vor ihre atemberaubenden, wilden, braunen Augen.

»Verdammt sexy. Echt.«

Auf dem Mäuerchen hinter ihr läuft Joe, mit nacktem Oberkörper, die Schultern von der Sonne leicht gerötet. Der gut gelaunte Joe, attraktiv und lebenslustig. Er grinst, und Lauren lächelt zurück.

»Und du bist spät dran.«

»Ich musste noch was besorgen, oder?« Joe schüttelt eine weiße Plastiktüte voller Dosen. »Außerdem hab' ich Jahre gebraucht, um dein Geschenk zu besorgen.«

»Kippen. Wow.«

»Nee, aber es ist da drin.«

Doch das weiß sie längst und hat den Deckel schon aufgeklappt. In der Schachtel steckt ein durchsichtiges, wiederverschließbares Tütchen, so gefaltet, dass es zwischen die restlichen Zigaretten passt.

Gras. Es riecht überwältigend: nach verbranntem Popcorn, Öl, Kräutern. *Fuchs.* Lauren atmet den Geruch tief ein.

Joe setzt sich hinter sie und schlingt die Arme unter ihren Brüsten zusammen: »Herzlichen Glückwunsch, Babe.«

In zwanzig Minuten wollen sie sich bei Lauren mit Freunden treffen, aber nur kurz. Freitags geht ihr Vater regelmäßig einen heben, auch wenn er das nicht zugeben will. Er verlässt das Haus im farbbespritzten Overall, als würde er zur Arbeit gehen, aber wenn er zum Mittagessen nach Hause kommt – gegen halb eins –, hat er mindestens schon drei Flaschen Bier intus. Und das ist nur zum Vorglühen. Mittlerweile ist er nicht mehr gewalttätig so wie damals, als Laurens Mutter ihn das erste Mal verließ, aber mürrisch, schweigsam und in den Augen seiner Tochter einfach unerträglich. Sie hasst all das, wie er sich gehen lässt, das Jammern, die tödliche Langeweile. Darum schält sie sich jetzt in ihrem engen »Kinderzimmer« hastig aus der schwarzen Hose und dem lila Poloshirt, ihrer Berufskleidung, und schlüpft in hübsche Unterwäsche, Leggings und ein enges Top, während sie gleichzeitig Ausschau nach seinem Lieferwagen hält, der jeden Moment – ein klitzekleines bisschen zu langsam – um die Ecke biegen kann. Dies' Jahr steckt nur ein Briefumschlag hinter ihrem Spiegel, *Für mein kleines Mädchen.* »Lolo 18!« hat ihr Vater darauf gekrakelt. Als sie den Umschlag öffnet – sie muss ihn nicht aufreißen, der Kleber ist noch feucht –, erkennt sie den scheiß Cartoon aus dem Kartenständer vom Kiosk nebenan. Den wahrscheinlich 18 Jahre lang keiner haben wollte.

Joe dreht unten am Küchentisch einen Joint und will gerade den Riegel der Hintertür anheben, als es am Fenster dreimal klopft. Lauren kommt hereingefegt, wischt über den Tisch, Gras und ein paar Blättchen segeln in den Müll. Dann sind sie schon draußen, in der Hitze der Stadt; im Vorgarten wuchert der Löwenzahn, die vorbeifahrenden Lastwagen wirbeln Staub auf. Sie sind zu viert: Joe und ein Freund vom College, Lauren und ihre beste Freundin Immy, beide mit Sonnenbrillen im Haar.

»Wo wollen wir überhaupt hin?«, fragt Immy, zieht die Sonnenbrille vor die Augen und prüft ihr Aussehen in einem Autofenster, aber Lauren ist schon los und fädelt sich durch den Verkehr.

Die Eintagsfliegen sind überall, verlassen den Sog und drehen sich zu zweit oder dritt langsam in den Strudeln. Miniregatten. Weitere Angelfliegen treiben in der Strömung unter dem Viadukt und über die Köpfe der wartenden Forellen, die noch immer träge auf der Stelle schwimmen und durch das teebraune Wasser flussaufwärts blicken. Sie kennen die Strömung genau und wissen, wo es die meisten Subimagos gibt; sie rühren kaum eine Flosse und stehen im Wasser wie Turmfalken über dem Kornfeld. Dann plötzlich ein Kippen, ein Aufschnellen und ein Bloppen, die Wasseroberfläche teilt sich, der Fisch schnappt zu. Die Forellen können so lang schlemmen, bis irgendetwas in den tiefhängenden Weiden und Erlen, in der goldenen Luft und dem heißen hohen Ufergras die Fliegen zum Aufbruch animiert. Die Eintagsfliege ist das einzige Lebewesen, das sich mit vollständig ausgebildeten Flügeln nochmals häutet. Auf einmal dehnt sie sich, bewegt die Flügel, hüpft, springt und rennt ungeschickt in die schützende Vegetation.

Auf einem Stein, der halb im Wasser liegt, sitzt eine Gebirgsstelze und wartet schon. Mit ihrer leuchtend gelben Brust und den langen Flügeln, die mit den Schwanzfedern in einer zarten Spitze enden, sieht sie aus wie ein Rosshaarpinsel, der eine Van-Gogh'sche Sonne durchschneidet. Sie fliegt einen engen Kreis und pflückt ein paar Fliegen aus der Luft. Dann lässt sie sich, mit überquellendem Schnabel, wieder nieder und wippt mit dem Schwanz, als wolle sie ihre Beute zählen. Doch es steigen unzählbar viele Subimagos aus dem Wasser auf und treiben zu den Blättern, Stielen und dem herabhängenden Grün am Ufer. Dort landen sie federleicht, wärmen sich und reifen in der Sonne heran, die Vorderbeine gebeugt, die Flügel aufgerichtet und die drei Schwanzfäden wie Schnurrhaare gestreckt. Ihr letztes Stadium hat begonnen. Auch wenn die Eintagsfliege reglos dazusitzen scheint, bewegt sie sich, klappt zu, stülpt sich aus und verändert sich wie das Universum, das sich unendlich weit ausdehnt, oder die Ränder der Stadt.

Lauren ist die Einzige, die weiß, wo es hingeht, und läuft darum voraus, aber das würde sie wahrscheinlich auch, wenn sie es nicht wüsste. Sie schlendern über heiße, einsame Asphaltpisten mit königlich klingenden Namen – Albert Road, King Edward's Drive – und gelangen schließlich in eine düstere Seitengasse mit hohen Zäunen und langen

Reihen verriegelter Garagen, Müllsäcke liegen herum, deren Inhalt Füchse herausgezerrt und verstreut haben. Lauren zündet sich einen Joint an, nimmt einen tiefen Zug und behält ihn für einen Moment in der Lunge. Noch ein paar Schritte, und dann geht es ab. Das Kribbeln im Bauch, das Gefühl, himmelwärts gehoben zu werden, und im Kopf wird es ganz ruhig; auf einmal könnte aus Langeweile und Überdruss und allem sonst etwas anderes werden, etwas Schönes, Rätselhaftes.

Die Gasse führt auf einen schäbigen Parkplatz mit rissigem Asphalt, an den Rändern Gänsedisteln, Ampfer, Brennnesseln und Brombeeren. Den umliegenden Häusern dient der Parkplatz als Müllhalde, es wimmelt vor Abfall, da eine pink leuchtende Krabbencocktail-Chipstüte, dort durchweichtes Papier, überall Plastikdeckel und dahinten ein verrosteter Einkaufswagen, mit herzförmigen Zaunwindenblättern umwickelt. Joes Freund Nathan, in schwarzem Lonsdale-T-Shirt, Chucks und Jogginghose, lässt eine leere Cider-Dose zu Boden fallen und kickt sie weg. Alle horchen, wie sie über den Weg rattert, in Richtung einer metallenen Eisenbahnbrücke mit bauchigem Graffiti und einem einsamen Laternenpfahl im Stacheldraht-Tutu. Neben ihnen verläuft jetzt ein verzinkter Stahlzaun mit geteilten Zacken, wie geschälte Bananen, die so ihre Spitzen heimtückisch verbergen. Dahinter liegen die letzten verstreuten Häuser aus nördlichem Backstein und ein gelbes Viereck: ein eingezäunter Müllabladeplatz voller wucherndem Jakobskreuzkraut und gelbem Löwenzahn. Ein kaputtes Sofa dort hängt in der Mitte durch, der nackte, fettgleiche Schaumstoff ist von Wirbellosen besiedelt. Dann lassen sie all das hinter sich, und Lauren spürt, dass sie sich langsam einem Raum nähern, der niemanden einengt, in dem die Regeln der Stadt, der Leute nicht gelten. Irgendwo zwischen ihren Augen ist da plötzlich eine Leichtigkeit.

Wo sich die alte Bahnstrecke und Bilton Lane kreuzen, sieht es dann vollkommen anders aus: Ein vielfarbiges Grün betört Laurens mittlerweile zögerlich zwinkernden, geweiteten Augen. Nahes Grün und fernes Grün, Lindgrün und ein Grün, das sie an die bierverklebten Billardtische im High Harrogate WMC-Verein erinnert. Doch hier riecht es nicht abgestanden oder heruntergekommen, hier prickelt das Leben. Blumen, deren Namen sie nicht kennt, wachsen aus allen Ritzen und Rillen; die warme Luft duftet nach Joes verbranntem

Oberkörper, nach Moschus und heißer Haut. Die Sonne scheint so grell, dass ein goldener Umhang über Immys nackte Schultern fällt. Der nächste Joint wird gedreht und rumgereicht. Lauren nimmt den letzten, herben, teerigen Zug und starrt wie gebannt auf die blau gepuderten Vergissmeinnichtblüten und die klebrigen Haare der Labkrautstängel am Wegrand. Sie stellt sich vor, wie sie mit der zimbelkrautbewachsenen Mauer verschmilzt, an der sie in der Mittagshitze lehnen. Sie hört die zeitlosen Schwingungen von Millionen Arbeiterbienen und irgendwo weit weg die städtischen Gärtner, die die Straßenränder mähen.

Gelächter. Nathan hat seinen Arm um Immys Taille gelegt, die Hand in der hinteren Tasche ihrer Jeans. Gemeinsam schlürfen sie aus einer frisch geöffneten Cider-Dose. Das Denken geht nur noch sehr langsam, alle Sinne sind zugleich betäubt und hellwach. Sie starren zu einem gescheckten Pferd mit nervösem Fohlen herüber, die am Fuß einer schrägen Weide stehen.

»Was denkste? Sollen wir die reiten?«, fragt Nathan. »Ey Mann, das kann ich.«

»Welches, das Baby?«

»Halt's Maul.«

Noch mehr Gelächter. Noch mehr Geprahle und Flirterei. Aus Immys iPhone perlen blecherne Electro-Beats. Nathans Feuerzeug flammt vor Zigaretten auf. Mit gewichtigen Handgriffen, die ebenso tough wie zuvorkommend sein sollen, jeder einzelne sorgsam einstudiert und perfektioniert. Joe macht sich über ihn lustig und schlägt vor, auf der Wiese noch einen Joint zu rauchen, doch Lauren schüttelt den Kopf, schiebt sich von der Mauer weg und überquert die alte Bahntrasse. Unter den Weißdornbüschen muss sie sich ducken, dort, wo ihr Duft am stärksten ist. So schwer wie in der Parfümabteilung im Kaufhaus. »Hier lang«, sagt sie.

Nathan stöhnt auf. »Wo jetzt?« Er klingt müde, zugedröhnt.

Doch Lauren bleibt nicht stehen, sondern zeigt nach vorn, auf den dunklen, kühlen Weg im Schatten der Bäume und noch weiter auf die struppigen Wiesen und den Wald.

Joe ruft ihr hinterher. »Alles okay, Babe?«

»Klar. Komm.«

»Aber wir können doch hier«, sagt er. »Hier ist doch keine Sau.«

»Nee.«

»Wo denn?«

»Unten am Fluss.«

Jetzt sind sie verwirrt. Sie wussten nicht einmal, dass es so nah bei der Stadt einen Fluss gibt. Gemurmel. Nathan stöhnt.

Lauren schaut sich um, mit zusammengekniffenen Augen; kühn, zornig und schön steht sie da. Hera mit einer Weißdornkrone.

»Vertraut mir einfach«, sagt sie. »Yolo, man lebt nur einmal.«

Und das ist jetzt.

Mittlerweile sind die Vasudhārās, *Ephemera danica*, hellwach und voll ausgebildet; ihr langer glänzender und komplex segmentierter Hinterleib in Crème-Caramel zeigt ähnlich tabakbraune Schlieren wie früher die verrauchten Kneipenwände. Ihrem einstigen Wasserreich enthoben, balancieren die Eintagsfliegen nun auf Erlenblättern, Judasohrenkissen und Grashalmstäben. Sie haben nur eine gute Stunde gebraucht, um ihr letztes Stadium als geschlechtsreife *Imago* zu erreichen, und wirken jetzt klarer und schärfer definiert, als habe ein Luftfahrtingenieur die Konstruktion noch einmal verbessert, um sie auf ihre letzte, höchste Aufgabe vorzubereiten: Die sechsgliedrigen Vorderbeine reichen weiter als zuvor, mit den drei Schwanzfäden am Hinterleib liegen sie besser in der Luft und die neuen Flügel sind unbehaart, durchsichtig und mit schwarzen Adern durchzogen. Auf größeren Blättern in Ufernähe sitzen manchmal zwei oder mehr Eintagsfliegen dicht an dicht. Dann wird auch der kleine Unterschied im Erscheinungsbild deutlich: Die Männchen sind kleiner und dunkler als die Weibchen und besitzen größere, ausgeprägtere Augen.

Für die Eintagsfliegen ist Zeit alles, und doch haben sie kein Zeitgefühl. Jedenfalls nicht so wie wir. Denn sie fürchten nicht, was kommt, das notgedrungen Unbekannte. Sie sind urzeitliche Geschöpfe, 300 Millionen Jahre alt. Älter als die Dinosaurier. Zeit zeigt sich für sie in der Dichte des Vogelgezwitschers, dem Flattern von Flügeln, dem Sonnenlicht, das über die Blätter wandert, den Farben, die ihr Facettenauge sieht, oder in den Luftschwingungen, die mit dem Krächzen eines vorbeifliegenden Reihers herabfluten. So wie auch das

Licht herabflutet, das Licht der heißen Nachmittagssonne, das den Wald zersplittert und Bäume und Wasser in Scherben fallen lässt. Der Fluss bewegt sich ewig in einer Richtung; der endlos strömende Himmel trifft aus einer anderen Richtung auf den Wald, und die Eintagsfliegen erheben sich, wie von einer unwiderstehlichen Macht besessen, mit gläsernen Flügeln wie Engel in die fremde Welt.

Die Zeit, in der die Eintagsfliegen aus dem Wasser kommen, hatte ihr Vater die »Trottelwochen« genannt. Als sie ihn gefragt hatte, warum, sagte er, weil dann wirklich jeder, »sogar ein blinder Depp mit Besenstiel« Forellen fangen könnte; sie würden nach allem schnappen, was vorbeikommt. »Eigentlich der reinste Selbstmord«, sagte er.

Jedes Jahr um die gleiche Zeit, an einem sonnigen Tag um ihren Geburtstag, ging er zur Garage und kramte seine Bambusangel hervor. Dann schlichen sie hier runter, mit dem muffigen Rucksack, den er noch von der Army hatte und in dem der Proviant steckte: Limo und Süßigkeiten für sie und Skol und eine Schachtel Regal King Size für ihn. Sie mussten immer wachsam sein, damit nicht etwa auf einmal jemand vor ihnen stand und nach dem Angelschein oder der Mitgliedskarte vom Angelverein fragte. Was er – eh klar – nicht besaß. Aber da begegnete einem sowieso keiner. Wegen des Klärwerks hinter der Flussbiegung, sagte er, da wollte keiner in der Nähe fischen. Aber das Wasser ist in Ordnung, schwor er, in schmutzigem Wasser würden sich ja keine Eintagsfliegen paaren. *Empfindliche Seelen* nannte er sie.

»Sie leben nur ein'n Tag, Lolo«, hatte er einmal gesagt, eine Eintagsfliege geschnappt und ihr in der offenen Hand hingehalten. Sie schaute sie an, wie sie da mit zerknitterten Flügeln strampelte und immer noch versuchte, abzuheben. »Stell dir vor. *Nur ein'n scheiß Tag.*«

Und sie hatte sich das vorgestellt. Ganz genau.

»Da muss man fix sein, hmh? Seine Chance ergreifen.«

Dann hatte sich ihr Vater umgedreht, eine Fliege festgebunden und die Angel ausgeworfen. Die Schnur sauste in einem gewellten Bogen zurück, bis sie in der insektenumwölkten Luft nicht mehr zu sehen war.

Das war damals. Lange vor dem Hin und Her, der Scheidung und dem echten Saufen. Lange ehe er sich entschied, sich langsam und selbstsüchtig vor ihren Augen zugrunde zu richten. Das war, als

Mama noch zu Hause war und sie ein Sammelalbum hatten, in dem sie Fundstücke aufbewahrten, Krähenfedern oder Heckenrosenblüten und einmal sogar ein vierblättriges Kleeblatt. Damals hatten solche Dinge noch gezählt, und alles schien voll Leben. Dann *bumm*. Ehe du dich versiehst, ist es aus und vorbei.

Außer, Lauren sitzt wieder wie damals am Ufer und beobachtet staunend, ohne zu wissen, was genau sie hierhin geführt hat, den kurzen, wunderbaren Tanz der Eintagsfliegen.

Etwa einen Meter über dem Wasser sammeln sich die männlichen Eintagsfliegen zu lockeren, umherziehenden Wolken. Sich wie Staren- oder Sardinenschwärme fortzubewegen, gibt Sicherheit. Auf den ersten Blick oder wenn sie sich grau vorm Himmel abheben, wirken sie wie Rauch; sie verhalten sich wie die wegdriftende Rauchsäule eines Lagerfeuers, die über die Straße weht. Doch plötzlich verwirbeln sie sich zu engen Windhosen, sind einmal zu sehen und verschwinden dann wieder vor dem Blattwerk. Unzählige Eintagsfliegen wogen über diesem Flussabschnitt, lassen sich treiben, steigen auf, lassen sich wieder fallen und gleiten über versunkene Äste und Sumpfhuhnnester. Aus der Nähe sehen sie eher aus wie der Staubregen, der einen plötzlich erwischen kann, wenn der Weizen geerntet wird, oder wie eine vom sanften Wind bewegte und von der Sonne angestrahlte Pusteblume. Doch trotz aller wilden Tänze gibt es keinerlei Berührung. In diesem Ritual ist jede Bewegung genauestens geplant. Es kommt erst zum Kontakt, wenn sich die Weibchen, die an den Wolkenrändern kreisen, auf einmal ins Zentrum der Windhose stürzen. Dann fangen die Männchen sie mit den langen Vorderbeinen ab, umgarnen sie in einer luftigen Umarmung, begatten sie und sind so schnell wieder weg, dass ein menschliches Auge den Paarungsakt kaum sieht. Leben pur, hinter dem Schleier eines Schwarms verborgen.

Logisch sind sie von dieser Freiheit begeistert. Sie hat's doch gewusst. Erst haben Joe und Nathan mindestens eine Stunde den starken Mann markiert, aber jetzt haben sie nur noch die Boxershorts an, balancieren auf Zehenspitzen über die Steine und machen sich über den schwankenden, rudernden Gang des anderen lustig. Gekreische und

Gelächter. Dann platschen sie durchs tiefere Wasser, posen schreiend und prustend und bewerfen sich mit Matsch; bis sie das Gleichgewicht verlieren, von der Strömung ergriffen werden und sich wieder in seichtere Gewässer retten.

Lauren setzt sich zu Immy unter eine Weide, dorthin, wo aus dem gräsernen Ufer eine lehmfarbene kleine Sandbucht wird. Weiter vorn, in den Strudeln unter den Bäumen, sind die Tüten mit dem Cider kaltgestellt. Die Klamotten der Jungs liegen im Sand verstreut. Immy, im Schneidersitz, kaut Kaugummi, zwischen den abgeschnittenen Jeansbeinen klemmt eine Dose.

»Hier.« Sie reicht Lauren den halb gerauchten Joint, dann zieht sie ihr T-Shirt über den Kopf, man sieht ihren wabbeligen Oberkörper und das rosa Plastik-Piercing im Bauchnabel.

Lauren nimmt den Joint, inhaliert tief und zieht ihr Top ebenfalls aus. Nun liegen beide nur im BH da und lassen sich von der Sonne bescheinen. Die Wärme ist jetzt angenehmer, älter, es geht auf den Abend zu. Genüssliches Ziehen am Joint. Immy spuckt den Kaugummi aus und flüstert: »Meinst du, Nathan ist irgendwie scharf auf mich? Ach, ich muss unbedingt abnehmen. Was würde ich für deine Figur geben.« Lauren hört zu und freut sich, aber das alles scheint so weit weg; es fühlt sich an, als wäre sie weit dort oben, wo die Eintagsfliegen schwärmen, und sie spielt dasselbe wie früher: Sie versucht, ihre Flugbahn mit den Augen zu verfolgen und zu sehen, wo sie hinfliegen. Sie kreisen und kreisen und kreisen.

Sie hören Nathan erst, als er mit den Klamotten in der Hand vor ihnen steht. Er sieht aus, als wüsste er nicht, was er sagen soll.

»Hast du ne Ahnung, was da unten ist?«, grummelt er schließlich und zeigt mit dem Kopf in Richtung Flussbiegung.

Lauren schüttelt den Kopf.

»Wieso?«, sagt Immy, hält die Hand vor die Sonne und setzt sich auf. »Was ist los, Babe?«

»Nichts. Nur so.« Er zuckt mit den Schultern und bückt sich nach einer Cider-Dose. »Wollte mal gucken gehen. Wär' witzig, dachte ich. Willste mit?«

Immy schaut Lauren an, dann wieder Nathan. »Okay. Witzig ist gut.«

Während Nathan geht und sich anzieht, lehnt sich Immy zurück. Als er außer Hörweite ist: »Wir sehen uns dann vielleicht später in der Stadt. Is' das okay so?«

»Klar.«

»Danke, Lo. Ach so, und ...« Ein Kuss auf den Kopf. »Herzlichen Glückwunsch.«

Die beiden ziehen ab, und Lauren schaut ihnen hinterher. Als sie zwischen dem Grün verschwinden, legt Nathan seinen Arm um Immys bloße Taille.

»Kommst du jetzt endlich mal rein?«, ruft Joe aus dem Wasser herüber. Er schwimmt auf dem Rücken.

Lauren lacht. »Wie wär's, wenn du rauskommst?«

Joe ahnt gar nicht, wie gut er aussieht, als er aus dem Wasser steigt: eine muskulöse, helle Gestalt vor moorbraunem Hintergrund. Der gut gelaunte Joe, attraktiv und lebenslustig. Er watet aus dem Wasser, seine breiten, verbrannten Schultern wirken in der Sonne wieder weiß, das nasse Haar klebt ihm an der Stirn. Auf seinem Kopf, mit golden glühendem Umriss, landen Eintagsfliegen, und er merkt es nicht einmal. Lauren grinst, und er lächelt zurück. Und in dem Moment sieht sie in ihm noch mehr: einen Lichtstrahl, der zu all den Millionen anderen wunderbaren Dingen hier gehört.

»Warum waren wir nicht längst schon mal hier?«, sagt er, als er tropfend und mit Gänsehaut über ihr steht und sich mit dem T-Shirt trockenreibt.

»Jetzt sind wir ja da, oder?«

Und das meint sie auch so. Genau jetzt sind sie hier. Nur sie beide. Und sonst nichts.

Irgendwo da hinten gibt es eine Welt mit Finanzcrashs und Kriegen, mit beschissenen Schichten, Arbeitsplänen und Kundenservice-Schulungen. Morgen, in aller Früh, ist Inventur angesagt. Um sechs. Kollektive Verweigerung. Aber das ist nicht das wirkliche Leben, so wie das hier. So wie dieser eine perfekte Tag.

Nur ein'n scheiß Tag. Da muss man fix sein, hmh? Und seine Chance ergreifen.

Sie hebt die Hüfte an und zieht die Leggings aus, dann stützt sie sich wieder auf die Ellbogen. Joe scheint plötzlich schüchtern, eingeschüchtert von der Perfektion neben ihm, den karamellfarbenen Rundungen, dem BH und dem Schlüpfer aus schwarzem Satin. Sie greift nach seinem Arm und küsst ihn. Sein Mund ist noch kühl vom Fluss. Seine Haut noch kalt vom wilden Wasser, aber das macht ihr nur noch mehr Lust, und sie zieht ihn zu sich hinunter, hinunter in das Seggengras voller Ähren. Dann wird alles zum Detail. Der kräftige Bizeps und der Nacken. Der Geruch nach Haut und Spucke. Wie sie sich gegenseitig weiter ausziehen, sich dabei küssen und die Sonne sie wärmt. Seine Lippen an ihrem Schlüsselbein. Ihre Beine, die seinen Rücken umschlingen. Der Schweiß auf ihrer sich rötenden Brust. Mit offenen Augen. Mit geschlossenen Augen. Die Stirnen aneinandergepresst. Und dann diese Ruhe, diese Intensität.

Danach rollt sich Joe zur Seite, legt den Arm um sie und betrachtet ihr Gesicht. Lauren fühlt sich schwer, mit der Erde verankert. Sie achtet nur darauf, wie sich beim Einatmen der Bauch hebt und wie es beim Ausatmen warm aus ihrer Nase strömt. Da ist kein Gleich und was kommt jetzt. Kein Ziel. Es ist genau das. Das Hier und Jetzt. Und wie sie so daliegt, mit Blutweiderich in dem schockierend roten Haar, spürt sie auf einmal eine Leere. Die Eintagsfliegen verschwinden langsam aus der Luft.

Mit Sonnenuntergang lösen sich die ekstatischen Gestöber auf. Die Wolken zerbrechen und teilen sich, weil nach und nach immer mehr männliche Eintagsfliegen ins Wasser oder häufiger noch auf das Gras oder Blattwerk am Uferrand stürzen. Warum es sie zum Ende hin ans Land zieht, weiß man nicht, aber wenn es dunkel wird, sind die seidigen Spinnennetze mit ihren Körpern geschmückt oder immer mehr Bäuche von Finken, Sumpfhühnern, Fröschen und Fledermäusen damit gefüllt. Während sich die Batterien der männlichen Eintagsfliegen langsam leeren und Flügel und Vorderbeine immer schwächer zucken, fällt auf den Nidd ein seltsam grünlich gelbes Abendlicht. Die weiblichen Eintagsfliegen kehren jetzt ins Wasser zurück, aus demselben Grund, aus dem die Kelten einst Votivgaben in dieser sonst unbeachteten Gegend versenkten: damit dem Fluss Nixen und Nymphen entsteigen.

Die Weibchen fliegen, häufig in Kreisen, etwa dreißig Zentimeter über dem Wasser und halten sich flussaufwärts. Immer wieder schwebt eins mit aufgebäumten Flügeln Richtung Wasser, krümmt seinen langen Hinterleib, taucht ihn in die glänzende Fläche und legt einen befruchteten Eierklecks ab. Manchmal bleiben die Weibchen sekundenlang auf dem Wasser, manchmal berühren sie es kaum, doch immer sehen sie ihr Spiegelbild aus der Tiefe auftauchen. Es spielt keine Rolle, dass sie bei ihrem seltsam vorherbestimmten Verhalten leicht von einer Forelle oder den Stockenten und ihren Küken, die jetzt nach ihnen hechten und schnappen, verspeist werden können. Auch wenn es viele erwischt, viele überleben auch und pflanzen sich fort. Tausend Eier da, tausend Eier dort – eine Eintagsfliege legt bis zu 8000 Eier ab, die im Wasser eine ektoplasmatische Wolke bilden. Der Schwarm aus millimetergroßen Eiern sinkt schließlich zu Boden und bleibt an Steinen, Sediment und Gestrüpp haften. Schon zehn Tage später schlüpfen winzige Flussgötter, vergraben sich im Sediment, und der Kreislauf beginnt von vorn.

Die Tage verfliegen. *Eintagsfliegen*. Was noch vor einer Stunde eine unaufhaltsame Orgie des Lebens schien, ist nun verschwunden, eine untergegangene Welt. Jetzt hat das Abendlicht alles in Kupfer und Bronze getaucht. Wenn Eier und Energie aufgebraucht sind, fallen die weiblichen Eintagsfliegen erschöpft in den Fluss. Nun sehen sie wieder seltsam menschlich aus: Als ob sie die Oberflächenspannung verwirrt oder sie diese begrüßen, liegen sie mit gespreizten Flügeln auf dem Wasser; nach getaner Arbeit fürchten sie den Unterwassertod im Fischrachen offenbar nicht länger. Wie millionenfach abgestürzte Segler treiben sie einfach weiter. Die verwelkten Weißdornblüten fallen lautlos neben ihnen ins Wasser. Von beiden bleibt schon bald keine Spur.

ZEIT DER UMKEHR

Als ich in das Klärwerk Bachelor Garden einbrach, wurde es gerade Tag. Komischerweise ging kein Alarm los. Keine heranstürmenden Sicherheitskräfte, kein grelles Licht, keine schneidende Sirene in der feuchtwarmen Luft. In unserer überwachungsfreudigen Welt musste doch irgendetwas passieren, würde man denken. Dachte ich zumindest. Angespannt wartete ich auf das Unvermeidliche, mit vor Brennnesseln juckenden und schmerzenden Beinen, und überlegte schon einmal, welche Ausrede mich wohl am besten vor der Festnahme bewahren würde. Ich hockte mich im Halbdunkel hin, die Minuten vergingen; der Schmerz nahm zu, aber nichts passierte. Die Stahltüren der geisterhaft ausgeleuchteten Gebäude und Baracken blieben zu. Keine Schreie aus Richtung der düsteren Klärbecken oder der Gänge an den rostigen Behältern und Kanälen. Nichts als das gleichmäßige Maschinengesumme und -geheule, das ich schon von der anderen Zaunseite kannte, nur war es hier lauter, und aus den Filtrationsbecken stieg ein feuchtwarmes Gebräu aus menschlichen Abfallprodukten und Chemie auf.

Ich überlegte, wie ich abhauen konnte, ich war ja nicht vorsätzlich hier. Welcher vernünftige Mensch bricht schon in ein Klärwerk ein? Schuld waren vielmehr meine unsteten Gedanken und dass ich – wie ich dann merkte, dummerweise – die ausgetretenen Pfade verlassen hatte. In letzter Zeit strampelte und drehte sich das Baby in Rosies Bauch und ließ sie nicht schlafen. Ich war früh aufgestanden, damit sie mehr Platz im Bett hatte, außerdem wollte ich die Folgen des ständigen Schlafmangels verscheuchen. Ich näherte mich dem Aller Land erstmals von Westen, durchquerte ein mir bisher unbekanntes Labyrinth aus Stich- und Vorortwegen und wagte mich schließlich auf einen struppigen Pfad mit Bäumen und Gebüsch, der hinunter zu einem Bach führte. Den Weg, der wieder zurückführte, ließ ich links liegen. Stattdessen lief ich stur weiter abwärts und durch das brusthohe Gestrüpp am Bachufer, weil ich hoffte, dort irgendwann auf den Nidd zu treffen. Doch plötzlich brannten meine Beine wie Feuer. Die Brennnesseln, zwischen Wiesenklau und einem Springkrautdschungel gut versteckt, hatten mich hinterrücks überfallen. Und ihre furchtbaren, fuchtelnden, wütenden Blätter warteten nur darauf, dass ich mich wieder bewegte und sie mir neue Wunden zufügen konnten, aber das rettende Ufer des Flammenmeers lag schon in Sichtweite vor mir. Wie ein Dreispringer stürzte ich dorthin; die marode Mauer, den eingefallenen Zaun und den alten Draht bemerkte ich gar nicht. Oder erst, als ich schon hinübergeklettert und durchgedrungen war, und da war es zu spät. Ich saß in dieser seltsamen Anlage fest.

Es würde niemand kommen. So viel war klar. Also suchte ich nach einem anderen Ausgang, um meinen Beinen einen zweiten Peitschenhieb zu ersparen. Das Gelände war mit hohen Mauern, robusten Maschendrahtzäunen und Stacheldraht gesichert. Der Haupteingang war mit Ketten verschlossen, das Schild am Eingang mit Graffiti bekritzelt: »Raucherecke« stand dort in blutroter Farbe, das Ganze durch verstreute Joint-Kippen und Cider-Dosen bebildert. Beinah als wollte ich entdeckt werden, ging ich dorthin zurück, wo ich hergekommen war, diesmal allerdings über eine schmale Straße, die sich durch barackenähnliche Gebäude und braune, bewegte Lagunen schlängelte, vorbei an surrealen Kiefern und frisch gemähten Wiesendreiecken. Der warme Dunst in postapokalyptischem Lila und Pink, der mich umgab, roch giftig. Es wirkte wie im Kalten Krieg. Ein gespenstisches, verlassenes Stück Erde, aber, ehrlich gesagt, irgendwie auch aufregend. Hinter einer Anhöhe und einem weiteren Sichtschutz aus Kiefern stieß ich plötzlich auf seltsame geometrische Muster im Gras: sechs große, wassergefüllte Betonkreise. Ein riesiger sich langsam drehender Metallarm ragte aus ihrer Mitte und rührte und wirbelte wie die freiliegende Mechanik einer alten, im Erdreich vergrabenen Maschine. Es roch nach Kiefernharz, frisch gemähtem Gras und Schwefel. Hinter den Kreisen breitete sich die gewaltige, gewichtige Stille des Nidd aus, dort lagen Flusstal, Viadukt, Wald und weiter dahinter dunstige Raps- und Weizenfelder. Doch sie kreisten still und heimlich genau über den stinkenden runden Bassins.

Es müssen achtzig oder hundert gewesen sein, jedenfalls so viele, dass ich sie erst nicht für Vögel hielt, sondern dachte, die Bassins würden durch Insektenwirbel, die sich wie Teeblätter im Abguss verdrehten, verdüstert. Plötzlich hatte ich die brennenden Beine vergessen und stand einfach nur da, mit der heißen Hand der aufgehenden Sonne auf der Stirn, wie gelähmt von diesen seltsam schwärmenden, fressenden Formationen. Sie flogen langsamer als sonst. Wie in Zeitlupe glitten sie dahin. Ich konnte ihre Silhouette am Himmel genau erkennen: ein schwarzer Anker mit starren Flügeln. Nach Belieben änderte er die Richtung, flog elegante Bögen oder steil abwärts, um von den zig Millionen aufgescheuchten Abwasserfliegen zu fressen. Was ich hier sah, war die sommerliche Flutwelle, die sich, noch draußen auf dem Meer, langsam aufbaute. Mein Boot hatte zufällig ihren Weg gekreuzt. Doch auch wenn ich sie sehr früh, sozusagen noch hinter den Kulissen, beim Warm-up für die eigentliche Show überrascht hatte, kam ich mir nach einer Weile wie ein Voyeur vor. Ich hatte das Gefühl, ich müsste irgendetwas sagen oder zumindest leise hüsteln, damit sie wussten, dass ich da war. Aber wie redet man mit Vögeln?

Wenn man in das Gelände einer Kläranlage einbricht, erwartet man Alarmanlagen, Sicherheitspersonal und Polizeisirenen, aber keinen Himmel voller Mauersegler. So ein Erlebnis befreit und beflügelt. Und ist es wert, ein Brennnesselmeer zu durchwaten. Sogar zweimal, wie sich zeigen sollte.

Wohin sie dann weiterzogen, könnte ich allerdings nicht sagen. Nach den letzten warmen Maitagen fegten die Sturmrösser übers Land, brachten Wind und Regen und trampelten in einer plötzlichen Stampede Blumenkränze und leuchtend grüne Wimpel nieder. Das Licht veränderte sich. Aus Himmel wurde Schiefer. Das Draußen drang ins Innere. Jede Nacht fielen Schnecken über die Küche her und hinterließen am Boden gespenstische schleimige Bänder. Im Wetterbericht war von einem Tiefdruckgebiet die Rede, das vom Atlantik ostwärts zog und über Großbritannien festsaß. Die Isobaren trudelten träge im Kreis, ein kreisförmiges Gekritzel wie von einem gelangweilten Kind. »Das wird auch das Wetter für den nächsten Monat sein«, sagte der Mann. Und so war es auch, Tag für Tag, von morgens bis abends, und irgendwann war der Nidd ein tiefes, lautes, schmutzig braunes Gewässer. Die Wälder und Weizenfelder zitterten und duckten sich wie Sklaven unter der Peitsche des Aufsehers. Ich musste oft an die Mauersegler denken, aber wenn ich dann die Regenjacke anzog und zum Klärwerk lief, konnte ich dort nicht das Geringste erkennen; es war, als wäre der Himmel eingestürzt und läge blubbernd auf der Erde. Alles lag unter einem widerlichen, schwefligen Nebel begraben. Irgendwann gab ich die Suche auf. Ich wusste ja, dass sie nicht da waren. In den durchnässten Spinnweben am Stacheldrahtzaun hingen Fliegen. Die mechanischen Arme drehten sich und heulten. Das Faulei stank. Und das war alles.

Bei Regen finden Mauersegler keine Nahrung, und auf der Flucht vor schlechtem Wetter und fehlendem Futter können sie erstaunliche Entfernungen zurücklegen. Sie sind hervorragende Meteorologen, die geringste Luftdruck- und Feuchtigkeitsschwankungen erkennen, und obwohl sie nicht mehr wiegen als zwei Milkyway-Riegel, fliegen sie so lange gegen den Wind, bis sie am Rand des Schlechtwettergebiets auf milderes Klima stoßen. Das hatten wohl auch meine Mauersegler getan. Aber wo genau sie hingeflogen sind, darüber kann ich nur spekulieren. Ornithologen haben beobachtet, dass Mauersegler auf der Suche nach Futter von Sammelpunkten in London aus bis an die Küsten von Norfolk und Lincolnshire, weiter über die Nordsee und bis nach Deutschland fliegen, wo sie dann über die reichlichen Insektenschwärme am Ende der Okklusionsfront herfallen.

Jedem vernünftig denkenden Menschen muss es unsinnig und ineffektiv scheinen, zur Futtersuche 900 und mehr Kilometer weit zu fliegen, aber je mehr man über diese Vögel weiß, desto weniger will man sie mit unseren Maßstäben messen. Der Mauersegler ist fast ausschließlich ein Luftwesen, dem Element so stark verhaftet, wie es nur möglich ist, und geradewegs dazu gemacht, sich ununterbrochen in der Luft aufzuhalten. Ab dem Moment, wo er flügge wird und mit seinen Sichelflügeln und im freien Fall das Nest verlässt, ist sein Leben eine einzige luftige Reise. Er wird niemals den Boden berühren, es sei denn, er wäre verletzt. Mauersegler fressen, trinken, putzen sich, paaren sich und schlafen in der Luft. Nur wenn sie hoch oben in den Ecken und Rissen alter Gemäuer nisten, werden sie für einen flüchtigen Moment zum Wesen niedriger Gefilde, unserer irdischen Welt.

So wie sich die Mauersegler bei dem Regen in die Lüfte erhoben, verbannten mich die trostlosen Tage ins Haus. Morgens winkte ich Rosie hinterher, wenn sie hinter dem grauen Vorhang verschwand und sich auf ihre eigene mauerseglerähnliche Reise durchs Land machte. Seit wir weiter nördlich wohnten, verkaufte sie Produkte an Feinkost- und Bauernläden und musste lange Strecken fahren. Ihr »Gebiet« erstreckte sich im Süden bis nach Lincolnshire und im Norden bis nach Whitley Bay, und dazwischen lagen viele Kilometer Landstraße. Wenn ich spätabends noch am Schreibtisch saß und hörte, wie der Regen wie Maschinengewehrsalven aufs Dach prasselte, machte ich mir Sorgen, weil ich wusste, dass sie unter dem dunklen, unerbittlichen Himmel allein im Auto saß. Es dauerte nicht lange, und es gab stündliche Unwetterwarnungen. Die Erde war überall vollkommen aufgeweicht. Journalisten in einer unbequemen Kombination aus Regenkleidung und Krawatte berichteten über Städte, die völlig von der Außenwelt abgeschnitten oder von einem übers Ufer getretenen Fluss zerschnitten waren. Die Rede war von Klimawandel und Schuld und davon, dass wir uns wohl an solche Extremwetterlagen gewöhnen müssten, als wäre das Wetter ein trotziger Teenager. Als Ursache für die aktuelle Misere wurde, je nachdem, wem man zuhörte, Verschiedenes genannt: Etwa das arktische Eis würde den Jetstream weiter südlich lenken oder unsere überhitzte Atmosphäre lasse trockenere Luft entstehen, die mehr Feuchtigkeit aufnehmen und so schwerere, längere Regenfälle verursachen könne. Doch bei allen Unterschieden gab es einen gemeinsamen deprimierenden Nenner: Die Misere war menschengemacht.

Rosie sagte jeden Tag dasselbe: »Es geht mir gut«, aber ich sah ihr die Erschöpfung an. Am Ende des Monats war sie geschafft, von den hypnotisch winkenden Scheibenwischern und der Anstrengung, sich im nieselnden Spritzwasser zu konzentrieren und den Umleitungsschildern zu folgen. Eines Abends kam sie nach Hause und fiel fast sofort in tiefen Schlaf. Während der Regen gegen die Scheibe schlug, lag sie auf unserem Bett und umfasste sanft ihren Bauch, unser Baby, das in seiner eigenen Wasserwelt lebte. Ich legte mich neben sie, schob einen Arm unter ihren Nacken und starrte an die Decke. Es war der 23. Juni. Der längste Tag des Jahres war unbemerkt vorübergegangen, in den Wasserfluten versunken. Wärme und Sonne, die der Tag sonst versprach, schienen weiter entfernt denn je. Ich dachte wieder an die Mauersegler, eigentlich die geflügelten Boten eines strahlenden Hochsommers, und fragte mich: Waren sie zu früh gekommen? Hatten sie uns im Stich gelassen? Können sich die Mauersegler irren? Irgendetwas beunruhigte mich. Dass sie nicht da waren, machte mir genauso Sorgen wie der unaufhörliche Regen, es war, als würde sich die Welt nicht mehr richtig drehen. »Eine allgemeine Störung«, würde der Wetterbericht wohl sagen.

Der Mauersegler (*Apus apus*), liest man, sei ein britischer Vogel. Doch das ist irreführend, denn genauso könnte man die Wolken oder Sterne dann als britisch bezeichnen. Er baut hier sozusagen sein Zuhause, sein Nest, das stimmt, aber selbst die Mauersegler am britischen Himmel verbringen höchstens drei Monate hier – normalerweise von Mai bis August –, also nur ein Viertel ihres Lebens. Eigentlich haben wir sie höchstens ausgeliehen. Die andere Zeit sind sie unterwegs oder verspeisen die Insekten, die über den Regenwäldern und Flüssen der Demokratischen Republik Kongo herumschwirren. Alle Mauersegler der Welt überwintern dort und setzen ihr flutendes, fließendes Leben unter den Himmeln Afrikas fort. Wie in den nördlichen Breitengraden legen sie auf der Suche nach Futter gewaltige Strecken zurück, fliegen hoch, schnell und weit: im Osten bis nach Mosambik, im Westen bis nach Angola und bis hinunter nach Südafrika. Erst wenn im April die Brutzeit näher rückt, fluten sie zu Millionen zurück, steigen in Scharen höher und fliegen in einem langen, abenteuerlichen Vogelzug polwärts, über Meere, Berge und Wüsten zu ihren teils schon lange bestehenden Nistplätzen in Europa, West- und Zentralasien.

Früher nahm man an, dass »unsere« Mauersegler, wenn man sie so nennen kann, direkt und auf dem kürzesten Weg nordwärts fliegen. Jeder vernünftige Mensch würde ja so denken. Doch die neuen Geolokationsdaten der *British Trust for Ornithology* erzählen eine andere Geschichte. So zog ein gechipter Vogel zunächst am Kongo-Fluss entlang westwärts, von der Flussmündung weiter über den Atlantik und dann in einer Kurve bis nach Liberia in Westafrika, wo Nahrungs- und Windverhältnisse günstig waren. Dort kreiste er zehn Tage und schlemmte ausgiebig. Dank zahlloser Flugtermiten-Schwärme konnte er sich Speck anfressen, erst dann legte er die 5000 Kilometer über die Sahara, Spanien und Frankreich bis nach Cambridgeshire zügig und nonstop in nur fünf Tagen zurück. Und mit Herbstbeginn, kaum drei Monate später, nahm er für den Heimweg eine ähnlich lange Route. Insgesamt hatte der Mauersegler, um in Großbritannien zu brüten, also einen 20 000 Kilometer langen Rundflug absolviert. Aber das war noch nicht der Rekord: Andere hatten sogar fast 28 000 Kilometer unter den Flügeln.

Und die Mauersegler begeben sich Jahr für Jahr auf diese Pilgerreise, auf der sie mit über 100 Stundenkilometern in 3000 Meter Höhe und höher fliegen. Über den schneebedeckten Gipfeln des Himalayas hat man sie angeblich sogar in doppelter Höhe kreisen sehen. Da ist man mit den Gedanken gleich dort oben. In der Kühle und Klarheit höherer, ruhigerer Gefilde. In einer Art Google-Earth-Welt, in der die Städte nichts als graue Flecken und die Wälder und Felder ein paar grüne Pixel sind. Wenn man länger darüber nachdenkt, schwirrt einem geradezu der Kopf, es ist, als würde man selber zwischen Isothermen und Jetstream fliegen, mit dem Aufwind hochsteigen und von dort oben auf den sonnenbeschienenen Horizont, die grauen Länder und die leeren, feindlichen Meere blicken, die zwischen den Wolken immer wieder auftauchen und verschwinden. Es ist eine schwindelerregende Perspektive. Man kann sich eigentlich nicht vorstellen, wie diese kleinen, daunenleichten Luftgeister, nur ein paar Knöchelchen und Federn, zu solch aberwitzigen Geschwindigkeiten, Höhen und Entfernungen fähig sind. Und an Aberwitz mangelt es ihnen wahrlich nicht. Irgendwo habe ich gelesen, dass man in der Schweiz ein Mauerseglerjunges beringt und dann einundzwanzig Jahre später an demselben Nistplatz tot aufgefunden hat. Es hatte in seinem Leben schätzungsweise fünf Millionen Kilometer zurückgelegt.

Aber Vögel machen sich nicht wie wir aus freien Stücken auf, es packt sie nicht das Reisefieber, weil sie schon zu lange am selben Ort sind. Sie folgen einem alten, tief verankerten Instinkt, der sich aus zwei biologischen Geboten speist: Überleben und Fortpflanzung. Der britische Sommer bietet den Mauerseglern reichlich Insekten in der warmen Luft sowie ein relativ zuverlässiges Klima für die Aufzucht der Jungen. In einem Reiseprospekt für Mauersegler würde über Großbritannien stehen: »Lange, milde Tage und sonnige Abende, die ausgedehnte Nahrungsflüge erlauben – ideal, wenn viele junge Münder zu füttern sind!« Aber was passiert, wenn sich das Ziel als Reinfall entpuppt? War die wunderbare klassische Reise dann umsonst? Höchstwahrscheinlich. Wie uns die Fachwelt sagt, leiden Mauersegler, die sich mit Regenwetter herumschlagen müssen, an erbärmlichem Untergewicht, sodass ihnen die notwendigen Fettreserven für den Rückflug nach Afrika unter Umständen fehlen. Und selbst wenn sie ihrem biologischen Drang gehorchen und ein Nest bauen, wissen sie anscheinend, dass ihre Mühe umsonst ist. In dem Wissen, nicht genug Futter für sich und erst recht nicht für die Jungen zu finden, treiben sie ab und schieben die Eier unausgebrütet aus dem Nest. Angesichts der anhaltend grauenhaften Sommer könnte es also sein, dass wir irgendwann keine Mauersegler mehr am britischen Himmel sehen. Heute ist uns nur all zugut bewusst, dass Arten aussterben können, doch die Vorstellung, dass der Mauersegler für immer verschwinden könnte, bestürzt mich. Sie seien wieder da, schrieb Ted Hughes in einem Gedicht, also drehe sich die Welt noch ordnungsgemäß weiter. Genauso ist es. Nichts verrät mehr über die Vernetztheit unserer Welt als der Zug der Mauersegler. Und nichts schreit die Verletzlichkeit der Welt so laut heraus.

Es war dunkel im Zimmer geworden. Die Müdigkeit ließ meine unsteten Gedanken endlich ruhen. Mein Kopf sank tiefer ins Kissen, ich fiel in eine sanfte, lehmige Schwärze. Doch plötzlich bemerkte ich etwas, etwas war anders. Der Regen hatte aufgehört. Ich schaute an die Decke und stellte mir vor, wie sich das Dach abschälte, sich die Wolken verflüchtigten und ich die breitschultrigen Mauersegler sehen konnte, die jetzt irgendwo dort oben über den Sternenhimmel glitten.

Mein Arm war eingeschlafen. Ich zog ihn unter Rosie hervor. »Alles okay?«, flüsterte sie. »Woran denkst du?«

»An Migrationsbewegungen.«

Sie lächelte und drehte sich zu mir um. »Bitte nicht«, sagte sie, nahm meine Hand und legte sie auf ihren Bauch. »Bleib doch bei uns.«

Ich lachte, und dann dämmerte es mir. Das war es! Das wollte ich den Mauerseglern eigentlich sagen; das hätte ich sagen sollen, als sich unsere Wege am Klärwerk kreuzten. *Bleibt doch bei uns.* Und das dachte ich auch, als ich am nächsten Morgen die Vorhänge aufzog, nach oben blickte und sie endlich sah, ein loses Band am blauen Himmel, wie verstreute Wimpern auf buntem Papier. Ich presste mein Gesicht gegen die Scheibe und wollte es Rosie sofort erzählen, aber sie war schon vor einer Stunde zu einem Vorsorgetermin gehastet, den wir unter all den wahnsinnigen Wolkengüssen fast vergessen hätten. Na gut. Dann bleibt es eben eine nette Überraschung für später. Und genau in dem Moment – echtes Timing – rief sie schon an. Ich wollte die Neuigkeit gerade loswerden, als mein Unterbewusstsein den formalen Ton in ihrer Stimme registrierte, die Ruhe, zu der sie sich zwang: »Ich bin jetzt auf dem Weg ins Krankenhaus. Irgendetwas ist … vielleicht … nicht in Ordnung.«

Eigentlich ist die Hoffnung ein völlig nutzloses Gefühl, aber so ist der Mensch wohl. Instinktiv flüchtet er sich in die Hoffnung. Darum hoffte ich, so unwahrscheinlich es auch war, dass es sich um eine normale Schwangerschaftsunregelmäßigkeit handelte, eine gewöhnliche Abweichung, ein weit verbreitetes Nichts. Schließlich hatte sie ja »vielleicht« gesagt, oder? Plötzlich merkte ich, mit dem Telefon noch am Ohr und halb verwirrt, dass ich die Dichtung unserer Doppelfenster anstarrte und mir zum ersten Mal die schwarzen Schimmelstippen an den Dichtungsecken aufgefallen waren. Auch anderes fiel mir auf. Wie warm und hell der Morgen war. Wie weich der Teppich zwischen meinen Zehen. *Der Teppich.* Wir hatten in dem Laden lange überlegt und schließlich den weichsten und fleckenbeständigsten genommen, obwohl er etwas teurer war, weil wir die Händchen und Füßchen schon vor uns sahen, die bald darüber krabbeln würden. Die Gedanken drehten sich in meinem Kopf. Rosie war von der Hebammenpraxis aus selbst ins Krankenhaus gefahren, damit es schneller ging, und als sie mich angerufen hatte, war sie schon fast da. *Bleib zu Hause,* hatte sie gesagt. *Ehrlich. Bis du hier bist, ist das CTG gemacht.* Das CTG? Wie lange dauert so etwas? *Ich muss für zwanzig Minuten ans Gerät. Ich ruf dich sofort an, wenn ich was weiß. Versprochen. Bleib einfach zu Hause.*

Das Gerät ist in Wirklichkeit ein Gurt, der über den Bauch der Mutter geschnallt wird und mithilfe von zwei Sensoren den Herzschlag des Babys aufzeichnet. Während ich mich in aller Eile wusch, anzog und meine Gürtelschnalle schloss, dachte ich daran, dass ein paar Kilometer von hier Ähnliches passierte, und mir wurde übel. Ich musste mich setzen. Wieder und wieder fragte ich mich: *Was kann ich bloß tun?* Dann stand ich wieder auf. Machte mir einen Kaffee, den ich nicht anrühren würde, wiederholte mir immer wieder, was Rosie gesagt hatte, und suchte nach einer Lösung: Die Hebamme hatte wie sonst die Vorsorge gemacht und die üblichen Fragen gestellt, in ihrer aufmunternden, mütterlichen, direkten und tröstlichen Art. »Tja, was ist nun mit dem Regen, der uns die ganze Zeit gequält hat?« Doch als sie Rosies Bauch abtastete und den Blutdruck maß, der ziemlich hoch war, wurde ihr Blick glasig und leicht distanziert. »Haben Sie es übertrieben? Sie sollten sich im letzten Schwangerschaftsdrittel schonen.« Dann war sie näher herangerückt, hatte das Stethoskop genommen und sich vorgebeugt. Das kalte Metall fing einen hohen, stolpernden Herzschlag auf, der viel zu schnell war. Komisch. Sie horchte noch einmal. Und nochmal. Jetzt war das Ganze noch komischer, sie hörte nichts als gähnende Stille. Der Herzschlag war nicht mehr da. Da rief sie das Krankenhaus an.

Egal, in welches Zimmer ich ging, die Luft schien plötzlich knapp zu werden. Also lief ich nach draußen, und, Sie ahnen es schon, es war ein atemberaubender Morgen. Das Wetter hatte die Trotzphase hinter sich. Das Sonnenlicht flutete durch die Straßen. Die fleckigen, gemauerten Schornsteine ragten in einen tropischen Himmel und warfen lange Schatten auf die Schieferdächer. Man roch schon die Wärme des Tages. Die Autos glitzerten. Im Vorgarten, vor dem Mäuerchen und dem Bürgersteig, war das gut gewässerte Unkraut in die Höhe geschossen und hatte den schmalen Kieselweg völlig überwuchert: mit rosa blühendem Storchenschnabel, Weidenröschen, Löwenzahn, Ochsenzunge und den rauen Blättern einer Blutjohannisbeere, die jemand schon lange vor uns umgegraben hatte und die sich zäh hielt. Aus einem Lorbeerstrauch, den ich vor einigen Wochen gekürzt hatte, trieben büschelweise neue weiche, wächserne Blätter. Ich schaute mir genau an, wie die Natur den Hindernissen trotzte oder sie sogar zum eigenen Vorteil nutzte, wie der Lorbeer sich mit dem Zaun verflochten hatte und so besser und robuster stand oder wie die Blutjohannisbeere die Kiesel mit jungen Trieben begrünte. Ich schaute mir das alles genau an und hoffte. *Vielleicht waren das Zeichen?* Ich überlegte, in das Gelände oder zum Krankenhaus zu laufen. Doch dann wurde mir schummrig, ich ließ mich an der Hauswand heruntergleiten und kauerte am Boden. Im Lorbeer lauerte eine Kreuzspinne in einem perfekt gebauten Netz. Ich wehrte mich dagegen, meine Sorgen auf diese Spinne zu projizieren, aber mein Kopf gehorchte mir nicht: *Wenn sie nach links geht, wird alles gut. Geh nach links. Bitte.* Ungeduldig schaute ich aufs Handy, wie langsam doch die Zeit verging. Die Spinne rührte sich nicht. Der Stein in meinem Magen wog immer schwerer. Und wieder und wieder sagte ich vor mich hin: *Bleib doch bei uns.*

Dann hörte ich ein entferntes Geräusch, so wie wenn man im Halbschlaf den Kopf im Kissen vergräbt und durch die Nase ausatmet. Ein gleichmäßiges, dünnes Pfeifen. Rasch schwoll es zu einem lauten Heulen an – *siiiiiieh-siiieh, siiiiieh-siiiiieh* –, zu einem schnellen Schwirren flach über Häusern und Gärten. Lärmend und freudig tobten die Mauersegler durch die Straßen, wie ein Karnevalsumzug. Es klang nicht bedrohlich oder traurig, sondern so ausgelassen wie ein Lachanfall oder ein Kleinkind, das man kitzelt. *Siiiiiieh-siiiieh, siiiieh-siiiieh* flehten sie in ihrer Freude. Ich versuchte es, doch ehe ich mich umblicken konnte, waren sie schon wieder weg und schossen wie der Pfeil über ein anderes Haus.

»Hast du die Spatzen gesehen? Die sind echt ausgeflippt«, sagte das kleine Nachbarsmädchen. Ich hatte gar nicht gemerkt, wie sie gekommen war, aber nun stand sie ganz in Rot auf dem Bürgersteig, einen Fuß auf dem Roller, und lächelte. Libby ist ein freundliches, selbstbewusstes Mädchen. Sie könnte die Heldin eines Zeichentrickfilms sein: ein sturer wunderbarer Wildfang, der strahlt wie die Sonne im Schnee. Sie war die Erste gewesen, die mich auf der Straße angesprochen hatte, als wir hierhin gezogen waren. Jetzt hielt sie eine Hand schützend über die dickgerahmte Brille, verdrehte den Hals und suchte den leeren Himmel ab.

»Das waren Mauersegler, Libby, keine Spatzen«, sagte ich.

Sie sah mich stirnrunzelnd an und murmelte leise vor sich hin: *Mauersegler.* »Und wo kommen die *Mauersegler* her?«

»Aus Afrika.«

Afrika sagte sie wieder leise. »Und warum sind sie jetzt hier?«

Irgendwo in meinem Kopf war die Antwort, aber mein Mund weigerte sich, sie auszusprechen. Ich hustete und checkte mein Handy. Es war nur eine Minute vergangen. Lächerlich. Dann kehrte der anschwellende Ton von irgendwo weit hinter der Straße zurück, aus Richtung des Aller Lands: *Siiiiiieh-siiiieh, siiiiieh-siiiiieh.*

»Guck mal, da sind sie wieder«, sagte ich und zeigte nach oben auf den langen blauen Streifen zwischen den Häuserreihen. Das ist der Trick, wenn man sie sehen will. Man muss auf den Himmel und weniger auf die Vögel achten. Diesmal sahen wir sie. Eine Dreiergruppe schrie sich in unseren Blick und teilte sich: Die beiden äußeren Vögel schweiften nach links und rechts und glitten über die Dächer, der mittlere stürzte sich in die Häuserschlucht, drehte ein und streifte von unten die Hauswand Nummer 28. Eine kurze Drehbewegung, ein bewusster Zusammenprall: Der Mauersegler berührte die Stelle, wo die Hauswand an die geschnitzte Giebelverkleidung grenzte, dann wendete er und stiebte davon. Er flog so dicht an uns vorbei, dass ich die Sonne durch seine Schwanzfedern blinken sah und den pfeifenden Flügelschlag hörte. Libby legte die Hände auf den Kopf und schrie freudig: »Er ist durch meine Haare geflogen!« Nicht ganz, aber so fühlt es sich an, wenn ein Mauersegler direkt an einem vorbeisaust – als strichen einem die schaukelnden Flügel über das Gesicht und hinterließen Himmelsstaub und Wolkenwolle.

Was mir an den Mauerseglern besonders gefällt, ist, dass sie Naturwunder und Stadtvogel-Dasein mit so großer Gelassenheit verbinden. Auch wenn sie eine echte panoptische Weltsicht besitzen, ein höheres Bewusstsein von den großen Lenkkräften unserer Erde, kehren sie doch regelmäßig zu den normalen Menschen zurück: nicht in irgendwelche makellosen Vogelschutzgebiete oder geschützten Sumpflandschaften, sondern *hierhin*, zu unseren Klärwerken, Fabriken und Seitenstraßen. Zur Welt der Mauersegler gehört nicht nur die Stratosphäre, sondern auch die Stadt. Sie sind wie kleine, wilde, schwarze Bumerangs, die der Himmel als Zeichen seines allgemeinen Wohlwollens zu uns herabschleudert. Gerade noch fummelt man am Türschloss herum, leert den Müll oder wartet verzweifelt auf einen Anruf, und schon sind sie da, über und um einen, eine Dosis Erhabenheit, wenn man sie am allerwenigstens erwartet und am allermeisten braucht.

Dann kamen noch mehr, wirbelten und knallten in die Dachgesimse oder prallten über unseren Köpfen ab. Ganze Gangs klapperten die Häuserkluft ab, Nummer 25, 20, 13, 12, bald hatten alle Häuser Besuch. Jedes Mal, wenn die Mauersegler mit ihrem verstreuten, wahnsinnigen, sich überlappenden Gekreisch auftauchten, hakten wir die Häuser gemeinsam ab. Ich hatte keine Ahnung, dass unsere Straße so eine bevorzugte Gegend war, aber klar, die viktorianischen Reihenhäuser boten trotz moderner Doppelverglasung und frisch gestrichener Haustüren noch immer viele unübersichtliche Winkel. Die Mauersegler besitzen einen siebten Sinn für versäumte Heimwerkerarbeiten: für herausgerieselten Mörtel zwischen Sandsteinen, für einladende Ausblicke zwischen verrutschten Dachschiefern oder für Lücken, wo sich Giebelende und Dachtraufe im Lauf der Jahre leicht verbogen haben. Und deshalb haben auch sie sich mit der Zeit leicht verbogen. Im Lauf des evolutionären Drahtseilakts haben sie ihr Schicksal mit unserem verknüpft, ihre Nistgewohnheiten aufgegeben und Baumlöcher und Felsspalten gegen städtische Schlupfwinkel und Risse getauscht. Vermutlich ging dieser Wandel mit der Ausbreitung der römischen Steinmetze in Europa einher. Ein kluger Schachzug. Und wunderbar opportunistisch. Warum sich nicht mit dieser expansionsfreudigen, baubesessenen Art zusammentun, die so viele Löcher und Spalten in ihren Dächern und Türmen lässt? Doch die zweitausend Jahre lang überaus erfolgreiche Strategie gerät seit einigen Jahrzehnten ins Wanken. Moderne Baumethoden und -materialien setzen den Mauerseglern zu: etwa Gebäudeabdichtungen im Namen der Energieeffizienz oder eine allgemeine Zimperlichkeit, was die Nutzung unserer Häuser durch die Tierwelt betrifft. Doch so leicht geben die Mauersegler nicht auf. Da sie nun mal vom Menschen abhängig sind, suchen sie einfach weiter nach Lücken; sie vergeben uns unsere abgekühlte Zuneigung oder Gleichgültigkeit und erfreuen uns mit ihrer Gegenwart. Auch das gefällt mir an ihnen.

Bei dem Wändeknallen ging es nur um eins: Die Mauersegler klopften die Mauern nach Nistplätzen ab oder vertrieben damit unliebsame Konkurrenten. Und verständlicherweise kannten sie nun keinerlei Zurückhaltung mehr. Da das Wetter den Nestbau verzögert hatte, galt es jetzt, keine Zeit mehr mit Formalitäten zu verlieren, sondern sofort Haus für Haus abzuklappern und kräftig anzuklopfen, um zu prüfen, ob jemand daheim war. Mauersegler sind konservativ und bleiben, solange Mensch und Natur mitspielen, Partner und Nistplatz für immer treu. Der Partner, der zuerst am Nistplatz ankommt, reklamiert ihn schreiend für sich, klappt die langen Flügel ein und verschwindet dann im Giebel. Sollte sich dort ein Rivale eingenistet haben, findet ein Nahkampf statt. Die Vögel zischen, raufen und kratzen wie Ringer in Handschellen, und es kann manchmal Stunden dauern, bis der Sieger den anderen vertrieben hat, sich schließlich hinhockt, den Nistplatz bewacht und auf den Partner wartet. Sind Weibchen und Männchen dann vereint, sammeln sie im Schichtwechsel Nestmaterialien aus der Luft – Federn, Distelwolle, Blätter, Gras, Samenschalen und sogar die Baumwolle von Zigarettenfiltern – und formen daraus mithilfe von Speichel liebliche, weiche, runde Näpfe. Sozusagen spuckeverlötet. Aber auch die jüngeren, nicht brütenden Vögel bis zwei oder drei Jahre spielen das Klopfespiel, werden vom Nestinhaber jedoch meist schnell mit einem Kreischen abgefertigt. Doch davon unbeirrt tun sie sich zusammen, suchen sich einen Platz am Rand der Kolonie und bauen manchmal sogar Scheinnester – als Übung für später. Und ich bin mir ziemlich sicher, auch wenn man es bei der Geschwindigkeit nur schwer erkennen kann, dass sich brütende und nichtbrütende Mauersegler durch unsere Straße kämpften. Und ich habe mich gefragt, ob wir nicht vielleicht am Rand eines festen Mauerseglerreviers liegen und unser Haus ein Mauersegler-Aller-Land ist.

Solche Gedanken überschlugen sich in meinem Kopf, während wir in den Himmel schauten. Libby war, wie die Vögel, eine Wohltat. Ich war dankbar, dass sie neben mir stand, mich zwang, den Blick himmelwärts zu richten, und mir so viele Fragen stellte, dass sich mein hämmerndes Herz beruhigte: »Wie weit ist denn fünf Millionen Kilometer?«

»Ja, weißt du … so weit wie zum Mond und wieder zurück. Sechs Mal.«

Wieder murmelte sie vor sich hin. *Zum Mond und wieder zurück.* »So weit können die fliegen?«

»Insgesamt, im ganzen Leben, ja.«

»Das geht doch gar nicht.«

Doch. Vieles geht, auch wenn man es für unmöglich hält. Das sagte ich mir im Stillen auch selbst. Die Mauersegler beweisen es doch: mit ihrem Zug nach Süden, der Flughöhe, der riesigen Entfernung, mit ihrer Geschwindigkeit und damit, dass sie überhaupt den Weg vom afrikanischen Urwald zu dieser winzigen Spalte unter genau diesem Traufblech in Harrogate finden. In der Natur passieren doch laufend Wunder, wir bemerken es nur nicht. Etwas verschwindet und kehrt zurück. Aus einem wolkenverhangenen Morgen wird ein strahlender Tag. Manchmal rückt die Welt sich selbst wieder zurecht. Und die Sensoren finden den vermissten Herzschlag.

In dem Krankenhaus ein paar Kilometer von hier war die halbe Stunde, die das CTG brauchte, jetzt vorbei. Die Krankenschwester schüttelte amüsiert den Kopf und löste den Gurt. »Nix, nichts, worüber Sie sich Sorgen machen müssten«, sagte sie. »Der Herzschlag Ihres Babys ist vollkommen normal. Kräftig und gleichmäßig, mit ganz normalen Schwankungen. So wie es in der 28. Woche sein soll.« Sie zeigte Rosie den Ausdruck: perfekte Gipfel und Täler. Ein bergiges Herz-Panorama. Rosie löcherte sie natürlich mit Fragen: *Warum schlug das Herz dann so schnell? Warum konnte die Hebamme den Herzschlag nicht finden? Und wieso unregelmäßig?*

»Tja. Das kann alles Mögliche sein. Die Ärzte schauen sich das noch genauer an. Aber ich würde denken, ein Problem mit dem Gerät. Das, oder die Hebamme hat sich einfach geirrt.«

Dann trat das Baby einmal sehr kräftig gegen Rosies Bauch, und als müsse es uns etwas beweisen, hörte es bis zum Abend nicht auf zu klopfen und zu pochen – wie die Mauersegler vor unserem Schlafzimmerfenster.

Nun sind die Mauersegler schon seit drei Wochen Tag für Tag da; auch als aus dem Juni unversehens ein brennendheißer Juli wird, schwelgen sie noch im warmen, blauen, pudrigen Sonnenlicht. Sie haben vom Himmel Besitz ergriffen und die Stimmhoheit erobert. Vorbei an offenen Fenstern, durch Vorhänge und heruntergelassene Bürojalousien, die vor der Mittagssonne schützen sollen, peitschen und pfeifen ihre Schreie. Alles wird davon untermalt. Motorsägen heulen sich durch Bretter. Gerüstbauer trällern zum Radio. Autos beschleunigen und bremsen ab. Samen fliegen durch die Luft. Lastwagen brummen und scheppern. Traktoren verlieren vor der Ampel frisches Heu. Menschen kleiden sich an, essen, gehen zur Arbeit und stolpern verschwitzt und müde nach Hause. Über dem Aller Land verklingt die Glocke von St. John. Bei allem, was wir tun, erinnert uns etwas an andere Rhythmen, am Rand unseres Lebens. Selbst als ich diese Wörter tippe, höre ich es durchs Dachfenster: *siiiiieh-siiiiieh, siiiieh-siiieh*. Den Rufen nach zu urteilen überwiegen in diesem Schwarm die Weibchen. Man kann das sehr einfach erkennen, weil sie in dem wahnwitzig wirbelnden und rostig quietschenden Duett die höheren Register übernehmen.

Ich kann sie auch jederzeit sehen. Manchmal stocke ich mitten im Satz und schaue in das blaue Dachfenserviereck. Gerade erscheint ein gerahmter Mauersegler. Wie lange wohl? Eine Sekunde? Nein, kürzer, eine halbe vielleicht. Kürzer als ein Wimpernschlag. Als ob man bei einem Diaprojektor aus Versehen doppelt drückt. Manchmal wird einer von der Thermik erfasst, flattert wie wild, um die Balance zu finden, und schießt dann wie ein Senkrechtstarter nach oben.

Und manchmal fliegt einer im Gleitflug nur wenige Zentimeter über dem Dach. Wenn ich die Zeit anhalten könnte, würde ich mehr sehen als nur eine verwackelte Rakete im Flug, nämlich einen schlanken schwarzen oder schokoladenbraunen Körper, beinah so ölig wie ein Fischotterpelz, außerdem einen gegabelten, fischförmigen oder zusammengeklappten spitz zulaufenden Schwanz. Ich würde einen grauweißen Kehlfleck sehen und vor allem die zwei robusten, eleganten Krummdolche, die nur in der Luft kein Hindernis sind, zudem einen beinah befremdlichen Kopf, der perfekt an die Himmelsverhältnisse angepasst ist, und wenn ich noch näher herangehen könnte, ein exzentrisches Pilotengesicht: Die beiden großen schwarzen Augen sehen aus wie eine Flugbrille mit eingebauten Blendschutz-Brauen. Außerdem würde ich einen kleinen, geschwungenen Schnabel sehen wie ein Schnurrbart und einen Mund, der beim Jagen aufgerissen ist wie ein Riesenhaimaul und unfassbar viele Insekten fängt. Was ich allerdings nicht sehen würde, es sei denn, ich würde durch das Fenster nach draußen greifen und im Gefieder der Vögel stöbern, sind Beine. Mauersegler haben die kürzesten Beine der Vogelwelt, eigentlich nur verlängerte bekrallte Fledermausfüße, die sie im Flug komplett einziehen. Perfekt für eine gute Aerodynamik, aber zum Gehen ungeeignet. Und das heißt, auch angesichts der großen Flügel, dass ein gestrandeter Mauersegler kaum wieder abheben kann und einmal abgestürzt, hinplumpst und hilflos auf der harten Erde flattert. Immer mal wieder findet man solche Vögel mit rudernden Flügeln, die wie ein Boot auf einer Sandbank festsitzen, doch der Ruderer fährt noch volle Kraft voraus.

Vor Jahren hatten einmal besorgte Nachbarn meine Mutter gerufen, damit sie ihnen half, »irgendwas Verletztes« wegzuschaffen, das direkt über dem Wohnzimmer lautstark scharrte, kratzte und kreischte. Zu ihrer großen Überraschung war es ein Mauersegler, der, gerade mal flügge, aus dem Nest auf das abgesenkte Wintergartendach gefallen war. Meine Mutter, die auf die Leiter gestiegen war, entdeckte den Vogel, der zwischen den verzinkten hohen Sparren wie eine Spinne in der Badewanne gefangensaß. Vorsichtig legte sie die Hände um seine luftigen Knochen, nahm ihn hoch, hob ihn auf der flachen Hand über ihren Kopf und schaukelte ihn sanft auf und ab.

Vielleicht spürte er die Luft, die um sein Gesicht strich, jedenfalls ließ er sich nach einer Weile fallen und flog. Mit flatternden Flügeln pumpte er sich aufwärts und gesellte sich kreischend zu einer Schar, die um den Schornstein raste. Ich habe meine Mutter immer darum beneidet, dass sie einen Mauersegler in der Hand halten und freilassen durfte. So sehr beneidet, dass ich mich eine Zeitlang nach nichts mehr sehnte, als einen gestrandeten Mauersegler zu finden und das federleichte Kraftpaket mit eigenen Händen zu spüren, die langen Flügel, den rasenden Herzschlag, die weltgewandten Augen, die mich unverwandt anschauen.

Aber momentan ist das anders. Mit meinen Vatergefühlen, die täglich stärker werden, hoffe ich nur, dass die Mauersegler einen Nistplatz finden, sich paaren und brüten. Einmal meinte ich, ein Paar, das gerade in unserer Straße angekommen war, würde sich etwas weiter weg in der Luft paaren, aber bevor ich wirklich etwas erkennen konnte, waren sie schon hinter dem Giebeldach eines Wettbüros verschwunden. Jedenfalls ist es ein gutes Zeichen, dass die Tauben offenbar gereizt und mürrisch sind, weil sie ihr Stadtrevier jetzt mit anderen teilen müssen. Auf den gegenüberliegenden Dächern glucken sie schmollend um Schornsteine und Regenrinnen und nerven: *Diese Fremden, diese verfluchten Migranten, kommen einfach hierher und nehmen uns unsere Häuser weg … grummel, grummel.* Gestern haben sie so laut gejammert, dass ich aufstehen und das Fenster schließen musste, um ihr endloses Gegurre nicht zu hören. Und dabei sah ich, wie in einem Spalt direkt unter den Tauben ein Mauersegler auftauchte, sich fallen ließ, seine 40 Zentimeter Flügelspannweite entfaltete und dann über ihren Köpfen eine meisterhafte Schleife flog. Die Tauben hüpften, schrien und stoben mit gesträubten Federn auseinander. Fast hätte ich applaudiert. Doch ich bin mir nicht einmal sicher, ob das Absicht war.

Nach der Paarung legen die weiblichen Mauersegler zwei oder drei kleine, weiße Eier, die das Paar abwechselnd zwanzig Tage lang ausbrütet. Das Brutgeschäft scheint das reinste häusliche Glück. Es herrscht Aufgabenteilung: Während der eine auf den Eiern sitzt, geht der andere jagen, saust mit der marodierenden Bande der nicht brütenden Vögel aus der Kolonie durch die Straßen und fängt Insekten. Doch anders als die jüngeren Vögel, die mit der Dämmerung weiter himmelwärts steigen und im Freien schlafen, kehren die brütenden Vögel mit einbrechender Dunkelheit zum Nest zurück und verbringen die Nacht Seite an Seite mit ihrem Partner. An lauen Sommerabenden kommen die Jäger spät zurück, melden sich mit einem Krächzen: *Ich bin hier! Ich bin zurück!* und erschrecken mich, wenn ich vorm offenen Fenster abwasche oder im Hof die Wäsche abnehme. Doch ich finde das wundervoll und freue mich über die gellende Begrüßung.

Ich habe eine Weile gebraucht, um mich von dem Schreck nach Rosies Anruf am Morgen und dem kurzen, niederschmetternden Verlustgefühl zu erholen. Und auch wenn es nur ein falscher Alarm war, halten wir uns nach diesem Ausrutscher am Rand des Abgrunds nun gegenseitig zurück. Es ist ein Wendepunkt. *Besser langsamer machen. Sich verkriechen. Das Nest bauen.* Rosies Urlaub war längst überfällig, und jetzt hat sie ihn genommen. Doch obwohl das Wetter strahlend ist, verbringen wir die Tage meist drinnen, beschäftigen uns mit To-do-Listen und Hausarbeit, reinigen Fliesen und Teppiche oder schließen endlich die Verschönerungsarbeiten ab, mit denen ich schon im Januar begonnen hatte. Und abends gehen wir früh ins Bett, schlafen Seite an Seite. Der Nestbautrieb sei etwas völlig Natürliches, sagen die Babybücher. Man solle wie die Vögel »auf den eigenen Körper hören« und dem Instinkt nachgeben. Nun glaube ich, da ist wohl etwas dran. Während ich heute Morgen auf meinen Kaffee wartete, die Hand schon auf dem Kolben, kam Rosie wie ausgewechselt die Treppe heruntergehüpft, lächelnd, ausgeruht und strahlend. Als sie die frisch geputzte Tür zum Garten öffnete, fiel Sonnenlicht in die Küche, und wir hörten die Mauersegler kreischen. »Ich fühle mich wie neu geboren«, sagte sie. Und wie sie im Sonnenschein so dastand, war ihr das deutlich anzusehen.

Wir gehen zwei Stunden vor Sonnenuntergang die Bilton Lane hinunter. Der Himmel ist eine Mischung aus Bronze und Blau, die Luft noch immer warm und dick wie Sirup, eine erdrückende zähe, vor Pollen wimmelnde Masse, die nach Farn und Benzinschwaden riecht. Wir haben keine Eile und nehmen die Nebenstraßen. Gebückt gehen wir unter den tiefhängenden Zweigen einer Linde hindurch, die vor Blattlaus-Honigtau klebt und in der die Bienen summen. Ein Van, der darunter parkt, ist wie ein Doughnut mit einer glänzenden Zuckerschicht überzogen und staubgespickt. Ich kann nicht widerstehen und fasse wie früher als Kind darauf, weil ich den Klebelack an den Fingern spüren will. Als wir uns schließlich dem Gelände nähern, zieht mich etwas anderes magisch an. Ein Blick: Über den Dächern und Laternen, hinter den Sonnenstudios, Imbissbuden und zweifelhaften Kiosken gibt es eine strommastengeheftete Nahtstelle, an der der herabwogende Himmel und die Stadt aneinanderstoßen.

In den letzten Wochen bin ich nicht im Gelände gewesen, und nach der langen Abwesenheit, die länger war als je zuvor, kann ich die Veränderung deutlich spüren. Einen Moment lang empfinde ich Bedauern oder sogar Eifersucht, weil die Landschaft nicht auf mich gewartet hat und ich wohl vieles verpasst habe. Doch als sich der Abstand wieder verringert, mischen sich andere Emotionen darunter, das Gefühl, angekommen zu sein, aufgenommen und angenommen. Eine Heimkehr. Ich langweile Rosie mit zig Details, die ich ihr unbedingt zeigen muss: *Guck mal hier, die Holunderknospen. Ich kann gar nicht glauben, dass die Pestwurzblätter so groß sind!* Ich kann es wirklich nicht glauben. Und ich muss es auch sagen. Es gibt einfach zu viel zu sehen. Das muss ich irgendwie loswerden. Die endlos grünen Büsche, Hecken und Bäume an der alten Bahnstrecke haben ihren Höhepunkt erreicht: ein engmaschiger Vorhang, der den berauschenden Duft erhitzter Kräuter ausschwitzt. Weidenröschen mit zartrosa Spitzen und weiße wolkige Bärenklaudolden, auf denen Scheckenbockkäfer krabbeln, drängen sich dazwischen. Auf Klettenkleeblättern pulsieren Wespen. Weiter vorn, auf der Wiese, riecht es nach Wiesenklee, wie Honig: zwischen ährentragenden Gräsern und staubigem Wegerich die lilaroten und weißen Punkte der Blüten. Flockenblumen säumen die überwucherten Wege wie Rüschen. Auch Vogelwicke. Und Sommerwicke. Ich sehe Habichtskraut-Bitterkraut mit seinen Rasierpinselköpfen. Schafgarbe. Brennnessel. Sogar Schlüsselblumen. Ehrenpreis. In den Büschen plappern die Heckenbraunellen, Zaunkönige trillern. Holz- und Drahtzäune sind mit Zaunwinden und Farngestrüpp überwachsen – daneben liegen tiefschwarze Schattenseen.

In der Ferne, entlang des Horizonts, wurden breite Wiesenstreifen abgemäht. Auf den gelblichen Stoppeln bilden untätige Traktoren Farbklekse. In der Luft nichts als süßer Staub, Löwenzahnsamen und das aufgeheizte Metall glitzernder Strommasten. Vor mir tapst eine Kröte mit gespreizten Füßen über den Weg und zu einem trockenen Grasbüschel am Rand. Beim Gehen treten wir auf Strahlenlose Kamille, es duftet bei jedem Schritt. Die Welt ist vom Zirpen der Grillen erfüllt. Ich zeige dahin und dorthin und hier und da. Und schaue. Und höre. Und rieche. Und die ganze Zeit läuft in meinem Kopf eine Schallplatte ab, ein kurzes Stück aus *Tubular Bells*, Seite 2, 4:21 bis 5:21. Mein innerer iPod wählt den Track manchmal aus, wenn Ausblick und Atmosphäre stimmen. Irgendwie drücken der schrille 6/8-Takt und der schwermütige Klavierpart für mich gleichzeitig Freude und Melancholie aus. Die absteigenden Mollklänge purzeln wie ein Kind durch eine Landschaft aus Gitarren-Arpeggios, die manchmal perfekt das chaotische Summen und Piepen an einem lauen Sommerabend wiedergeben. Es ist dieses Gefühl, vollkommen eins mit dem Augenblick zu sein, aber gleichzeitig zu wissen, dass der Augenblick nicht ewig weilt.

Als wir den Pfad verlassen, sind wir mitten in den zerstückelten Feldern und gehen durch hohen, staubtrockenen und messerscharfen Weizen weiter zum Hohlweg. In einer nahen Hecke hat sich durch einen arthritischen Holunderbusch eine kleine Höhle gebildet. Dort hatte ich mich vor sechs Monaten versteckt und einsam und frierend den Fuchs beobachtet, der auf den gefrorenen Feldern nach Nahrung suchte. Und vor einem Monat hatte ich mich dort vor sintflutartigem Regen in Sicherheit gebracht. Jetzt ist der Streifen Abendsonne, der durch die Hecke fällt, voller Mücken, die wie Atome herumhüpfen. Und voller Brombeeren. Und einer Milliarde Grashalme. Massenhaft gehen die Luft und meine Haut, das Licht und meine Augen, die Schallwellen und meine Hörnerven molekulare Verbindungen ein. Das Aller Land ist dermaßen unbändig, voller Leben und Kraft, dass ich einen Moment tief Luft holen muss, damit mir vor Rührung nicht die Tränen kommen. Denn in diesem Augenblick spüre ich in dem geschwungenen Horizont, in dem Vogelgesang, dem unheimlichen Krabbeln der Käfer und dem unermesslichen Blütenmeer etwas, das größer ist als wir, bereichernd, erhaben, erschreckend, gleichgültig und unsterblich. Und dem es egal ist, ob ich hier stehe oder nicht.

Wir alle lieben die Natur, aber ich frage mich, ob wir uns nicht eigentlich in unserem tiefsten Innern wünschen, dass unsere Liebe auch erwidert wird. Unserer leidenschaftlichen Naturliebe haftet etwas Unerfülltes an. Die Natur liebt uns nicht. Sie kann es nicht. Diesen Flecken Erde kenne ich so gut, wie nur jemand einen Flecken Erde kennen kann. Ich habe mit den Augen dieser Landschaft gesehen, mich in ihre Geschichte versenkt, mich durch ihre Schichten gegraben und mich intensiv mit ihren Lebensformen beschäftigt, bin über den Boden gelaufen, gekrochen, habe darauf gelegen und geschlafen. Aber an diesem Abend wird mir klar, dass ich diese Landschaft niemals werde vollkommen begreifen und beschreiben können. Dass da trotz aller Mühen etwas bleibt, das nicht greifbar, nicht zugänglich, das unerreichbar ist. Wie viel Aufmerksamkeit ich dem Aller Land auch widmen mag, es interessiert sich für mich genauso wenig wie der Bakterienfleck auf einem Wurm. Und genau darum ist es so unwiderstehlich und unvergesslich. Aber auch noch aus einem anderen, gegenteiligen Grund: Ich habe hier so viel Zeit verbracht, dass wir für mein Empfinden eine gemeinsame Geschichte haben und ich mich greifbar emotional verbunden fühle. Die Landschaft ist mir in Fleisch und Blut übergegangen. Ich bin erst eine halbe Stunde hier, und schon hat sie mich zurückerobert. Wenn Menschen sagen, sie würden einen Ort »gut kennen« oder dorthin »gehören«, dann meinen sie genau das. Vertrautheit entsteht durch Erlebnisse, Erinnerungen und Erzählungen, die sich überlagern: *Das ist das Uferstück, wo damals die Eintagsfliegen waren. Das ist der Baum, in dem die Eule immer nistet. An dieser Hecke hat das Flurstück früher geendet.* Wir projizieren auf die Landschaft, was wir sind und wissen. Und sofern wir dafür offen sind, projiziert die Landschaft sich auch auf uns. Wenn wir an einem Ort viel Zeit verbringen, vertieft sich dieses Miteinander, wir verschmelzen und vermischen uns, und es fühlt sich ein klein wenig wie Liebe an. In dem trägen Abendlicht erkenne ich nicht nur, wo ich früher langgegangen bin, sondern auch, wer ich war, als ich dort langging. Wie ich damals fühlte und dachte. Und bewegen wir uns nicht eigentlich so durch alle Gefilde der Welt? Schaffen Verbindungen zwischen uns und den Orten, belegen sie mit Werturteilen und Emotionen und zeichnen in unserem Kopf eine kognitive Landkarte, um ihnen einen Sinn zu verleihen, der über bloßes Erkennen hinausgeht? Unsere Verbundenheit mit der Welt bestimmt sich immer zugleich durch zweierlei: Instinkt und Überhöhung.

Rosie holt mich auf und verflicht ihre Finger mit meinen. Im Weizenfeld folgen wir den Spurrillen eines Traktors und setzen uns dann unter die freistehende Eiche. Der hohe gräserne Vorhang um ihre Wurzeln verbirgt uns. Doch unsere Gesichter werden durch die piksigen Halme hindurch von der Sonne gekitzelt. Wir beobachten, ich an den Baum und Rosie an mich gelehnt, wie der Tag seinem Ende entgegengeht, und trinken von dem warmen Malzbier, das ich in einem Rucksack mitgenommen hatte. In der Ferne über dem Weizenfeld sausen die Schwalben wie Fische dahin, schnappen und zwitschern. Und noch weiter oben am Himmel pfeifen die jagenden Mauersegler.

Später will ich, eine Tasse Tee in der Hand, gerade die Haustür abschließen, als eine Mauerseglerschar auf dem Nachhauseweg zum Nest bei uns vorbeikreischt. Bei ihren geselligen oder rivalisierenden Flugschauen erreichen Mauersegler, so weiß man, Geschwindigkeiten bis 200 Stundenkilometer, und ich frage mich, ob ein Mauersegler wohl jemals eine Hochgeschwindigkeitskamera vorgeholt hat. Wohl kaum, aber erst neulich habe ich wieder im Fernsehen plötzlich Mauersegler auftauchen sehen; sie schleichen sich zur besten Sendezeit in Soap Operas und Dokumentarfilme und sogar ins Blickfeld von Kriegsreportern, die Frontbilder schießen. So schreibt der Naturkundler Richard Mabey, er habe es nur als Allegorie über die Vielfalt des Lebens auffassen können, als in den 1980er-Jahren an einem Berichterstatter im bombardierten Beirut auf einmal ein Mauersegler vorbeischoss. Und tragischerweise kommt das nicht selten vor: weder Bombardements und Krieg noch dass Mauersegler dort hineingeraten. Erst kürzlich habe ich einen Journalisten gesehen, der mitten in seinem Bericht über Libyen von der verräterischen Silhouette überrascht und einen Moment lang von unmissverständlichen Schreien übertönt wurde: *Siiiieh-siiiieh, siiiieh-siiiiieh.* Ich verstand sofort, was Mabey meinte: den Widerspruch zwischen menschengemachtem Grauen und lebensbejahender Natur. Das zufällige Plädoyer des Mauerseglers unterstrich noch, welch ein Wahnsinn es ist, bevölkerte Stadtviertel einfach in die Luft zu jagen. Es schien, als würden uns, weil wir so hoffnungslos verdorben sind, schon andere Arten anflehen, endlich innezuhalten und darüber nachzudenken, was wir da eigentlich tun.

Aber es könnte natürlich auch sein, dass die Mauersegler auf unserer Straße bewusst in den Blick genommen werden. Weil ihre Zahl in den letzten zehn Jahren um ein Drittel zurückgegangen ist, versuchen zahlreiche Studien, die Gründe dafür zu erforschen. Vielleicht tragen die Mauersegler daher an einem ihrer kurzen Beine einen Satellitenchip, der ihr Flugverhalten digital aufzeichnet und auf den Computer eines Wissenschaftlers überträgt. Oder aber bei ihrer heutigen Rückkehr zum Nest wechselt eine spezielle »Nestkamera« in den Aufzeichnungsmodus. Dass wir heute nicht mehr glauben, Mauersegler und Schwalben würden an sumpfigen Teichufern überwintern, verdanken wir unter anderem solchen Anstrengungen. Unsere Überwachungsgesellschaft hat also schon viele Erkenntnisse gewonnen, doch die Mauersegler nutzen zur Kursbestimmung genauso vielfältige, komplexe und rätselhafte Karten und Methoden wie wir. Vieles ist in ihrem kleinen Gehirn und Körper sorgsam festgelegt, und wie sich der angeborene Instinkt Bahn bricht, kann man auf den lautlosen Schwarzweißbildern der Nestkameras gut sehen. Im Alter von etwa einem Monat fangen die Jungen an, sich mit den Flügelspitzen abzudrücken und den Körper hochzuhalten, wie bei Liegestützen oder Pilates zur Stärkung der Körpermitte. Sie bereiten sich damit auf den ersten Flug vor, denn einmal durch die schmale Öffnung in den Himmel gestiegen, kehren sie nicht mehr zurück und bleiben mindestens zwei, aber auch drei oder vier Jahre in der Luft – so lange, bis sie geschlechtsreif sind, sich paaren und selber ein Nest bauen. Und je nachdem, wann im Sommer sie flügge werden, machen sie sich umgehend nach Afrika auf und stürzen sich vom Nest weg – ohne Hilfe, aber hervorragend ausgestattet – ins Ungewisse.

Auch wenn wir im Einzelnen nur ahnen können, wie die Mauersegler ihren Kurs nach Süden finden, wissen wir doch manches. Auf jeden Fall interagieren sie instinktiv mit ihrer Umwelt und orientieren sich an Lichtveränderungen, Luftströmungen, Luftfeuchtigkeit, Luftdruck und Magnetismus. Ihre Richtung, Standort und Höhe bestimmen sie durch die Position von Sonne und Sternen und durch das Magnetfeld, das sich, für uns unsichtbar, wie ein Wollknäuel von Pol zu Pol um die Erde legt. Vermutlich erkennen Vögel das Magnetfeld durch bestimmte Moleküle in Augen und Schnabel und durch Neuronen im Innenohr, und wahrscheinlich sehen sie es sogar als ortsfeste Punktwolke, so wie die Kompassnadel stets nach Norden zeigt. Als ich schließlich das Licht ausschalte und nach oben ins Schlafzimmer gehe, wird mir auf einmal klar, dass es auch auf der Weltkarte der Mauersegler Überhöhungen geben muss, geografische Bewertungen, die auf den Erfahrungen einzelner Vögel oder auf im Gedächtnis verankerten Mustern basieren. Ihre »regionalen« Karten berücksichtigen wohl keine geografischen Merkmale wie die Bodenbeschaffenheit, aber verknüpfen bestimmt Gebirgszüge oder Flüsse etwa mit der Erinnerung daran, wo das Nest von Artilleriebeschuss zerfetzt wurde oder wo sich regelmäßig Flugtermitenschwärme sammeln. Vielleicht haben die Mauersegler beim Überfliegen trostloser Wüsten sogar Sehnsucht nach den wirbelnden Klärbecken von Bilton. Auch wenn wir nur Durchreisende auf dieser Erde sind, solange wir leben, sind wir damit beschäftigt, sie uns auf magische Weise anzueignen.

Der Reiz liegt wohl darin, dass wir heute eigentlich über nichts mehr staunen, bei den Mauerseglern aber wie beim Himmel nur einmal hinschauen müssen, um aus dem Staunen nicht mehr rauszukommen. Doch die Mauersegler sind schnell und flüchtig, und in der Stadt kann man frustrierenderweise kaum mehr als einen kurzen Blick auf sie erhaschen. Das Aller Land bietet da schon größere Ein- und Ausblicke. Wenn ich an der freistehenden Eiche sitze, kann ich rundum in einen weiten, makellosen Abendhimmel blicken und lange, bis es dämmert und dunkel wird, beobachten, wie sie im Insektenrausch den Himmel durchschneiden. Darum gehe ich, wenn ich von meinem Nest zu nächtlichen Ausflügen aufbreche, oft dorthin.

Dann stelle ich mir gern vor, dass die Schwärme über mir auch aus den Mauerseglern unserer Straße bestehen und einen ähnlichen Weg wie ich nehmen, die Häuserzeilen kreisend hinter sich lassen, die Ringstraße überqueren, die Bilton Lane hinabfliegen, hinweg über die modernen, nestlosen Wohnviertel und schließlich die insektenreichen Gefilde über den Wald-, Wiesen- und Wasserfetzen am Siedlungsrand erreichen. Wenn man die Schwärme mit irgendetwas vergleichen will, dann sehen sie wahrscheinlich gerade aus wie das Netzgewirr unserer kognitiven Landkarten. Jedenfalls fressen sie ununterbrochen, was mich hoffen lässt, dass sie schon Junge haben. Gestern hatte ich zwar nach eindeutigen Beweisen dafür gesucht, mich vor die Hausnummer 25 gestellt, genau dorthin, wo ein Pärchen quasi im Staffellauf ununterbrochen hinein- und hinaussauste, und auf schwaches Jungvogelpiepen gehorcht, aber der Straßenlärm war zu laut gewesen. Und nachdem ich eine Weile angestrengt zur Traufe gespäht und gelauscht hatte, schaute noch dazu eine Frau oben aus dem Fenster. Mit ernsthaft besorgtem Gesicht hielt sie ein Telefon in der Hand. Da machte ich mich davon, tat so, als hätte ich irgendetwas im Auge, und versuchte, dabei möglichst unverdächtig auszusehen.

An lauen Sommerabenden scheint es manchmal, als stapelten sich die Mauersegler wie Flugzeuge in der Warteschleife in der warmen, drückenden Luft. Doch sie sind dort oben auf Futtersuche und jagen in unterschiedlichen Höhen nach Beute: nach Mücken, Käfern, Blattläusen, Marienkäfern, Fliegen, Faltern, Schnaken oder winzigen Spinnen, die an Spinnfäden im Wind treiben. Der abwechslungsreiche Speiseplan der Mauersegler ist ein Muss, denn schätzungsweise würgen sie täglich vierzig Mahlzeiten für ihre Jungen hervor. Pro Tag sammeln sie zwischen 20 000 und 50 000 Insekten, pressen sie zu dichten Kaugummikugeln und hüten sie in ihren immer pummeligeren Kehlen und Wangen. Viele verblüffende Zahlen also – und noch mehr Gründe, warum man bei einem ornithologischen Quartettspiel hoffen würde, den Mauersegler zu bekommen.

Doch ich sehe davon nichts. Ich sehe nur, wie sich die vielen Vögel wie ein schwarzes Seilknäuel am Himmel verknoten und wieder entwirren, wie sie sirrend und schwirrend über den Himmel schnellen. Mit spitzem Siegesgeschrei kreuzen und wenden sie in so großer Zahl, dass mir beinah schwindelt. Und sie scheinen mit ihrer Lebhaftigkeit auch den Weizen anzustecken; das eine Mal wogt er wie eine Festival-Menge, dann wirbelt er in die Ruhe zurück. Eine goldene Ebene wälzt sich, rieselt oder rutscht in Richtung Stadt. Mir fällt wieder etwas ein, was ich längst vergessen geglaubt hatte: wie sich Ölfarben verteilen, die man mit dem Pinsel aufträgt. Früher in der Schule hatten sich einige immer gern in den Kunstraum geflüchtet, der, wie es sich gehört, über der Turnhalle in einem Dachgeschoss lag, weit weg vom Hauptgebäude und aller Pädagogik. Es roch dort nach Kaffee, Zigaretten, erhitztem Plexiglas, warmem, frisch gesägtem Holz und Terpentin, und dort, inmitten der Gerüche, verbrachten wir gern unsere Mittagspause. Wir waren damals sechzehn und versuchten, mit Öl auf Leinwand zu malen; während vor den Fenstern die schmutziggrauen Wolken aus Leeds vorbeizogen, drückten wir die Farben aus der Metalltube und verstrichen sie zu dicken, feuchten Bildern des Lebens. Von postmodernen Oberflächen oder davon, dass Textur schon Kunst sein kann, hatten wir noch nichts gehört. Wir suchten in allem nach dem wahren Leben und verbrachten Stunden damit, die Landschaften vor der Stadt in Blau-, Grün-, Braun- und Gelbtönen wiederzugeben. Möglichst naturgetreu. Wenn ich heute sehe, wie sich die Mauersegler, Wolken oder Weizenfelder bewegen, dann muss ich sagen, dass wir die Wirklichkeit genauer einfingen, als wir dachten. Die flüssigen Wirbel unter der Oberfläche unserer fertigen Werke, die heute vermutlich übermalt, umgedreht oder eingestaubt in irgendeiner Ecke liegen, zeigen sehr genau den endlosen Kreislauf, in dem sich Landschaft, Himmel und wir alle befinden. Wenn ich doch nur die Zeit zurückdrehen und das meinem damaligen Ich sagen könnte.

Am Abend darauf gehe ich um halb neun in festen Schuhen, Shorts und T-Shirt los und habe nur Notizbuch und Stift dabei, aber schon nach hundert Metern ist mir zu warm. Es ist ein rauschhafter Abend, die Erde summt in reinen Oktaven. Nur auf dem Weg riecht es nach feuchten, alten Wohnwagen, aber überall sonst, selbst im Wald, ist die Luft so trocken wie Zunder. Auf den Feldern treffen die Wogen von Weizen und Insekten aufeinander, verschmelzen und trennen sich wieder. Die Vögel sind ganz in ihrem Element: Die Schwalben krönen klappernd und wie Fledermäuse klickend das

Getreide oder sammeln sich um Bäume und Strommasten, während die Mauersegler den glasig blauen Himmel bekritzeln. Von der freistehenden Eiche aus kann ich kilometerweit sehen, bis zu den polierten Hochmooren, Bergkämmen und Wäldern. Dahinter verschwimmt dann ein blasses Violett mit dem Himmel. Ein unfassbares Gefühl der Weite stellt sich ein, erst recht, wenn ich den Kopf hierhin und dahin drehe und die Mauersegler dort oben in der Ferne beobachte. Nach etwa einer Stunde ist der Himmel hinter ihnen mit dem zarten Pinselstrich der Zirruswolken getupft: Die Eiskristalle jagen mit 500 Kilometern pro Stunde und mehr über die Stadt, ziehen für meine Augen aber sehr langsam oder gar nicht weiter. Als die Sonne langsam untergeht, färben sich die weißen und grauen Streifen rot und leuchtendgelb, während sich das Blau dahinter eintrübt, als würde ein Vorhang über den Horizont gezogen. Nach einer weiteren Stunde sind die Mauersegler nur noch als neblige Punkte zu erkennen – im Fernglas so groß wie Mücken. Offenbar zieht es sie in den Himmel zurück. Es sieht aus, als würden sie aufwärts fallen, als hätte sich die Schwerkraft umgekehrt. Ihre Laute verklingen himmelwärts. Irgendwann sind sie schließlich nicht mehr auszumachen, und als wären sie schwarze Farbtropfen, die durch die Wattewolken aufsteigen, verdunkeln sich auch die Zirruswolken.

Nun werden sie die ganze Nacht durch den sich abkühlenden, auflockernden Himmel gleiten und dösen. Als ich auf dem Nachhauseweg an einer Ampel auf Grün warte, schaue ich noch einmal staunend nach oben. Langsam zieht ein Paar blinkender Flügel über den fast schwarzen Himmel. *Irgendwo zwischen mir und dem Flugzeug dort oben schlafen jetzt die Mauersegler.* Irgendwo zwischen der zersiedelten Landschaft und den Easy Jets haben sie ihr Nest. Vieles an den Mauerseglern beeindruckt mich, aber das am meisten. Wenn Mauersegler nicht brüten, steigen sie auf ihrer Flugroute oder über ihrem Revier bis in 3000 Meter Höhe auf, um in einen »unihemisphärischen Tiefschlaf« zu fallen: Die eine Gehirnhälfte wird dabei durch einen Neurotransmitter ausgeschaltet, während die andere funktionstüchtig bleibt und den Vogel bei veränderten Wind- oder Strömungsverhältnissen warnt. So wacht er dort auf, wo er eingeschlafen ist, oder kommt auf dem Zugweg nicht vom Kurs ab. Zuerst schläft die linke Seite, dann kommt die rechte an die Reihe. Vermutlich darum schwankt der Vogel beim Schlafen wie ein Baby, das man sanft in der Wiege schaukelt.

Kaum zu glauben, aber fast hundert Jahre bevor Satelliten und Chips den nächtlichen Ruheflug der Mauersegler wissenschaftlich beweisen konnten sind Mensch und dösender Mauersegler sich bereits begegnet. So erwähnt der Biologe David Lack in seinem 1956 erschienenen Werk *Swifts in a Tower* das Erlebnis eines französischen Piloten, der im Ersten Weltkrieg die feindlichen Linien überflog und dessen Bericht, wie Lack schreibt, jahrzehntelang als Hirngespinst abgetan wurde: »Als wir uns bei leichtem Gegenwind und Vollmond bis auf über 3000 Meter hochgeschraubt hatten, flogen wir plötzlich inmitten seltsamer Vögel. Sie wirkten vollkommen reglos oder zeigten zumindest keine sichtbare Reaktion. Sie lagen nur wenige Meter unter dem Flugzeug weit verstreut in der Luft und waren vor dem weißen Wolkenmeer gut zu sehen. Schon bald glitten wir mitten durch den Schwarm und erfassten dabei zwei Vögel. Am nächsten Tag entdeckte ich einen im Flugzeug. Es war ein männlicher, ausgewachsener Mauersegler.«

Ein leises, letztes *Siiiiieh-siiiiieh, Siiiiieh-siiiiieh.* Ja, ja, ich sehe euch ja, aber je mehr man sieht, desto mehr möchte man wissen. Das ist das Problem. Denn desto mehr scheinen sich unsere Landkarten zu verweben und zu überlagern und desto schwerer kann man sich vorstellen, dass sie uns jemals wieder verlassen. Und dann tritt man eines Morgens vor die Tür, und es ist wieder Zeit: Zeit *zur Umkehr.* Die Jahreszeit quietscht wieder in den Angeln – und wenn man Glück hat, kann man es hören. Der Sommer ist angezählt; noch einmal holt der Auktionator tief Luft, dann ruft er endgültig: »Zum Ersten, zum Zweiten ... und zum Dritten.« Draußen sieht es aus, als habe jemand den Kontrast falsch eingestellt, Licht und Schatten treten ungewöhnlich deutlich hervor. Das Grün von frischem Rasen und neuen Lindenblättern ist nachgedunkelt zum Oldtimergrün, zum tiefen, gesättigten Jäger- oder Waldgrün. Zum Grün ehrwürdiger Landsitze und alter Tapisserien. Den Moment genau zu bestimmen, ist schwer. Die Sonne scheint noch genauso drückend heiß und grell wie gestern, die

Luft ist noch strahlend und dank der kühlen Nordwinde ungetrübt; das Laub wird erst in Wochen oder Monaten fallen, und die Sommerferien sind noch längst nicht vorbei. Und doch kann man es spüren, den leichten Schleier am flimmernden Horizont, die Veränderung im wirbelnden Pinselstrich, die Schattierung der Palette.

Normalerweise verschwinden die Mauersegler genau dann. Sie beherrschen perfekt den alten Hollywoodtrick, sich zum Mittelpunkt des Gesprächs zu machen, indem man die Party noch vorm Morgengrauen verlässt und sich, ohne auch nur eine Kusshand in die Menge zu werfen, durch die Hintertür davonstiehlt. Die Kunst der Abwesenheit. Die Jungvögel gehen meist zuerst, dann folgen die Erwachsenen, und ehe man sichs versieht, ist die Party vorbei. Auf einmal ist die Straße ruhiger. Und der Verkehr lauter. Die Luft dumpf. Das Leben nicht mehr so interessant. Man steht da und fragt sich warum, schaut nach oben und sieht, der Himmel ist leer.

»Normalerweise« habe ich gesagt, weil die Jungen auf unserer Straße dieses Jahr spät flügge werden. Das Brutgeschäft hat sich durch den Regen verzögert. Es ist schon fast August, und ich nehme an, der Zug nach Süden wird, selbst wenn sich die Jungen schnell Speck anfuttern, nicht vor Anfang September beginnen. Und auch wenn das egoistisch ist, bin ich froh darüber. In diesem Jahr bedeuten sie mir mehr als sonst. Natürlich müssen sie wegziehen, die fehlenden Insekten und der Frost wären ihr Tod, das weiß ich, aber der Gedanke schmerzt. Das Kommen und Gehen der Mauersegler ist ein Einschnitt im Jahreskreislauf. Ihr Abflug kündet in jedem Fall von einem Ende.

In den drei Tagen, die ich nicht hier war, wurden die Felder abgeerntet. Wir sitzen wieder an der freistehenden Eiche, aber nun inmitten von Stoppeln, Staub und Steinen. Es riecht nach Hefe, wie frühmorgens beim Bäcker. Ich lehne mich an die Wurzeln des Baums, lege meine Arme um Rosie und ihren Bauch, und sie lehnt sich an mich. Ich spüre wie sie atmet, ein und aus. Warum gerade jetzt, weiß ich nicht, aber mich beschäftigt der Gedanke, dass wir schon bald nur noch zu dritt sein werden. Nie mehr nur Rosie und ich. Ein langer Sommer, der vor zwölf Jahren, als wir uns kennenlernten, begann, geht zu Ende. Und es ist wohl auch das: die Erkenntnis, dass ein Gutteil unseres Lebens vorbei ist. Doch die Erde dreht sich weiter, die Mauersegler kommen und gehen. Das pausenlos tickende Uhrwerk des Universums lässt sich nicht anhalten. Genau als ich das denke bewegt sich das Baby unter meinen Händen. Ich fühle es wie einen Knöchel, den man in der Handfläche dreht, und schließe die Augen, um mich besser zu konzentrieren. Nach einem kurzen Moment drückt ein Fuß oder eine Hand oder ein Ellbogen gegen meine Hand. Jetzt setzt auch mein Herz einen Moment aus, und ich muss lachen. Rosie auch. Dann denke ich, *wie dumm von mir*. Wie konnte ich ausgerechnet hier draußen, in dem Gelände, vergessen, dass jedem Ende stets ein Anfang innewohnt.

METAMORPHOSEN

Von den Gestalten zu künden, die einst sich verwandelt
in neue Körper, so treibt mich der Geist.
Ovid, Metamorphosen

Gegen Mittag fegt eine Windböe durch die Straße. Veränderung liegt in der Luft. Ein Pizzakarton rutscht, mit rasselnden Resten, ein paar Meter weiter und kippt gegen die Radkappe eines geparkten Nissan. In der letzten Stunde hatte das fettige Pappquadrat noch den winzigen Spalt zwischen Gehweg und Bordstein abgedeckt. Jetzt scheint die Sonne wieder in die Miniaturschlucht – und auf die langen, angelegten Flügel einer Ameisenkönigin, die die Steilwand mithilfe einer trockenen Löwenzahnblatt-Leiter erklimmt. Zuerst tauchen die tastenden, wippenden Fühler auf, lesen Luft und Beton, dann folgt der Kopf, ein glänzender Tintentropfen, und schließlich der Körper. Auch andere Ameisen blubbern an die Oberfläche: Kleine, geflügelte Ameisenmännchen rennen zuckend los, tasten hie und da und kehren dann wie unschlüssig, oder als müssten sie sich beraten, in den Spalt zurück. Doch die Königin hat den ganzen Sommer nur auf diese Mischung aus Feuchtigkeit, Hitze und Helligkeit gewartet; darum spannt sie jetzt die Flügel, hebt ab und schnipst durch die Luft, berührt etwas wackelig Bordstein, Pizzakarton, Reifen und Asphalt und sondert Lockstoffe ab, um mit den Nachbarkolonien zu kommunizieren und die Männchen zum Paaren und Schwärmen zu verführen. Viele sind nun auch schon in der Luft, einer greift im hellen Sonnenlicht nach ihr, sie verkeilen sich, taumeln über einen Scheibenwischer und auf einen geteerten Gartenzaun, von dem eine Katze herunterplumpst. Dann werden sie wieder vom Wind erfasst und schweben weiter über Gehweg und Zäune. Auf einmal stürzt ein Mauersegler herab, durchfurcht mit offenem Schnabel die Luft und schluckt mindestens zwanzig Ameisen; doch die Königin und ihren Partner hat er nur mit der Flügelspitze gestreift, ins Gewirr einer Kätzchenweide und das Gestrüpp an der alten Bahntrasse gedrückt.

Ein Schmetterling schaut zu, wie sie ins Brennnesselgebüsch fallen und sich auf einem Blatt räkeln. Mit Facettenaugen aus Tausenden wabenförmigen Linsen registriert er die Veränderung von Licht und Blattposition, den zähen Strudel in der zerrissenen Luft und das Nachzittern der Stängel. Doch er bleibt auf dem Weidenstamm sitzen, mit zusammengeklappten Flügeln, die eine schwarzbraun gefleckte Unterseite zeigen; auf der Borke ist er quasi unsichtbar und kann doch alles sehen: wie sich die beiden Ameisen jetzt trennen und wegkrabbeln, das Männchen flügelschlagend zurückweicht und die Königin vom Blattrand in den steinigen Morast schnellt. Und auch, wie sich die Königin dann windet, die Flügel ausreißt und sich unter einer Cola-Dose in der Erde vergräbt, um eine neue Kolonie hervorzubringen.

Wieder kommt Wind auf, die Weidenblätter rascheln. Sonnenflecken sprenkeln den Stamm. Der Schmetterling spürt warmes Licht über sich und krabbelt dorthin, über das pikende Kambium, wo jemand kürzlich »Joe« und »Lauren« und dazwischen ein Herz in den Stamm geritzt hat. Mit gespreizten Flügeln nimmt er nun ein Sonnenbad, die Wärme durchflutet seinen Körper, so samtig und dunkelbraun wie Maulwurfsfell. Auch die Flügel haben dieselbe Färbung, sieht man von den schlichten orangeroten Streifen und den weißen Farbklecksen an den Flügelspitzen ab. Wieder schwankt die Weide. Die Sonne flackert und verschwindet. Da rührt sich der Schmetterling, durchpflügt die Luft, flattert seitwärts und landet auf demselben Brennnesselblatt wie vorher die Ameisen. Er krabbelt zur Blattspitze, legt ein einzelnes, winziges grünes Ei und fliegt wieder auf, flattert an der alten Bahnstrecke hin und her und lässt sich schließlich auf der violetten Blütendolde eines Sommerflieders nieder. Sofort nehmen die Tastorgane an seinen Füßen den Zucker wahr, sein Rüssel gleitet in das offene Blütenherz und saugt vom Nektar. Langsam arbeiten sich seine trommelnden Füße die Blütenähre hoch, und erst als er im Hinterleib ein Zwicken spürt, überquert er die Wiese, an deren Ende ein weiteres Brennnesselgebüsch steht. Doch auf halber Strecke schmeckt er etwas anderes, Salz liegt in der Luft, das selten, aber lebenswichtig ist. Im flauschigen Gras zwischen der alten Bahnstrecke und dem Wald döst ein Mensch in der Sonne; in seinen Augenbrauen haben sich Schweißperlen gesammelt. Der Schmetterling kreist, landet sanft schwankend auf der Stirn und entrollt die Zunge.

Ich öffne die Augen. *Ein Admiral*! Vielleicht zehn oder zwanzig Sekunden lang, solange er das Natriumchlorid, das meine Haut ausdünstet, aufnimmt, löscht seine Silhouette den strahlenden Zinkhimmel aus, dann schwebt er wieder weiter, so elegant und ruckartig wie alle Schmetterlinge, ähnlich wie brennendes Papier. Vielleicht ist es die Hitze, schließlich liege ich seit über einer Stunde ohne Kappe und Sonnencreme im Gras, jedenfalls, als ich den Schmetterling verfolgen will und aufspringe, gerät die Welt ins Wanken. Die Sonne, ein Malteserkreuz über den Strommasten, versengt Asphalt und Dächer und hat den Stadtrand weichgezeichnet. Einen Moment lang scheint alles verzerrt, als hätte der trinkende Schmetterling mir etwas eingeflößt. Ich reibe mir die Augen, aber das macht es noch schlimmer. Jetzt sehe ich bei jedem Blinzeln grüne Flecken, ein Flimmern über den Feldern und Wäldern und über den Häusern Blitze. *Das kommt davon*, sage ich mir, *wenn man zu schnell aufsteht. Eine kurze Blutarmut im Gehirn. Blinde Flecken. Desorientierung*. Ich versuche, mich zu konzentrieren, um die Augen wieder scharf zu stellen.

Im Jahr 1979 wird Bilton von einer Welle der Veränderungen erfasst. Die alte Bahnstrecke ist da längst stillgelegt; die Schwellen sind entfernt, wo einst Gleise waren ist nur noch lockerer Kies. Die Bahndämme sind überwuchert; das große Viadukt am Nidd verlassen, ein stiller Schrei erinnert daran, dass noch vor zwanzig Jahren Tag für Tag elegante, starke »Hunt-Klasse«-Züge über das Flusstal donnerten und die Fahrgäste dank Lokomotiven mit springendem Fuchs auf dem Typenschild blitzschnell von King's Cross nach Edinburgh und zurück brachten. Auch von der Schmalspurbahn ist so gut wie nichts mehr zu sehen: Die *Barber Line* hatte von 1907 bis 1956 Kohle vom Bahnübergang an der Bilton Lane (*Bilton Crossing*) zu den New Park Gaswerken transportiert. Doch außer einem Luftschacht und einem zugemauerten Tunnel, die man durch die Hortensien in einem neuen Vorstadtgarten noch erspähen kann, ist nichts davon geblieben. Auch das Backstein-Signalhäuschen und die weißen Holztore am Bahnübergang wurden – nach jahrelangem Vandalismus und Vor-sich-hin-Rotten – abgebaut und das Holz schließlich am 5. November 1965 anlässlich der *Bonfire Night* verfeuert. Doch das sind nur kleine Details am Rande, die angesichts der Veränderungen am Siedlungsrand zur Bedeutungslosigkeit verblassen.

Schon seit Jahrzehnten nimmt die Bautätigkeit in Bilton zu, doch nun überwuchert die Stadt Feld, Flur und marode Bauernhäuser mit fieberhafter Geschwindigkeit. Die Bauwirtschaft boomt. Die dichten Minivorstädte und Siedlungen mit ländlich anmutendem Namen – Sandhill, Meadowcroft, Woodfield, Coppice oder Hill Top – sprießen wie Blüten aus den Straßenranken, die Harrogate seit den Zeiten Edwards und Viktorias begrenzen. Die Bauernhäuser mit ihren Wiesen und Getreidefeldern, die die Landschaft seit dem *Enclosure Act* prägten, sind mittlerweile alle verkauft. Die meisten Flurstücke schon planiert und neu bebaut. Auf die anderen wartet dasselbe Schicksal. Der Grund wird wieder und wieder geteilt, bis schließlich ein verwirrendes Muster aus Braun, Grau und Rot entstanden ist und sich ein Stil- und Architektursammelsurium über die sanften Hänge ergießt. Landstraßen, Freizeitflächen, Mehrzweckhallen und neue Legostein-Schulen verstellen nun den Ausblick auf die fernen Hügel. Die Stadt wuchert schon seit dem Zweiten Weltkrieg so stark, dass sie sich jetzt gewissermaßen selbst in den Schwanz beißt. Die alternden Veteranen von Dünkirchen und El Alamein, die nach Kriegsende die ersten Rauputz-Doppelhaushälften gekauft hatten, nörgeln nun über die Verputzer von nebenan mit Vokuhila-Frisur und Transistorradio, die »I will survive« von Gloria Gaynor lautstark mitsingen. Schwupps, und schon ist eine neue Straße mit Beton-Bungalows aus dem Boden gestampft, und Männer in Schlaghosen tragen Umzugskartons herein, unter dem Arm einen Plattenstapel mit Sabbath. Selbst dort, wo die sumpfigen Wiesen an den alten Bahndamm grenzen, wird nun Bauland abgezäunt. Bagger reißen die letzten Weißdornhecken und Trockenmauern ein und planieren die Erde für die schicken Stichstraßen und Auffahrten des »Dichterviertels«. Das Ganze ist nicht ohne eine gewisse Ironie, die dem mürrischen Baggerfahrer, der die großen braunen Lehmbrocken wegschaufelt, vermutlich aber entgeht: Man hatte die Bahnstrecke einst genau dort verlegt, damit sie zur Stadt gebührenden Abstand hielt. Doch nun greift die Stadt wie nach einem Rettungsanker danach. Als die letzten Häuser an den Straßen Keats Walk, Tennyson Avenue, Shelley Court und Coleridge Drive fertig sind, bildet die Bahntrasse die nördliche Stadtgrenze.

Um eine Gruppe Bauarbeiter, die mit nacktem Oberkörper auf einem Backsteinstapel sitzen und Selbstgedrehte rauchen, kreist ein Polizist. Er macht seinen Job noch nicht lange, wie man an der frisch gebügelten Uniform und den glänzenden Schuhen leicht erkennen kann. Auch der verwegene Schnurrbart kann darüber nicht hinwegtäuschen. Ein Bauarbeiter pfeift bewundernd, seine Kumpels brechen in Gelächter aus. Davon angespornt, fragt einer: »Wer hat denn den Stripper bestellt?« Der Polizist schweigt mit zusammengepressten Lippen. So hat er sich seinen Beruf nicht vorgestellt. Davon hat er nicht geträumt, als er mit seiner Freundin an einem Samstagabend bei Spiegeleiern und Pommes *The Crime* sah. Doch nun stapft er durch den Matsch und sagt sich, Verbrechen ist schließlich Verbrechen, ob er nun heldenhaft in der Londoner Unterwelt nach einem Mörder sucht oder wegen eines gestohlenen Autos ermittelt, das angeblich außerhalb von Harrogate entsorgt wurde. Er zwängt sich jetzt zwischen zwei Zaunabschnitten hindurch und erklimmt mit vier sportlichen Schritten den Bahndamm. Er blickt sich um, runzelt die Stirn und zieht eine Karte aus der Uniformtasche. Er war noch nie hier, aber anscheinend gelang es den Kartografen nicht, mit den Veränderungen Schritt zu halten. Die Bahnreste unter seinen Füßen sind so ziemlich der einzige Anhaltspunkt, der noch stimmt. Wo auf der Karte Wiesen vor einem bewaldeten Flusstal eingezeichnet sind, befindet sich in Wahrheit eine traurige, matschige Schneise, von Motorrädern zerfurcht und völlig vermüllt. Die Bauarbeiter haben dort Paletten und

Farbtöpfe entsorgt; vor einem Ginster türmen sich Spanplatten und Verpackungen, die jemand mit Benzin getränkt und angezündet hat. Die blauen Plastikfässer daneben, die einer umgetreten hat, stinken nach Gift, und die Lake in ihrem Innern schimmert in chemischen Regenbogenfarben. Auf dem blühenden Vogelknöterich liegen überall verstreut verrostete Dosen und die Scherben zerbrochener Flaschen. Aber der Polizist schreitet energisch aus, halbwegs darauf bedacht, wohin er tritt, und überquert den Flecken Erde, der so alt ist wie England, doch nun versengt und überwuchert und mit herausgerissenen Linoleumplatten und leeren Zigarettenschachteln übersät.

Das Aller Land wird von der Stadt zertrampelt und zerbeult; es erlebt eine chaotische Geburt. Schnell, aber blutig und schmerzhaft. Die Wälder, das einstige Herzstück von Bilton Park und dem Forst von Knaresborough, sind ausgedünnt, schwächlich, an den Rändern deformiert, niedergehackt und feuervernarbt. Als der Polizist einen großen Schritt über das staubige, zerfetzte Gerippe einer Krähe macht, riecht er Rauch und verschmortes Plastik. Der Bachgraben vor ihm, auf der Karte mit »Bilton Beck« bezeichnet, ist müllversuppt, eher eine Abfallhalde als ein Bach. Aus dem Wasser ragt, wie eine Installation in der Indica Gallery, ein Motorradwrack. Auf halber Höhe am Uferhang liegt ein blechern graues, ausgebranntes Auto, im Motorraum explodiert ein Gestrüpp aus Brombeer- und Bergahorntrieben. Doch der Polizist muss gar nicht erst hinunterklettern, um genauer nachzusehen. Das ist nicht, wonach er sucht. Das Auto ist zu alt.

Was er eine halbe Stunde später auf der Wiese in Nähe des Viadukts entdeckt, scheint da schon verdächtiger. Halb verdeckt unter Brennnesseln steht ein erbsengrüner Austin Maxi mit offenstehenden Türen, um eine Kiefer gewickelt. Mit dem Notizblock in der Hand beugt er sich ins Fahrzeug und zieht mit der anderen den Schlüssel ab, der noch am Zündschloss baumelt. Dann hält er alles sorgfältig fest: Nummernschild, Zustand, genauer Standort. Als Nächstes überprüft er den Kofferraum, untersucht Lenkrad und Schalthebel auf Fingerabdrücke, nimmt dann die 8-Spur-Kassette mit *The Wall* von Pink Floyd aus dem Rekorder, klaubt die Zigarette auf, die unter der Beifahrerfußmatte klemmt, und packt beides ein. Beweisstücke. Seine Ermittlungsarbeit am Tatort ist gründlich. Aber er übersieht das Opfer. Es gibt eine Leiche. Zwischen Kühlergrill und Baum befindet sich ein teils zerschundener Körper, der sorgsam abgedeckt ist, verhüllt von seinen eigenen wunderschönen, braunen Flügeln mit orangen Streifen und weißen Flecken. Das Opfer wird nie entdeckt. Denn noch ehe der Polizist die Bergung des Autos organisieren kann, kommt, wer das Auto kurzgeschlossen hat, zurück, tränkt die Sitze mit Benzin und schleudert eine zerknüllte, brennende Zeitungskerze hinterher. In dem in Sekundenschnelle aufflammenden Feuerball, einem mächtigen Feuer explodierender Modernität, verbrennt der letzte Admiral von Bilton. Schmetterling, Opfer, Metapher.

Blinzelnd und zwinkernd sitze ich auf derselben Wiese, die mittlerweile ungiftig, auf gesunde Weise ungepflegt, voller Leben und summender Insekten ist. Die Sonne hat sich, durch eine kleine Prozession dreckgesäumter Wolken in die Schranken verwiesen, etwas beruhigt. Die Landschaft nimmt wieder die vertrauten Formen an. Ich sehe Haufen mit abgemähtem Gras, vor Samen strotzenden braunen Ampfer, hohe Kratzdisteln, silbrige Distelwolle, Wicken, Wegerich, Brennnesseln, Klee, Zwerg- und Silberweidenröschen, rosa Springkraut, Holunderbeeren, die langsam reif werden, und senffarbenes Jakobskreuzkraut. Glitzerpfade aus fliegenden Ameisen queren die Luft und werden von Lachmöwen gejagt. Ein paar Zaunwicken machen aus verwelktem Bärenklau einen struppigen Weihnachtsbaum, und obenauf sitzt wie ein Stern eine weiß blühende Glockenblume. Insekten erforschen den Haarwald auf meinem Arm, und auf einem Wiesenkerbel paaren sich rote, mit neonfarbenem Pollen gesprenkelte Soldatenkäfer. Wenn man die üppige, wild wuchernde Wiese in der strahlenden Augustsonne so daliegen sieht, kann man sich kaum vorstellen, dass dieses wilde Utopia der eben geschilderte Tatort war.

Einen Moment drücke ich den Punkt zwischen meinen Augen und reibe mir den Nacken. *Jetzt aber auf.* Ich habe Durst und muss die Beine mal ausstrecken. Fuchtelnd, um die Fliegen um mich herum zu verscheuchen, gehe ich über die Wiese zur alten Bahnstrecke. Überall sprudeln die Lieder von Goldzeisig, Wintergoldhähnchen und Hänfling hervor, aus Stechpalmen, Birken, Haselsträuchern und Weiden, die die Gleise hier zur belaubten Waschstraße verengen. Ich bin wie gebannt, von dem Grün, den verschwenderischen Melodien und dem überraschenden Anblick. Weil die buschigen Bäume schon hier standen, als ich das Gelände das erste Mal besucht hatte, habe ich in ihnen stets – ohne näher darüber nachzudenken – ewige Fixpunkte gesehen. Doch während ich nun zwischen den Bäumen dahinspaziere, fällt mir auf, dass sie noch nicht einmal so alt sind wie ich. In der Natur sitzen wir gern einer Täuschung auf, einer Lüge. Wir lassen uns von der Landschaft blenden – von dem Gefühl der Zeitlosigkeit, dem festen Boden unter den Füßen, dem Augenblick, der ewig weilt – und halten das Gegenwärtige für unveränderlich. Aber nichts bleibt, wie es ist. Auch wenn alles ruhig scheint, ist es doch in Bewegung. Einmal geblinzelt, und schon hat man das Entscheidende verpasst.

Das herzförmige Brennnesselblatt scheint wie mit der Zickzackschere ausgeschnitten. Nur ein stecknadelkopfgroßes grünes Kügelchen auf der einen Blattseite verunstaltet den perfekt gezähnten Rand. Es ist nun eine Woche her, dass der Admiral den Hinterleib gekrümmt und das Ei abgelegt hat. Es ist dunkler geworden, eine winzige Raupe mit knolligem Kopf, die Schmetterlingslarve windet sich nun darin. Über dem Aller Land ist die Morgendämmerung schon halb vorbei. Der Himmel ist ein durchscheinendes Tuch in blassem Blau und Rosa; die finsteren Bäume werden von der ersten Morgensonne gestreift. Ein Buchfink, der durch die Weide hüpft, verknüpft sein Lied mit dem Notengewebe, das im Morgenchor weiter oben geflochten wird. Plötzlich ist an dem Ei ein Loch zu sehen; es wird größer und größer, je stärker sich die Larve mit dem Kopf durch die wächserne Schutzschicht drückt und die äußere Eischale zerbricht.

Die Raupe dreht sich einen Moment hin und her, nimmt die neue Umgebung auf, registriert die veränderten Lichtverhältnisse und die Form der Luft. Wie ein Springteufel, halb im Ei und halb draußen, arbeitet sie sich dann Segment für Segment vor und schlüpft schließlich vollständig heraus. Sie kriecht über das Brennnesselblatt und streckt sich. Mit dem dünnen, cremefarbenen Körper und dem schwarzen Kopf sieht sie aus wie ein winziges Streichholz, das man ausgepustet hat, ehe das Holz entzündet wurde. Aus Warte der Raupe ist das Brennnesselblatt voller durchsichtiger Nadeln, die mit einem gefährlichen, schmerzhaften Gebräu gefüllt sind, mit Methansäure, Histamin, Acetylcholin und Serotonin. Doch weil die Brennnessel der Wirt des Admirals ist, frisst die Raupe geschickt und unverletzt vom zarten Grün zwischen den Stacheln. Gierig versucht sie, den unstillbaren Hunger zu bekämpfen, der nicht dazu gedacht ist, sie am Leben zu halten, sondern zu verwandeln.

Langsam wird es hell. Die Finsternis sinkt von den Bäumen auf den Boden herab, der Tau trocknet. Alle in dem Gelände haben nun ihre volle Stimmkraft erreicht, und die Stadt passt sich mit ihrem Verkehr – Beschleunigen, Abbremsen, Beschleunigen – daran an. Nun fliegt eine Blaumeise in die Weide, entdeckt die Raupe, die weiter unten Brennnesseln frisst, hüpft ein paar Zweige abwärts und schaut genauer hin. Doch sie verliert das Interesse, als sie in der Weide noch nahrhaftere Beute sieht. Sie legt den Kopf schräg, schießt vor und kehrt umgehend zum Nest zurück, in ihrem Schnabel die sich windende fette, grüne Raupe eines Schwärmers. Aber ihr Flugschatten streift das Brennnesselgebüsch mit der Admiralsraupe, die bereits dicker wird und sich nun beim Fressen gestört fühlt. Instinktiv kriecht sie weg, kräuselt sich am Blattrand und spinnt mit der Spinndrüse ihrer Unterlippe einen starken Seidenfaden. Sie arbeitet blitzschnell. Schon bald hat sie die beiden Blattränder verwebt, kann die Blatthälften hoch und über sich ziehen und die Naht von innen vernähen. Es ist das erste von vielen Tarn- und Schutzzelten, die die Raupe in den kommenden Wochen bauen wird: ein gefaltetes, genähtes und essbares Nest, in dem sie sich verstecken, häuten und wandeln kann.

Die gefräßige Raupe kann allerdings, weil sie ein starres Außenskelett besitzt, nur begrenzt wachsen und muss im Namen des Fortschritts darum mehrere Larvenstadien überwinden. Als sie weiter unermüdlich von den fernen Rändern ihres Blattzelts frisst, ist ihr Außenskelett bereits etwas eng geworden; ihr Körper wird langsam voller und stößt an seine Grenzen. Doch in ihrem Inneren laufen schon die nächsten Prozesse an. Enzyme werden abgesondert. Moleküle verändert. Die ersten subkutanen Hautzellen lösen sich von der äußersten Schicht und werden neu absorbiert. Sie bilden schon bald, umstrukturiert und wiederverwertet, ein neues, größeres Außenskelett, das zunächst aber noch, wie ein seidiger Fallschirm zusammengelegt, auf seinen Einsatz wartet. Doch auf einmal stößt es hervor, dehnt sich aus, verhärtet und zerreißt die alte Larvengestalt, die, abgestreift und liegengelassen, nun nur noch ein dünnes Schimmern ist.

Weil Schmetterlinge gut an die Landschaft angepasst, von bestimmten Wirtspflanzen abhängig und gut erkennbar sind, gelten sie als Indikatoren einer gesunden Umwelt. Man kann die Landschaft durch sie lesen. Wenn wir Schmetterlinge näher erforschen, kann das unseren Blick darum weiten und uns den Rhythmus eines Orts erkennen lassen.

Es hat ein ganzes Jahr gedauert, bis dem Ersten in Bilton auffiel, dass es keine Admirale mehr gab. Alles fing damit an, dass Bill Varley vom Sandhill Drive im Sommer 1980 beiläufig seinen Nachbarn ansprach. Er habe dieses Jahr noch kein einziges Exemplar gesehen. Großer Fuchs, ja, auch Tagpfauenauge, Aurorafalter oder die Kohlweißlinge, die wie wild in seinem Garten herumschwirren, aber einen Admiral, nein. *Und du, David?* Der Nachbar schüttelte den Kopf: »Wo du es sagst ... und ich frage mich, wann ich überhaupt den letzten gesehen habe«, sagte er und bückte sich, um seine Petunien vom Kreuzkraut zu befreien.

Neugierig geworden, ließ Varley die Gartenarbeit ruhen und hörte sich um. Er klapperte alle Nachbarn ab und fand schnell heraus, dass dieses Jahr keiner auf seiner Straße einen Admiral gesehen hatte. Und auf der nächsten, der übernächsten und auch der überübernächsten Straße war es dasselbe. Beunruhigt kaufte sich Varley einen Notizblock, in dem er seine Beobachtungen festhielt. Täglich. Mit der Besessenheit eines Pensionärs, der nach vierzig Jahren bei einer Versicherung plötzlich ohne Verantwortung und Acht-Stunden-Tag dasteht und nach einer neuen Aufgabe sucht, ging er der Sache auf den Grund. Zunächst weitete er seine Umfrage aus, hörte sich bei Nachbarn um, auf der Post, an der Bar des Bilton Cricket Clubs und auch, wenn ihn seine Frau zu Kaffeekränzchen und Trödelmärkten der Kirchengemeinde mitschleppte. Am 8. Juli 1980 schaltete er schließlich eine Anzeige im *Harrogate Advertiser*. Unter der Überschrift »Das seltsame Verschwinden des Admirals« hieß es: *An die Bewohner von Bilton. Falls Sie dieses Jahr schon einen Admiral gesehen haben – siehe Abbildung unten –, möchte ich Sie bitten, sich bei Bill Varley, Harrogate*

601436, zu melden. Varley erhielt eine einzige Antwort, von einer Frau am Keats Walk. Doch wie sich schnell herausstellte, handelte es sich um einen Irrtum. Der Schmetterling, den sie aus ihrem Bad befreit hatte, war ein Großer Fuchs.

Nach ausgiebigem Grübeln kam Varley zu dem Schluss, dass die Ursache für das Verschwinden des Admirals wohl in der Umwandlung von Acker- und Weideland zu Bauland liegen musste. Wo jetzt sein eigener gepflegter Bungalow und viele andere Häuser standen, hatten noch vor dreißig Jahren üppige Viehweiden und Heuwiesen geblüht. Die ordentlichen, zurechtgestutzten Gärten wurden dagegen von Rasenmäher, Unkrautvernichtungsmittel und Co. in Schach gehalten. Brennnesseln gehörten mehr oder minder der Vergangenheit an. Und richtigerweise vermutete Varley auch, dass der Schmetterling noch von anderer Seite in Bedrängnis geraten war. Denn in den 1960er- und 70er-Jahren hatte man sich im Norden der Stadt überall für intensive Landwirtschaft entschieden. Die Weiß- und Schlehdornhecken waren gestutzt, aus- und untergegraben worden, um Platz für Bewässerungssysteme zu schaffen. Und weil die Felder nun nahtlos aneinanderstießen und die Monokulturen zur Ertragssteigerung mit Chlorkohlenwasserstoff besprüht wurden, waren auch die Feldraine mit Brennnesseln, Hartriegel und nektarreichen Wildblumen verschwunden. Varley überlegte eine Weile und kam zu dem Schluss, dass der von zwei Seiten bedrängte Schmetterling eigentlich nur einen Zufluchtsort haben konnte: das Niemandsland zwischen den Fronten.

Er besuchte das Aller Land in jenem Sommer achtmal, dann gab er auf. Jeder Ausflug hatte ihn noch mehr entmutigt. Die mitgebrachten Brote rührte er gar nicht erst an; ununterbrochen schrieb er in seinen Notizblock. »Es ist schrecklich«, sagte er zu seiner Frau Vanessa, wenn er schwitzend und stinkend zu Hause ankam und die Gummistiefel auszog. »Einfach beängstigend.« Während er ein Bad nahm, sammelte seine Frau die Kleidungsstücke für die Waschmaschine auf und horchte an der Tür. Das Verhalten ihres Mannes war noch nicht wirklich beunruhigend, aber doch irgendwie seltsam. Er hatte sich verändert. Natürlich hatte sie das befürchtet, als er in Rente ging. Ihre Freundin in der Kirche, Gladys, hatte mit Ian dasselbe Problem. »Du musst ihn bei Laune halten«, hatte sie ihr geraten. »Zeig ihm, dass du dich für ihn interessierst. Sonst entgleitet er dir, verkriecht sich ins Schneckenhaus, und eines Tages wachst du auf und erkennst ihn nicht wieder.«

Vanessa Varley befolgte den Rat. Als sie sich beim Friseur weiter unten auf der Straße die Haare hatte legen lassen, hatte sie einen Flyer mitgenommen, der nun, als Bill zu seinem geliebten Rindergulasch herunterkam, auf dem Esstisch lag. BILTON CONSERVATION GROUP stand dort groß zu lesen. Ein Flyer des Naturschutzvereins.

»Sie suchen noch Ehrenamtler«, sagte sie. »Ich dachte, das interessiert dich vielleicht.«

»Sicher«, sagte er und überflog den Flyer noch einmal. »Vielen Dank, Liebes.«

Und beim Abwasch auch noch einen Kuss auf die Wange. *Gute alte Gladys.*

Anders, als der Name vermuten lässt, verfolgte der Verein zunächst kein bestimmtes Naturschutzvorhaben. Vielmehr hatten immer mehr der aktiven – und meist älteren – Bewohner Biltons das Gefühl, dass man *irgendetwas* gegen diesen Niedergang tun musste. Das kaputte, angekokelte Randgelände hinter den letzten Gärten nahm immer mehr Schaden und wurde auch langsam zur Gefahr. Ein Schandfleck für Bilton, der der Polizei verstärkt Kopfschmerzen bereitete. Vor allem aber war erst einmal unklar, wie Varley bei den Mittwochstreffen hörte, wem das Gelände überhaupt gehörte. Die Flurgrenzen waren durch die hastige Stadtentwicklung verändert und unklar geworden. Das Gelände war ebenso vage und schwer einzuordnen wie ungeliebt, für den Verein eine physische und philosophische Herausforderung. *Wo lag das vernachlässigte Gelände genau? Was war es genau? Und wem gehörte es eigentlich?* Offiziell war für einen Großteil die Gemeinde zuständig, doch die zeigte wenig Interesse, der Naturzerstörung Einhalt zu gebieten. Erledigte aber den Papierkram. Sie führte Bodenerkundungen durch, klassifizierte den Boden neu und förderte dabei ungewollt längst Vergangenes zu Tage. Auf den neuen Karten tauchte das Land, das früher einmal Allmende war, nun als »Gemeindeland« wieder auf, wie alte Wunden, die durch frisches Leinen nässen. An einer Stelle stand nun sogar das Wort »Brache« und verwies damit auf das englische Grundbuch »Domesday Book«, das vor tausend Jahren ganz Bilton damit abgeschrieben hatte.

Der Naturschutzverein hatte aber auch noch mit anderem zu kämpfen: mit verwahrlosten Feldern, den Wegen, den Strommasten und dem Viadukt. Doch der wichtigste Geländebereich war vielleicht der Wald, durch den sich der Nidd und sein vermüllter Nebenfluss Bilton Beck schlängelten. Hier forschte Varley näher nach und stellte fest, dass der Wald zusammen mit dem Gut Bilton Hall direkt nach dem Ersten Weltkrieg, in dem der einzige männliche Erbe starb, verkauft worden war. Das Waldgelände war heute in Privatbesitz. Doch wie Varley bei einem Treffen feststellte: »Offenbar sind die Eigentümer nicht willens oder fähig, die bitter nötigen Pflege- und Instandsetzungsarbeiten durchzuführen.«

Und irgendwann schritten die Mitglieder des Naturschutzvereins, mittlerweile recht erbost, selbst zur Tat. Auf den Wiesen und Feldern, in den Wäldern und Gewässern des Geländes sammelten sie im Sommer 1982 über vierzig Tonnen Müll auf. Anschließend nahmen sie sich die ausgebrannten Autos und Motorräder vor. Sie konnten den Harrogate Tauchclub – den gibt es tatsächlich – überreden, ihre Unterwasserkabel an drei im Nidd versenkten Autos zu befestigen, und bearbeiteten dann die Armee, damit sie Geräte und Ausrüstung zur Verfügung stellte, um die Autos aus dem tiefen Tal zu hieven. An jenem Nachmittag standen plötzlich Vanessa und Gladys da, unangemeldet hatten sie Thermoskannen, Becher und jeder Menge Scones »für die Truppe« gebracht. Als Bill Varley seine Frau betrachtete, die mit von der Sonne und den Komplimenten geröteten Wangen Kekse herumreichte, platzte er fast vor Stolz.

»Und? Habt ihr einen Admiral gesehen?«, fragte sie, hielt ihm Scone und Serviette hin und strich ihm mit der anderen Hand beiläufig über die Brust, um die Krawatte unter dem grünen Pullunder zu richten.

»Tja, da müssen wir uns wohl noch eine Weile gedulden«, sagte er. »Aber langsam bin ich wieder zuversichtlich.«

Und dann gab er ihr unvermittelt und zu seiner eigenen Überraschung einen Kuss. Sie lächelte, ebenso überrascht, und errötete. Der Admiral – *Vanessa atalanta*. Das bist du, dachte Varley. Meine Vanessa.

Mitte August hatte man das Gelände von sämtlichem Müll und Unrat befreit, doch nun musste dafür gesorgt werden, dass dort niemand mehr neuen Müll hinkippte, gestohlene Autos versenkte oder abfackelte. »Das Krebsgeschwür ist entfernt«, sagte Varley bei einem Treffen, »aber wir müssen aufpassen, dass es nicht wiederkommt.« Zustimmendes Nicken von allen Seiten. Der Verein warb daher bei den zuständigen Stellen persönlich und mittels schriftlicher Eingaben für Schranken, die verhinderten, dass Autos und Motorräder über die alte Bahnstrecke fuhren, aber Spaziergänger passieren ließen. Und tatsächlich ließ der Stadtrat, überrascht vom Nachdruck der Biltoner Bevölkerung und beeindruckt von der aufsehenerregenden, noch dazu kostenlosen Müllaktion, dort, wo sich alte Bahnstrecke und Bilton Lane kreuzen, einen einbetonierten Zaun mit gesichertem Gatter errichten. Es bewegte sich etwas. Im Übrigen war an gleicher Stelle schon einmal ein Übergang durch ein Gatter gesichert worden.

Eines Abends lehnte sich Varley über den Zaun und betrachtete die ehemalige Müllhalde: Jetzt überzogen Löwenzahn, Fetthenne, Hirtentäschel und Brennnessel den Matsch und die versengte Erde mit einem frischen Grün. Obwohl der Sommer langsam zu Ende ging, entstand aus dem Alten etwas Neues. Die Narben verschorften. Und auch wenn er das nie zugegeben hätte: Wenn er den Zaun passierte, hatte er jedes Mal das Gefühl, als verwandle er sich.

Wie lange das Gelände genau brauchte, um seinen derzeitigen Zustand zu erreichen, ist schwer zu sagen, aber der Heilungsprozess verlief relativ natürlich. Der Naturschutzverein verfügte nicht über die Mittel und Erfahrungen heutiger Naturschutzprojekte. Man spürte nicht das Bedürfnis, die Landschaft in einem nostalgischen Gestern anzusiedeln oder nur die Flora und Fauna wieder auferstehen zu lassen, die einst den königlichen Jagdforst belebte. Und auch die zerfallene Flachsmühle wurde nicht zur Besucherattraktion ausgebaut. Niemand hielt das Aller Land für sonderlich interessant, eher für eine struppige Brache, wo man selbst im entferntesten Winkel noch den drohenden Schatten der Zersiedlung spürte. Was passierte, war eher ein Laissez-faire: Abgesehen von den noch genutzten Äckern und den Heuwiesen, die die Gemeinde einmal im Jahr abmähte, ließ man das Gelände einfach in Ruhe. Sich selbst überlassen, klaubte die Landschaft ihre Einzelteile zusammen, reparierte ihre DNA und wurde wieder wild, üppig, unordentlich und betörend. Aus der Asche sprossen neue Bäume, wurden größer und blühten, die Bakterien vermehrten sich, der Wind und die Insekten verbreiteten die Pollen, die Brombeeren, Wicken und Labkräuter wucherten, Schleh- und Weißdorn knospten, das Gebüsch und Gestrüpp verknäuelte sich, die Gräser und Blumen trugen Samen und bildeten Teppiche, einheimische und fremde Pflanzen vermehrten sich und konkurrierten. Die rebellischen Kinder der Natur fanden zu einem Gleichgewicht, vereinnahmten Wälder und Wiesen, Bahn und Fluss; ungestört entwickelten Besatzer, Opportunisten und Kriecher ein Ökosystem, eine Vielfalt des Lebens.

Der Naturschutzverein in Bilton behielt die Dinge allerdings im Auge. Ehrenamtler wie Varley gingen die alte Bahnstrecke ab und schrieben auf, was sie beobachteten. Es gab sogar regelmäßige, mit der Schreibmaschine getippte und per Hand illustrierte Rundbriefe, die man an die Mitglieder verteilte. Sie lesen sich heute wie die Nachrichten aus einem neu entstehenden Staat, was sie gewissermaßen auch sind. Es handelt sich um scharfsinnige, phänologische Dokumente, die anders, als es auf den ersten Blick vielleicht scheint, über eine reine Auflistung von Wetter und Spezies hinausgehen. Sachlich und doch voller Respekt halten sie fest, wie dieses ungeplante, unbeschwerte und großteils unbekannte Gefilde langsam Form annimmt.

Leider sind die meisten Rundbriefe im Lauf der Jahrzehnte verloren gegangen. Die Vereinsmitglieder wurden älter, hörten auf, zogen in Pflegeheime oder starben, und ihre Unterlagen und Kartons mit all den Schätzen verstaubten auf Dachböden zwischen Spinnweben. Und wurden irgendwann zu Müll, den die trauernde Familie eines Sonntagnachmittags entsorgte. Der älteste erhaltene Rundbrief, Nr. 17, stammt aus dem Winter 1985/86. Obwohl also nur drei Jahre nach der Müllaktion verfasst, zeigt er, wie schnell und spontan sich die Natur das Gelände zurückgeholt hat:

> *Bei beißendem Ostwind war die Temperatur auf −1° Celsius gesunken, und das Schneegestöber ließ uns zügig durch die* zehn Zentimeter Neuschnee *stapfen. In sechs Fallen fanden wir zwei schlafende Erdmäuse (Microtus agrestis), eine hyperaktive Waldspitzmaus (Sorbex araneus), eine Waldmaus (Apodemus sylvaticus) und überraschenderweise eine verirrte Hausmaus (Mus domesticus). In den Feldern nahe*

dem Nidd-Tal Fuchs- und Kaninchenspuren. Ein Galgen mit Grauhörnchen und Ringeltauben erinnerte uns daran, welchen endlosen Kampf die Bauern gegen Schädlinge führen. Immer wieder fingen wir Rötelmäuse (Clethrionomys glareolous) – die größere Verwandte der Erdmaus, mit längerem Körper (20 Zentimeter) und Schwanz (3 Zentimeter). Es waren nur wenige Vögel unterwegs; ein paar Rotkehlchen, Blaumeisen und Finken huschten durchs dichte Gebüsch, und manchmal eine Krähe. Die letzten Fallen im Wald inspizierten wir mit klappernden Zähnen, dann stiegen wir zum Ufer hinab. Die steilen Hänge waren mit kahlen Haselsträuchern überwuchert, unter denen unsere letzte Beute – Waldmaus, Rötelmaus und Waldspitzmaus – kurz ins Tageslicht blinzelte, ehe sie davonflitzte und sich vor den scharfen Augen von Turmfalke oder Fuchs in Sicherheit brachte. Der Fluss war grau, kalt und reißend. An den Erlenzweigen über dem Wasser hingen Eiszapfen. »Im Winter möchte ich keine Forelle sein«, sagte jemand, aber keiner traute sich nah genug ans Wasser, um zu schauen, ob am Uferrand Flusskrebse überwinterten. Enten und andere Wasservögel waren seltener geworden; die Nerzspuren auf einer feuchten, sandigen Landzunge erklärten wohl, warum. Wahrscheinlich nutzt der Nerz die ökologische Nische, die der Otter hinterlassen hat, als er wohl in den 1950er-Jahren aus dem Nidd verschwand. Die entwischten Nerze richten verheerende Schäden unter einheimischen Wasservögeln und Säugetieren an. Freude machten uns dagegen die Spuren von Rotwild, Kaninchen, Fuchs, Hermelin und sogar von einem Feldhasen, dem wir auf dem Rückweg überraschend noch begegneten.

Auch wenn das vielleicht nicht genau das Aller Land ist, das ich am Silvesterabend entdeckt habe, kommt es ihm doch verdammt nah. Ein Aller Land im Larvenstadium.

Diese langen Tage. Diese trägen, gewaltigen und goldenen Spätsommertage. Es ist Dienstag. Gegen Mittag laufe ich den Weg hinunter und frage mich besorgt, ob ich bei meinen Aufzeichnungen nicht zu nachlässig gewesen bin. Offensichtlich sind auch winzige Details im Hier und Jetzt von unbeschreiblichem Wert, der mir aber vielleicht entgangen ist. Hätte ich bloß mehr schriftlich festgehalten. Mehr

Momentaufnahmen. Wie sich ein bestimmtes Blatt von Tag zu Tag verändert, wie sich eine weggeworfene Kippe auf dem steinigen Wegstück biologisch abbaut oder sich ein Vogel von Minute zu Minute durchs Gehölz bewegt. Womöglich kommt es genau darauf an.

Aber wo soll man da beginnen? Die Hecke am Eingang zum Hohlweg ist dicht, wild und undurchdringlich. Die verrotteten Zaunpfähle, die Tierpfade und verfallenen Mauerreste darin sind kaum zu erkennen. Es riecht nach Weizen, Tod und irgendwie süßlich. Vielleicht nach Mädesüß – wie alte Schrankrückwände und gemahlene Mandeln. Der Himmel ist angeschmort, rauchig-blau und von Leitungen durchkreuzt. Irgendwo pfeifen Stare. Heckenrosen (weiß). Fingerhut (violett). Verschrumpelte Schlehen. Weißdorn voller Beeren. In der Ferne eine sanfte Hügelkette. Kondensstreifen kreuzen Strommasten. Da sind zig Millionen Dinge. Es ist 13:54 Uhr. Ich knie mich hin, suche mir ungefähr einen Quadratmeter Hecke aus und will alles dort festhalten. Ich verliere mich in der unglaublichen Vielfalt und kritzele drei Seiten in Kurzschrift voll. Wenn man die Welt so beschreibt, hat man das Gefühl, die Dinge für immer festzuhalten und zu verstehen. Eigentlich versucht man ja immer, die Zeit anzuhalten und den Moment zu bewahren. Doch hat man das Wort oder den Satz geschrieben, ist der Moment schon wieder vorbei. Dann noch ein anderer Gedanke: Jemand – oder gar etwas – könnte meine Aufzeichnungen in einer fernen Zukunft durchblättern und Hinweise darauf finden, wie und wo genau die Dinge damals schiefgelaufen sind. Dann würde er sich freuen, wenn die verschrobenen Aufzeichnungen im Grunde nur Listen sind, und bedauern, wenn sie aus Stilgründen frisiert oder zurechtgestutzt wurden. Er würde die präzise Beschreibung von diesem Mikrokosmos durchkämmen und ihr das Geheimnis des rätselhaften menschlichen Makrokosmos entlocken. Irgendwann wäre es so vielleicht möglich, die größere Landkarte zu entziffern; weil ihre Leerstellen Zeugnis ablegen von unserer kollektiven Verweigerung, von Naturzerstörung und -wiederherstellung, von unseren Widersprüchen und unserem gewollten Gedächtnisverlust in puncto Natur. Vielleicht würden sich im Jahr 3000 n. Chr. ein paar Seiten über dieses Gelände ja als ebenso bedeutsam und beredt erweisen wie wissenschaftliche Daten über schmelzende Gletscher und steigende Meeresspiegel.

Ich gehe durch den Hohlweg weiter, und dort, wo die Wegböschung ansteigt und der Pfad von Erde und Sandbirken umhüllt scheint, stehe ich auf einmal im warmen, gelben Sonnenlicht. Ich habe den Platz ganz für mich und horche. Das rauschende Wehr und der heisere Ruf eines Spechts. In der Luft liegt der Geruch nach Regen. Ich steige den Pfad zum Fluss hinunter, tiefer in den Wald hinein, vorbei an den freiliegenden Fundamenten, den tiefen Feuerstellen und den Bruchsteinen. Hier weht noch der Geist der Mühle, die an die Natur zurückgefallen ist. Der Aschekreis von Meister Lampes Lagerfeuer liegt nun unter Efeu begraben. Dort, wo ich damals gestanden und beobachtet hatte, wie er aufwachte und seine knochigen, langen Glieder im Fluss wusch, blüht nun ein Heckenkirschenmeer. Der zerklüftete Müllerpfad ist mit Bingelkraut überzogen, die Erde verschluckt langsam die letzten Kiesel. Die Blätter der Bäume und Büsche drucken neue, fremde Muster auf den Boden. Frauenminze springt auf und schnipst Samen ins Unterholz und in die Falten meiner Kleidung. Wenn man die winzigen schwarz-weißen Punkte zerbeißt, schmecken sie nach Wasserkastanie. Auf der anderen Seite vom Fluss ragt der struppige Kopf eines Stinkkohls aus den Brennnesseln. Die riesige gelbe Blüte wirkt archaisch und zugleich wie aus einer anderen Welt. Sie verweist, wie die jetzt wieder wild wachsenden Wiesen und die überwucherte Bahntrasse, nicht nur auf die Vergangenheit, sondern auch auf die Zukunft. Man kann in all dem eine Welt ohne Menschen sehen, wo sich die Natur langsam, aber sicher zurückerobert, was von uns geblieben ist.

Als ich am Nidd-Ufer in aller Ruhe einen Reiher beobachte, der wie zur Statue erstarrt ist, kracht es hinter mir. Ich fahre herum und sehe etwas wie einen Erdklumpen durch die Kronen sausen und sich dann zweiteilen. Ich stolpere den Hang herauf, um besser sehen zu können, da steigt der größere Teil aus einer Birke auf: ein Turmfalke. Mit gleichmäßigem Flügelschlag gleitet er durch eine Lücke im Blätterwirrwarr und weiter in den Himmel. Das Projektil Nummer zwei ist in eine große Stechpalme oben am Hang geknallt: Auf einem Zweig sitzt, aufgeplustert und zitternd, aber unverletzt, eine Blaumeise und schaut zu mir herunter: *Hast du das gesehen?*, scheint sie zu sagen. *Das war knapp!*

»Alles wird gut«, antworte ich, und schon fliegt sie zwitschernd los und tiefer ins Gebüsch.

Es sieht nach Regen aus, darum gehe ich quer über die Wiese zur alten Bahntrasse zurück. Da taucht aus den Bäumen ein Mann auf. Älter, grauhaarig, aber mit forschem Schritt und trendigem Union-Jack-Stofffetzen auf dem T-Shirt. Ein dicker, butterfarbener Labrador trottet an der Leine hinter ihm her. Als sie näherkommen, sehe ich, dass der Mann einen Coffee-to-go-Becher in der Hand hält, und frage mich, wo er den wohl herhat. Dann erkenne ich, dass auch drei Fizzy-Pop-Dosen, eine Chipstüte und eine halb volle Mineralwasserflasche unter seinem Arm klemmen. Kopfschüttelnd verlangsamt er seine Schritte.

»Ich verstehe diese Leute nicht«, sagt er in einem breiten South-Yorkshire-Akzent und hält mir seine Müllsammlung hin. »Diese hirnlosen Mistkerle, die meisten jedenfalls. Das alles habe ich gerade aufgesammelt. Unglaublich, nicht? Und von der Hundescheiße will ich gar nicht erst reden.«

Was er dann aber doch tut.

»Jeden Tag trage ich mindestens zwei Beutel voll nach Hause. Und da ist meiner noch nicht mitgezählt.«

»Furchtbar«, sage ich und hoffe, dass sich »meiner« auf den Hund bezieht.

»Wissen Se«, sagte er schulterzuckend, »da kann ich einfach nicht zugucken. Die schöne Natur so zu vermüllen. Ist Ihnen heute viel aufgefallen?«

Ich erzähle ihm von dem Turmfalken und der Blaumeise.

»Ich meine Müll.«

»Ach so. Eigentlich nicht. Eine Zigarettenkippe.«

»Na ja. Hier müssten eben auch Mülleimer und Beutelspender stehen. Und eine Bank oder so wär auch nicht schlecht. Aber vielleicht wird das ja jetzt besser, wenn der Radweg kommt.«

Ich habe nur mit halbem Ohr zugehört, aber bei seinen letzten Worten schrecke ich auf. Als steche mir jemand mit dem Finger in die Seite. »Der was?«

»Der Radweg. Er soll genau hier verlaufen«, sagt er und beschreibt mit dem Arm einen Bogen, der die alte Bahntrasse umfasst.

»Haben Sie das nicht gewusst? Es stand doch in der Zeitung.«

Nein, *das habe ich nicht gewusst*. Ich folge seinem Arm, der noch einmal nach links und rechts schwenkt, dorthin, wo der Pfad in den

Wald mündet und durch das Flusstal verläuft und wo die verstärkten, spitzenbewehrten Metalltore das Viadukt versperren.

»Ja, der Radweg geht da mittendurch«, sagt er, meine Gedanken erratend. »Das alles wird weggeholzt, das Viadukt renoviert und der Radweg bis nach Ripley weitergeführt.«

Ich sehe wohl wirklich geschockt aus, jedenfalls runzelt er die Stirn und versucht, mich aufzuheitern.

»Das ist doch nur gut«, sagt er. »Endlich passiert mal was und sie machen was aus dem Gelände.«

»Wer sind ›sie‹?«

»Der Stadtrat. Und es geht auch schon bald los. Erstmal wird das alles hier zurückgeschnitten.«

Mir liegen Tausende Fragen auf der Zunge, aber ich bringe keine heraus. Ich rieche wieder Mädesüß. Und höre den Hänfling.

»Das ist doch nur gut«, sagt er noch einmal. »Gut für die Kinder und Familien. Die können hier wunderbar radeln, wissen se? Draußen in die Natur. Das ist doch nur gut.«

Mittlerweile ist der Himmel trüb und tiefgrau.

Der Mann hat wohl genug von mir und will weiter.

»Komm, Jess, wir müssen nach Hause. Es fängt gleich an zu regnen.« Aber das »Gleich« ist schon da. Auf meine Jacke fallen dicke Tropfen und werden schnell zu einem Regenguss, der die Büsche reizt und die aufgeregten Brennnesseln beruhigt.

Größe, Färbung und Form haben sich durch die wiederholten schnellen Neuerungen erheblich verändert: Die Larve hat sich, während sie beständig neue Blattzelte aufbaute und fraß, grundlegend gewandelt. Ihr winziger Körper, der aus dem Ei geschlüpft war, ist in den seidengesponnenen Brennnesselbäuchen dick und rund geworden. Nun schlüpft sie, in einer Regenpause, in ihrer letzten Larvengestalt aus dem Blattzelt und kriecht als kräftige, gepanzerte Raupe mit kugeligem Kopf über Brennnesselblätter, die sich unter ihrem Gewicht biegen. Sie ist schwarz wie eine männliche Natter, mit gelben Zickzacklinien an den Seiten, und aus jedem Segment ihres Körpers ragen

Abwehrhaare, abstoßende Haarbüschel, dick und spitz wie Ginster. Ein Buchfink, der in der Weide sitzt, sieht sie zwar, rührt sich aber nicht. Der Einzige, der sich an sie herantrauen würde, ist der Kuckuck, aber hier wurde seit dreißig Jahren kein Kuckuck mehr gesehen.

Es klart auf; der klebrige Dunst, der die alte Bahntrasse seit Tagen umklammert hält, schimmert leicht. Ein Hänfling singt ein Lied, so hastig, als wären alle Scheinwerfer auf ihn gerichtet. Die Raupe kriecht weiter über ihre verstümmelte Pflanze und windet sich am Stängel hinab bis zum unteren Grün des durchnässten, warmen Büschels. Dort sind die Blätter dicker, aber diesmal will sie nicht fressen. Stattdessen rollt sie die Blattränder aufwärts und zusammen und verspinnt sie mit einem Seidenfaden zu ihrer grünen Höhle. Der Himmel verdunkelt sich, ein Hund kommt vorbei, streift und schüttelt die Stängel. Dann bricht der Regen los, trommelt unablässig auf das Blatt und perlt über die Blätterhöhle in den glänzenden Schlamm. Die nun dreiundeinhalb Zentimeter große Raupe nimmt derweil Maß und spinnt zwischen den Blattadern – so wie ein Spinnennetz zwischen den Dachsparren einer Scheune – einen kleinen Seidenknopf, mit dem sie ihre hakenförmigen Hinterfüße sogleich verwebt. Dann streckt und dehnt sie sich langsam kopfabwärts, als wolle sie die Stärke ihres Fadens prüfen, und kommt schließlich zuckend als ein perfektes J zur Ruhe.

Erst hell, dann dunkel. Ein Tag vergeht. Eine verregnete Morgendämmerung, wieder wird es hell. Nach kurzem Sonnenschein regnet es erneut. Über den Rücken der Raupe läuft eine Welle. Dann noch eine. Und noch eine. In einem langsamen, subkutanen Takt. Mit jedem Zittern wird die schwarze Haut erschüttert, auch sie nur eine dünne Membran. Dann ein lautloses Reißen, hinter dem Kopf. Wie bei einem Erdbeben setzen sich die Wellen fort und pressen schließlich eine neue, härtere Verkörperung der Raupe hervor: einen reglosen Kokon mit stumpfem Kopf, eine Puppe. Mit jeder Kontraktion schiebt sie sich weiter vor und streift zugleich die alte Raupengestalt ab, die schließlich als ein zerknitterter Fetzen mit Segmenten, Beinen und Kopf zu ihren Füßen liegt. Die Puppe dreht und windet sich, als schäle sie sich aus dem Morgenmantel, und tritt die Reste weg. Dann hängt sie reglos da: ein seltsamer Panzer, der so ergonomisch geformt ist, dass ihn eine winzige Hand leicht umfassen könnte; die glatten Platten würden perfekt in die Handfläche und die Wülste in die Finger passen. In den folgenden Tagen trocknet die Puppe aus, wird warzig, bauchig und so braun wie ein altes Blatt. Im Inneren hat die Zersetzung bereits begonnen. Bis auf wenige feste Strukturen wird alles durch Verdauungsenzyme verflüssigt; die Zellen der Raupe werden wiederverwertet und ihrem endgültigen Zweck zugeführt. Draußen auf den Blättern zählt der Regen die Zeit: tick-tack-tick-tack-tick-tack. Ein Donnergrollen entpuppt sich als das langsame Abbremsen eines Dieselfahrzeugs. Ein Pick-up, das städtische Baumpflegefahrzeug, hat unten an der Bilton Lane geparkt. Die Insassen bleiben im Auto und warten, dass der Regen nachlässt und sie mit der Arbeit beginnen können.

»Alles bis zu der Esche, aber nicht weiter«, bellt ein älterer Mann. Es sieht aus, als habe er hier das Sagen. Er redet mit einem jüngeren Typ, der ein wenig verwirrt dreinblickt. Ein paar Meter weiter stehen noch zwei andere Männer. Sie sehen genauso aus: Warnweste und weißer Helm. Große Ohrschützer und Schutzbrillen. Arme und Nacken sonnengegerbt. Und sie wissen offenbar, was zu tun ist. Ihre Kettensägen heulen und rattern – wenn sie auf dicke widerspenstige Bäume treffen. Auf beiden Seiten zweimal sägen, einmal oben, einmal unten, dann treten die Männer zurück. Eine Sandbirke fällt krachend zu Boden.

»Ist das die Esche?«, schreit der junge Mann.

Der Chef hustet und wischt sich um den Mund den Staub weg. Er kommt rüber.

»Das hier«, sagt er und klopft auf den Stamm.

Kaum zu glauben, dass das so schnell geht.

Das Tor am Übergang steht weit offen. Die Erde zu beiden Seiten der alten Bahntrasse ist mit nassem, gelborangem Sägemehl bedeckt. Man hat einen großen, roten Container hergebracht, der nun genau hinter dem alten betonierten Bahnsteig steht. An einem guten Teil des Weges wurden, auf einer Breite von etwa zwei Metern rechts und links, alle Bäume und Büsche gefällt und beiseite geräumt. Gekappt, zerhackt oder ausgegraben. Baumstümpfe liegen herum, braun, mit feuchten Wurzeln, das helle, dotterfarbene Innere aufgeschlitzt, als ob man ihr Alter demonstrieren wollte. *Noch nicht einmal so alt wie ich.*

Die Zweige und Brombeeren hat man zu Haufen geschichtet, die abgemähten Brennnesseln zusammengeschoben. Gleich hinter dem roten Container entdecke ich etwas, was ich noch nie gesehen habe: Es könnte das Fundament eines alten Laternenpfahls sein.

Die Männer haben den Weg mit Warnkegeln und Schildern gesichert. Schon seit Tagen ist der Durchgang gesperrt. Aber heute habe ich mich von hinten angeschlichen, durch den Wald und über die Wiese, und konnte sie so von der anderen Seite der Weidenröschen aus beobachten. Ich habe das Gefühl, als müsse ich einfach hier sein. Irgendjemand muss doch hier sein. Irgendjemand müsste doch etwas tun.

»Don, was ist hiermit?« Der junge Mann übertönt mit seinem Schreien die Kettensägen. Der Busch, vor dem er steht, ist größer als er. Aus einem Gewirr langer, gebogener, kabelähnlicher Zweige wachsen speerförmige Blätter, und an den Zweigspitzen sitzen große, fast pelzige Blütenkegel, die selbst jetzt noch, Ende August, strahlend violett leuchten. Der ganze Busch sieht aus wie eine gerade explodierte Sprühdose. Überall sind Farbspritzer, so bunt und lebhaft, dass man sie nicht einfach so zerstören kann. Das ließ den jüngeren Mann wohl einen Moment zögern.

»Ist doch nur ein Sommerflieder«, schreit Don.

»Also abhacken, ja?«

»Klar. Und die Wurzeln ausgraben. Das Zeug ist die reinste Pest.«

Auch wenn das jetzt wohl keine Rolle mehr spielt, es war Bill Varley, der diesen Busch hier als Erster entdeckt hat. Zunächst war er sich unsicher, was genau er vor Augen hatte – die Zweige hatten nur wenige Blätter, und seine Augen waren auch nicht mehr, was sie mal waren –, aber nachdem er einen Blick in seine *RHS Encyclopaedia of Gardening* geworfen hatte, wusste er es und schrieb: 27. August – *Ich habe an der stillgelegten Bahntrasse eine Buddleia davidii entdeckt!* Das war 1990. Da hatte *Buddleia davidii* schon eine lange Reise hinter sich. Fast hundert Jahre zuvor hatte man ihre Samen aus China zum Kew Gardens in London geschickt, und schon bald trug sie wegen ihrer späten Blütenpracht und ihres Honigdufts, der Insekten und Schmetterlinge unwiderstehlich anzog, nicht nur den Namen Sommerflieder, sondern stand auch als hochgeschätzte Pflanze überall in Englands Gärten. Doch man konnte sie dort nicht lange einsperren. Gehwegrisse, Müllhalden, Baustellen, Mauern, Schornsteine oder Kiesböschungen entpuppten sich schon bald als ein perfekter Nachbau ihrer heimatlichen Felswände in Sichuan. Schon 1922 überwand sie den ersten Gartenzaun und wurde an den seltsamsten und steilsten Orten gefunden. Hemmungslos eroberte sie das britische Schienennetz, sprießte aus Tunneln und Brücken und fiel so rasch in Ungnade, weil Wände und Bauten angeblich durch ihre Wurzeln geschwächt wurden. Plötzlich bekam sie nur noch schlechte Noten und wurde von den Eisenbahngesellschaften und später dem Staat zurückgestuft. Aus einem attraktiven, wohlriechenden Gast war ein frecher, invasiver Schädling geworden, den man nur noch mit reichlich Geld in die Schranken weisen konnte.

Doch in den 1970er-Jahren traten die positiven Seiten von *Buddleia davidii* wieder stärker in den Vordergrund. Nun war sie nicht mehr länger verpönt, sondern sogar begehrt. Durch einen gnadenlosen Raubbau an der Natur war die Tierwelt in den britischen Städten und Landschaften nämlich dramatisch zurückgegangen, und angesichts der großflächig zerstörten Wiesen und Weiden, Felder und Wälder bot der wuchernde asiatische Strauch den schrumpfenden Bestäuberpopulationen plötzlich eine wichtige Heimat. Hatte er bei den Naturschutzvereinen früher noch als fremde Spezies gegolten, die die Artenvielfalt bedrohte, sahen sie in ihm nun eine wichtige Nahrungsquelle für Bienen, Schmetterlinge und Falter. Und ähnlich war es in den Gärten. Denn auch wenn man den Sommerflieder von offizieller Seite verteufelt hatte, war er doch nie aus den Gärten verschwunden. Weil er exotisch wirkte, Insekten magisch anzog und wenig bis gar keine Pflege brauchte, pflanzten Gärtner ihn weiterhin. Auch die Bewohner mit grünem Daumen in Biltons neuen Siedlungen. Und selbst als der Trend in den 1980er-Jahren zu mehr Terrassen, Wintergärten und Parkplätzen ging und die Gartenflächen schrumpften, wuchs der Sommerflieder weiter. Er spross sogar dort, wo niemand Erde vermutete. Und so konnte der Südwestwind im Herbst 1989 an einem Sommerflieder rütteln, der durch einen rissigen Hinterhof an der Tennyson Avenue gebrochen war. Mit einem Rascheln löste sich von einer vertrockneten Blüte ein geflügelter Samen und wurde vom Wind bis zu der steinigen alten Bahntrasse getragen.

Nachdem Varley den Sämling im Jahr darauf entdeckt hatte, bewachte er ihn, so gut er konnte, und verzeichnete genau, welche Fortschritte er zwischen den Brennnesseln und Wildblumen machte, die noch vom letzten Aufflackern des Sommers profitierten. Ob Varley auch den Biltoner Naturschutzverein über seinen Fund informierte, bleibt ungewiss. Allerdings wird er in keinem Rundbrief erwähnt, und dass Varley seine Entdeckung für sich behielt, wäre nicht verwunderlich. Die Frage, ob man *Buddleia davidii* vernichten oder hochhalten sollte, hatte den Verein in der Vergangenheit gespalten, zudem fehlte Varley mittlerweile immer öfter bei den Mittwochstreffen. Das Rheuma nagte an seinen Gelenken, und auch über das schwindende Augenlicht musste er sich laufend ärgern. Er ermüdete nun schnell. Schon ein Spaziergang bis ans Ende der Straße war schmerzhaft und womöglich gefährlich. Vanessa fing an, sich Sorgen zu machen. Die Veränderungen an ihrem Mann, die gebeugten Schultern, die Dünnhäutigkeit, die Kurzatmigkeit, spürte sie wie am eigenen Körper. Sie tat, was sie konnte, um ihn aufzuheitern, und hängte beispielsweise Aquarelle vom Aller Land im Wohnzimmer auf.

»Dass der eigene Körper einmal zum Gefängnis wird ...«, seufzte Varley eines Abends, als seine Frau ihm aus dem Sessel half. Sie schaffte es noch zu lächeln, bis er aus dem Zimmer war, dann vergrub sie das Gesicht weinend in der Schürze.

Der Sommerflieder wachse schnell und setze sich mit Leichtigkeit gegen die Konkurrenz durch, schrieb Varley im Mai 1991. In den Wochen darauf besuchte er ihn, sooft es sein steifer und zunehmend gebrechlicher Körper zuließ, und suchte die Brennnesseln darunter nach eingerollten Blättern und Raupen ab. Es war ein wunderbarer Sommer, und wenn Varley nicht unter Schmerzen durch das Gelände streifte, saß er mit seiner Frau im Garten: Sie malte, und er hörte Cricket im Radio. Über den Sommerflieder in ihrem Garten krabbelten bereits Fliegen, tagaktive Nachtfalter, Marienkäfer und Tagpfauenaugen.

»Ich glaube, das wird ein gutes Jahr«, sagte Varley eines Nachmittags in das Geschnatter von *Test Match Special* hinein. Es war Juni, und in Headingley schlug England gerade die West Indies.

»Bestimmt, mein Schatz«, flötete seine Frau etwas zu hoch. »Bestimmt.«

Sie versuchte, ihre Nervosität zu verbergen. Um zehn am nächsten Morgen hatte ihr Mann einen Arzttermin in Leeds, aber wie sie Gladys später in der Kirche sagte, habe sie es eigentlich schon längst gewusst. Die mitfühlenden Worte des Arztes wären gar nicht mehr nötig gewesen. Und sie habe es dem Arzt schon angesehen, als er sie beide freudlos lächelnd in das teppichgedämpfte, makellos weiße Sprechzimmer bat. Ihm fehlte noch die Erfahrung, um ein perfektes Pokerface aufzusetzen.

Leber, Darm und Lunge. Erst in der Leber und von da aus gestreut. Schnell und aggressiv.

»Selbstverständlich vereinbaren wir umgehend einen Termin beim Onkologen für Sie, der dann die weiteren Behandlungsschritte mit Ihnen bespricht. Allerdings ist die Erkrankung schon sehr weit fortgeschritten.«

»Machen Sie sich deshalb keine Gedanken«, hatte Varley gesagt. »Das brauchen Sie nicht. Mein Leben war glücklich und erfüllt. Ich danke Ihnen vielmals.«

Es war dieses »Ich danke Ihnen vielmals«, das sie aufstehen ließ.

Während der ganzen Zugfahrt nach Hause hielt er ihre Hand. An der Station Burley Park beobachteten sie einen Kleinen Fuchs und einen Gelben C-Falter, die nur einen halben Meter vor der Scheibe einen Sommerflieder umschwärmten. Nektartrunken, träge und scheinbar furchtlos flatterten sie neben dem großen Biest, das sie zu verschlingen drohte. Es mag befremdlich klingen, aber sie schienen zufrieden.

Der Sommerflieder in dem Gelände blühte im August, in jugendlicher Pracht. Varley ging mithilfe seiner Frau die alte Bahntrasse hinunter und schaute sich die Blüte an. Es war der achte August, die Natur ging ihren Gang. Varley war zu schwach, um noch weiter zu gehen, und lehnte sich lächelnd auf seinen Stock, während Vanessa zum Auto zurückging, um zwei Klappstühle zu holen. Dann saßen sie gemeinsam vor dem Busch. Sie machte ein paar Fotos für spätere Aquarellbilder, und er schrieb stockend ein paar Sätze in seinen Notizblock:

Es fühlt sich an wie 30°C. Aber meinem Gefühl kann ich nicht mehr trauen. Überall hier, überall. Eine Ringeltaube zieht vorüber. Schwebfliegen. Kohlweißlinge. Aurorafalter. Dohlen krächzen.

Fasane. Ich möchte das alles erfassen, aber ich bin zu langsam. Oder sie zu schnell. Das Schreiben ist eine Pein. Meine Hände bewegen sich nur mit halber Geschwindigkeit. Mein Körper zerfällt, auch wenn ich (gnädigerweise) nichts spüre. (Gute Schmerzmittel). Keine Schmerzen. Ich wünschte nur, meine Augen wären besser. Es gibt so viel zu sehen. So viel, was wir alle sehen sollten ...

»Bill. Bill«, flüsterte Vanessa.

Varley hielt inne, blinzelte und drehte sich zu ihr um. Mit der Kamera im Schoß saß sie vollkommen reglos da.

»Guck mal da«, sagte sie und zeigte mit einem Kopfnicken zum Blattwerk hinüber.

Die Brennnesseln pulsierten. Ein grüner Schleier. Distelblüten. Die Ranke einer weißen Zaunrübe.

»Am Sommerflieder«, hauchte sie.

Varley kniff die Augen zusammen und suchte jede einzelne der leuchtenden Blüten ab. Da bewegte sich auf einmal die oberste Dolde, als flöge ihre Spitze davon. Das sah sogar er mit seinem vernebelten Blick. Dann ließ sie sich auf einer anderen Dolde nieder und öffnete wieder die Flügel. Dunkelbraune, im grellen Sonnenlicht fast schwarze Flügel, sieht man von den schlichten orangeroten Streifen und ein paar weißen Farbklecksen an den beiden Flügelspitzen ab.

Die Kamera surrte und klickte. Es würde ein wunderschönes Foto werden. Eine Nahaufnahme, auf der nur der Admiral und der Sommerflieder zu sehen waren. Einen Monat später hing das Bild an einer Hospizwand. Es war das Letzte, was Bill Varley in seinem Leben sah.

Schon seit einer Woche verkrieche ich mich – ich schmolle, das trifft die Sache wohl besser. Ich schiebe den Regen vor, um zu Hause zu bleiben und die Zerstörung nicht mit ansehen zu müssen. Und doch muss ich ständig daran denken. Immer wieder stehe ich vom Schreibtisch auf, renne zum Dachfenster, drücke es auf, strecke den Kopf hinaus und schaue in Richtung Aller Land. Angestrengt lausche ich auf die Kettensägen, aber höre nichts als den Verkehr, das entfernte Piepsen eines zurücksetzenden Lastwagens, die eingesperrten Schreie gemästeter Lämmer und erschöpfter Mutterschafe und als digitales Hintergrundrauschen die Stare auf den Schornsteinen und Dächern. Nun ist es Abend, und ich stehe wieder hier, gucke aus dem Fenster und schaue zu, wie sich die Wolken teilen und wie Tinte im Wasser verlaufen. Mit jeder Wolkenschliere wird einen Augenblick lang ein schmaler, goldener Sonnenuntergang sichtbar. Wie eine ferne Erinnerung, die schon ganz schwach geworden und längst von anderen dunklen, bedrückenden Gedanken überlagert ist. Schon die ganze Woche über fühlt sich mein Kopf so an, als ob etwas zu mir durchdringen wolle. Aber jedes Mal, wenn die Erinnerung wieder aufscheinen will, wird sie von Ärger und Enttäuschung umwölkt. In meinem Kopf gibt es keinen anderen Gedanken mehr, als dass diese Männer doch nicht einfach alles kaputtmachen können. Sie dürfen sich nicht einfach einmischen und Grün wegschneiden, von dem sie keine Ahnung haben und das ihnen vollkommen gleichgültig ist. Ich will nicht, dass sie das Aller Land, mein Aller Land zerstören. Und unentwegt denke ich, dass ich nichts, aber auch gar nichts dagegen tun kann.

Ich versuche, meine Gefühle zu hinterfragen. *Warum glaube ich überhaupt, dass sie das Aller Land zerstören?* Spüre ich da nicht einfach wieder mein typisches Unbehagen, wie jedes Mal, wenn große Organisationen, die Stadt oder ein Freizeitverein ein Gelände in Beschlag nehmen und dort »offizielle« Wege anlegen? Vielleicht gehen so sogar mehr Menschen in die Natur. Doch ich habe das Gefühl, es ist und bleibt ein vorgefertigtes Naturerlebnis. Wohlkontrolliert. Passiv. Distanziert. Wer den angelegten Wegen folgt, erlebt mehr oder minder dasselbe und wird wie ein Tourist durch die Landschaft gelotst. Aus denselben Richtungen, hin und zurück, sieht jeder dieselben Bäume, dieselben Ausblicke und dasselbe Wogen. Kaum jemand wird noch durch die Landschaft streifen und sie gemächlich erkunden. Und darum wird sie sich zurückziehen, verweigern und eine neue Grenze bilden. Das sich selbst überlassene Aller Land ist für mein Gefühl die Antithese einer solchen Bewirtschaftung. Dass ich es immer als einsam und verlassen erlebt habe, macht einen Teil seines Reizes aus. Dort gelten nicht die normalen Regeln; die sonst übliche Kontrolle, Organisiertheit und Gestaltung sind außer Kraft gesetzt. Für alle, die das Aller Land kennen, verlaufen dort ganz eigene Wege, die Trampelpfade von Leuten wie mir oder anderen vor mir: von Bill Varley und dem Biltoner

Naturschutzverein, von Bauern und Bürgern, Müllern, Bergleuten, Viehtreibern, Förstern und Jägern, von Liebespaaren und Landstreichern. Und weitere unzählige Trampelpfade sind durch Tiere entstanden. Wir alle sind auf eigenen Pfaden von A nach B gelangt, haben das Gelände dort durchquert, wo wir es für richtig hielten und nicht wo es uns Stadt oder Eigentümer vorgeschrieben haben. *Der entscheidende Punkt ist die Fremdbestimmung. Ich hasse es, nicht selbst bestimmen zu können*, sage ich mir, schließe das Dachfenster und gehe zu Bett.

In dieser Nacht träume ich lebhaft. Offenbar gräbt mein Unterbewusstes etwas aus, woran sich mein Bewusstsein die ganze Woche nicht erinnern wollte. Ich sehe Farngestrüpp und einen Jungen. Mit blonden, kurzen Haaren. Neun oder zehn Jahre alt. In kurzer Hose, T-Shirt und Sandalen stapft er mit hochgezogenen Knien eilig einen Hang hoch, seinem älteren und schnelleren Bruder hinterher. Es ist heiß, sie sind schon weiter oben im Hochmoor in einem Bach schwimmen gewesen, dort, wo die Brachvögel ihr *Kuriliii* in den endlos weiten, drückenden und flimmernden Himmel schreien. In der späten Nachmittagssonne riecht der Farn, der so hoch steht wie Getreide, nach Erde, Feuchtigkeit und Holz. Verschwitzt und mit von der Sonne gerötetem Gesicht stapfen sie durch die knackenden Wedel, sie wissen genau, sie sollten längst zu Hause sein, aber sie können sich nicht losreißen. Dann sind sie vor ihrer Höhle, winden sich durch die Wedel am Eingang und kriechen hinein in die Mulde. Von hier aus sehen sie die Häuser unten im Tal. Auch ihr Haus. Den Rand der glitzernden Stadt. Noch immer auf dem Bauch liegend, wendet sich der Jüngere schließlich um und schaut an seinen Beinen herunter; an seinem Schuh hat sich etwas bewegt. Er packt seinen Bruder am Arm, und nun beobachten beide die Schlange, die sich lautlos den Hang hinaufwindet; ein kleiner Kopf mit stechenden schwarz-goldenen Augen, ein dicker olivgrüner Körper mit gelbem Kragen. Eine Ringelnatter. Ich sehe, wie die beiden nach ihrer Mutter schreiend nach Hause laufen. Doch ich erinnere mich noch genau. Wir haben vor Freude, nicht vor Angst geschrien.

Als ich am nächsten Morgen aufwache, komme ich mir albern vor. Und egoistisch. Nach diesem Traum kann ich mich ein paar unangenehmen Wahrheiten nicht mehr verschließen: Wahrscheinlich hätte ich das Gelände nie so erkundet, wenn man mir diese Welt nicht früher schon nähergebracht hätte. Als ich den Siedlungsrand zum ersten Mal betrat, musste ich nicht mehr lernen, wie man sich dort bewegt, Trampelpfade findet, tiefer gräbt, Schichten erkennt, vergangenen Geschichten lauscht oder sich den Tieren nähert. Ich kannte mich mit all dem aus. Dank meiner Eltern waren die Ränder für mich immer ein geheimnisvoller Abenteuerspielplatz geblieben, ein Rückzugsort, ein Niemandsland, ein Portal. Wie kann ich jetzt dagegen sein, dass andere ähnliche Erfahrungen machen? Wir leben heute schließlich in einer anderen Welt. Die Welt hat sich gewandelt. Wie vielen Menschen ich in der ganzen Zeit in dem Gelände begegnet bin, weiß ich nicht genau, jedenfalls nicht vielen, und an Kinder kann ich mich gar nicht erinnern. Mein Unbehagen an dem vorgefertigten Naturerlebnis ist vielleicht nicht unbegründet, aber diesen Kampf hätte man viel früher führen müssen. Heute gibt es ein viel drängenderes Problem. Unsere Gesellschaft hat sich mittlerweile so weit von allem Realen entfernt, dass wir solche Orte wohl nur noch aufsuchen, wenn es asphaltierte Radwege und Schilder gibt. Zumindest sind sie, so hoffe ich, ein Anfang. Von einem Weg, der weiter führt. Wenn die Leute durch die Wiesen und über das Viadukt radeln, werden sie vielleicht von Pollen, Samen und Gräsern dazu verführt, doch einmal näher hinzuschauen. Weil sich Bäume und Flüsse in ihre Fantasie schleichen, verlassen sie begeistert den vorgeschriebenen Weg, suchen sich ihre eigenen Pfade und verändern sich langsam. Das kann schließlich jedem passieren.

Ich drehe mich zu Rosie um, die neben mir liegt. Sie kann nur noch auf der Seite schlafen, mit zwei Kissen unter dem Kopf und, um die Hüfte zu entlasten, einem Kissen zwischen den Beinen. Sie ist hochschwanger, und es steht ihr gut; sie trägt das Baby, wie es in den Büchern heißt, »hübsch« vor sich her, von hinten sieht man kaum, dass sie schwanger ist. Abgesehen vom umständlichen Schlafen fühlt sie sich so wohl wie seit Monaten nicht mehr. Als wir aufstehen und gemächlich das Frühstück vorbereiten, fällt mir auf, wie gut ihre räumliche Wahrnehmung auf den Bauch abgestimmt ist. Wenn sie eine Küchenschublade öffnet oder an etwas vorbeimuss, weicht sie passgenau zurück. Es ist, als hätte diese Form ihres Körpers schon immer darauf gewartet, zum Vorschein zu kommen. Und unser Baby, das in Rosies Bauch so sicher reist, hat sich physiologisch sogar noch viel stärker gewandelt;

aus einem sich teilenden Zellhaufen ist eine fertige, erkennbare Form geworden. Ich versuche, mir vorzustellen, wie es jetzt aussieht: mit den winzigen Gliedern, Fingern und Zehen, dem pochenden Herzen, den geschlossenen Augen. Von Rosies Körper sicher getragen, ist es am Leben und ist doch noch nicht *im* Leben. Aber bald ist es so so weit.

An einem Tag Anfang September blicke ich aus dem Dachfenster meines Arbeitszimmers: ein wunderbar blauer Himmel, lange Schatten, und kühle, prickelnde Luft. Doch das Beste ist eine große Wolke, die aussieht wie ein Hase in seiner Sasse. Die Wolke muss direkt über dem Aller Land stehen. Ein Zeichen. Ich öffne meinen Laptop und suche nach einem Wort, das die drei Holzfäller mehrmals genannt haben: SUSTRANS. So heißt die gemeinnützige Organisation hinter dem Radweg. Ich habe schon von ihr gehört. Sie hat es sich zur Aufgabe gemacht, stillgelegte Bahntrassen in Stadtnähe und zwischen britischen Städten in Fuß- und Radwege umzuwandeln. Als Anwalt der Siedlungsränder möchte sie den Zugang dazu erleichtern, den Verkehr dort verringern und Freizeitaktivitäten in den brach liegenden, ungeliebten Gebieten fördern. Wer das nicht gut findet, muss verrückt sein. Und als die Website auf dem Bildschirm erscheint, bin ich auch sofort beruhigt. Ich sehe eine Radfahrerin in Rückenansicht, unter einem zauberhaften Himmel auf einem alten Bahndamm. Rechts schiebt sich ein Stadtrand ins Bild, mit Doppelhaushälften und einem Gewirr aus Grün. Zaunwinden und Weidenröschen blühen neben dem Radweg. Dem Licht nach zu urteilen, ist es Ende August, Anfang September. Also etwa dieselbe Zeit wie jetzt. Die Landschaft sieht *meinem* Aller Land verblüffend ähnlich. Es könnte die stillgelegte Bahntrasse in Bilton sein. Und verdammt noch mal, das wird bald die stillgelegte Bahntrasse in Bilton sein. Das Foto wirkt wie eine Ermahnung: *Schau her, so sieht das aus! Da muss man sich nicht sorgen. Lediglich ein paar Leute mehr.* Und es stimmt. Im Hintergrund ist noch immer das wild wuchernde Gelände zu sehen, mit derselben ungezähmten DNA. Es hat lediglich eine Metamorphose von der einzelgängerischen zur geselligen Lebensform durchgemacht und somit eine für Fortbestand und Überleben notwendige Entwicklung.

Auf der Homepage blendet nun ein neues Foto auf: An einem Kanalgewässer sind Fahrradfahrer und Fußgänger unterwegs zur Arbeit.

Und dann noch eins: Auf einer Brücke spielen Kinder neben einem hohen Sicherheitszaun im Gebüsch. Eine Nahaufnahme. Den Gesichtern nach zu urteilen, fühlen sich die Kinder dort heimisch. Das hier ist wirklich unser Aller Land, weil es zurückerobert, sinnvoll genutzt, geliebt wird und den Menschen etwas gibt. Plötzlich komme ich mir in meiner Ablehnung der neuen alten Bahntrasse noch alberner vor. Die Ränder müssen doch Teil der Alltagserfahrung sein. Was denn sonst? Es ist doch ungeheuer wichtig, dass die Entscheider von morgen das ungezügelte Gegen- und Miteinander von Mensch und Natur, die komplexe Verschränkung von Infrastruktur und Landschaft und die bizarre, bezaubernde Überlagerung von Damals und Heute erfahren und begreifen. Sie müssen doch wissen, welche Wechselwirkung zwischen unserer Spezies und der Umwelt besteht. Unser Aller Land erinnert uns daran, dass wir alle Teil eines ständigen Veränderungsprozesses sind, und erzählt uns damit mehr über die Welt gestern, heute und morgen als jedes großartige, auf ewig konservierte Naturschutzgebiet und jede sterile Parklandschaft. Es zeigt uns nämlich, wer wir wirklich sind: die Urheber unserer eigenen Verwandlung und unserer Welt.

Wieder hängt, wie 1979, der beißende Gestank nach Verkohltem über dem Gelände. Doch diesmal liegt es nicht an den verbrannten Autos, sondern an dem auf 200°C erhitzten Teer, der, noch brodelnd, im Teerwagen bis ans Ende der Bilton Lane gefahren wird. Dort wird ein Hebel umgelegt, und sofort ergießt sich ein frischer Strom in die Schubkarre, die dann ein Mann über Holzplanken zum Bautrupp schiebt. *Wusch.* Und wieder kehrtgemacht. Die Arbeit geht schnell voran, in der warmen Nachmittagssonne kann man den dampfenden, zähen Firnis gut auf der stillgelegten Trasse verteilen. Der braunschwarze Belag weiter vorn trocknet schon. Er ist 2,5 Meter breit, 60 Millimeter hoch, so glatt und gleichmäßig wie ein Billardtisch und wird rechts und links von orangem Sägemehl und aufgewühlter Erde gesäumt. Genau dort, wo die abgeholzte Fläche endet, wurde vor zwei Wochen eine Brennnessel von einer Motorsense erfasst. Oder besser gesagt, halb erfasst. Weil nur die Hälfte des dicken Stängels gehäckselt wurde, fiel sie torkelnd um und die im unteren Blattwerk verborgene Verpuppung wurde aus der Schneise geschoben, die sich die zurückkehrende Motorsense bahnte.

Kippen. Verteilen. Kippen. Verteilen. Der Asphalt rückt näher. Dampfend fließt der Teer über das Ameisennest und über den geharkten Boden, auf dem vorher die Weide stand. Als die Walze vorbeibrummt, vibriert der Boden. In der Puppe bewegt sich nun, nach siebzehn Tagen Abriss und Wiederaufbau, etwas. Die glatten Außenplatten reißen auf, und ein gebeugtes, schwarzes, verhülltes Wesen zwängt sich langsam durch den Riss. Zuerst klappt der linke Fühler auf, der bisher im Körper verborgen war, dann der rechte. Nun kommen lange Beine zum Vorschein. Damit kann sich das Wesen festkrallen und den restlichen Körper herauszerren. Jetzt ist es frei. Das Admiral-Weibchen schlüpft aus der jetzt transparenten Puppe und klettert aufwärts, mit noch feuchten Flügeln, die wie eine durchnässte Satteltasche auf einer Seite herabhängen.

Kippen. Verteilen. Als ein Arbeiter versucht, einen besseren Winkel einzunehmen, um den Teer zu verteilen, tritt er auf die Brennnessel und zerquetscht die leere Puppe. Doch der Schmetterling bleibt, wo er ist, bis das Zittern aufhört, dann klettert er von Stiel zu Stiel und erreicht schließlich, von der Sonne gewärmt und angespornt, einen Schlehdorn. Dort sitzt er nun mit zusammengeklappten Flügeln, wartet und trocknet langsam. Mit der Zunge liebkost er, wie ein Hund sein Fell, die pelzige Brust. Plötzlich öffnen sich die Flügel. Und flattern und flattern.

Ein anderer Admiral fliegt heran. Das Männchen ist unterwegs nach Süden und trudelt auf der Suche nach stärkendem Nektar von Efeublüte zu Efeublüte. Eine Weile umkreisen sich die beiden und wippen aufwärts, als würden sie vom gewaltigen Atem der Erde hochgepustet, die letzten Schnipsel eines schwindenden Sommers. Doch dann steigt das Männchen, angelockt von einer unsichtbaren Wärme am Horizont, höher und höher. Das Weibchen folgt ihm nicht; es genießt im Schlehdorn des Aller Lands die Sonne und wird bis März hierbleiben. Wenn die Temperaturen fallen, wird es neben dem Radweg in dem Stapel abgeholztem Sommerflieder überwintern und erst durch die wärmenden Sonnenstrahlen im Vorfrühling wieder geweckt werden. Schmetterling, Metapher und Umweltindikator: Dass es hier Admirale gibt, zeugt von der heutigen Gesundheit dieses Fleckens Erde, und dass sie hier überwintern, belegt eindringlich die Erwärmung unserer Erde.

LETZTE RUNDE

Wie lange leben Brennnesseln? Der Gedanke überfällt ihn. Die hier. Er packt zu und hält sie fest. Zerpflückt sie. *Wie lange leben Brennnesseln? Ein Jahr? Zehn? Oder hundert? Noch länger? Denk doch mal nach. Denk nach.* Vom schnellen Laufen außer Atem, steht er am Waldrand, halb zwischen den Bäumen und halb draußen, und starrt auf das Gebüsch aus *Urtica dioica*. Er wendet die Frage hin und her. Sie wird zu einer Mauer, die andere Gedanken fernhält. So war es auch auf dem langen Rückweg bis hierher: von Albert an der Somme bis nach Boulogne-sur-Mer. Und dann über Folkestone, London und York bis nach Harrogate. Zwei Tage lang ist er durch das Geliebte Vaterland – eine Welt, die er kaum mehr erträgt – gereist und hat versucht, sich an Einzelheiten festzuklammern. Am Klang einer Schiffssirene, am Klappern eines Zugfensters, den gelblichen Zähnen einer Frau im Bus, die ihn, als sie sein Starren bemerkte, anlächelte und am Knie tätschelte. »Wir sind so stolz auf euch, auf jeden von euch.« Und an der kurzen, entschuldigenden Miene ihres Ehemanns, der zischelte: *Louise, bitte.* Es ist ein Denkspiel, ein Konzentrationsspiel, eine harmlose Ablenkung, die sein Gehirn erschöpfen soll, damit es wieder vernünftig denken kann. Damit es vor lauter Ermüdung endlich zur Ruhe kommt, schläft und gut erholt erwacht. Ohne Erinnerungen. Ohne Arthur. Und darum konzentriert er sich jetzt auf die frische Brennnessel, die der Herbst hervorgebracht hat. Auf die Brombeerbüsche, auf die dreißig Meter hohen Kiefern und die frische Luft, den Geruch nach Wasser und das Krächzen der Krähen. *Wie lange leben Brennnesseln? Ein Jahr? Zehn? Oder hundert? Noch länger?*

Wie lange leben wir?

Er hatte eigentlich nach Hause gewollt. Weil er diesen kleinen Teil seines alten Selbst wiederfinden wollte, diese dünne zerknitterte Hülse namens Thomas Watson, die er am 1. Juli abgezogen und mit der Feldpost an Elisabeth zurückgeschickt hatte. Er bräuchte nur nach Bilton Hall zurückzukommen, hatte er gedacht, und schon würde er wieder der sein, der er einmal war. Und wäre es nur für ein Bad und ein Abendessen. Mehr als eine Nacht konnte er ohnehin nicht bleiben. Fünf Urlaubstage hatte er durchsetzen können, das hieß zwei Tage hin, zwei zurück und 24 Stunden, die ihm dazwischen blieben. Vom Bahnhof Starbeck aus war er zügig losgelaufen, schon vor Augen, wie er freudig rufend durch das Einfahrtstor schreiten würde, so, wie seine Mutter und Evans es erwarteten. So wie damals, wenn er in den Sommerferien vom Ampleforth College nach Hause gekommen war. Aber dann war auf einmal etwas passiert. Diese dünne Flüsterstimme vorm Metzger. *Mama! Mama! Guck mal, ein Soldat!* Hinter ihm Schritte, die ihn einholten. *Sind Sie gerade erst zurück, Sir?* Da trifft einen doch der Schlag: Der Junge sah aus wie ein Soldat! Ganz in Khaki, mit Gamaschen und Schirmmütze. *Ein Zeppelin, Sir. Wir haben einen Zeppelin gesehen. Genau über der Bilton Lane. Haben Sie auch welche gesehen?* Das Gesicht war ein Schock. Es verschwamm zu dem von Wilson, Brayshaw, Daley, zu dem all der jungen Kerle in seinem Zug, die in den Schlamm gestürzt waren. Da konnte er nur noch wegrennen. *Konzentrier dich. Das Spiel.* Die Spatzen in der Hecke. Die Eichen dort drüben. Der Asphalt, auf dem er nach Hause lief. Der orangefarbene Sonnenball über den Lärchen. Alles eignete sich für das Spiel. An der Auffahrt blieb er stehen, rauchte noch eine Zigarette. Die schwarzen Blätterranken des schmiedeeisernen Tors waren frisch geschrubbt; es roch streng nach Seife, darunter dampften Wasserpfützen. Auf einem selbstgemachten Schild, mit gelben Bändern festgebunden, stand in gotischer Handschrift: *Herzlich willkommen, unser tapferer Sohn!* Dort drüben lag das Gut, soeben zu erkennen.

Ehrfurchtgebietend. Unverändert. Voller Sonnen- und Schattensprenkel. Alle würden da sein. Seine Mutter ging wahrscheinlich gerade von Raum zu Raum, ordnete an, organisierte und spielte ihre Rolle perfekt: Evelyn Watson, die Erbin. Sie würde auf heißem Wasser für sein Bad bestehen. Die Blumen im Salon überprüfen. Die Terrassentüren weit öffnen, für die perfekte Sicht auf den Spring Wood. *Du weißt doch, wie sehr er den Spring Wood liebt.* Die von den Dienstmädchen gestärkte Tischwäsche. Das unerträglich langsame Ticken der Uhr im Salon. Am polierten Silber würden Karten mit Bibel- und Sinnsprüchen – *ewige Erinnerung, Ehre* – lehnen. Der Pfarrer würde mit gefalteten Händen dastehen. Seine Schwestern. Und später dann natürlich Elizabeth mit ihren Eltern. Elizabeth, Lizzie, hübsch und liebenswert wie immer. Seit August hatte er ihr nun nicht mehr geschrieben, aber von ihr waren weiterhin Briefe mit Treue- und Liebesschwüren gekommen. *Mein Allerliebster …* Gegen Ende des Abends würden dann vielleicht auch Mr und Mrs Hutton eintreten, schlurfend und in Trauerkleidung. Nur noch ein Geist ihrer selbst, würden sie sich irgendwann mit einem Zittern im erstarrten Gesicht und mit versagender Stimme an ihn wenden: *Herzlichen Dank für Ihren Brief. Er war uns ein großer Trost. Wäre es Ihnen vielleicht möglich, dass Sie uns noch etwas …? Meine Frau … Wir wüssten so gern …*

Aber was hätte er schon sagen können? Was tun? Das Gut wirkte so unverändert, und er fühlte sich so entsetzlich. Darum war er Hals über Kopf geflüchtet, vor dem frisch geputzten Tor, dem handgeschriebenen Schild, den Huttons und seiner Mutter, war um den Bilton Park herumgelaufen und weiter hinunter in den Spring Wood. Erst als er den Nidd erreichte, verlangsamten sich seine Schritte. Diesen Weg hatten Arthur und er früher immer genommen, wenn sie in den Weihnachtsferien auf Streifjagd gegangen waren. Als er nun über den Weg lief, blitzten die Erinnerungen wieder auf. Sie hatten noch von den Wäldern geredet, kurz vor dem Aufbruch zur Front. Als sie im Hauptquartier, über Karten gebeugt, eingewiesen worden waren, hatte Arthur auf die vier Wäldchen gestarrt, die von britischen Schützengräben durchschnitten wurden. Die Evangelisten-Wäldchen, Matthäus, Markus, Lukas und Johannes nannte man sie. *Hier, siehst du die, Thomas?*, hatte er gesagt, ihm auf die Schulter geklopft und seine Handschuhe übergestreift. *Es ist genauso, als würden wir im Spring Wood Fasane jagen.* Arthurs Lächeln, die lebhaften Finger, die sich in die kastanienbraunen Handschuhe zwängten, die Ungeduld in seinem Gesicht, weil er den Kampf kaum erwarten konnte. Arthurs *Lächeln.* Die Bäume um ihn. Das Vogelgezwitscher. Er erinnerte sich genau und vergaß für einen Moment das Spiel, das er, seit er von Frankreich aus mit dem Schiff voller Verwundeter und Sterbender übergesetzt war, spielte und mit dem er solche Gedanken bisher in Schach gehalten hatte. Aber da war es schon zu spät. Plötzlich sah er Arthur im rauchenden Schlamm. Und auf einmal kam das saugende, klatschende Geräusch nicht mehr vom Nidd, der ans Ufer schlug, sondern von Arthur, der versuchte, etwas zu sagen. Die Bäume rochen nach ihm, nach Sprengstoff, nach Eisen wie frisches Blut, wie auf dem Schlachthof. Dann hatte ihn etwas am Ellbogen gestreift. Kein Haselbusch, nein, es war Arthur, der nach ihm griff. Der Tote. So viele Tote. Die Erde selber bestand aus Toten. Darum war er schreiend den Hang am Wehr hinaufgekrochen, hatte gebetet, dass ihm sein Freund nicht folgen würde, und sein Gehirn hatte nach irgendetwas gesucht, an dem es sich festhalten konnte. Damit das Spiel von Neuem beginnen konnte. Damit er wieder eine Mauer errichten konnte.

Er blickt auf die Brennnessel, auf ihre kleinen, weichen und nadelbespickten Blätter, auf die beiden oberen eiförmigen Blätter, die aufwärts und abwärts zeigen, auf die Blätter rechts und links darunter. Wie lange leben Brennnesseln? »Ewig«, sagt er laut. *Wie lange leben wir?* Damit sich sein Kiefer lockert, tastet er nach einer Woodbine, zündet sie an, hält die Hand über die Flamme und schützt instinktiv die Glut – So haben sie die erste Nacht an der Front in den Schlaf gefunden. Ein tiefer Zug, um das Gehirn zu vernebeln. Den wippenden Fuß. *Wie lange leben Brennnesseln?* Ihre Rhizome durchwuchern den Boden, man kann ihre dünnen, gelben Wurzeln ausgraben, aber sie kommen trotzdem wieder. Das hat ihm Addyman, der Gärtner, erklärt. *Wenn man sie ausreißt, kommen sie erst recht wieder. Komisch eigentlich.* Und er hatte von Nahem erlebt, wie sie noch mächtiger als zuvor aus dem Boden schossen. *Erde zu Erde, Asche zu Asche, Staub zu Staub. Ich glaube an die Auferstehung der Toten und das ewige Leben.* Sie hatten so viele begraben, wie sie konnten, in dem stinkenden

Schlamm hinter dem Touvent-Hof. Doch zwei Wochen später mussten sie zusehen, wie die Deutschen das Gebiet bombardierten und die grobschlächtigen Holzkreuze und verwesenden Körper zerfetzten. *Erde zu Erde, Asche zu Asche, Staub zu Staub.* Und der unselige Gestank, wie eine Speisekammer voller Fleisch, das man vergessen hatte auszunehmen. *Denk nach, Mann, denk doch mal richtig nach. Konzentrier dich. Wie lange leben Brennnesseln? Wo kommt sie her? Irgendwo muss sie doch herkommen. Denk nach.* Vielleicht sollte er die Brennnessel ausreißen. Die Wurzeln würden ihm ihr Geheimnis vielleicht verraten. Schließlich gehörte sie ihm, er konnte damit machen, was er wollte. Das ganze Land gehörte ihm, vom Gut bis zum Viadukt, die wunderbaren Gärten, die Wälder und Felder. Er kannte hier noch den entlegensten Winkel. Nach dem Tod seines Vaters hatte er das Land geerbt. Er, der älteste Sohn von Bilton Hall. Der einzige. *Du kommst wieder heim, Tom,* hatte seine Mutter ebenso stolz wie beschwörend gesagt. *Du musst.* Hinter dem Nebel glitzert die Welt. *Aber welchen Sinn hat sie jetzt noch?* Ein altes Leben. Das Land gehört einem verschrumpelten, verknitterten Etwas, das man in irgendeiner Schublade abgelegt hat. Sein Land lag nun woanders. Er steht jetzt am Rand dieses Ortes, in sicherer Entfernung von seinen Bewohnern, als wäre auch er schon tot. Verwirrt, verängstigt und hilflos schaut er auf seine Hände und sieht Arthurs Hände, die sich in die kastanienbraunen Handschuhe vortasten. »Es tut mir leid, Lizzie, aber wie könnte ich dir so entgegentreten?« Wieder spricht er laut. »Wie könnte ich euch so entgegentreten? Es tut mir leid. Wirklich, aber am besten, ihr erfahrt das nie.« Vor sich hin summend, schaukelt er vor und zurück. Da sind die Kiefern und die rufenden Krähen – ah … ah …, ah-ah-ah und aaaaaaah. Die Vögel schreien durcheinander, ein gellendes urtümliches Schimpfen, Klappern und Krächzen. Ein vielstimmiger Vogelchor, nah und fern, wie die Verwundeten und Sterbenden auf dem Feld. Die Verzweiflung. Die Scham. Sein beschämendes Leben war mit einundzwanzig zu Ende. Am 22. Juni war Arthurs Geburtstag. Neun Tage vor dem Angriff. Sie hatten ihn mit zwei Leutnants aus der 94. Brigade gefeiert. *Erinnerst du dich? An den Whisky? In der Kneipe. Wir waren betrunken, alle. Die Zigarren vom Oberst …*

Aufhören, um Himmels willen. Die Brennnessel. Der kantige Stiel verschwindet in der Erde. *Schau genau hin. Saubere Erde.* Er stiert. *Ja. Gute Erde. Daraus hätte ich vielleicht was machen können.* Dunkelbrauner Boden, mit Insekten und Wegerich. Wenn man das Ohr dranhält, hört man das Meer. Und genau das tut er jetzt. Auf allen vieren lauscht er dem sanften Meeresrauschen, ohne Muscheln. Er riecht an der Erde, die so kühl und rein ist wie feuchte Wolle. Auf den Feldern von Bilton graben sie jetzt Kartoffeln aus. *Kartoffeln.* Unter den schnell dahinziehenden Septemberwolken schwingen drei Frauen die Heugabeln und heben säckeweise Kartoffeln heraus. Hinter ihnen bereiten sechs andere den Boden fürs Wintergetreide vor. Plötzlich glaubt eine, sie hätte am Waldrand etwas gesehen, richtet sich auf, steckt die Haare unter das Kopftuch: *Ich könnte schwören, dass da eben noch einer stand, ein Soldat, der seine Schirmmütze aufsetzt.* Später wird sie einmal sagen, das muss der Geist von ihrem Edward gewesen sein, der in Mons gefallen ist.

Jetzt sind bestimmt schon alle versammelt. Im Gut, und wundern sich. *Hat der Zug Verspätung? Evans, rufen Sie bitte an! Er ist angeblich pünktlich, Ma'am.* Er drückt sich noch tiefer ins Unterholz, damit man ihn nicht sieht, und steckt sich noch eine Woodbine an. Die letzte hat er gar nicht aufgeraucht, sie hat ihm die Handfläche verbrannt. Er will nicht, aber er schaut trotzdem hoch. Hinter dem Brennnesselgebüsch steigt das Feld leicht an. Und dort ist es. Dort oben. In fünfhundert Metern Entfernung. *Serre.* Das Ziel. Sie wollen in Wellen vorrücken. Der Ort ist deutlich zu sehen. *Eine Scheißfestung,* flüstern sich die Soldaten im Schützengraben zu. *Aufhören.* Sie liegen unmittelbar hinter dem Matthäus-Wäldchen. Ein komischer Wald; Natur gibt es da nicht. »Ihr werdet einmal stolz auf euch sein, Männer«, schreit der Sergeant, der hinter ihnen auf und ab geht und reihenweise Schultern klopft. *Das 15. Bataillon, die Söhne von Leeds. Eure Stadt wird stolz auf euch sein, Männer. Ihr werdet stolz auf euch sein.* Aber auch von all den Männern ist nichts geblieben. Nichts Erkennbares jedenfalls. Khaki-Gestalten im Khaki-Schlamm. Verängstigte kleine Jungs. Knochen, Muskeln, Organe und Gefühle in Säcken. Während ihre Mütter und die sie ewig liebenden Fabrikarbeiterinnen in der Ferne das morgendliche Teewasser aufsetzen, ist ihr Fleisch und Blut schon angezählt. Sie warten. Mit aufgerissenen Augen. Entfernte Schreie. Näherkommende Schreie. Die Ohren rauschen, nachdem sie den Hawthorne-Ridge-Stollen in die Luft gejagt haben – was man sogar in Hampstead Heath gehört hat, wie er Lizzies Briefen dann entnehmen konnte. Doch in den Reihen geht ein Gerücht um. Gerüchte. *Unterirdische Bunker, stahlverkleidet.* Und er weiß, dass die Gerüchte stimmen. Er hat es letzte Nacht selbst gesehen, als er mit Hauptmann Haley durch das Periskop im Schützengraben blickte. Haley war beunruhigt. Die verräterische V-Form der unbeschädigten Stacheldrahtverhaue. Mit Stacheln so lang wie Nägel. *Verdammt, Watson*, hatte Haley gemurmelt. Die vielen Granaten waren umsonst. *Wir können froh sein, wenn wir überhaupt bis zum Stacheldraht kommen. Beten wir, dass wir bis zum Stacheldraht kommen.* Die Fragen, die ihm auf der Zunge lagen, hatte er für sich behalten: Warum machen wir es dann überhaupt, Sir? Wofür? Für wen? 7:25 Uhr. Wahrscheinlich war seine Uhr stehen geblieben. *Wie lange noch?*, ruft er Arthur zu, der mit seiner Abteilung abwartet. *Fünf Minuten.* Dann: *Viel Glück, Tom. Viel Glück.* Doch noch warten sie. Die Nebelwand baut sich auf, schwankt und fällt zusammen. Entlang der Front hallen Krachen und Knattern wider. Granatwerfer. Ein grauer Himmel. Ödes Niemandsland. Es fühlt sich unsagbar falsch an. Unsagbar unnatürlich. Sie werden nie bis zum Stacheldraht kommen. Arthurs dünnes Lächeln. Die Pfeife zwischen seinen Lippen.

Um Himmels willen. Guck dir die Brennnessel an.

Die Brennnessel. Die Brennnessel. Wie lange leben Brennnesseln? Hundert Jahre? Nein. Älter. Wieso hat er das nicht längst erkannt? Nicht längst gesehen, wie vollkommen, wie ruhig und erhaben die Natur ist? Er wird niemals wieder etwas ausgraben, versprochen, sagt er laut. *Die Brennnessel.* Er betrachtet die herbstliche Auferstehung eines uralten Samenkorns und ist sich sicher, dass es von einem matschigen Pferdehuf hierher verschleppt wurde. Er sieht vor sich, wie das Pferd über einen alten Bürgerkriegspfad trottet, der einst durch den Wald zur Skipton Road führte. Und wer sitzt auf dem Pferd? Karl I., gefesselt und bleich im Gesicht. Die Schotten haben ihn unsanft übergeben, nun wird er von Ripon nach Leeds eskortiert, noch vor seinem langen Marsch zum Palast in Newmarket. Das Pferd stolpert.

Matsch und das Samenkorn lösen sich vom Hufeisen. Und werden von der Erde aufgenommen. Die Brennnessel gedeiht und stirbt, gedeiht und stirbt, gedeiht und stirbt – 270 Jahre lang. Jahrhunderte spulen sich vor seinen Augen ab. *Ich glaube an die Auferstehung der Toten und das ewige Leben. Gibt es das wirklich? Ist überhaupt irgendetwas wirklich?* Er kann dem nicht mehr trauen, was er sieht, dem, was seit jenem Morgen aus diesem ständigen weißen Nebel aufsteigt. Wie die Soldaten ihn anschauen – Sie wissen es genauso wie er. *Sie müssen jetzt Charakter beweisen, Leutnant, sonst kommen Sie vor Gericht.* Der Oberst ließ keinen Raum für Zweifel. *Sie müssen Ihren Männern jetzt ein Vorbild an Tapferkeit sein.* Welchen Männern? *Trinken Sie was, wenn's sein muss.* Das hatte er schon versucht. Aber dann war Arthur langsam aus dem Nebel aufgetaucht. Arthur, wie er ihn zuletzt gesehen hatte. Ein unerträglicher Anblick, gegen den auch das Trinken nicht half.

»Ich glaub, du wirst langsam verrückt«, sagte er sich laut.

Die Brennnessel. Denk an die Brennnessel. Konzentrier dich. Uro – er kramt in dem Latein, das er in Ampleforth gelernt hat – brennen. Auf ihren Blättern eine Million winzige Nägel. Die Woodbine, die er wieder nicht aufraucht, brennt ihm in die Haut, er lässt sie fallen und starrt auf den kreisrunden, glänzenden Brandfleck. Die Nägel am Stacheldraht. *Durch seine Hände und Füße trieben sie Nägel. Erst die Kreuzigung, dann die Auferstehung. »Jesus Maria, sie haben uns gekreuzigt, Arthur«*, sagt er plötzlich. All die Söhne von Leeds, die auf dem Feld geblieben sind. Zwischen Hunslet und Headingley gibt es nicht eine Straße, die keine Wunde davongetragen hat, keine Reihenhaussiedlung, die verschont geblieben ist. Als die Telegramme eintrafen, habe in der Stadt ein einziges Wehklagen geherrscht, sagen sie. Ebenso in Bradford und in ganz Lancashire. Die verhüllten Häuser weinten aus schläfrigen, jalousienverhangenen Augen. Und kein Sohn ist wieder auferstanden. In all den Dörfern und Städten nur immer noch mehr wuchernde, kranke, verwundete Haut. Neue Formen des Lebens. Neue dunkle Schatten. Die weder lebendig noch tot sind. Der Nagel in der Hand lässt sich nicht entfernen.

Er runzelt die Stirn. Da war doch noch eine freudige Erinnerung an einen Nagel. Da. *Ein Baum. Und Lizzie.* Er blickt den Waldrand entlang. *Da!* Die Esche steht nur 50 Meter weiter. Gemeinsam hatten sie den Nagel festgeklopft, ziemlich weit unten am Stamm, an dem Abend, ehe es zur Übung nach Colsterdale ging und dann nach Alexandria. Unten in der Senke noch ein Kuss. Tastend fuhr er über ihre Strümpfe. Dieses blonde, lockige Haar und der Nacken, der immer nach Lavendel duftete. Seine Lippen hinter ihrem Ohr. Sie war alles, was in der alten Welt gut war. Wie kurz ihre gemeinsame Zeit war, da ahnte er noch nicht, wie schnell die Zeit vergehen würde. Er weiß es noch genau: ein Tag Urlaub am 24. September 1914. Das Fest im Gut. Der Nagel. Er will ihn noch einmal sehen, aber *wieso hat sich das Licht plötzlich verändert*? Er hat Angst, er kann sich nicht rühren. *Die Scharfschützen achten auf jede Bewegung.* Im Licht der Dämmerung färben sich die Felder von Bilton rosa. Jetzt machen sie sich bestimmt langsam Sorgen. Im Kamin brennt das Feuer. Alle sind da. Elizabeth weint lautlos. Mutter bewahrt Haltung. Der Pfarrer hält ihre Hand. *Er tut nur seine Pflicht, Evelyn. Seine Pflicht. Er kann seine Männer nicht alleinlassen.* Welche Männer? *Natürlich, Sie haben recht. Evans, nehmen Sie bitte das Schild ab. Und sagen Sie den Dienstmädchen, dass wir das Fleisch kalt essen.* Es wird gleich dunkel. Er möchte den Nagel berühren, Elizabeth noch einmal berühren, aber er hat Angst. *Du brauchst keine Angst zu haben, Thomas. Wir sollten uns beide melden. Vater sagt das auch. Das würde uns zu Männern machen. Im Zentrum von Leeds steht eine lustige Straßenbahn, ganz in Flaggen gehüllt. Es ist einfach unsere Pflicht, Thomas.* Arthurs dünnes Lächeln.

Du hast wieder das Spiel vergessen.

Arthur hat die Pfeife zwischen den Lippen. Los geht's. Viel Glück, Tom. Viel Glück. 7:29 Uhr. Der graue Himmel und das Niemandsland. Ein Krachen und das entfernte Knallen der Streufeuer. Dann überall Erschütterungen, ohrenbetäubend, aufwühlend. Eine Gewalt, die zuschlägt und alles hinwegfegt. Hauptmann Haley mit zerfetztem Oberkörper; verwirrt zwinkernd, als gäbe es bloß eine kleine Unstimmigkeit bei der Tischbestellung in seinem Club. Die Erde buckelt in Wellen und kracht über sie hinweg, wie die braune Sturmbrandung über die Kaimauer von Scarborough. Die deutsche Artillerie ist vollkommen unbeschädigt geblieben. Genauso wie ihre Stacheldrahtverhaue. *Beten wir, dass wir bis zum Stacheldraht kommen. Wir werden nie bis zum Stacheldraht kommen.* Junge Männer, von der Erde verschluckt, schon getroffen, ehe sie den Schützengraben überhaupt verlassen haben. Wie viele? Zweihundert, dreihundert? Zählt sie doch an den Fingern ab. Jeden Einzelnen eurer Lieben. *Raus hier, raus. Macht, dass ihr rauskommt, verdammt* – Dann wird der Feldwebel in zwei Teile zerrissen. Das Pfeifen der Granaten. Der Sprengstoff in Hals und Lungen. Der Regen aus Blut und aufgewühlter, widerlicher Erde. *Raus hier, raus.* Verängstigte Khaki-Gestalten eilen mit weit aufgerissenen Augen und zusammengebissenen Zähnen in den Tod. Zerknautschtes Fleisch und Blut, als wäre es aufgespult oder auseinandergebrochen. Und dieses Kreischen der Granaten. Die Schreie der Verwundeten. Das Kreischen der Teekessel der Mütter von Hunslet bis Headingley. Das Kreischen der Pfeife, die zwischen seinen Zähnen noch weitergellt, als er durch den Hagel aus Granaten und brennendem Schlamm rennt. Weiter vorn sinkt Arthur schließlich auf die Knie. *Arthur! Arthur! Steh auf!* Aber Arthurs Kiefer ist weggeschossen. Er tastet danach, spürt, wo sein Gesicht war, nur Knochensplitter und rohes Fleisch. Unsagbar falsch. Unsagbar unnatürlich. *Wie albern! Wie albern du jetzt mit dieser eleganten Uniform und der Krawatte aussiehst. Wie albern. Wie albern das alles ist.* Dann ist Arthur weg. Granaten und Erde haben ihn in eine schwarze Wolke verwandelt. Die kniende Gestalt in ein Nichts. *Staub. Asche. Erde. Nebel.* Thomas, der hoch und nach hinten geschleudert wird, betrachtet die Granaten, die über ihn hinwegpfeifen, wie er Bienen auf einer Sommerwiese beobachtet. Dieser weiße Nebel vor seinen Augen. »Und weißt du, was ich gedacht habe, als ich da lag?«, fragt er laut, weil er sieht, dass Arthur wieder aus den Bäumen hervorgetreten ist – dreckverschmiert, stinkend, krächzend und saugend. »Ich dachte, *gottseidank hat dich die Granate erwischt.*«

Mmmmmmmmmmmm. Mmmmmmmmmmmm. Das Geräusch scheint von irgendwo anders herzukommen. Aus der Erde. Aus dem Wald. Aber es ist Thomas, der das Geräusch macht. Unkontrolliert zitternd schaukelt er vor und zurück und summt. Überall in dem staubverhangenen Wald liegen Tote und Sterbende – *Aaaah, Aaaaah, Aaaaaah.* Das Geräusch kommt nicht vom Wehr, es ist Arthurs Stöhnen. Und Thomas will ihm sagen, wie leid es ihm tut und wie er im nächtlichen Dunkel an den Toten und Sterbenden vorbei bis hinter ihre Linien zurückgerutscht ist und dabei die ganze Zeit daran gedacht hat, wie sie gemeinsam im Nidd geschwommen sind, Moorhühner geschossen und Weihnachten im Spring Wood Fasane gejagt haben. Aber er kann nicht sprechen, weil er mit dem Gesicht auf dem Boden liegt und stöhnt und zittert, während in Bilton der erste Glockenschlag ertönt.

Du hast wieder das Spiel vergessen.

Ich bin so müde. Einfach zu müde.

Die Brennnessel. Konzentrier dich. Die Brennnessel, Herrgott nochmal. Das Zittern lässt nach, aber mit diesen fahrigen Händen kann er noch immer kein Streichholz anzünden. *Ratsch. Ratsch.* Jetzt geht es, das Streichholz flammt auf. Er zieht tief an der Woodbine, dreht sie zur Handfläche. Und schaukelt. Während er die Brennnessel ansieht. *Wie lange leben Brennnesseln?* Der Tabak strömt in seine Lungen; der Dunst, der weiße Nebel strömt durch sein Gehirn, während der letzte Glockenschlag verhallt. Sieben. *Wie lange leben Brennnesseln? Sie lebt ewig.* Und er weiß, dass er diesen Ort hier nie wiedersehen wird. Das ist das Ende, von ihm, dem Gut, Bilton Park, der Welt, wie er sie gekannt hat, von allem. Das wollte Arthur ihm sagen. *Du brauchst keine Angst zu haben, Thomas.* Aber er hat gar keine Angst. Nicht mehr, seit er das begriffen hat. Seit er sieht, wie sich der Himmel orange und kupferrot färbt und von den Bauernhäusern an der Bilton Lane der Rauch der Holzfeuer herüberweht. Seit er wieder *gute Erde* unter sich fühlt und von ihrem Geruch trunken geworden ist. Seit er weiß, dass die Brennnessel überdauern wird. *Da ist dein ewiges Leben.* Er hat keine Angst mehr, weil er nun weiß, dass er in diesem Niemandsland nicht verloren gehen wird. »Ich sollte mich einfach hier zurücklassen«, sagt er laut. »Alles, was ich war und noch hätte sein können. Ich lasse es einfach hier.« Und Arthur stimmt mit einem Stöhnen zu: *Jaaaaaaaah.*

Los geht's.

Zupacken Männer, hat der Oberst an dem Abend vor dem Angriff gesagt. *Wie bei der Brennnessel. Schnell und beherzt.* Er muss es jetzt tun, ehe er über die Felder und unter dem feuerroten Himmel zum Bahndamm zurückkehrt, ehe er diesen Schatten seiner selbst durch ein unwirkliches England und zurück auf das Schiff nach Boulogne schleppt. Ehe er benommen und leer dem Tod entgegengeht, wie der gefesselte Karl I. auf seinem Pferd. *Erst die Kreuzigung, dann die Auferstehung.* Er muss den Schleier durchtrennen. Die Seele in die Erde entlassen. Die Grenzen seines Daseins überwinden; es wird in den Stängel sickern, durch das Rhizom schlüpfen und für immer in diesem Land verschlossen bleiben. In seinem Land. *Schnell und beherzt.* Weil die Brennnessel niemals stirbt. *Wenn man sie ausreißt, kommen sie erst recht wieder.* Warum hat er bloß nicht schon früher erkannt, wie perfekt und erhaben die Natur ist? Er blickt auf seine Hand und den roten Brandfleck. »Ich werde ewig leben.« Und wieder stimmt Arthur stöhnend zu: *Jaaaaaaah, jaaaaah.* Mit aufgerissenen Augen und beinahe lächelnd streckt er die Hand aus, legt die Finger entschlossen um die Brennnessel und schließt sie zur Faust.

Als ich mich den Hang hochkämpfe, stiehlt sich die Brennnessel in meine Handfläche. Zum besseren Halt habe ich den Arm um eine Eiche geschlungen, da fühle ich ein scharfes Stechen. Blitzschnell ziehe ich die Hand weg. Das Aussehen des Übeltäters überrascht mich allerdings: schulterhoch, schlaksig und alt, mit hölzernen, verdrehten Stängeln und einem gelben Blättergekräusel, das wie mottenzerfressene Klöppelspitze zu Boden hängt. Ein frisches Blättergebüsch lässt die Stängel baumwärts kippen, es sieht aus, als hätte jemand einen kräftigen Minzzweig obenauf gesetzt. Die neuen Blätter sind weich, klein und zart, aber, wie meine Hand zeigt, kräftig genug. Noch spüre ich kein Brennen, aber das kommt gleich. Die abgebrochenen Spitzen zahlloser Brennhaare sitzen schon in der Haut, die sich langsam rötet.

Ich entdecke schließlich einen struppigen Ampfer, zerdrücke ein Blatt, spucke darauf und zerreibe es zwischen den Händen. Zurück bleibt ein wässriger grüner Fleck. Dann lasse ich mich auf einem Stein nieder, dem Überbleibsel einer ehemaligen Trockenmauer, untersuche die pochende Hand noch einmal genauer und schaue endlich hoch. Es ist ein schöner Platz, an dem ich schon gewesen bin: der Waldrand am Ende des Felds, auf dem im Frühling die Hasen herumrasten. Ich sitze genau am Waldrain, zwischen Kiefern, Eschen und Eichen auf der einen und dem Weizenfeld mit Bürstenhaarschnitt auf der anderen Seite. Der Rain besteht aus wildem Brennnesselgestrüpp, nur hie und da leuchten sterbende Weidenröschen und Brombeerblätter herbstgold und scharlachrot auf. Und einige spröde Disteln treiben Daunenbüschel aus, in der Farbe schmutziger Seide. Hoch oben in den Kiefern kreischt ein Vogel, ein *Goldzeisig*? und im Unterholz knackt und klickt es, überall bewegt sich etwas. Es ist ein wunderbarer Ort, der noch dazu von der letzten Sonne des Tages angestrahlt wird. Mit der hereinbrechenden Dämmerung scheint das Licht das Feld hinabzurutschen, um sich schließlich zu meinen Füßen zu sammeln. Doch ich habe das merkwürdige Gefühl, dass da auch noch etwas anderes ist. Das Gewebe hier ist durchlässig. An diesem Rain hier, der den Wald begrenzt, verläuft auch noch eine andere Grenze. Als aus dem Stechen in meiner Handfläche doch ein Brennen wird, liegt plötzlich eine seltsam melancholische Stimmung in der Luft, und es findet eine Gefühlsübertragung statt, die genauso real ist wie das Histamin, das meine Haut anschwellen lässt. Auf einmal spüre ich mit großer Gewissheit, dass hier schon ein anderer Mensch gestanden hat, der genau wie ich über das Feld und auf das steile Nidd-Tal dahinter geblickt hat. Ein Mensch, der wie ich beobachtet hat, wie die Schatten länger wurden, das Licht der sinkenden Sonne durch die Bäume fiel und den Fluss zum Glitzern brachte. In solchen Momenten denkt man unweigerlich, dass Orte ein Gedächtnis besitzen.

These würde ich es nicht nennen, es ist eher ein Gefühl, das sich im Lauf der langen Zeit, die ich immer wieder draußen verbracht habe, eingestellt hat. Kann es nicht sein, dass in den Landschaften unser individuelles und kollektives Gedächtnis aufbewahrt wird? Dass sich unsere Spuren auf unmerkliche oder unbegreifliche Weise der Landschaft einprägen oder dort gespeichert sind? Dass zwischen einem Ort und einem Menschen durch bestimmte Reize eine molekulare Verbindung geknüpft wird, durch die Erinnerungen und Erfahrungen wie das Stechen einer Brennnessel weitergegeben werden? Vielleicht lachen Sie bloß und womöglich spielt mir die Fantasie auch nur einen Streich, aber genauso fühlt es sich an, als ich heute Abend an diesem Waldrain sitze und schaue. Ich spüre eine fremde Präsenz, eine Leere und Traurigkeit, die nicht aus mir, sondern aus der Erde aufsteigen, so als könne die Zeit beliebig vor- und zurückspringen und als würden auf einmal längst vergangene, vergessene ferne Welten in meine hineinragen.

In unserem genusssüchtigen Zeitalter mit seinem »Weil ich es mir wert bin« legt man den werdenden Eltern ans Herz, in den letzten Schwangerschaftswochen bewusst Abschied von ein paar Dingen zu nehmen. Und alles noch einmal ausgiebig zu genießen, auf das man für eine Weile wird verzichten müssen: Freunde besuchen, Restaurants, Kino, Theater, Partyleben oder langes Ausschlafen. Dann schrumpft die Welt, wird man ermahnt, weil sich der Horizont auf ein winziges Bündel in einer Wiege verengt. Die Wohnungswände würden zur schwer überwindbaren Außengrenze eines kleinen, glücklichen, aber übernächtigten Reiches, in dem Zeit für sich zu einer absurden Idee und sehr knapp wird. Die Aufgabe, ein winziges Baby zu versorgen und zufriedenzustellen, und zudem noch sein tägliches Brot zu verdienen, könne sogar die eigene Körperpflege, sich zu waschen oder zu duschen, unmöglich machen. Und besonders an die werdenden Väter ergeht die Warnung, bloß nicht zu glauben, dass nur weil sie nicht stillen nach der Arbeit noch irgendwo Raum für eine Auszeit bliebe. Am Abend werden Sie unweigerlich in einen Strudel aus Windelwechseln, Wäschewaschen und Aufräumen geraten. Genießen Sie das Leben also, solange es noch geht. Gehen Sie raus, bevor Sie nur noch drinbleiben.

Genusssüchtig hin oder her, Rosie und ich nehmen die Ratschläge beim Wort. Sie sind auf jeden Fall eine gute Ausrede. Draußen ist der Herbst vollauf damit beschäftigt, den nun armseligen Sommer freundlich, aber bestimmt zu vertreiben, alle Reste entschuldigend in den Rinnstein zu kehren und durch eigenes Schmuckwerk zu ersetzen: durch trockene, braune, strohige Hecken-, Straßenrand- und Gartenskulpturen, durch Schraubenflieger, leuchtendrote Hagebutten und tuschefarbige, kugelige Holunderbeeren oder das Klackern herabfallender Bucheckern und Kastanien. Im Wald hat er bereits die eigenen Vorhänge angebracht. Sie wirken zwar, verglichen mit denen von vor vierzehn Tagen, leicht fadenscheinig, zeugen aber von ausgesuchtem Geschmack: Sie sind rot, zitronengelb oder grüngelb gescheckt und vom sakralen Licht der güldenen Sonne durchwirkt. Wir spazieren eine Woche lang jeden Tag nach der Arbeit durch das Gelände und saugen die langen Abende in uns auf, in einem angemessen gemächlichen Gang und mit ausreichend Pausen, in denen wir viel sitzen und gucken. Wir bewegen uns im *Schwangerentempo* fort. Mit unseren ruhigen, gleichmäßigen Schritten überraschen wir an einem Abend ein Reh auf dem Feld beim Hohlweg. Es zögert, doch dann wirft es den Körper mit einem Ruck herum und rennt los, streicht mit den Hufen über die Stoppeln, an einem Strommast vorbei und verschwindet schließlich im Wald. Die Schwalben bleiben unbeeindruckt sitzen, als wir unter den Telegrafenleitungen hindurchgehen. Vor dem grauen Himmel werden Vögel und Leitung zu einem abstrakten Franz-Kline-Gemälde aus schwarzen Linien, harten Pinselstrichen und Tupfern. Als wir am Ende des Wegs um eine Ecke biegen, werden wir von donnernd aufbrandendem Applaus begrüßt: Hunderte kleiner Heckenvögel stieben, wie Fliegen von einem Kuhfladen, in einer Wolke auf. Sie stürmen davon, dicht an Weiß- und Schlehdorn entlang, berühren die Hecken aber nur so leicht, wie wenn man mit der Hand eine heiße Herdplatte prüft. Dann beobachten wir, wie die Saatkrähen von den Feldern auffliegen, sich in der Luft wie Eisenstaub um Magneten sammeln, über das Viadukt davonschweben und sich auf den rostigen Bäumen der anderen Talseite niederlassen.

Am Freitag um fünf Uhr balanciere ich eine Runde Getränke durch einen sonnendurchfluteten Biergarten. Die nackten Pergolastreben über mir verwandeln den Boden in ein Gitter aus Licht und Schatten. Rosie besucht über das Wochenende ihre Schwestern, und ich treffe mich mit einem alten Freund, Matt. Er will später noch mit Arbeitskollegen essen gehen, aber für ein oder zwei Bier reicht die Zeit allemal. Mit den alten Freunden ist es immer dasselbe: Man sieht sich viel zu selten, und wenn, dann denkt man, hätten wir doch bloß mehr Zeit. Seit ich wieder hier hoch gezogen bin, haben wir uns kaum gesprochen, obwohl er nur eine halbe Stunde weg wohnt. Darum trinken wir jetzt viel zu schnell und wollen aufholen, was wir verpasst haben. Noch eine Runde. Und noch eine. Das Licht verändert sich, die Schatten werden länger. Uns wird kalt, wir wechseln mehrmals zu einem Sonnentisch. Wir reden über Babys und dann darüber, was ich derzeit so mache. Ich stammele etwas über das Gelände und seine ungewöhnliche Vielfalt, über den Fuchs, dem ich gefolgt bin, über Eulen und Hasen, über Meister Lampe und die Bilton-Quelle, über das Reh, das über mich weggesprungen ist, über berauschte Kids und die Eintagsfliegen, über die Mauersegler am Klärwerk und den Schmetterling auf meiner Stirn, als ich auf der Wiese lag. Ich erzähle ihm von der bruchstückhaften Geschichte des Menschen in dem Gelände und versuche, das topografische Wirrwarr der Landschaft zum Leben zu erwecken. »Hier, hier«, sage ich irgendwann, ziehe mein Notizbuch hervor und blättere, bis ich die Karte finde, die ich als Erstes gezeichnet habe. Ich schiebe sie über den Tisch. »Weißt du, wo ich meine?« Ich fahre mit dem Finger über die alte Bahntrasse. »Da wird ein Radweg angelegt.«

Er nippt an seinem Bier, setzt das Glas ab. »Bilton. Ja klar kenn ich das.«

Natürlich. Wie dumm von mir. Er ist Vermesser in Leeds. Er kennt die Geografie der Region bestimmt besser als jeder andere.

»Weißt du auch, dass das Gelände der Traum aller Projektentwickler ist?«, sagt er dann.

»Eher *war* …«

»Nein, nein, immer noch.«

»Aber an der alten Bahntrasse wird seit den 1990er-Jahren nicht mehr gebaut.«

»Richtig, aber seitdem kribbelt es denen in den Fingern. Da ist doch jede Menge Baugrund, nicht etwa ein Grüngürtel, sondern Grünland.«

»Was ist der Unterschied?«

»Das eine ist gewissermaßen geschützt. Zumindest bisher. Das andere nicht.«

Ich drehe die Karte wieder zu mir um und klopfe mit dem Finger auf die eingezeichneten Wiesen und Felder. »Du meinst das hier?«

»Genau. Aber nicht nur das. Das Gelände ist viel größer. Dreißig Hektar oder so.« Er beschreibt mit dem Finger ein diamantförmiges Gebilde, das bis zum Klärwerk reicht.

»Das Gelände wird als *Das Biltoner Dreieck* bezeichnet, und die Leute sind schon seit Jahrzehnten scharf darauf. Es ist hier nicht anders als sonst in Großbritannien auch. Die Nachfrage nach Wohnungen ist riesig, das Bauland knapp. Und man arbeitet mit Nachdruck daran, solche Projekte durchzukriegen.«

»Mit viel Nachdruck?«

»Schon, erst vor nicht allzu langer Zeit hat der Harrogate District angeboten, bis 2030 jährlich Bauland für dreihundert Häuser auszuweisen.«

»Dreihundert im Jahr?«

»Im ganzen District. Aber die Planungsaufsicht hat das kategorisch abgelehnt.«

»Überrascht mich nicht. Das ist ja unglaublich viel ...«

Matt schaut mich über sein Glas hinweg stirnrunzelnd an. »Nein, mein Lieber. Es wurde abgelehnt, weil es zu wenig Bauland war. Die Projektentwickler wollen neunhundert pro Jahr.«

Mir wird ganz anders. Ich versuche, mir das vorzustellen, aber in meinem Kopf überschlägt sich alles. »Erzähl' einfach weiter. Warum wurde bisher noch nicht gebaut?«, will ich wissen. »Widerspruch aus der Bevölkerung?«

Er schüttelt den Kopf. »Die Straßen. Es gibt keine Infrastruktur für die vielen Häuser, über die wir hier sprechen. Und neue Straßen heißen jede Menge Bauarbeiten und Verkehrsbehinderungen.«

»Aber irgendwann wird gebaut?«

Er nickt. »Zwangsläufig.«

»Und wann?«

»In zehn, zwanzig oder dreißig Jahren. Vielleicht auch schon in fünf. Die Wohnungen werden jedenfalls dringend gebraucht, und darum ist es nur noch eine Frage der Zeit.«

Matt schaut auf die Uhr, schiebt seinen Stuhl zurück und nimmt die leeren Gläser. »Apropos. Noch eine letzte Runde? Dann muss ich wirklich gehen.«

Aber er bleibt noch. Und ich auch.

Es wird dunkel, und wir wechseln nach drinnen. Schließlich folge ich den Anweisungen. Ich soll in aller Ruhe hier sitzen, sage ich mir, während wir uns immer wieder mit dem vor Ort gebrauten Bier versorgen. Doch dann klingelt es schließlich, und der Kellner ruft so laut, dass es jeder hören kann: »Letzte Runde«. Die letzte Runde.

Als ich unsicher und im *Schwangerentempo* über die Skipton Road nach Hause laufe, denke ich, welche Ironie des Schicksals, dass das Gelände ausgerechnet durch die Straßen gerettet wurde, und an das, was Matt gesagt hat: *Es ist nur noch eine Frage der Zeit.* Und das gilt wohl für das meiste. Selbst für das Universum. Wenn man es sich genau überlegt, ist alles nur eine Frage der Zeit, aber manches ist zu groß, um es zu begreifen. Ich habe nie geglaubt, dass das Gelände um Bilton so bleiben würde, wie es ist, aber dass nichts davon bleiben würde, hätte ich nie gedacht. Solange wir nicht müssen, beschäftigen wir uns nur ungern mit der Tatsache, dass alles endlich ist, auch wenn uns die unerschütterliche Gewissheit unseres eigenen Endes ständig begleitet und irgendwo in unserem Hinterkopf als tiefe Angst lauert. Unser verfluchtes Bewusstsein. Wir schaffen es meisterhaft, diese Gewissheit zu vergessen, und konzentrieren uns lieber auf die Freuden und Wunder des Daseins, auf die kleinen Ablenkungen und vorhersehbaren Schicksale, die wir zu kontrollieren glauben: Arbeit, Beziehungen, Familie, Freunde, Ausgehen, den Verlauf eines Radwegs. Daraus errichten wir eine Mauer, die andere Gedanken von uns fernhält.

Als ich über eine Eisenbahnbrücke gehe, fällt mein Blick auf eine lange Reihe Bogenlampen unter mir, eine Diamantkette mit Blütenkronen, durch die Dunkelheit bis ins entfernte Aller Land gefädelt. Um mich herum nun überall Häuser, der Verkehr rauscht an mir vorbei, Taxen und Busse strömen aus der Stadt, ihr grelles Scheinwerferlicht tastet mich ab. Früher einmal war das hier das Gelände vor der Stadt. Auch hier wuchsen Wälder, Wege und Erinnerungen, bis sie für eine Kreuzung beschlagnahmt wurden. Entlang der Gleise sprießen jetzt Waldreben und Holunderbüsche, Eschen ragen über die Brücke und den Gehweg. Auf einer einsamen Grasfläche vor einer Schule windet sich eine Kiefer. Meine Augen zeigen mir nur ein verschwommenes Bild der Landschaft, die hier einmal war. Und gleichzeitig sehe ich, was aus dem Aller Land werden wird. Wie die Lichter der Autos springt die Zeit vor und zurück, und ferne Welten ragen in meine hinein.

Irgendwann am Nachmittag lässt der Kater nach, ich wälze mich vom Sofa, schalte den Fernseher aus, gehe hoch und stopfe ein paar Sachen in einen Rucksack. Da Rosie vor morgen nicht zurücksein wird und langsam, aber sicher das alkoholbedingte Gefühl, hier eingepfercht zu sein, in mir hochkriecht, weiß ich genau, wo ich den übrigen Tag und die Nacht verbringen will. Unter anderem, damit sich der Nebel in meinem Kopf lichtet und um das gute Wetter auszunutzen. Der Wetterbericht ist eindeutig: *Genießen Sie es, wenn Sie können, denn nächste Woche bringt der WIRKLICHE Herbst stürmischen Starkregen*. Doch in Wahrheit will ich vor allem noch einmal in dem Gelände übernachten, solange ich es noch kann, und mich für immer an alles erinnern.

Ich nehme den Rucksack und mache einen Umweg, weil der Himmel an diesem Nachmittag schöner ist denn je. Hoch über den Schornsteinen, Antennen und Tauben unserer Straße branden silberdurchwirkte Wolken wie Meereswellen auf. Die Stare auf den Dächern und Gehweg-Linden der Ringstraße unterhalten sich laut in Lotusflötenmelodien. Weiter hinten setzt sich, allgemein unbeachtet, die weite Ebene aus Schatten und Licht fort: In der einen Richtung sehe ich ein liebliches Renaissancegemälde, das mit seiner Farbgebung vermutlich ein bedeutsames Ereignis am Boden betonen will, in der anderen einen Dalí mit Dampflokomotiven-Wölkchen auf gleichmäßigem, blauem Grund. Links von mir hat man die heiße Sonne hoch gehisst, und rechts oben über einem heruntergekommenen Wettbüro hängt wie ein abgeknipster Zehennagel der Mond.

Am Bahnübergang ist der Radweg schon fertig. Er sieht gleichmäßig, eben und ordentlich aus – und genauso tiefschwarz wie die Teertropfen an dem betonierten Kohlebahnsteig der Barber Line. Von weiter weg höre ich die Bagger scheppern. Selbst das Viadukt ist fast fertig asphaltiert, die Arbeit über dem Tal geht so emsig voran wie einst bei der Eisenbahngesellschaft Leeds and Thirsk. Irgendwo im »Dichterviertel« plärrt ein Eiswagen wie durchgedreht »The Sailor's Hornpipe«. Die zurückgeschnittenen Bäume und Büsche geben nun den Blick frei auf die Felder und den struppig-grünen Rücken des Hohlwegs. Darüber ballen sich die Wolken zu Riesenhaien, die mit aufgerissenem Maul über das fahle Land ziehen.

Die ganze Zeit muss ich an das Gespräch mit Matt denken, daran, dass Bilton weiterwachsen würde. Wieso war mir der Gedanke nicht längst schon gekommen? Wie konnte ich so blind sein? Schließlich gibt es keine Stadt, die sich nicht immer weiter ausdehnt. Und wie könnte ausgerechnet ich dagegen sein, wo ich gerade Vater werde? Ich setze ein Kind in eine überbevölkerte Welt. Wo sollen unsere Kinder und Kindeskinder denn sonst wohnen? Alle an dieser Diskussion Beteiligten, Politiker, Stadtplaner und sogar die Gegner von Neubaugebieten, sind sich in einem einig: Die Wohnungskrise kann nur schlimmer werden. In den nächsten dreißig Jahren werden aufgrund der demografischen Entwicklung voraussichtlich sechs Millionen neue Wohnungen in England benötigt. Das sind 200 000 pro Jahr, aber schon der Bau von gerade einmal halb so vielen Wohnungen im letzten Jahr ging mit jeder Menge Problemen und Rückschlägen einher. Natürlich ist mir das alles klar, und ich habe selber schon zigmal darüber diskutiert, aber jetzt kenne ich das Aller Land, und ich will nicht, dass diese jahrhundertealte Kulturlandschaft verschwindet oder sich verändert. Natürlich weiß ich genau, dass Matt recht hat. Nichts ist ewig. Ich nicht und auch dieses Gelände nicht. Bilton wird weiterwachsen. Doch noch ist es nicht so weit. Noch hält die Straße die Zukunft fern. Noch gibt es heute Nacht, den Wald und die frische Luft in meiner Lunge, und vielleicht ist das eigentlich schon alles, worauf wir hoffen dürfen.

»Und weil er nirgends hinkann, ist er überall zu Hause«, heißt es bei Kerouac, und genauso fühle ich mich, während ich mich jetzt durch den schmalen Hohlweg fädele und mich schließlich setze, um das mystische Licht zu bestaunen, das in Streifen durch die verflochtenen Haselwände fällt und die Steine der alten Viehhändlerstraße vergittert. Ich muss nicht langsam gehen oder reichlich Pausen einlegen, aber ich habe mich wohl zu sehr an das *Schwangerentempo* gewöhnt. Die Weißdornhecken schimmern silbrig, die Blätter glitzern wie Fischschuppen. Über mir in den Holzapfelbäumen blitzen Flammen auf, Rotkehlchen und Buchfinken sausen hin und her, ich verdrehe den Kopf und versuche, ihrem Licht zu folgen. Die Sonne steht noch hoch, wärmt aber seltsamerweise kaum. Als ich den Wald betrete, ist die Luft schon kühl, ich ziehe die Jacke über und schlendere dann am Flussufer entlang. *Nock-nock-nock*, ein Eichelhäher schlägt seine Beute mit gleichmäßigem Takt gegen einen Erlenast. Am Boden wächst Anis wie Petersilienbüschel, ich greife mit vollen Händen hinein und rieche die Anisbonbons meiner Schulzeit. Oben am Hang, links von mir, höre ich ein lautes Krachen, das sogar das gleichmäßige Rauschen vom Wehr übertönt. Durch eine Stechpalme springt ein Rehschatten. Ich schaue ihm hinterher. Als das Rauschen in meinem Inneren verklingt, kämpfe ich mich den Hang hoch, halte mich an Baumwurzeln und jungen Bäumen fest und passe auf, dass mich nicht wie das letzte Mal eine Brennnessel erwischt.

Oben angekommen, setze ich den Rucksack ab, nehme die Hängematte heraus und wickle ihre dicken Seilenden um zwei robuste Kiefern. Genau hier wollte ich hin. Es war dieser wunderbar verwunschene Ort, der mich vom Sofa weggelockt hat. Dieser kleine Platz am Waldrand, von wo aus ich sehen kann, wie die letzten Sonnenstrahlen des Tages das Feld hinabrutschen und in den Brennnesseln verweilen. Die dünne Stelle im Gewebe, der Rain, an dem noch eine andere Grenze verläuft. An dem Tag und Nacht aufeinandertreffen. Schon nach wenigen Minuten spüre ich dieselbe Verbundenheit wie letztes Mal, die Präsenz von etwas anderem, Erinnerungen, die auf einmal auftauchen. In mir hallen die Gedanken, Lebensgeschichten und Schichten nach, die diese Landschaft beherbergt, so als würde ich mich vage an einen Traum erinnern. Es ist eine schöne, schaurige Nähe. Eine Gewissheit. Und ich fürchte mich nicht. Ich fürchte mich vor nichts. Im Gegenteil: Ich bin heute hier, weil ich mich nach Vereinigung, nach Verbundenheit sehne, danach, dass jemand an meinem Bedürfnis, Abschied zu nehmen, Anteil nimmt und mich versteht. Gehen Sie raus, bevor Sie nur noch drinbleiben. Und vielleicht möchte ich auch durch das Gewebe schlüpfen und in dem kostbaren, bald verlorenen Gelände eigene Spuren hinterlassen, Spuren, die vor Alter und Vergessen gefeit sind.

Die Macht der Gewohnheit: Ich warte noch eine Stunde, erst dann zünde ich ein kleines Feuer an. Mir ist zwar niemand begegnet, aber ich möchte diesen Ort nicht ausgerechnet jetzt verlassen müssen. Das würde ich nicht ertragen. Nicht jetzt, wo sich mein Hochgefühl angesichts dieser langen Herbstdämmerung gerade legt und sich in meiner Brust dieses wonnige Gefühl breitmacht, das nur kennt, wer schon einmal allein draußen übernachtet hat. Im Freien zu schlafen, bekommt mit dem Hereinbrechen der Dämmerung unweigerlich etwas aufregend Verbotenes, als würde jede Ordnung oder Vorgabe unseres Alltags auf den Kopf gestellt. Auf einmal sind alle Sinne geschärft. Man lauscht angestrengt. Hält Ausschau nach der geringsten Bewegung. Und fühlt sich plötzlich sehr lebendig. Auf der Suche nach Feuerholz laufe ich den Waldrain entlang, durch Millionen Stacheln, und sammle die widerstandsfähigen toten, knackenden Äste auf, die zwar in sich zusammengebrochen, aber noch nicht zersetzt sind, und schichte sie bündelweise um mein Lager auf. Auf den Feldern krakeelen die Ringeltauben. Eine Krähe krächzt. Eichhörnchen flitzen um die Baumstämme. In den Spurrillen eines Traktors stehen tiefe Wasserlachen, vom Himmel zu glatter Bronze poliert. Die Weidenröschen zwischen den Brombeeren und Brennnesseln fächern ihre fedrigen Enden auf. Und alles verströmt diesen durchdringenden, erdigen Geruch nach verrottendem Laub und Farn. Ich mache mein Feuer nahe der Hängematte, auf dem Feld hinter der verfallenen Trockenmauer: Mit dem Streichholz zünde ich ein paar der gesammelten Borkenstücke an und schaue dann zu, wie sie sich drehen, winden und schließlich eine zischende, züngelnde Flamme entfachen, die das Kiefernreisig zum Leben erweckt. Über den Feldern, Wäldern und Strommasten glüht der Himmel hinter aschgrauen Wolken, noch immer gelb und grellweiß. Gänse ziehen in einem langen Bogen schreiend westwärts und lassen mich an die Routen der Zugvögel denken, unsichtbare Traumpfade, die mit den Stimmen der fortziehenden Vögel über den Himmel rieseln. Nach einer Weile fallen andere Stimmen ein von Vögeln, die bei uns überwintern. Weit hinter der Stadt, am Horizont, drehen sich die Windräder und blinken rot. Hundegebell und Sirenengeheul hallen in den Straßen des zersiedelten Raums zwischen hier und dort wider, aus Schornsteinen steigen Rauchsäulen wie Geisterbäume auf. Schwach ist eine Glocke zu hören.

Ich lege mehr Holz aufs Feuer, damit es wärmer wird, und koche mir auf einem Campingkocher etwas: Instantnudeln. Eigentlich wollte ich noch eine Dose Gemüse kaufen, aber das habe ich vergessen. Egal. Ich ziehe Handschuhe an, pflücke ein paar junge Brennnesselblätter und gebe sie in die brodelnde Brühe. Sie werden sofort so dunkelgrün wie Spinat. Ich esse das Nudel-Brennnesselgericht direkt aus dem Topf, während der Tag endgültig zu Ende geht und sich die Welt in einem blauschwarzen Zwielicht auflöst. Nun ist es dunkel. Neben dem Rauschen vom Wehr höre ich noch etwas anderes: Schritte und Blattwerk, das zur Seite geschoben wird. Überall ein Scheuern, Sichsammeln, Sichtrennen. Von weit unten im Tal ein zitternder Käuzchenschrei. Ich lege Holz nach, dann packe ich meinen Schlafsack aus. Die Hängematte besitzt ein Regendach, aber ich knöpfe es aus, damit ich durch die Kiefern hindurch zu den vereinzelten Sternen schauen kann. Und da liege ich nun: Warm und bis unter die Nase eingemummelt zwischen der Unendlichkeit des Himmels dort oben und den Jahrtausenden dort unten. Ich nehme alles in mir auf. Mit dem Gefühl, in die Schwärze des Tals hinabzusinken und vom Schoß der Erde aufgenommen zu werden, gleite ich in den Schlaf.

EINSICHTEN

Aus Sehnsucht nach einer menschlichen Stimme im Dunkeln schalte ich das Radio ein und bin mitten in einer Debatte. Es wird erregt diskutiert, die Stimmen hallen von den Wänden wider, erschrocken springe ich nochmal hin und stelle das Radio leiser. *Das widerspricht unseren Ergebnissen völlig* … knurrt ein erzürnter Minister, doch der Reporter unterbricht ihn: *Aber die Daten lassen gar keinen anderen Schluss zu, und liegt nicht eigentlich hier das Problem? Die wissenschaftlichen Daten sind eindeutig. Die Keulung wird nicht die erhofften Ergebnisse bringen. Sie verschlimmert die Lage vermutlich sogar noch …*

Ich reibe mir die Augen und öffne die Küchenschranktür. Die Uhr am Herd zeigt 6:51 Uhr. Mit der Uhr und dem Radiodisplay habe ich so viel Licht, dass ich die Deckenlampe nicht einschalten muss. Von draußen drückt die Dunkelheit gegen die Scheiben, deren Ecken von der Kälte beschlagen sind. Mit verschränkten Armen stehe ich gegen die Spüle gelehnt und lausche der Debatte. Das Kaffeewasser fängt an zu kochen, aber eigentlich ist es für dieses Gekeife, das nirgendwo hinführt, noch zu früh am Morgen. Der Minister weicht keinen Zentimeter zurück, und je mehr das Gespräch eskaliert, umso mehr klingt er wie in einem Debattierwettbewerb, wo die Teilnehmer unbeugsam, stur und überheblich für eine Sache eintreten, die man ihnen vorgegeben hat. Ich frage mich, ob er wirklich glaubt, was er da sagt. Als er schon wieder mit *Ich möchte einmal etwas ganz klar sagen* ansetzt, drücke ich den »Aus«-Knopf. Schluss mit dem Politikbetrieb. So geht das schon seit Wochen, und wenn das Ministerium eins nicht ist, dann klar: verständlich, transparent und schuldlos.

Mit der Kaffeetasse in der Hand starre ich nach draußen in das formlose Dunkel hinter unserem Haus und suche den Morgenhimmel nach ersten Vorboten des Sonnenaufgangs ab. Aber ich muss mich gedulden, es ist schließlich Oktober. Weile statt Eile. Da wird es nur langsam hell. Morgens ist es diesig und düster. Die Bäume rücken nur nach und nach ins Bild. Die Uhren werden zurückgestellt. Und damit im Einklang lässt unser Baby seit neun Tagen auf sich warten. Das Warten fühlt sich seltsam an, als wären wir aus dem Karussell des Lebens gestürzt und an einem ganz persönlichen, aufregenden Ort gelandet. Wir sind in ständiger Bereitschaft und von allem befreit. Keine Termine, keine Treffen. Ich arbeite, wenn Rosie schläft, frühmorgens wie jetzt, ein oder zwei Stunden nachmittags und spät am Abend. In der übrigen Zeit genießen wir den Tag, wie wir Lust haben. Es ist wie am Anfang an der Uni, als wir uns gerade kennengelernt hatten und wie alle Erstsemester, die man gerade erst von der Leine gelassen hatte, in den Tag hinein lebten. *Lass uns im Hochmoor wandern gehen. Komm, wir gehen Eis essen. Wir nehmen einfach den Zug ans Meer!* Ein Gefühl von Freiheit und Lebendigkeit, weil man weiß, dass das nicht ewig so weitergehen wird. Alles ist so einfach. Und klar.

Gestern haben wir uns spontan zu einem Spaziergang durch das Gelände entschlossen. Diesmal sind wir von Westen her quer über die Wiese, entlang der Stromleitungen, die sich von Mast zu Mast spannen, zur alten Bahntrasse gegangen. Es war schon später Nachmittag, aber noch warm, der Himmel gigantisch und die Sonne eine leuchtende Scheibe mit blassblauem Ring. Wir pflückten die letzten Brombeeren, suchten uns einen Sitzplatz und schauten in den Himmel; unser Blick wanderte hin und her zwischen bröckeligen Wolken mit vergoldetem Rand und riesigen chromfarbigen Wolkenschichten. Rosie schlug vor, in einem großen Bogen durch den Hohlweg bis hinunter zum Fluss, durch das Tal und schließlich an der Kläranlage vorbei wieder nach Hause zu laufen. An der Stelle, wo der Weg von der Höhe der Felder zum Wald hin abfällt, ging Rosie langsam in dem bewaldeten Tunnel weiter, während ich nach kurzem Geplänkel die Böschung erklomm und parallel zu ihr weiterlief. Die Erde unter meinen Füßen war zu Ackerkrume zermahlen und fein wie Kakaopulver, erstreckte sich westwärts und südwärts bis zu den strähnigen Hecken und war, wo sich der Boden wölbte, dunkelrot wie getrocknetes Blut. Es waren darin eindeutig Spuren zu sehen: dunkle, runde Flecken, die sich in dem weichen Boden aber nicht genauer erkennen ließen. Als ich nach Rosie rief und sie durch die Bäume herüberkam, entdeckte sie noch andere: Im feuchten Boden am Waldrand drückte sich eine lange Pfotenspur ab. Vorder- und Hinterpfoten überlagerten sich, ovale Gebilde ähnlich wie Seifenschalen, mit fünf Krallen. »Ein Dachs?«, fragte Rosie, und ich nickte. Und nicht nur einer. Die Trittsiegel waren unterschiedlich groß. Vermutlich eine Familie. Ich machte von einem besonders guten Abdruck ein Foto, dann legte ich meine Hand in die Vertiefung, mit der Handfläche genau auf dem Ballen und mit den Kuppen meiner gekrümmten Finger auf den Zehen. Plötzlich war es mir wichtig, die Spuren zu berühren. Es war mir wichtig, weil ich seit Januar keinen Dachs oder Dachsbau mehr gesehen hatte, aber hier der unwiderlegbare Beweis war, dass es in der Gegend noch Dachse gab. Es war mir wichtig, weil der Pfad, den die Dachse zwischen dem »wilden« Wald und den ordentlich gepflügten Äckern spuren, ähnlich unsichtbar, flüchtig und erstaunlich war wie das Gelände, das ich so häufig besucht hatte. Und weil die matschigen Spuren unaufgefordert einen düsteren Schatten auf unsere fordernde Welt warfen; sie waren wie ein kalter Hauch, der einem unerwartet in den Nacken weht. Der Wahnsinn unserer modernen Welt offenbarte sich in diesen Spuren, die einem scheuen Wesen Form und Gestalt verliehen, das derzeit erbarmungslos ins Rampenlicht gezerrt und über das in allen englischen Medien erbittert diskutiert wird.

Auf den ersten Blick scheint der Dachs (*Meles meles*) wenig geeignet, um im Zentrum eines Medienrummels zu stehen. Wenn man den nächtlichen, reinlichen, rätselhaften Jäger überhaupt zu Gesicht bekommt, dann meist als totes schwarz-weißes Bündel am Straßenrand. Dass er nun im Scheinwerferlicht steht, liegt einzig und allein an unserer Abhängigkeit und wachsenden Ausbeutung eines anderen Tiers, der Kuh. Die britische Rinderwirtschaft, seit jeher bedroht und schon lange notleidend, ist in einen schmutzigen Kampf gegen ein hartnäckiges Bakterium verstrickt. In England und Wales, vor allem im Südwesten von Gloucestershire und in Somerset, werden Jahr für Jahr Zehntausende Fleisch- und Milchkühe wegen Rindertuberkulose, die sich laut Regierungsdaten erneut rücksichtslos ausbreitet, notgeschlachtet. Wenn die »Weiße Pest« einmal zuschlägt, zerstört sie alles: Sie springt von Tier zu Tier, von Herde zu Herde, löscht preisgekrönte Stammbäume aus, vernichtet manche bäuerliche Existenz, schränkt die Bewegungsfreiheit ein und verlangt die massenhafte Keulung von Tieren, auch wenn diese, wie sich dann herausstellt, bakterienfrei sind. Die Bauern zahlen dabei einen hohen emotionalen und finanziellen Tribut. Die betroffenen Familien leiden, zudem steht die Krankheit ständig drohend im Raum. Auch wenn die Tests heute strenger und regelmäßiger sind als früher, bleibt die Rindertuberkulose, wie man der Presse leicht entnehmen kann, ein Stachel im Fleisch der Rinderwirtschaft und kommt den britischen Steuerzahler teuer zu stehen. Für die Keulung von Abertausenden von Rindern wurden in den zehn Jahren zwischen 2001 und 2011 insgesamt eine halbe Milliarde Pfund an britische Bauern gezahlt. Und weil sich der Betrag laut dem britischen Ministerium für Umwelt und Landwirtschaft in den nächsten zehn Jahren verdoppeln dürfte, wächst von allen Seiten der Druck, den Kampf gegen die Rindertuberkulose endlich zu gewinnen.

Und da die Bakterien nicht nur von Kuh zu Kuh, sondern über Atemluft, Kuhfladen und -urin auch auf andere Tiere übertragen werden können, gilt der Dachs als Problem. Obwohl sich Schafe, Schweine, Katzen und Wild genauso infizieren und die Bakterien theoretisch an eine Kuhherde weitergeben können, hat er sich durch seine Bauten und Gewohnheiten besonders verdächtig gemacht. Der Dachs lebt im Wald in der Nähe der Weiden und geht gern nachts zwischen dösenden Kühen auf Jagd, schleicht dann fleißig über die Kuhfladen und durchwühlt die Erde nach Würmern. Als 1971 ein toter Dachs in Gloucestershire positiv auf das Bakterium getestet wurde, behielt das Landwirtschaftsministerium das nicht für sich und machte die Art damit beinah über Nacht zum landesweiten

Sündenbock. Dabei spielte es keine Rolle, dass belastbare wissenschaftliche Belege für den Dachs als Zwischenwirt und Überträger der Rindertuberkulose fehlten. Man hatte den Schurken auf frischer Tat ertappt und damit die endgültige Bestätigung für einen lang gehegten Verdacht: dass Wildtiere die Neuinfektionen verursachten. Man hatte endlich eine Kausalkette ausgemacht, und sei sie noch so unsicher, komplex und vielschichtig. Im Kampf gegen das Bakterium wurde eine neue Front eröffnet: Man bejagte nun die britischen Dachse und leitete in besonders betroffenen Gegenden Gas in ihre Bauten. Die Blausäure, so glaubte man, würde die Tiere sanft einschläfern, und als man später feststellen musste, dass viele Dachse langsam und qualvoll verendeten, ging man dazu über, sie einzufangen und schnell und »sauber« in den Hinterkopf zu schießen. In den 1980er- und 90er-Jahren wurde der Zusammenhang zwischen Dachsen und Rindertuberkulose wiederholt durch meist unwissenschaftliche Feldstudien und Keulungen »nachgewiesen«. In einer reaktionären Wende wurde nun bei jedem Ausbruch der Krankheit erlaubt, Dachse zu fangen und zu erschießen, und weil jedes Mal nur relativ wenige Dachse und Kühe starben, gab es kaum öffentlichen Jubel oder Widerspruch. Wie die Zahlen zeigten, war seit 1980 sowohl die Zahl der Krankheitsfälle als auch die der Dachse gestiegen, doch der Zusammenhang zwischen beiden ließ sich, bestenfalls, nicht eindeutig belegen. Erst 1996 erfolgte schließlich, unter Leitung von Professor, später Lord John Krebs, eine umfassende unabhängige Bewertung der seit vierzig Jahren erfolglosen Rindertuberkulose-Strategie. Um endgültig die Frage zu klären, ob Dachse für die Wiedereinschleppung der Krankheit in Rinderherden verantwortlich sind und vor allem, ob Neuinfektionen durch ihre Keulung verhindert werden können, empfahlen die Gutachter der Regierung eine großangelegte wissenschaftliche Studie.

Die Studie mit dem Namen *Randomised Badger Culling Trial* (RBCT) lief neun Jahre, von 1998 bis 2007. Die gewaltigen Kosten von fünfzig Millionen Pfund sowie der Tod von 10 979 Dachsen wurden trotz des Widerstands von Tierschutzgruppen allgemein für gut und richtig befunden. Es handelte sich um die weltweit längste, umfassendste Studie über die Wirksamkeit von Dachskeulungen zur Bekämpfung von Rindertuberkulose. Das Ministerium selbst sprach von »einer optimalen wissenschaftlichen Grundlage, um die Wirkung künftiger Keulungen abzuschätzen«. Die Studie kam schließlich zu dem Ergebnis, dass die Zahl der Rindertuberkulosefälle in dem neunjährigen Zeitraum durch die Keulung von Dachsen höchstens um 12 bis 16 Prozent verringert werden konnte und, wie der Studienleiter John Bourne sagte, »die Keulung von Dachsen kein sinnvolles Instrument zur Bekämpfung der Rindertuberkulose in Großbritannien ist. Manche Keulungen tragen höchstwahrscheinlich sogar noch zu einer Verschlechterung der Lage bei.« Die Labour-Regierung folgte der Empfehlung, aber noch vor Veröffentlichung der Studie wurde offensichtlich, dass nicht jeder gewillt war, solche Ergebnisse zu akzeptieren. Der damalige Umweltexperte der konservativen Opposition Owen Paterson brachte 2004 rekordverdächtige 600 parlamentarische Anfragen zur Rindertuberkulose ein. Damit wollte er sein Image als »echter Mann vom Lande« stärken, der diese Pest endlich ausrotten würde, und sich, politisch zumindest sehr weitsichtig, als Fürsprecher einer mächtigen Bauernlobby positionieren, die Dachskeulungen unabhängig von jeder Studie für eine notwendige Maßnahme hielt. Als die konservativ-liberale Koalition 2010 die Regierung übernahm, konnte es also nicht überraschen, dass sie Patersons Versprechen einlöste; nach einer Überprüfung der RCBT-Studie kam man auf rätselhafte Weise zu einem neuen Ergebnis: Nur durch die massenhafte Keulung von Dachsen könne man der steigenden Zahl von Rindertuberkulosefällen entgegenwirken. Auf einmal war die Keulung wieder im Spiel.

Mit Paterson als neuem Umweltminister ist die Keulung in den letzten Wochen auf die vordersten Plätze der Prioritätenliste des Ministeriums gerückt. Eher heute als morgen wird man im Westen von Gloucestershire und Somerset mit dem Pilotabschuss der Dachse beginnen. Und sollte dieser »erfolgreich« sein, werden im ganzen Land wieder Zehntausende Dachse abgeschossen, egal ob gesund oder krank. Und das trotz wissenschaftlicher Ergebnisse, die das Gegenteil belegen, bar jeder wirtschaftlichen Logik und obwohl die Keulung laut Experten keine sinnvolle Maßnahme zur Senkung der Rindertuberkulosefälle in Großbritannien darstellt.

Auch wenn die Regierung sicherlich mit Gegenwind gerechnet hat, schließlich ist die Keulung heißumstritten, hat sie wohl kaum geahnt, dass diese zum Reizthema ihrer Wähler werden würde. Die Gegner werden täglich mehr. Kein Wunder, dass der Minister heute Morgen im Radio so ungehalten war. Durch eine Onlinepetition für den Stopp der Keulung und eine Unterhausdebatte konnten 150 000 Unterschriften gesammelt werden. Rockstars, bekannte Naturkundler und Vertreter von Naturschutzorganisationen flehen den Premierminister vor laufender Kamera an, die Keulung zu verhindern. Und sogar die Polizei warnt das Ministerium vor den explodierenden Kosten, sollten die Aktivisten ihre Ankündigung wahrmachen, die Jäger zu behindern und die Dachse mit übriggebliebenen Vuvuzelas von der Fußball-WM zu verscheuchen. Die Dachse haben es auf die Titelseiten geschafft; sie erobern die Straßen und Kioske. Doch neben dem tragikomischen Karussell der Ereignisse gibt es auch nüchterne Stimmen, die fundiert argumentieren. Die Dachskeulung lenke vom eigentlichen Kampf gegen die Rindertuberkulose ab, so kritische Stimmen, das viele Geld könne man besser in wirksamere Strategien wie Biosicherheit und neue Impfungen für Dachse und Kühe investieren. Dreißig angesehene britische Tiermediziner und Seuchenspezialisten haben dem Minister zudem mit einem offenen Brief im *Observer* einen schweren Schlag versetzt. Sie fordern ihn unmissverständlich auf, seine Strategie umgehend zu überdenken, da die Zahl der Rindertuberkulosefälle so sogar noch steigen könne. Der freie Abschuss, bei dem die Dachse also nicht zuerst gefangen werden, könne nämlich dazu führen, dass sich die verstörten Tiere neue Reviere suchen und die Krankheit auf weitere Viehherden übertragen. Die Schwächen der Keulungsstrategie werden in dem Brief schonungslos offengelegt. Der freie Abschuss der Dachse sei zwar kostengünstig, verglichen mit dem Einfangen und Erschießen, aber in keiner Weise wissenschaftlich überprüfbar. Es fehlten jegliche Kontrollzonen, Tests oder Möglichkeiten zur statistischen Analyse. Weder lasse sich die Effektivität der Maßnahmen messen noch bestimmen, wie viel Prozent der Dachse infiziert sind. Das sei durchaus gewollt, sagen die Kritiker, weil eventuelle Daten die Ergebnisse der RCBT-Studie bestätigen und die geringe Infektionsrate bei Dachsen belegen würden. Doch am ärgerlichsten für das Ministerium dürften die genannten Schwierigkeiten sein, die der Erreichung der selbstgesetzten Ziele im Weg stehen, also vor allem, das notwendige Minimum von 70 Prozent aller Dachse in den Pilotgebieten zu töten. Dafür müsse man zunächst einmal wissen, wie viele Dachse dort leben, doch wie sich herausgestellt hat, gibt es dazu keine zuverlässigen Daten. Der Architekt der RCBT-Studie, Lord Krebs, bezeichnet den gesamten Plan rundum als »sinnlos« und wirft der Regierung vor, ihn mit willkürlich zusammengestellten Daten zu untermauern – was auch Lord May unterstreicht, ehemaliger Chefwissenschaftler: »Aus einer Politik, die auf reinen Fakten beruht, werden Fakten, die auf reiner Politik beruhen.« Die Öffentlichkeit ist gegenüber einer solchen Politik mittlerweile skeptisch geworden. Sie erinnert zu sehr an die Taktik der vorigen Labour-Regierung, mit Fake News Stimmung für den Irakkrieg zu machen. Und je absurder die ganze Angelegenheit wird, desto mehr verhalten sich die Minister wie Dachse, verkriechen sich in einer Ecke, graben sich ein und fletschen die Zähne. *Wir müssen etwas tun*, sagen sie. *Und zwar bald.*

»Vielleicht bist du einfach zu empfindlich«, hat ein Freund gesagt, als wir uns die Tage darüber unterhielten. »Du bist weich geworden. Logisch. Schließlich kannst du jeden Moment Vater werden.« Er stichelte nur, aber das hat mich getroffen. Die Lobby der Dachskeulung ist mit dem Vorwurf der Gefühlsduselei immer wieder schnell bei der Hand und bezichtigt ihre Gegner, zart besaitete, realitätsfremde Städter zu sein, die die raue Wirklichkeit des bäuerlichen Lebens nicht begreifen könnten. Doch ich kenne beide Welten und habe selber Tiere getötet, etwa Kaninchen oder Ringeltauben geschossen, zerlegt und gegessen, weil sie auf den Feldern überhandnahmen. Ich habe gespürt, wie ein Herz langsam aufhört zu schlagen, und gesehen, wie Augen starr werden, weil ich den Abzug betätigte. In den schottischen Bergen begegneten mir abgemagerte Hirsche mit fürchterlich vorstehenden Rippen, die langsam, aber sicher verhungerten, weil es einfach zu viel Rotwild gab und es durch die Schuld des Menschen an Feinden mangelte, und ich bin mir sicher, hätte ich ein Gewehr dabeigehabt, hätte ich sie auf der Stelle erschossen. Ich habe Kaninchen das Genick gebrochen, die aufgequollen dahockten, weil ich das Elend der

Kaninchenpest nicht mitansehen konnte. Ich glaube wirklich nicht, dass ich zimperlich bin. Zugegeben, mein Herz schlug schneller oder meine Hände zitterten, wenn ich das Ende einer anderen Kreatur beschleunigte, aber ein solches angeborenes Unbehagen erwies sich als ethischer Kompass: Niemals habe ich um des Tötens willen getötet. Es gab immer einen Grund. Und das ist es, was ich an dieser verfahrenen Situation nicht ertrage, dass es keinen vernünftigen Grund dafür gibt, die massenhafte Tötung eines faszinierenden, in freier Wildbahn lebenden Tiers zu genehmigen. Und genau das schadet auch der Koalition. Sie hat den Dachs an die vorderste Front gerückt, und dadurch gerät ihre gesamte Politik plötzlich ins Fadenkreuz der Kritik. Ich weiß, dass nicht nur ich höchst verwundert bin. *Wenn die Regierung sich weigert, auf die Wissenschaft oder die Vernunft zu hören, auf wen oder was hört sie dann? Und warum?*

»Ich möchte einmal etwas ganz klar sagen«, hat der Minister im Radio gesagt. Tja, man sollte sich eben genau überlegen, was man möchte.

Vor dem Küchenfenster ist es noch immer dunkel, als ich mir Kaffee nachgieße und die Hände um die warme Tasse lege. Ich höre nichts als das schwache Hüsteln der startenden und wegfahrenden Autos vorm Haus. Ich muss an Rosie denken, die oben schläft, und an das Baby, das, wie die Morgendämmerung, bald da sein wird. *Aber in was für eine Welt wird es hineingeboren?* In letzter Zeit nagt dieser Gedanke öfter an mir, und heute steht die Frage wieder überdeutlich im Raum. Das muss an dem Gelände liegen, in das ich eingetaucht bin, daran, dass ich die Ränder aufgesucht habe, Orte, an denen das historische Aufeinandertreffen von Mensch und Natur offensichtlich ist, so als würde dort ständig ein Film gezeigt: In einer Endlosschleife spult er vor und zurück und führt uns vor, wer wir sind und wie wir dazu wurden. Mein Bewusstsein hat sich dadurch verändert, meine Perspektive. Obwohl das Küchenradio ausgestellt ist, schrillt mir das verstörende Gekläffe des Ministers noch in den Ohren. Sein Gerede von einer endlos wachsenden Landwirtschaft, die ständig profitabler werde, widerspricht der einfachen Tatsache, dass die Ressourcen endlich sind. Dass wir damit auf Kredit leben, will niemand sehen.

Wir verbrauchen in diesem Jahr 2015 50 Prozent* mehr Ressourcen und produzieren mehr Müll, als von den Ökosystemen erneuert beziehungsweise absorbiert werden kann. Und was passiert, wenn diese Quote noch steigt? Mir fällt ein Satz ein, den ein anderer Minister vor einigen Monaten gesagt hat: *Was sich nicht rechnet, muss weg.* Und auch der zweite Teil des Satzes, der allerdings ungesagt blieb: *Was sich nicht rechnet, ist vogelfrei.* Nun erkenne ich in dem Satz den Ruf nach »Verbesserung« wieder, der schon im 18. Jahrhundert den Landraub und später die Monokultur und Intensivierung der Landwirtschaft rechtfertigte. Nun spüre ich den weiterhin vorhandenen Einfluss einer reichen Minderheit, die das Land seit den Normannen in wechselnder Gestalt regiert und offenbar noch immer von Eigennutz, Selbsterhaltung und Machtinteressen geleitet ist. Die Bauern tun mir leid, weil sie am kürzeren Hebel sitzen. Die Verwaltungskosten steigen, sie sollen immer mehr produzieren, und auf der anderen Seite setzen die Verbraucher den Schraubstock an, weil sie immer billigere Nahrungsmittel verlangen, von denen sie dann 30 Prozent wegschmeißen. Es tut mir leid, dass sie aufgeben müssen, ignoriert, belogen und manipuliert werden, genauso wie wir alle. Auch alle anderen Arten, die unversehens da hineingeraten sind, tun mir leid: die Kühe, die zur Steigerung des Milchertrags seit fünfzig Jahren durch Insemination gezeugt werden und heute stark krankheitsanfällig sind; die Steinadler, die man zum Schutz industriell gezüchteter Jagdfasane tötet; die durch Pestizide vergifteten Bestäuber und die Dachse, die man aus rein politischen Gründen schon bald wieder abschießen wird. All das mag auf bestimmte Regionen oder auch zahlenmäßig begrenzt sein, aber es fügt sich in ein größeres Bild. Das Artensterben, die Zerstörung von Lebensräumen und die Klimaschäden nehmen weltweit ungebremst zu und haben allein in den letzten vierzig Jahren fast der Hälfte aller Wirbellosen das Leben gekostet. Vielleicht bin ich wirklich empfindlich geworden: Wenn Empfindlichkeit heißt, dass man realisiert, wie es um unsere Welt wirklich steht, man sie auf einmal besser begreift und mehr Empathie für den unschätzbar wertvollen, wunderbaren

* Anm. d. Red.: Mittlerweile ist der Prozentsatz auf 75 angestiegen.

Planeten aufbringt, auf dem wir leben und den wir, wie uns Wissenschaft und Vernunft sagen, gerade bis zu einem Punkt überfordern, an dem es kein Zurück mehr gibt.

Und während ich so allein in die Dunkelheit schaue, kämpfe ich mit noch schwärzeren Gedanken. Da ist noch immer diese nagende, unbequeme Frage: *Wenn die Regierung sich weigert, auf die Wissenschaft oder die Vernunft zu hören, auf wen oder was hört sie dann?* Mit Owen Paterson als Umweltminister werden nicht nur Tausende Dachse sterben. Mit ihm vollzieht eine Regierung, die einst »die grünste Regierung aller Zeiten« sein wollte, eine grausame und zynische Kehrtwende. Paterson befürwortet entschieden das Fracking zur Förderung von Schiefergas, lehnt Subventionen für erneuerbare Energien ab und, was am unverständlichsten ist, leugnet offen den Klimawandel. Im Namen eines »globalen Handels« verspricht er, bürokratische Umwelthürden für Großunternehmen abzubauen, fossile Brennstoffe zu fördern und den Ausbau der britischen Flughafenkapazitäten zu unterstützen. Und das, obwohl die Regierung genau weiß, dass alles dagegenspricht: Die Klimaforschung ist einhellig der Meinung, dass CO_2 ein gefährliches Treibhausgas ist. Die globale Erderwärmung, die seit 1950 stattfindet, ist, so warnt der Weltklimarat, in erster Linie die Folge von Treibhausgasen und Abholzungen, und ein weiterer Anstieg der Erdtemperatur um mehr als 2°C bedeutet für die Menschheit eine Katastrophe. Die führenden Wissenschaftler sind sich darin einig: Unser Konsum ist für die zunehmende Gletscherschmelze, den Anstieg der globalen Temperaturen und der Meeresspiegel verantwortlich. Die Beweise dafür sind allgegenwärtig, und dennoch weigert sich der Umweltminister, sich mit dem wissenschaftlichen Berater des Ministeriums für Energie und Klimawandel zu treffen. Es ist, als schaue man einem Autounfall in Zeitlupe zu. Und unweigerlich frage ich mich: *Warum? Stimmt mit dem Menschen etwas nicht? Ist unsere Spezies vielleicht im Grunde unmoralisch?* Wir leben in finsteren Zeiten, wenn die gewählten Politiker den wissenschaftlichen Konsens verhöhnen und kurzfristigen Zielen und den Interessen von Kohle-, Öl- und Erdgasindustrie opfern. Wir leben in finsteren Zeiten, wenn die ultrareichen Profiteure des endlosen Wirtschaftswachstums, obwohl sie die Folgen des CO_2-Ausstoßes genau kennen, Hunderte Millionen Dollar investieren, um politische Entscheidungen durch die Hintertür zu beeinflussen, und Thinktanks bezahlen, damit sie die Daten zum Klimawandel als Unsinn bezeichnen. Wir leben in finsteren Zeiten, wenn man erkennen muss, dass sein eigenes Kind in eine Welt hineingeboren wird, von der man nicht weiß, ob man ihr noch trauen kann.

Als sich das erste graue Licht in den Garten stiehlt, blinzele ich überrascht. Ich spähe nach draußen und sehe in der silbrigen Schwärze die vertrauten Silhouetten: den Holzstapel, das kleine Blumenbeet, die Gartentür, das Rankgerüst, um das sich eine wuchernde Kletterrose windet. In die Dunkelheit über den Dächern hat sich ein Haarriss geschlichen. Auf faszinierende Weise endet er in einem winzigen Punkt, wie eine Bronzestraße, die in eine andere Welt führt. Doch auf einmal durchbricht ein heiserer Schrei, von oben, die Stille. Dann noch einer, diesmal lauter. Rosie ruft mit einer Stimme, die ich bei ihr noch nie gehört habe. Ich stelle die Tasse ab, renne los, nehme zwei Treppenstufen auf einmal, und noch ehe ich bei ihr ankomme weiß ich, was der Schrei bedeutet.

Seit neun Tagen wartet die »Krankenhaustasche« in unserem Schlafzimmer, fertig gepackt und ebenso sauber und abgedeckt wie der Stubenwagen daneben. Sie beinhaltet verschiedene seltsame Reiseutensilien: Lappen, Strohhalme sowie einen iPod mit Entspannungsmusik und Affirmationen. Und obenauf: mein zerfleddertes Notizbuch. Mittlerweile ist es ein paar Stunden später, die Wehen sind jetzt häufiger, aber da wir nah am Krankenhaus wohnen, sitzen wir, zwei Telefonate später, noch immer zu Hause. Und warten. Es wird 10 Uhr, und ich kann nichts weiter tun als Brote zurechtmachen. *Die Mutter muss bei Kräften sein* sagt die Geburtsvorbereitungsbroschüre, die ich wie eine Partyeinladung seitlich in die Tasche gesteckt habe. Trotzdem kommt es mir reichlich absurd vor, Brote zu belegen, während Rosie sich alle sechs Minuten, wie uns die Uhr sagt, zusammenkrümmt, nach meinem Arm greift und die 60-sekündige Körperwelle seufzend und summend veratmet. Wenn die Welle aufbrandet, stütze ich sie und massiere ihren Rücken, dann renne ich zurück in die Küche, schäle die Eier und verquirle sie mit Mayonnaise. »Aber der

Geruch!«, sagt sie, lehnt sich zurück und atmet tief durch. »Werden wir damit nicht die Luft verpesten?« Auf einer Geburtsstation gibt es vermutlich schlimmere Gerüche, beruhige ich sie und schimpfe, weil sie immer nur an andere denkt, auch wenn ich das insgeheim bewundernswert finde. Und sowieso haben wir kein Brot mehr. Wir müssen lachen. Wir Anfänger: Wie schrecklich aufgeregt und ängstlich wir sind. Nach der nächsten Wehe hechte ich in den Supermarkt um die Ecke. Draußen ist alles wie sonst, Autos und Ampeln, ein klarer, kalter Oktobermorgen, aber ich lebe offenbar auf einer anderen Wellenlänge, mit einem anderen Rhythmus. Taub für die Welt da draußen, fühle ich mich wie von einem Strahl aus dem Universum durchflutet, von einer warmen, kribbelnden Energie, die mich unweigerlich zu einem Ort bringt, wo nichts mehr ist wie zuvor. Erst als ich an der Kasse stehe und das Brot aufs Band lege merke ich, dass ich kein Geld dabeihabe. »Meine Frau bekommt gleich ein Baby«, murmele ich, »Entschuldigung.« Ich bin schon halb durch die Tür, als die Kassiererin hinter mir herruft. Eine junge Frau. Sie mustert mich einen Moment, steckt sich eine Strähne ihres roten Haars hinters Ohr und schaut dann prüfend den Gang hinab. Ein lila T-Shirt wölbt sich über ihren kleinen Bauch. Fünfter oder sechster Monat, schätze ich. »Hier«, sagt sie und reicht mir das Brot. »Bezahlen Sie einfach ein andermal.«

Ich freue mich über die freundliche Geste, die ihr zudem Ärger einbringen könnte. Ich sehe das Namensschild an ihrer Fleecejacke und lächle: »Vielen Dank, Lauren.«

Eine Stunde später steht die Tasche an der Haustür, mit unseren Jacken obenauf, und ich gehe ungeduldig im Flur auf und ab. Ich will endlich etwas tun. Rosie telefoniert noch einmal mit dem Krankenhaus. Die Wehen sind heftiger geworden, und die Hebamme fragt, wann genau sie das Kind zum letzten Mal gespürt hat. Als Rosie sagt, irgendwann in der Nacht, höre ich, wie sich am anderen Ende die Tonlage verändert: »Ah ja, okay. Dann kommen Sie bitte. Wir müssen den Herzschlag überprüfen.«

An manches kann ich mich noch von Rosies Ultraschallterminen erinnern: wie überraschend groß das Krankenhaus ist, an die korallenfarbenen Wände und blau gestrichenen Geländer, an den Sommerflieder an der Treppe, der nun Samen trägt, an die stickige Wärme in den Gängen und den Geruch nach Desinfektionsmitteln. Doch das Foto mit der Queen und Prinz Philipp, die von der Wand gütig auf uns herabblicken, sehe ich zum ersten Mal. Ebenso den detaillierten Plan mit den endlosen Krankenhausgängen gegenüber, die der Prinz leicht verwirrt zu betrachten scheint. Der Plan sieht für mich so rätselhaft aus wie Zeichnungen in einem Fahrzeughandbuch. Ich sehe nur willkürliche Wörter: Radiologie, Kardiologie, Kapelle, Restaurant, Röntgen. »Hier«, sagt Rosie, hakt sich unter, und schon quietschen wir den Gang hinab. Bei jeder Wehe halten wir inne, und wie man es uns gezeigt hat, verschränken wir die Hände und Arme wie Tänzer, die auf ihren Einsatz warten.

In der Geburtsabteilung ist der Waldkauz zusammen mit den anderen Tieren von der Wand verschwunden. Stattdessen Glitzerwerbung für einen Baby-Fotografen und daneben ein gemaltes Plakat, auf dem eine Hand die Weltkugel hält. *Heilt den Planeten* steht in Regenbogenfarben darüber geschrieben. In einem Nebenraum sitzt Rosie auf einem Bett, während der Wehenschreiber Berggipfel auf eine Papierrolle malt und bestätigt, dass unser Baby quicklebendig ist. Eine halbe Stunde später strahlt uns eine mit der Gebirgslandschaft offensichtlich hochzufriedene Hebamme an: »Alles bestens. Ehrlich gesagt, gehen Sie am besten wieder nach Hause.« Sie schaut auf die halbe Uhr, die an ihrer Kitteltasche klemmt. »Bis das Baby kommt, kann es noch Stunden dauern.« Doch wir wollen nicht nach Hause und werden eine Treppe höher in einen leerstehenden Beobachtungsraum geschickt. Ein in jeder Hinsicht schicker Raum. Mit sauberen Betten, über denen jeweils ein kostenpflichtiger Bildschirm hängt. Die Bildschirmschoner mit News-Ticker und Werbung blinken synchron. Als die nächste Wehe vorbei ist, entscheiden wir uns für das Bett am Fenster. Die rotbraunen Blätter einer Rosskastanie berühren fast die Scheibe. Weiter hinten verläuft ein Zaun, und noch dahinter bewegen sich ein paar Hundebesitzer und Jogger über eine große, von Bäumen umrahmte grüne Schneise. Ein fantastischer Ausblick. Man kann sehr weit sehen und weit zurückblicken.

Vom Geburtsflügel aus blickt man auf ein 80 Hektar großes, hufeisenförmiges Gelände namens Stray, das 1778, zu Zeiten der Flurbereinigung, in einer vielgerühmten Geste als Allmende entstand. Allerdings handelte es sich nicht um eine Allmende wie vor der Flurbereinigung. Sie ernährte keine Landlosen oder enteigneten Landbesitzer. Weiderecht auf dem Stray besaßen allein die Zinslehnbesitzer, die den Grund nachweislich zuvor gepachtet hatten, und von den fünfzig vergebenen Weiderechten erhielten allein zwölf die Erben von Ritter Sir Thomas Ingilby. Mit dem Gelände sollte vor allem die neue, aufstrebende Grundbesitzerschicht beschwichtigt werden, die befürchtete, dass eine Privatisierung der Heilquellen den Ruf des aufblühenden Kurorts beschädigen würde. Auf ihre Gesuche hin erhielten sie vom König in seiner Eigenschaft als Herzog von Lancaster das Gelände mit der Zusicherung, dass es für alle Zeiten Gemeindeland bleibe und allen einen freien, ungehinderten Zugang zu den Heilquellen erlaube, *und zwar ohne dass dafür Zahlungen zu leisten wären oder es dadurch zu Klagen wegen Besitzstörung oder zu anderen Klagen, Belästigungen oder Störungen kommen kann.* Damit war die Zukunft der Dörfer High und Low Harrogate juristisch in Stein gemeißelt, ebenso wie die der einstigen Gemeinde, zu der sie gehörten: Bilton-with-Harrogate. Mit dem Gesetz wurden die Grundlagen für einen gedeihenden Kurort geschaffen, der mit seinen breiten Straßen und baumbestandenen Parks, seinen Hotels und Salons zahllose Besucher anzog. Und natürlich mit seinen ungewöhnlich zahlreichen Quellen inmitten dieses hügeligen öffentlichen grünen Bogens. Das waren noch andere Zeiten. Erst in den 1930er-Jahren wurde das endgültige Ende der Kurorte eingeläutet, und heute muss das Stray-Gelände sein historisches Erbe verteidigen. Harrogate ist mittlerweile ein begehrter Touristen-, Wohn- und Konferenzort und braucht weniger Quellen als Platz. Schaut man aus größerer Distanz auf das Gelände, sieht man, wie es von allen Seiten bedrängt wird. Von Straßen eingeklemmt und durchzogen, liegen die 80 Hektar heute zwischen der imposanten Architektur der Altstadt auf der einen und den dicht stehenden Häusern, Kirchen und Schulen der südlichen Vororte auf der anderen Seite.

Ich öffne das Fenster so weit es geht; ungefähr sieben Zentimeter. Da wir hier ja niemanden stören, essen wir in Ruhe unsere Ei-Mayonnaise-Brote. Dann laufen wir Arm in Arm im Kreis. Nach jeder Runde setzen wir uns und blicken auf Rasen und Bäume. Rosie schaltet brav ihren iPod ein und schließt die Augen. Aus den Kopfhörern höre ich leise *HypnoBirthing-Affirmationen*. Eine Amerikanerin säuselt mit seidenweicher Stimme: *Die Farbe Lila versetzt das Gehirn in Schwingungen. In der Natur befindet sich alles in Harmonie mit der Farbe Lila. Entspanne dich jetzt. Tiefer. Du bist ein Teil der Natur. In Harmonie mit der Natur. Entspanne dich. Noch tiefer. Stell dir vor, wie dich ein sanfter, grüner Nebel umhüllt. So wie die Erde Leben hervorbringt, bringt es auch dein Körper ...*

Ich sitze neben Rosie auf dem Bett, schaue nach draußen und kann in der Ferne gerade noch ein kleines, sechseckiges Steingebäude ausmachen. Es liegt über den berühmten Eisen- oder Stahlquellen und wurde im 19. Jahrhundert als elegante Trinkhalle errichtet. Nun steht es verriegelt da wie ein verlassener Leuchtturm in einem gräsernen Meer, nur noch eine seltsam verschnörkelte Ablenkung für die vorbeihastenden Autofahrer. Ein törichtes Türmchen. Sonst nichts. Der freie Zugang zum Wasser, das Geschenk eines toten Königs, gilt heute nicht mehr viel. Mittlerweile sind Harrogates Quellen alle hinter Schloss und Riegel – wobei ich mir nicht sicher bin, was das bedeutet, müssen sie geschützt werden? Doch wenn ich nach einem schweren Regenguss dort entlanglaufe, kann ich manchmal sehen, wie hie und da wieder die alten Eisen- und Schwefelquellen durch das sumpfige Gras kommen und in Senken und matschigen Ecken des Strays Pfützen bilden. Wie vor Jahrtausenden, als sich die Steine und Ziegel der Menschheitsgeschichte noch nicht hier ausgebreitet hatten, sammeln sich die Vögel an den mineralischen Lagunen. Wenn ich sie inmitten der Blechlawinen dort sitzen sehe, bin ich immer ein klein wenig beruhigt.

Um 15:30 Uhr, als wir gerade wieder eine Runde drehen, platzt Rosies Fruchtblase. Diesmal kommt eine andere Hebamme – Jean, klein, freundliches Gesicht, Brille und blondiertes graues Haar –, bringt Papierhandtücher, schaut auf die Uhr und notiert etwas. Ich bin überrascht, dass es schon so spät ist. Zeit ist zu einem dehnbaren Begriff geworden, neben dem präzisen Uhrwerk der Wehen, die nun alle vier Minuten kommen und vierzig intensive Sekunden andauern. »Der Muttermund ist drei Zentimeter geöffnet«, sagt Jean, während sie den Latexhandschuh abstreift. »Zeit für das Geburtszimmer würde ich sagen.« Sie lächelt mich an: »Ein kostenloses Upgrade sozusagen.«

Jean holt einen Rollstuhl, während ich hektisch unseren Kram packe. Mein Magen ballt sich zusammen, als müsste ich gleich auf die Bühne. Doch dieses Kribbeln vergeht nicht. Rosie wird über den Gang geschoben, vorbei an ungenutzten Geräten und eckigen Inkubationskammern, die sie vermutlich aber gar nicht sieht. Nach jeder Wehe hat sich ihr Blick noch mehr verengt, als erblicke sie in ihrem Innern etwas, das ich weder sehen noch hören kann. Wir lassen mehrere Schubladenkästen und einen hellen Empfangstisch hinter uns und betreten schließlich einen Raum mit einem einzigen hohen, verstellbaren Bett in der Mitte und einem separaten Bad. Mit routinierten Handgriffen öffnen Jean und eine andere Krankenschwester Schubladen, bereiten Dinge vor, befragen dabei Rosie und legen ihr schließlich ein Blutdruckmessgerät an. *Möchten Sie etwas trinken? Oder vielleicht ein Bad nehmen?* Rosie, freundlich wie immer, antwortet *Nein, danke* und *Ja, bitte.* Doch dann kommt schon die nächste Wehe, sie krümmt sich auf dem Bett, nimmt meine Hände und atmet tief und summend in das Laken.

Ich hatte von so etwas noch nie gehört, aber um während der Geburt bestimmte Entscheidungen treffen zu können, arbeiten Hebammen mit einem sogenannten Partogramm. Mit seiner Hilfe kann man Daten wie Wehenverlauf, Muttermundöffnung, Herzschlag des Babys oder vitale Lebenszeichen der Mutter sehen und messen, Abweichungen erkennen und so schnell reagieren. Jean erläutert, dass sie nun mit dem Partogramm beginnt, und legt Rosie Kabel an. Dann gibt sie ihr einen kleinen Pappbecher mit Tabletten und schreibt: *Paracetamol (1g) und Kodeinphosphat (60 mg) – für vermindertes Schmerzempfinden.*

Ich weiß nicht, ob das Raumlicht gedimmt oder ob es draußen dunkler wurde, jedenfalls leuchtet der Monitor mit dem Herzschlag des Babys auf einmal grellorange, und ich muss einfach dort hinschauen. Ich starre auf die Zahlen und denke daran, was sie bedeuten: Ein neues Leben schiebt sich aus dem Dunkel ans Licht, schleppt sich mit noch wassergefüllten Lungen durch die Brandung an Land. Nebenan wird Badewasser ein- und, kalt geworden, wieder abgelassen. Rosie möchte in die Wanne, aber eine Stunde später liegt sie immer noch auf dem Bett und krümmt sich mit den Gezeiten. Gemeinsam ringen wir mit Reißen und Schmerzen, verhaken die Finger, greifen, drücken, zerren, und dabei dämmert es mir, dass ich sie halte, aber sie wohl ebenso mich. Wir pressen die Köpfe gegeneinander, ich flüstere ermutigende Worte und weiß, dass sie nur Laute hört. Wenn die Wehe dann langsam nachlässt, redet Jean beruhigend auf sie ein, wie eine Trainerin im Ring – *ganz ruhig, du machst das toll* –, während Rosie tief einatmet. Schon kommt die nächste Welle, und Rosie schreit vergebens dagegen an, mit dem Abebben dann wieder Atmen und Erholen. Jeans Stimme wird lauter und schmeichelt dem Tier in ihr: »JA, UND JETZT PRESSEN. JETZT. SCHREIEN SIE RUHIG. ABER PRESSEN SIE. Sie machen das großartig.« Doch der Monitor zeigt mir etwas anderes: Mit jedem Pressen stürzen die Zahlen auf dem orangefarbenen Monitor ab. Auch Jean hat es gesehen und schreibt hastig etwas auf: *Dezeleration,* so nennen die Ärzte das. Mit jeder Wehe saust die Herzfrequenz des Babys nach unten und schaukelt sich dann wieder hoch. Ich kann das kaum mit ansehen, es ist, als müsste das neue Leben fast zu Ende gehen, ehe es wirklich beginnt. *Komm schon. Mach doch,* beschwöre ich es, *nun komm schon, kleines Wesen.* Dann mindestens eine weitere Stunde, in der Rosie, mit gesenktem Kopf, alle zwei Minuten von Wellen durchflutet wird, die eine Minute dauern. Aber es gibt keinen Fortschritt. Die Qual scheint sinnlos, und ich sehe, dass Rosie zunehmend erschöpfter ist. Ihr Gesicht ist rot und schweißnass. *Aber Baby muss jetzt kommen,* sagt Jean. *Baby muss kommen.* Doch um 18:00 Uhr bittet sie schließlich eine andere Hebamme, den diensthabenden Arzt zu holen.

Ein großer Mann in schicker Hose, blauem Hemd und weißem Kittel kommt hereingeweht und stellt sich lächelnd und mit nigerianischer Beschwingtheit vor. Er wirft einen Blick auf das Partogramm und berät sich leise mit Jean. Ich höre *Hinterhauptlage* und *Köpfchen.* Dann nickt der Arzt und fragt plötzlich so ruhig und bestimmt wie ein Schuldirektor: »Warum bringen wir das Baby nicht einfach jetzt auf die Welt, Rosemary? Sie können das. Das wissen Sie genau. Sie wissen, dass Sie das können. Sie müssen jetzt nur noch pressen, Rosemary. Wenn es kommt … JETZT.« Und plötzlich feuern wir sie bei der nächsten Wehe alle drei an: *Ja, ja! Genau.* Rosie drückt sich mit geschlossenen Augen gegen die Kissen, beißt sich auf die Lippen und stößt einen Laut aus ihrem tiefsten Inneren aus, einen tierischen Laut.

Mein Kopf an ihren gedrückt, mein Arm um ihre Schultern, schaukele ich sie hin und her und flüstere, was mir an beruhigenden Worten nur einfällt. Beschwörungsformeln, damit dieses Leben endlich herauskommt und Rosies Qual endet. Ich spüre die Anspannung von Rosies Nackenmuskeln, die unerbittliche Kraft und höre das Vibrieren und Keuchen einer verzweifelten Lunge. Dann noch ein Schrei, ein langes Heulen, schließlich kurzes, stoßweises Ausatmen und Stöhnen. Und dann Freude und Aufregung, als sich Jean und der Arzt vorbeugen und da plötzlich noch etwas anderes ist: ein glitschiges, bläuliches, blutverschmiertes Etwas, um das Jean sich ebenso routiniert wie zärtlich kümmert. Sie wischt es ab, säubert sein Gesicht und legt es, noch zitternd, Rosie auf die Brust. »Ein Junge. Ein kleiner Junge«, sagt Rosie und dann: »Thomas. *Thomas.*« Und dann schaue ich dem Leben ins Gesicht, das sich gerade in die Welt gekämpft hat. Aus dem Nichts oder aus der Ewigkeit? Wären die Dinge anders gelaufen, wäre Thomas vielleicht nie geboren worden, doch hier quiekt er in den Armen seiner Mutter, und ein mir bis dahin unbekannter Teil meines Gehirns zählt seine Atemzüge, die immer kräftiger werden. Und mit jedem Atemzug wird mir leichter. Mein Herz galoppiert. Überwältigt von Gefühlen. Ursprüngliche Gewässer quellen durch das Gras. Verschüttet geglaubte Instinkte. Die Schwangerschaftsbücher verwenden gern Wörter wie »Wunder« dafür. Doch auch das kann die Veränderung nicht beschreiben, die da plötzlich vor sich geht, die Klarheit und Sensibilität, als hätte man auf einmal einen völlig neuen Raum betreten, als wäre man gerade selbst geboren worden. Und der Mund fragt immer wieder *Ist alles okay mit ihm?*, weil man sich plötzlich so nutzlos fühlt und irgendwie taub ist und Angst hat, irgendetwas zu tun, außer diese blöde Frage zu stellen und zu schauen. Das sollten einem die Bücher einmal sagen: dass man vom Schauen gar nicht genug bekommt und diese Faszination gar nicht mehr aufhört. Man sieht alles vor sich und doch anders, mehr wie ein Adler: Man sieht jede Wimper, Pore, Hautstelle, jedes Zittern, Strecken der Gliedmaßen, jeden Finger- und Zehennagel, wie exakt die Lippen gezogen sind, wie sich diese zugeschweißten Augen öffnen und mürrisch ins Licht blinzeln. Doch man schaut nicht mit der Gier des Raubvogels, der nach jeder Schwäche sucht, sondern voller Bewunderung und Faszination.

Man denkt *Vorsicht, du musst vorsichtig sein*, als wäre das Baby aus dünnem Glas. Darüber sollten die Bücher einmal schreiben: über die Angst, die man neben der Euphorie empfindet, und dass einen der Arzt erst auf die Tränen aufmerksam machen muss, die einem übers Kinn laufen, weil man sie sonst nicht bemerkt. Und dass einem sogar die weiche Krankenhausdecke, die sie um das unschuldige kleine Etwas wickeln, wie ein Sakrileg an seiner Vollkommenheit erscheint.

Doch während ich noch wie betäubt schaue, schleicht sich ein anderes Tier in den Raum. Weil die Nachgeburt nicht kommt, kümmert sich Jean noch immer um Rosie. Ihr war die Nabelschnur entglitten (18:20 Uhr *Insertio velamentosa* schreibt das Partogramm), aber das scheint nichts wirklich Außergewöhnliches zu sein. Niemand scheint übermäßig beunruhigt. Rosie bekommt mehrere Spritzen, dann wird noch einmal der Arzt gerufen, er beschwört Rosie ein weiteres Mal und holt mit einem geschickten Handgriff die Plazenta. *Ja*, denke ich, *das muss sie sein.* »Nun hat alles seine Richtigkeit«, sagt Jean, als sie auf den Flur hinaushuscht. »Ich lasse Sie jetzt mal eine Weile allein.« Und dann sind da nur noch wir drei, eingehüllt in eine wunderbare Ruhe. Doch auf einmal redet Rosie nicht mehr mit Thomas. Dann macht sie gar nichts mehr. Sogar die sanften, tiefen mütterlichen Laute sind für sie zu anstrengend. »Ist alles okay?« Sie lächelt und blinzelt erschöpft zu dem Jungen. Ich gebe ihr einen Kuss auf die Stirn und sehe, wie blass sie ist. *Die Erschöpfung. Das Licht. Was sonst.* Über uns flackern grelle Röhren. Rosie schließt die Augen und rückt sich im Bett zurecht, als wolle sie schlafen. Das lange, braune Haar fällt über Gesicht und Arme. Torfstreifen in einem verschneiten Moor. *Ist sie nicht vielleicht doch ungewöhnlich blass?* Da höre ich, wie Wasser auf Stein platscht. Ich trete einen Schritt zurück und sehe Blut auf dem Linoleum.

Vermutlich habe ich laut geschrien, denn als noch mehr Blut heruntertropft und sich auf dem Boden verteilt, kommen Jean und eine andere Krankenschwester schon ins Zimmer gerannt. Beim Anblick der hellroten Lache rufen beide »Oh!«. Es sieht aus wie das Blut von Venen, Arterien und Wunden im Kino. Panik überfällt mich, ich streiche Rosie über den Kopf: »Was ist denn, mein Liebling? Was ist los?« Aber sie will oder kann nicht antworten. Ihr Arm erschlafft und rutscht von Thomas herunter, der nun verloren an ihrer Brust liegt.

Die Krankenschwester drückt den roten Alarmknopf, Jean reißt das Baby hoch und drückt es mir in den Arm. Dann stürzt der Arzt herein; ich habe das Gefühl, als fiele ich rückwärts oder als treibe das Bett mit allen Anwesenden wie ein loses Boot im Hafen immer weiter von mir fort. Und schon sehe und spüre ich das Biest, das sich, als ich einen Moment nicht aufgepasst habe, in die Ecke gehockt hat: die andere Seite der Natur, die wüste Antithese der Geburts-Affirmationen, den gemeinen Zwilling der grandiosen Schöpfung, und ich denke, du verdammtes, grausames Vieh. Du gibst und nimmst im selben Moment, öffnest die Herzen und Sinne und dann das. Der Arzt beugt sich über Rosie, fragt sie laut und deutlich: »Rosemary? Rosemary?« Und ich möchte ihn am liebsten anschreien, »so tun Sie doch endlich was«, aber sie versuchen es ja, wie ich jetzt sehe. Infusionsständer werden ans Kopfende des Bettes gerollt, Kochsalz und Blut tropfen hektisch in Rosies Handrücken. Sie bekommt noch mehr Spritzen. Ihr Blutdruck erscheint auf einem Bildschirm: 88/50. Jean breitet Papiertaschentücher auf dem Boden aus, damit niemand ausrutscht. Aber ich rutsche dennoch weg, in Richtung Fenster und ins Dunkle da draußen und kämpfe mit dem unglaublichen Gewicht dieses Babys, das mich aus tiefblauen Augen anstarrt. »Es ist alles gut«, flüstere ich mit den Lippen an seiner Stirn. »Alles wird gut.« Aber ich rede nicht mit Thomas. Ich versuche, mit dem Biest dort drüben auf dem Bett zu feilschen, das mich so gleichgültig anschaut. *Bitte. Das nicht. Nicht das.* Aber da gibt es nichts zu verhandeln, und wenn ich noch so sehr bitte und flehe. Es starrt nur zurück, als frage es sich, ob ich überhaupt wirklich weiß, was es bedeutet, ein Tier zu sein. Oh doch, ich spüre es genau, als ich Rosie dort bewusstlos liegen sehe und ihr Blut die Papiertaschentücher durchtränkt. Die Furcht. »Man muss lernen zu fürchten«, rät J. A. Baker in seinem düsteren, apokalyptischen Buch *Der Wanderfalke*: »Gemeinsam etwas zu fürchten ist das stärkste Band, das es gibt.« In diesem Moment spüre ich das so tief, wie ich es nie für möglich gehalten hätte. Furcht ist der Funke, der das Reh wegspringen, den Hasen erstarren und die Eule ihr Nest verteidigen lässt, der Funke, durch den sich der im Stacheldraht verfangene Fuchs in dem Versuch zu fliehen die Pfoten aufreißt. *Es reicht*, sage ich in Thomas' weiche Haut hinein. *Ich habe genug gesehen. Bitte hör auf.*

Langsam, schmerzlich langsam, zeigen die Infusionen Wirkung. Die Blutung lässt nach und hört schließlich auf. Eine Stunde später bewegt sich Rosie und kommt langsam zurück. Nach zwei weiteren Stunden hat ihr Gesicht wieder Farbe. Noch eine Stunde später sitzt sie im Bett, vor sich auf einem Tablett Toast und einen heißen Kakao. Als ich ihr Thomas wieder in die Arme lege, fragt sie mich, ob alles okay sei. Nun bin ich es, der blass und verkrampft ist und dem die Arme zittern, weil ich das Baby vier Stunden ununterbrochen gehalten habe. Rosie dagegen erinnert sich an nichts und wundert sich nur, wie schnell die Zeit vergangen ist. »Ich glaube, der Papa könnte jetzt eine Umarmung gebrauchen«, sagt Jean und nimmt mich in die Arme. Nach einem kurzen Moment des Zögerns gebe ich nach und lasse den Kopf an ihre Schulter sinken. Gehalten von menschlicher Wärme und mit dem Anblick von Rosie und Thomas vor Augen, die glücklich miteinander quaken, fällt die Furcht langsam von mir ab. Über Jeans Schulter hinweg sehe ich, wie das Biest sich aus dem Raum schleicht. Es gibt schließlich noch andere Abteilungen und Betten, noch andere Herzen, die man erfreuen und zu Tode erschrecken kann.

Als ich das Krankenhaus verlasse, ist es kurz nach zwei in der Nacht. Man hat Rosie und Thomas mit der Aussicht auf Kakao und Buttertoast in eine andere Abteilung gebracht. Aber ich durfte nicht mit. Ich durfte über Nacht nicht bleiben, nicht einmal in einem Sessel am Empfang. »Nun gehen Sie schon«, haben die Hebammen lachend gesagt, »wir passen ja auf. Schlafen Sie sich erstmal aus.« Aber wem wollen sie hier etwas vormachen? In meinem Kopf drehen sich zu viele Eindrücke, zu viele Einblicke und Einsichten. Ich weiß schon, wohin ich gehe. Ich bedanke mich bei den Schwestern und bitte sie, das auch an den Arzt weiterzugeben, der weiter hinten im Flur damit beschäftigt ist, Ruhe auszustrahlen.

Draußen ist es bitterkalt, die Straßen sind menschenleer. Mir begegnet kein einziges Auto, als ich durch die zähe Nacht fahre, unter dem nebligen Licht der Straßenlaternen über die Skipton Road und dann die Bilton Lane herunter. Ich parke am Übergang, nehme die

Jacke aus dem Kofferraum und gehe zu dem Zaun, neben den ich mich damals am Silvesterabend gekauert hatte. Als ich mir die Tränen wegwische, die von der Kälte herrühren, passen sich meine Augen an die Dunkelheit an. Die Stille ist undurchdringlich. Abgesehen von den Strommasten, die sich tiefschwarz vorm Himmel abzeichnen, ist das Gelände eine undefinierbare verschwommene Masse, ein kaffeeschwarzes bedrohliches Etwas, ebenso nah wie fern, das durch die orange gefärbten Straßen von Bilton und die wenigen erleuchteten Fenster, deren Licht noch über den Zäunen funkelt, noch düsterer wirkt. Es liegt beinah genauso vor mir wie vor Monaten, nur ist es mir nun nicht mehr fremd.

Als ich das erste Mal hierhergekommen war, suchte ich nach einem Ort, mit dem ich mich verbunden fühlen konnte. Nach einem Ort, der wie ich weder dahin noch dorthin gehörte. Nun habe ich diesen Ort fast ein Jahr lang erkundet, und er ist zu einem Teil meines Lebens geworden. Unsere Grenzen wurden verschwommen und verwischt. Das Gelände hat meine innere Landschaft verändert, auch dann noch, als es sich wandelte. Vielleicht kommen wir alle irgendwann einmal an diesen Punkt und verspüren das Bedürfnis nach einer inneren Bestandsaufnahme, weil die Elemente unseres Lebens sich wie tektonische Platten verschieben, weil wir umziehen oder Vater werden. Manchmal müssen wir uns wohl einfach von Illusionen verabschieden und herausfinden, wer wir sind, wie wir dazu wurden und wo uns unser künftiger Weg hinführt. Und nun begreife ich, wie die Außenwelt unsere Innenwelt beeinflussen kann. Die Gemeindegebiete und Siedlungsränder, die unsere Städte umgeben, schenken uns heute keine Nahrung und kein Brennholz mehr, aber wenn wir sie uns erschließen, können sie uns noch immer nähren, weil sie uns einen Einblick in die komplexen Verflechtungen von Mensch und Natur geben und uns zeigen, was wir sind und was nicht und dass beides untrennbar miteinander verbunden ist.

Was sich hinter dem Zaun verbirgt, weiß ich trotz der Dunkelheit. Mit jedem Atemzug hole ich das Gelände nah an mich heran, ziehe es tief in die Lunge hinein und beschwöre es herauf: die scharf gezeichneten Hügel in der Ferne, den Weg und die Bäume, das tiefhängende, graue Schweigen am Viadukt und Flusstal, die wuselnden Mäuse in der Wiese, die im Boden schlafenden Wickensamen, die Stare auf den Stromleitungen und den Dachs, der neben dem Hohlweg lautlos seine Spuren hinterlässt. Und schließlich fällt mir auf, wie wunderbar vielsagend es eigentlich ist, dass ich, obwohl ich so viel Zeit in dem Gelände verbracht habe, kleinste Einzelheiten festgehalten und die Geschichten und Bewohner zum Leben erweckt habe, doch erst mit der allermenschlichsten Erfahrung, der Geburt eines Kindes, wirklich verstanden habe, was es heißt, ein Tier zu sein. Und wie sehr ich mich dadurch umso mehr als Mensch fühle.

Es ist noch keine 24 Stunden her, da stand ich in der Küche, wartete auf die Morgendämmerung und rang mit der bedrückenden Trostlosigkeit unserer Welt. Manchmal fällt es einem schwer, sich damit abzufinden, was unsere Spezies alles angerichtet hat und zu was sie fähig ist, doch manchmal vergisst man auch zu leicht, dass es noch Hoffnung gibt. Das ist es, was mir bleibt. Ich schreibe in mein Notizbuch HOFFNUNG und kreise das Wort ein. Weil dem Menschen in seinem tiefsten Inneren nicht alles egal ist, gibt es trotz allem immer Hoffnung.

Die Menschen sind nicht schlecht. Sie entscheiden sich für einen Beruf, um die ganze Nacht über schlafende Mütter und ihre Neugeborenen zu wachen, oder reisen um die halbe Welt, weit weg von ihrer Familie, um sich um fremde Kranke und Sterbende zu kümmern. Wenn jemand auf der Rolltreppe oder dem Gehweg stürzt, wollen andere ihm instinktiv helfen und nicht etwa das Portemonnaie klauen. Obwohl ich das unzählige Male erlebt hatte, hatte ich bisher nie verstanden, was das eigentlich heißt. Offenbar sind auch Mitleid, Selbstlosigkeit, Fürsorge und Achtsamkeit natürliche menschliche Eigenschaften: jemanden trösten und beruhigen zu wollen und einen überwältigten Vater im Geburtszimmer zu umarmen. Allerdings müssen wir darum kämpfen, dass diese menschliche Seite lebendig bleibt, und vor allem darum, dass sie nicht für anderes wie Egoismus, Selbstherrlichkeit oder Konkurrenzdenken geopfert wird, Eigenschaften, die der Mensch ebenso besitzt.

Als ich vorhin zum Krankenhausausgang ging, bin ich noch einem Bekannten begegnet. Weiter hinten im Flur lehnte ein Mann um die dreißig an der Wand und starrte vor sich hin. In seinem Gesicht arbeitete es, als würde er gerade etwas mit sich ausfechten. Es war Danny, ein Vater aus dem Geburtsvorbereitungskurs. Nach einer langen, schweren Geburt hatte seine Frau gerade einen Jungen zur Welt gebracht. Wir unterhielten uns kurz, und weil er ein wenig zittrig, erschrocken und müde aussah, habe ich den Arm um seine Schulter gelegt. Da lächelte er und schluchzte plötzlich, wobei er sofort sagte: »Entschuldigung, Entschuldigung.« Es gibt Momente, da schwindet der Abstand zwischen den Menschen und wir spüren das menschliche Band, das uns verknüpft und zusammenhält. Und so wie die ersten Astronauten die Erde plötzlich aus einer neuen Perspektive betrachteten – und einen wichtigen, aber wackeligen kleinen hellblauen Punkt in einem kalten, großen Universum sahen –, spüre ich auf einmal die Rädchen, die sich unaufhaltsam unter der Oberfläche drehen. Die Verbundenheit, die entsteht, weil wir unsere Tage auf dieser Erde gemeinsam verleben, und wie schön und schrecklich diese Tage sind. Und dann denke ich, wir sind es uns schuldig, dass wir während unseres kurzen Aufenthalts auf dieser Erde das Beste daraus machen, und wenn es uns gelänge, das im Hinterkopf zu behalten, dann würden wir die Frage *In welche Welt sollen unsere Kinder und Enkelkinder hineingeboren werden?* vielleicht anders beantworten.

Dann holen mich die Erschöpfung und die überwältigenden Gefühle ein und ich gehe zum Auto zurück. Vor mir auf dem Hügel sehe ich die schlafende Stadt. Die blitzenden, blinkenden Lichter vor dem schwarzen Himmel erinnern mich an Bilder von entfernten, neu entstehenden Galaxien. Ich muss an Thomas in seinem Bettchen denken, an Rosie, die neben ihm liegt, und an die endlosen Möglichkeiten, die wir Menschen haben. Für einen Moment fühlt sich alles richtig an.

»Hast du es überhaupt schon gehört?«, fragt Rosie. Hinter uns liegt schon eine intensive, aufregende und freudige Woche mit Thomas zu Hause. Wir stehen zum zigsten Mal zu zweit am Wickeltisch: frische Windel, frischer Strampler, frische Decke, frisches Jäckchen, frisches Mützchen, einmal mussten wir sogar unsere Schlafzimmerwand abwischen.

»Was denn?«

»Heute Mittag in den Nachrichten. Die Dachsjagd ist abgeblasen.«

Es fühlt sich seltsam an, wie nach dem Gähnen oder Niesen: Auf einen kurzen Ausbruch folgt erstauntes Nachspüren.

Als Rosie später Thomas oben stillt, schalte ich das Küchenradio ein und höre mir die ganze Unterhausdebatte an. Es geht offenbar weniger um ein Ende der Jagd, als darum, die Vollstreckung auszusetzen. Owen Paterson hört sich so trotzig an wie immer, als er die »Verschiebung« auf den nächsten Sommer verkündet und darauf pocht, dass an der Haltung der Regierung nicht zu rütteln sei.** Aber etwas hat sich verändert, ich merke es genau. Und er vermutlich auch. Der gesunde Menschenverstand, das öffentliche Bewusstsein und die Argumente der Wissenschaftler haben zumindest momentan die Oberhand gewonnen. Wer hätte das gedacht? Dass man durch kritische Überprüfung, Neubewertung, Widerständigkeit, entschlossenes Handeln und durch ein landesweit demonstriertes Mitgefühl gegenüber dem Dachs wirklich eine Veränderung bewirken kann? Manchmal können uns auch kleine Siege das Vertrauen zurückgeben. Sie sind ein Silberstreif am Horizont, auch wenn es gerade Abend und dunkel wird.

Ich träume wieder von dem Gelände, ich befinde mich inmitten von Kiefern an dem kalten, struppigen Uferhang. Ich gehe den Fluss entlang Richtung Viadukt und folge irgendetwas. Was genau, weiß ich nicht. Ich habe nur gemerkt, dass sich die Stille verändert hat. Die Bäume sind grau und schwarz. Der Fluss schiebt sich vorbei. Und ich gehe immer weiter. Schritt für Schritt. Und da ist es wieder, vor mir: ein leises Knistern oder Rascheln, als ob jemand vorsichtig über Laub geht oder sich ein Bein unter der Decke bewegt. Ich werfe den Kopf im Schlaf hin und her und gehe noch schneller, um die Bäume am Ufer zu erreichen, die wie träge Finger über den Nidd zeigen. Dann höre ich es wieder, diesmal ist es mehr ein Schnüffeln wie von einem Fuchsjungen, und plötzlich blicke ich nicht mehr durch die Bäume, sondern in einen dunklen Fuchs- oder Dachsbau. Und wer immer sich darin befindet schreit. Ich halte inne, und mein Gehirn reagiert wie die Zündflamme am Boiler: Es reißt mich aus dem Schlaf. Ich trete die

** Anm. d. Red.: Die Keulung der Dachse wird mittlerweile wieder durchgeführt – bis heute und trotz sich jährlich wiederholender Proteste.

Bettdecke weg, spüre den Teppichboden unter den Füßen, drehe und winde mich hoch und stehe schon neben dem Stubenwagen. Ich reibe mir die Augen, doch da gibt es nichts für mich zu tun. Thomas hat sich schon wieder beruhigt. Nicht der leiseste Schrei. Vielleicht war es doch nur der Wind. Thomas liegt glücklich und zufrieden da, gut zugedeckt und die eine Hand elegant auf dem Wagenrand. Ich lächle, lege einen Finger in seine Hand, und er greift zu. »Ich bin da«, flüstere ich. »Dein Daddy ist da.« Ein typischer Anfängerfehler. Sein Griff wird fester, und ich sitze in der Falle. Jedes Mal, wenn ich meinen Finger herauswinden will, fängt er an, sich zu bewegen und zu wimmern, als wolle er gleich schreien. Ich schaue zu Rosie hinüber. Sie schläft, einen Arm unter dem Kopfkissen, einen tiefen Schlaf der Erschöpfung. Da ich sie nicht wecken möchte, gebe ich auf, bleibe im Dunkeln neben Thomas stehen, sehe ihm beim Schlafen zu und wundere mich über die unsagbare Kraft, die mich da festhält. Ich brauche einen Moment, um zu kapieren. Aber klar, das ist die Liebe. Mein Kopf, mein Herz und das ganze chaotische Haus sind davon erfüllt.

EPILOG

DAS NOTIZBUCH

Über einen Monat lag das Notizbuch unangerührt auf einer niedrigen Ablage neben unserer Haustür. Unzählige Male bin ich daran vorbeigegangen, doch jetzt finde ich es überraschend ganz woanders, in den riesigen Taschen meines Wintermantels. Eigentlich habe ich nach einem Handschuh gekramt, und da berühre ich den vertrauten festen Einband. Ich schiebe den Zeigefinger unter das Gummiband, das die Seiten geschlossen hält, und ziehe das Büchlein erstaunt heraus. *Hey. Wie bist du denn da hingekommen?* Beim Kampf mit Schuhen oder Kinderwagen in dem engen Flur muss ich irgendwann automatisch danach gegriffen haben. Aber wieso bin ich überhaupt überrascht? Alte Gewohnheiten wird man schließlich nur schwer wieder los. Manchmal kennen wir uns besser, als wir denken. Heute Morgen gehe ich zum ersten Mal mit Thomas in das Aller Land.

Es ist ein knirschend kalter Morgen. Ungerührt hat der Winter den Herbst vom Sockel gestoßen, und jetzt schlägt er ihn mit Frost und einem klaren, beißenden Licht in die Flucht. Die Sonne scheint trotzdem nur schwach, als ich den Kinderwagen über die Bilton Lane schiebe und immer wieder anhalte, um nach Thomas zu sehen. Vermutlich habe ich ihn ein wenig zu warm eingepackt. Mit dicker Jacke, bunter Wollmütze und Fäustlingen sitzt er unter zwei Decken, die ich unter seinem Schal festgestopft habe. Aber schließlich haben wir uns bisher noch nie so weit von zu Hause entfernt, und es ist so zugig, als stünde irgendwo eine große Schiebetür offen. Hinter den Dächern und Telegrafenleitungen sehe ich den Himmel, der in den Regenbogenfarben aufgeklappter Austernmuscheln über den harten, nackten Stoppelfeldern und den Wäldern und über den zwischen Bungalows und Doppelhaushälften unerreichbar fernen Hügeln schillert.

Die beiden Eichen am Übergang rechts und links des Weges sind fast völlig entblößt. Ihre Äste werden von der Sonne gelb bepinselt, und das Gras darunter stellt sich tot. Die Drosseln singen, Hunde bellen. Nun freue ich mich über den neuen Belag, der auf der alten Bahntrasse liegt. Gleichmäßig surrt der Kinderwagen über den Asphalt. Fahrräder pfeifen in beiden Richtungen an uns vorbei, und über die roten Hausdächer der Tennyson Avenue rieselt das Licht. An der Wiese schiebe ich den Kinderwagen am Strommast vorbei und querfeldein zum Waldrand. Dort setze ich mich auf eine umgestürzte Kiefer. Kaum einen Meter von mir entfernt lässt sich ein winziges Wintergoldhähnchen nieder und bearbeitet eine tote Distel. Sein gelber Irokesenstreifen leuchtet wie ein himmlischer Strahl. Thomas, dachte ich, wäre vom gleichmäßigen Schaukeln schläfrig geworden, doch als ich den Wagen umdrehe, schaut er staunend in die Bäume und den Himmel und nimmt alles auf. Der Glückliche. Hell und weit liegt ihm die Welt zu Füßen, und was er sieht, ist für ihn die ganze Welt.

Ich greife in die Manteltasche und ziehe das Notizbuch hervor. Es ist nur noch ein Wirrwarr, halb auseinandergefallen und außen so braun und wunderbar schmutzig wie die Erde. Ich ziehe das Gummiband ab, blättere vor und zurück, durch Geländekarten, hingekritzelte Fuchsspuren, meine Rechercheergebnisse zur Eisenbahn im 19. Jahrhundert, Zeichnungen vom Wehr; ich sehe den Sermon eines Landstreichers, den gefalteten Flyer vom Bilton-Hall-Seniorenstift, getrocknete Blüten und Blätter, zerdrückte Rehköttel, Stroh, Springkrautsamen, stoße auf wackelige Tabellen mit ein paar Uhrzeiten, zu denen ein Käuzchen gerufen hat oder ein Mauersegler über der Wiese aufgetaucht ist. Auf Skizzen von Hasen und dem Rundumgesichtsfeld der Hasenmütter, die auf ihre Jungen aufpassen. Und hier, ganz am

Rand, steckt der Flügel einer Eintagsfliege und da der übrige Tip eines Joints und ein zerquetschter Brennnesselzweig. Ich finde den groben Umriss einer Dachsspur. Und meine Gedanken, Gefühle und Eindrücke, die mit all dem zusammengebunden und -gefaltet sind. Momentaufnahmen. Von all dem Ungewöhnlichen im Gewöhnlichen. Von einem Leben, das sich in einer flüchtigen, sich rasant drehenden Welt verändert hat.

Aus verschiedenen Gründen hätte ich mir gewünscht, eine ordentlichere Geschichte zu erzählen, aber das Aller Land schreibt, wie unser Leben, eher verwickelte Geschichten. Zudem kommen die vielen Seiten, die wir schreiben, letzten Endes doch nicht an eine einzige Sekunde heran, die wir dort verbringen.

Wir sitzen noch immer ruhig da, der Junge und ich. Irgendwann ist das Wintergoldhähnchen verschwunden. Nach einer Weile klappe ich das Notizbuch zu und stecke es neben den Jungen in den Kinderwagen. Dann gehen wir nach Hause.

AUSGEWÄHLTE BIBLIOGRAFIE

Verlagsort ist, soweit nicht anders angegeben, London. Die Quellen werden nach ihrem Erscheinen im Text aufgelistet.

Motto: Patrick Kavanagh, »The Parish and the Universe«, *Collected Pruse*, 1964.

VORWORT: SILVESTERABEND

Marion Shoard, *This Land Is Our Land*, 1997.
Oliver Rackham, *The History of the Countryside*, 1986.
Jean Clottes, *Chauvet Cave: The Art of Earliest Times*, 2003.
David Lewis-Williams, *The Mind in the Cave*, 2002.
»Tier-werden«, zitiert nach Gilles Deleuze, »Der Körper, das Fleisch und der Geist – das Tier-werden«, in: ders., *Francis Bacon. Logik der Sensation*, München 1995, S. 19–20.
Simon Schama, *Landscape and Memory*, 1995.

ÜBERGÄNGE

Ely Hargove, *History of the Castle, Town and Forest of Knaresborough: with Harrogate, and Its Medicinal Waters*, 1798.
Bernard Jennings, *A History of Harrogate and Knaresborough*, 1970.
William Grainge, *History and Topography of Harrogate and the Forest of Knaresborough*, 1871.
Bill Williams, *Bilton Through the Ages,* Harrogate 1985.
Walter J. Kaye, *Records of Harrogate*, Leeds 1922.
Phyllis Hembry, *The English Spa, 1560–1815,* 1990.
Geoffrey Body, *PSL Field Guides – Railways of the Eastern Region. Volume 2*, Wellingborough 1988.
Walter Weaver Tomlinson, *The North Eastern Railway, its Rise and Development*, 1914.
Zur Entwicklung der Eisenbahn in Harrogate siehe: {lostrailwayswestyorkshire.co.uk/Leeds%20Harrogate.htm}, letzter Zugriff 04.08.2022.
Malcolm Neesam, *Harrogate Great Chronicle, 1332–1841,* Lancaster 2005.
Huw G. Lloyd, *The Red Fox*, 1980.
Martin Wallen, *Fox*, 2006.
Kenneth Varty, *Reynard the Fox*, 1967.

Laura Spinney, »The Lost World«, in: *Nature* 454 (2008), S. 151–153.
Derek Yalden, *The History of British Mammals*, 1999.
Richard Jefferies, *The Gamekeeper at Home* and *the Amateur Poacher*, 1960.
Hope P. Werness, *The Continuum Encyclopedia of Animal Symbolism in Art*, 2003.
Carl G. Jung, *Die Archetypen und das kollektive Unbewußte*, in: ders., *Gesammelte Werke 9*, Ostfildern 1995.
Carl G. Jung, *Psychologische Typen*, in: ders., *Gesammelte Werke 6,* Düsseldorf 1995.
Laurie Milner, *Leeds Pals. History of the 15th (Service) Battalion (1st Leeds) the Prince of Wales' Own (West Yorkshire Regiment), 1914–18*, 1993.
Chris Mead, *Robins*, 1989.

ULTRASCHALL

Bertel Brunn, mit Illustration von Arthur Singer, *Birds of Europe*, 1971.
John R. Mather, *Birds of the Harrogate District*, Harrogate 2001.
Chris Mead, *Owls*, 1994.
Leanne Thomas, mit Illustrationen von Chris Shields, *Guide to British Owls and Owl Pellets*, 2008.
Colin Harrison, *A Field Guide to Nests, Eggs, Nestlings of British and European Birds,* 1982.
Mark Cocker, Richard Mabey, *Birds Britannica,* 2005.
Mark Cocker, *Birds and People*, 2013.
Paul Sterry, *Collins Complete Guide to British Birds*, 2008.
Philip Stewart Robinson, *Birds of the Wave and Woodland*, 2013.
Krystyna Weinstein, *Eulen. Vögel der Nacht in Kunst und Kultur*, Freiburg i. B. 1988.
Virginia C. Holmgren, *Owls in Folklore and Natural History*, Santa Barbara CA 1989.
Gertrud Benker, *Eule und Mensch. Die Nachtgeister und ihre Symbolik*, München [2]1995.
Ovid, *Metamorphosen*, 2. Buch, Stuttgart [2]1964, Vers 593–595.
Die Naturgeschichte des Cajus Plinius Secundus, Leipzig 1888, 10. Buch, Kapt. 16. {archive.org/details/dienatugeschicht03plin}, letzter Zugriff 04.08.2022.
William Shakespeare, *Macbeth*, Stuttgart 1970, S. 22.
David W. Snow, Christopher M. Perrins (Hg.), *The Birds of the Western Palearctic*, Oxford 1998.
Robert Burton, *Bird Behaviour*, 1985.
Karel H. Voous, *Owls of the Northern Hemisphere*, 1988.
Claire Hölig, *Die weiße Wölfin und der Admiral*, Holzgerlingen 2013, o. S.

Marcel Proust, *Auf der Suche nach der verlorenen Zeit. Die Herzogin von Guermantes*. II. Band, Kapitel 3, München 1930, {https://www.projekt-gutenberg.org/proust/guerman2/titlepage.html}, letzter Zugriff 05.08.2022.

George Ewart Evans, David Thomson, *The Leaping Hare*, 1974, zitiert nach: »The Names of the Hare in English«, ein mittelalterliches Gedicht, das in vielen Versionen existiert. Diese Version ist eine Transkription von Ewart Evans und Thomson, in: *The Leaping Hare*, 1974.

John Layard, *The Lady of the Hare*, 1944.

Simon Carnell, *Hare*, 2010.

Christine Gregory, *Brown Hares in Derbyshire. The Story of One of the Peak District's Most Enigmatic Mammals*, 2012.

Heather McDougall, »The pagan roots of Easter«, in: *Guardian*, 03.04.2010, {www.theguardian.com/commentisfree/belief/2010/apr/03/easter-pagan-symbolism}, letzter Zugriff 07.02.2023.

Adrian Bott, »The modern myth of the Easter bunny«, in: *Guardian*, 23.04.2011, {www.theguardian.com/commentisfree/belief/2011/apr/23/easter-pagan-roots}, letzter Zugriff 07.02.2023.

»Held zahlreicher Flutmythen«: Die Erzählung vom rettenden Beitrag des Hasen auf der Arche Noah wird von Alan Dundes angeführt und erscheint in seinem Buch *The Flood Myth*, Oakland CA, 1988.

»einen Monat männlich und einen weiblich«: Das Beispiel stammt aus Howel (Welsh King), Aneurin Owen, *Ancient Laws and Institutes of Wales: Laws Supposed to Be Enacted by Howel the Good*, Gent 1831, eine erkenntnis- und aufschlussreiche Sammlung.

The Anglo-Saxon Chronicle, 1953.

Kevin Cahill, *Who Owns Britain*, Canongate 2001.

Simon Fairlie, »A Short History of Enclosure in Britain«, in: *The Land* 7 (2009), S. 16–31.

George Monbiot, »The Tragedy of Enclosure«, in: *Scientific American* (1994), S. 159.

Joan Thirsk, »The Common Fields«, in: *Past and Present* 29 (1964), S. 3–25.

Giselle Byrnes, *Boundary Markers*, Wellington 2002.

Charles Stewart Orwin, Christabel Susan Lowry Orwin, *The Open Fields*, Oxford 1938.

Thomas Morus, *Utopia*, 1994.

»Der ›Harrogate Improvement Act‹ ist ein Gesetz zur Verbesserung bestimmter Bereiche der Gemeinden von Bilton, mit Harrogate und Pannal, genannt High und Low Harrogate, mit dem Ziel, die Heilquellen zu schützen, sowie weiterer darin genannter Ziele (wörtliche Wiedergabe der Paralamentsabschrift); Die Vorbereitung erfolgte durch diejenigen, die das Gesetz einbrachten«, Pickersgill Palliser, Harrogate 1845.

James Manby Gully, *Water Cure in Chronic Disease*, 1884.
Gillian Thomas, »Lime and Coal in Bilton«, in: *St. John Bilton's Parish Magazine*, o. D.
Bernard Jennings, *A History of the Wells and Springs of Harrogate*, 1974.
Adam Hunter, *A Treatise on the Mineral Waters of Harrogate and its Vicinity*, 1830.
Neville Wood (Hg.), *Health Resorts of the British Islands*, 1912.
Andrew Scott Myrtle, James Aitken Myrtle, *The Harrogate Mineral Waters and Chronic Diseases, with Cases*, Harrogate 1867.
John B. L. McKendrick, »The Value of Sulphur Baths in Rheumatism«, Doktorarbeit an der Glasgow University 1934.
Robert Mortimer Glover, *On Mineral Waters. Their Physical and Medicinal Properties*, 1857.
Malcolm Neesam, *Harrogate Great Chronicle. 1332–1841*, Lancaster 2005.
William Grainge, *History and Topography of Harrogate and the Forest of Knaresborough*, 1871.
Bill Williams, *Bilton Through the Ages*, Harrogate 1985.
Walter J. Kaye, *Records of Harrogate*, Leeds 1922.
Richard Muir, *Shell Guide to Reading the Landscape*, 1981.
Heute wird mancherorts die Forderung laut, man solle die Landschaft ›renaturieren‹: Ich danke Tim Dee für die vielen Gespräche, die wir über die moderne Form der Flurbereinigung und die Herausforderungen des Naturschutzes und der Naturvermittlung geführt haben. Diese Themen haben auch Eingang in sein wunderbares Buch *Four Fields* von 2013 gefunden.

DNA

Richard Prior, *The Roe Deer. Conservation of a Native Species*, 1995.
Henry Tegner, *The Roe Deer. Their History, Habits and Pursuit*, 1981.
Emma Griffin, *Blood Sports. Hunting in Britain since 1066*, Yale 2008.
Ruth A. Johnston, *All Things Medieval. An Encyclopedia of the Medieval World. Volume 1*, 2011.
Richard Almond, *Medieval Hunting*, 2011.
John Cummins, *The Hound and the Hawk. Art of Medieval Hunting*, 1988.
Edward of Norwich, *The Master of Game*, William A. Baillie-Grohman, Florence Baillie-Grohman (Hg.), *The History Press* (Neuauflage), 2011.
Mike Brough, *History and Hikes of the Ancient Royal Hunting Forest of Knaresborough*, Harrogate 2013.
Bernard Jennings (Hg.), *A History of Nidderdale*, Pateley Bridge Tutorial Class, Huddersfield 1983.
»Early Yorkshire Charters«, Bd. I und IX, auf der Basis von Manuskripten des späten William Farrer u. a. (Hg.), *Yorkshire Archaeological Society Record Series*, 1952.

Arnold Kellett, *Historic Knaresborough*, Otley 1991.
Arnold Kellett, *The Knaresborough Story*, Pontefract 1990.
Nicky Milner u. a., *Star Carr. Life in Britain After the Ice Age*, 2013.
Grahame Clark, *Excavations at Star Carr*, Cambridge 1954.
Tom Clare, »Before the first woodland clearings«, in: *British Archaeology* 8 (1995), S. 6.
Richard Chatterton, »Star Carr reanalysed«, in: Jenny Moore, Lynne Bevan (Hg.), *Peopling the Mesolithic in a northern environment*, Oxford 2003, S. 69–80.
Chantal J. Conneller, »Star Carr recontextualised«, in: Jenny Moore, Lynne Bevan (Hg.), *Peopling the Mesolithic in a Northern Environment*, Oxford 2003, S. 81–86.
Brian G. Dias, Kerry J. Ressler, »Parental olfactory experience influences behavior and neural structure in subsequent generations«, in: *Nature Neuroscience* 17 (2013), S. 1–10.
Nessa Carey, *The Epigenetics Revolution. How Modern Biology is Rewriting Our Understanding of Genetics, Disease and Inheritance*, 2012.
Benjamin Elliott, »Antlerworking practices in Mesolithic Britain«, Doktorarbeit, University of York 2012.

NUR EIN TAG

E. Percival, H. Whitehead, »Observations on the Biology of the Mayfly, *Ephemera Danica, Mull*«, in: *Leeds Philosophical Society* 1,3 (1926), S. 136–148.
Malcolm Greenhalgh, *The Mayfly and the Trout*, 2011.
Paul Giller und Bjorn Malmqvist, *The Biology of Streams and Rivers*, Oxford 1998.
Gary Lafontaine, *The Challenge of the Trout*, 1983.

ZEIT DER UMKEHR

Chris Kightley u. a., *The Pocket Guide to the Birds of Britain and North-West Europe*, 1998.
Richard Sidney Richmond Fitter, *Collins Pocket Guide to British Birds*, 1966.
Mark Cocker, Richard Mabey, *Birds Britannica*, 2005.
David Lack, *Swifts in a Tower*, 1956.
Derek Bromhall, *Devil Birds: the Life of The Swift*, 1980.
Andrew Lack, Roy Overall, *The Museum Swifts*, Oxford University Museum of Natural History, 2002.
Graham Appleton, »Swifts start to share their secrets«, *British Trust for Ornithology (BTO) News*, Mai–Juni 2012, {www.bto.org/sites/default/files/u49/BTO_299_16-17Swifts.pdf}, letzter Zugriff 07.02.2023.

Håkan Karlsson u. a., Compensation for wind drift by migrating swifts«, in: *Animal Behaviour* 80, issue 3 (2010), S. 399–404.

Johan Bäckman, Thomas Alerstam, »Harmonic oscillatory orientation relative to the wind in nocturnal roosting flights of the swift Apus apus«, in: *Journal of Experimental Biology* 205, issue 7 (2002), S. 905–910.

Elizabeth Day, »Revealed: how the swift keeps to its course at 10,000ft – even as it sleeps«, in: *Telegraph*,14.03.2004, {www.telegraph.co.uk/news/worldnews/europe/switzerland/1456837/Revealed-how-the-swift-keeps-to-its-course-at-10000ft-even-as-it-sleeps.html}, letzter Zugriff 07.02.2023.

Robert Furness, Jeremy D. D. Greenwood, *Birds as Monitors of Environmental Change*, 2013.

Bob Hume, »Learning About Birds: Swift«, in: *Birds Magazine (RSPB)*, {www.stocklinch.org.uk/Swift.htm}, letzter Zugriff 29.07.2012.

Peter Berthold u. a., *Bird Migration. A General Survey*, Oxford 2001.

Susanne Åkesson u. a., »Migration routes and strategies in a highly aerial migrant, the common swift Apus apus, revealed by light-level geolocators«, in: *PLoS One* (2012), {www.ncbi.nlm.nih.gov/pubmed/22815968}, letzter Zugriff 05.08.2022.

Ted Hughes, »Swifts«, in: Simon Armitage, Tim Dee (Hg.), *The Poetry of Birds*, 2009.

»So schreibt der Naturkundler Richard Mabey, er habe es nur als Allegorie über die Vielfalt des Lebens auffassen können«: Ein Artikel von 2009, in der Sammlung *A Brush With Nature. 25 years of personal reflections on nature*, BBC Books, 2010.

Wolfgang Wiltschko u. a., »Bird navigation: what type of information does the magnetite-based receptor provide?«, in: *Proceedings of the Royal Society*, B 273 (1603), 2006, {www.ncbi.nlm.nih.gov/pmc/articles/PMC1664630/}, letzter Zugriff 05.08.2022.

Mark E. Deutschlander u. a., »The Case for Light-Dependent Magnetic Orientation in Animals«, in: *Journal of Experimental Biology* 202, issue 8 (1999), S. 891–908.

Mehr über Mauersegler, ihre Nahrung, Migration, Gewohnheiten und Lebensräume, siehe die fantastische Seite: {www.swift-conservation.org}, letzter Zugriff 06.02.2023.

METAMORPHOSEN

Ovid, *Metamorphosen*, Stuttgart ²1964, S. 23.

R. H. Deaton, *Small Rodents of the Harrogate District*, Harrogate and District Naturalists' Society, Harrogate 1988.

Michael Barnham, Graham T. Foggitt, *Butterflies in the Harrogate District*, Harrogate and District Naturalists' Society, Harrogate 1987.

Joseph Moucha, *A Familiar Colour Guide to Familiar Butterflies, Caterpillars and Chrysalides*, 1978.

Ferris Jabr, »How Does a Caterpillar Turn into a Butterfly?«, in: *Scientific American*, 10.08.2012, {www.scientificamerican.com/article/caterpillar-butterfly-metamorphosis-explainer/}, letzter Zugriff 07.02.2023.

Mark S. Warren, u. a., »Rapid responses of British butterflies to opposing forces of climate and habitat change«, in: *Nature* 414 (2001), S. 65–69.

»Bei beißendem Ostwind war die Temperatur auf -1° Celsius gesunken«: Newsletter Nr. 17 der Bilton Conservation Group, Winter 1985/86, »The Wildlife of the Nidd Gorge in Winter«, (Schriftführer Keith Wilkinson).

Newsletter der Bilton Conservation Group »Frühjahr 2007«.

Studie der Cobham Resource Consultants für das Council of the Borough of Harrogate, »Nidd Gorge and Bilton Fields. Proposals for the Management of the Countryside on the northern and eastern fringes of Harrogate«, März 1983.

Peter Barnes (Hg.), »Bilton with Harrogate – Forest, Farms and Families«, Bericht eines städtischen Archäologieprojekts der Bilton Historical Society, 2008.

Christopher Brickell, *The Royal Horticultural Society Encyclopedia of Gardening*, 1992.

Richard Mabey, *Flora Britannica*, 1996.

David D. Stuart, *Buddlejas (Royal Horticultural Society Plant Collector Guide)*, 2006.

Weitere Informationen über SUSTRANS siehe: {www.sustrans.org.uk}, letzter Zugriff 05.08.2022.

Weitere Informationen über Schmetterlinge als Indikatorart, mit Berichten, siehe: United Kingdom Butterfly Monitoring Scheme: {www.ukbms.org/indicators.aspx}, letzter Zugriff 05.08.2022.

LETZTE RUNDE

Bei der Recherche zu den »Leeds Pals« im Ersten Weltkrieg waren verschiedene lokale Quellen und Websites von unschätzbarem Wert. Doch nur wenige Berichte sind so vielsagend wie die Worte des Gefreiten A. V. Pearson, der nach dem Krieg über sein Bataillon sagte: »Der Name ›Serre‹ und das Datum 1. Juli werden immer in unserem Herzen sein, so wie die Gesichter unserer großartigen Pals. Die Pals-Truppe wurde in zwei Jahren aufgebaut und in zehn Minuten vernichtet.« Auf der Website des »Wartime Memories Project« im Archiv der British Library findet man Informationen über das Bataillon, und dort wird auch deutlich, wie grausam sich der Krieg bei dem ersten Einsatz der Truppe zeigte: »Das 15. Bataillon, West Yorkshire Regiment (1. Leeds Pals), wurde im September 1914 vom Bürgermeister und der Stadt Leeds zusammengestellt. Das Bataillon wurde zunächst vor Ort ausgebildet, im Mai 1915 der 93. Brigade, 31. Division, eingegliedert und nach South Camp, Ripon und später nach Hurdcott

Camp nahe Salisbury verlegt. Im Dezember desselben Jahres segelten die Soldaten zur Verteidigung des Suez-Kanals nach Alexandria in Ägypten. Im März 1916 verließ die komplette 31. Division Port Said an Bord der *HMT Briton* und erreichte nach fünf Tagen Marseille in Frankreich. Mit dem Zug fuhren die Soldaten weiter nach Pont Remy, wenige Kilometer südöstlich von Abbeville, und marschierten nach Bertrancourt. Dort kamen sie am 29. März 1916 an. Der erste Einsatz in Serre fand am ersten Tag der Somme-Schlacht statt, und das Bataillon erlitt gleich zu Beginn der Kämpfe heftige Verluste.« Weitere Informationen siehe: {www.wartimememoriesproject.com/greatwar/allied/westyorkshireregiment15.php} und {www.leeds-pals.com/}, letzter Zugriff 05.08.2022.
Einen Überblick über die Schlacht um Serre am 1. Juli 1916 findet sich auf: {www.ww1battlefields.co.uk/somme/serre.html}, letzter Zugriff 05.08.2022.
Die Verluste des Bataillons beliefen sich laut Aufzeichnungen in den ersten Kampfminuten auf 24 Offiziere und 504 weitere Soldaten, davon starben 15 Offiziere und 233 der weiteren Soldaten. Obwohl sich der Commander-in-Chief, Douglas Haig, über die Leistung des VIII. Corps am 1. Juli 1916 in seinem Tagebuch negativ äußerte – Gary Sheffield und John Bourne (Hg.), *Douglas Haig: War Diaries & Letters 1914–1918*, 2005–, werden die Anstrengungen der Soldaten, viele von ihnen ohne jegliche Kampferfahrung, von der offiziellen britischen Geschichtsschreibung gewürdigt. So heißt es in *Military Operations France and Belgium 1916, Sir Douglas Haig's Command to the 1st July. Battle of the Somme. Volume I*, Brigadier-General Sir James, von 1932: »Es gab kein Wanken und keine Fluchtversuche, die Männer fielen in den Reihen, die meisten schon auf den ersten hundert Metern im Niemandsland. Gegenüber dem konzentrierten Angriff der unbeschädigten feindlichen Infanterie und Artillerie konnten auch die überragende Tapferkeit, Disziplin und Entschlossenheit der North-Country-Division nichts ausrichten.«

Laurie Milner, *Leeds Pals: History of the 15th (Service) Battalion (1st Leeds) the Prince of Wales' Own (West Yorkshire Regiment), 1914–18*, 1993.

Major, Mrs. Holt, *Battlefield Guide to the Somme*, 2008.

Chris McCarthy, *The Somme: The Day-by-Day Account*, 2000.

Martin Middlebrook, *The First Day on the Somme*, 1984.

Martin, Mary Middlebrook, *The Middlebrook Guide to the Somme Battlefields. A Comprehensive Coverage from Crecy to the World Wars*, 2007.

Paul Reed, *Walking the Somme*, 1997.

Dylan Trigg, »The Memory of Place: a Phenomenology of the Uncanny«, {www.academia.edu/355785/The_Memory_of_Place_a_Phenomenology_of_the_Uncanny}, letzter Zugriff 05.08.2022.

Im Auftrag von W. Patrick, »Details und Pläne des Flurstücks Bilton Hall für die Auktion bei Renton & Renton, am Mittwoch, 4. Juni 1924«, 2012 in der Harrogate Library eingesehen.

»North Harrogate Residents Consultative Group«, Broschüre mit Vorschlägen zum Bau von Neubausiedlungen und einer Entlastungsstraße zur Skipton Road, die durch Knox, Bachelor Gardens, Bilton und Starbeck führen soll, 1985. Unter Fakt eins: »Die zehn Straßenkilometer sind als dreispurige Schnellstraße geplant. Das ist kein Gedankenspiel, sondern wird schon bald Wirklichkeit sein«, unter Fakt zwei: »Die geplante Straße befördert den Siedlungs- und Gewerbebau. Harrogate wird so stark wachsen, dass man die Stadt nicht wiedererkennen wird.« 2012 in der Harrogate Library eingesehen.

Tony Cheal, *Bilton Residents 1882–1899*, Aufstellung für die Bilton Historical Society, Mai 1996.

Jack Kerouac, *On the Road*, Berlin 2010.

EINSICHTEN

Michael Clark, *Badgers*, 1988.

Fiona Harvey, »Badger culling is ineffective, says architect of 10-year trial«, in: *Guardian*, 11.07.2011, {www.theguardian.com/environment/2011/jul/11/badger-culling-ineffective-krebs}, letzter Zugriff 07.02.2023.

Patrick Barkham, »Slaughtering badgers is not the answer to bovine TB«, in: *Guardian*, 15.12.2011, {www.theguardian.com/commentisfree/2011/dec/15/badger-cull-alternatives-bovine-tb}, letzter Zugriff 07.02.2023.

Damian Carrington, Jamie Doward, »Badger cull ›mindless‹, say scientists«, in: *Guardian*, 13.10.2012, {www.theguardian.com/environment/2012/oct/13/badger-cull-mindless}, letzter Zugriff 07.02.2023.

Patrick Barkham, »Do we have to shoot the badgers?«, in: *Guardian*, 06.08. 2011, {www.theguardian.com/environment/2011/aug/06/badger-cull-vs-vaccination-splits-countryside}, letzter Zugriff 07.02.2023.

Richard Black, »Badger cull ›may worsen problem‹«, in: *BBC News*, Science/Environment, 15.10.2010, {www.bbc.co.uk/news/science-environment-11303939}, 15.09.2010, letzter Zugriff 05.08.2022.

Angela Cassidy, »Vermin, Victims and Disease. UK Framings of Badgers in and Beyond the Bovine TB Controversy«, in: *Sociologia Ruralis* 52, issue 2 (2012), S. 192–214.

»Dreißig angesehene britische Tiermediziner und Seuchenspezialisten haben dem Minister zudem mit einem offenen Brief im *Observer* einen schweren Schlag versetzt«: Professor Sir Patrick Bateson u. a., »Culling badgers could increase the problem of TB in cattle«, offener Brief, in: *Observer*, 14.10.2012, {www.theguardian.com/theobserver/2012/oct/14/letters-observer}, letzter Zugriff 05.08.2022.

»In for the cull: A government that asks for independent scientific advice had best be ready to take it«, in: *Nature* 450 (7166): 1–2, 1.11.2007.

Stephen P. Carter u. a., »BCG Vaccination Reduces Risk of Tuberculosis Infection in Vaccinated Badgers and Unvaccinated Badger Cubs«, in: *PLoS ONE* (2012), {www.ncbi.nlm.nih.gov/pmc/articles/PMC3521029}, letzter Zugriff 05.08.2022.

Die Studie »Bovine TB: The Scientific Evidence – A Science Base for a Sustainable Policy to Control TB in Cattle – An Epidemiological Investigation into Bovine Tuberculosis« wurde dem Minister für Umwelt, Ernährung und Landwirtschaft, David Miliband, im Juni 2007 von Professor John Bourne (Vorsitzender der Independent Scientific Group zur Rindertuberkulose) vorgelegt. Der vollständige Bericht einschließlich des Begleitschreibens von John Bourne steht auf der Website von Team Badger unter {www.teambadger.org/pdf/final_report.pdf}.

W. J. Stokoe (Zusammenstellung), Maurice Burton D. Sc. (Überarbeitung), *The Observer's Book of Wild Animals of the British Isles*, 1958.

Gareth Enticott, »The Spaces of Biosecurity. Prescribing and Negotiating Solutions to Bovine Tuberculosis«, in: *Environment and Planning A* 40, issue 7 (2008), S. 1568–1582.

»Ich weiß, dass nicht nur ich höchst verwundert bin«: Bei meiner Recherche zu der Wirksamkeit der Dachskeulungen konnte ich insbesondere auf die Ergebnisse und Recherchen des *Guardian* im Jahr 2011 und 2012 zurückgreifen. Ganz besonders möchte ich Patrick Barkham und Damian Carrington danken und zudem das Buch *Badgerlands* von Patrick Barkham empfehlen, das 2013 aus den Artikeln entstanden ist und einen umfassenden Abriss dieser Zeit bietet.

Margaret Blount, *Animal Land*, 1974.

Timothy Roper, *Badger*, 2010.

Über Owen Paterson und die 600 Fragen, die er in der Opposition zur Dachskeulung stellte – Hansard, Common Debates, Column 1062, 25.10.2012, {www.publications.parliament.uk/pa/cm201213/cmhansrd/cm121025/debtext/121025-0001.htm}, letzter Zugriff 05.08.2022.

Damian Carrington, »Owen Paterson: true blue countryman putting wind up green campaigners«, in: *Guardian*,11.10.2012, {www.theguardian.com/politics/2012/oct/11/owen-paterson-environment-guardian-profile}, letzter Zugriff 07.02.2023.

Damian Carrington, »Owen Paterson's climate change problem: cock-up or conspiracy?«, in: *Guardian*, 07.09.2012, {www.theguardian.com/environment/damian-carrington-blog/2012/sep/07/owen-paterson-climate-change-sceptic}, letzter Zugriff 07.02.2023.

Hannah Kuchler, »Coalition clashes on wind farm policy«, in: *Financial Times*, 31.10.2012, {www.ft.com/content/79cacb24-2342-11e2-a46b-00144feabdc0}, letzter Zugriff 07.02.2023.

Kiran Stacey, »Allies warn Cameron of move to right«, in: *Financial Times*, 05.09.2012.

Lenny Bernstein, Peter Bosch u. a. (Hg.), Intergovernmental Panel on Climate Change (IPCC), »Climate Change 2007. Synthesis Report«, in: *Intergovernmental Panel on Climate Change*, 12–17.11.2007, {www.ipcc.ch/site/assets/uploads/2018/02/ar4_syr.pdf}, letzter Zugriff 07.02.2023.

Lenny Bernstein, Peter Bosch u. a. (Hg.), »Climate Change 2007: The Physical Science Basis: Summary for Policymakers«, {www.ipcc.ch/site/assets/uploads/2018/02/ar4_syr_spm.pdf}, letzter Zugriff 07.02.2023.

Nähere Erläuterungen zur Klimaforschung und zur Widerlegung von Falschinformationen siehe {www.skepticalscience.com}, letzter Zugriff 05.08.2022.

Camille Parmesan, Gary Yohe, »A globally coherent fingerprint of climate change impacts across natural systems«, in: *Nature* 421 (2003), S. 37–42.

Cynthia Rosenzweig u. a., »Attributing physical and biological impacts to anthropogenic climate change«, in: *Nature* 453, 15. Mai 2008, S. 353–357.

George Monbiot, »Bonfire of Promises«, in: *Guardian*, 28.05.2012, und »Shale Fail« auf der *Guardian* Website, 31.08.2011, auch auf der Website {www.monbiot.com}, letzter Zugriff 07.02.2023.

Graham Readfearn u. a., »Michael Hintze revealed as funder of Lord Lawson's climate thinktank«, in: *Guardian*, 27.03.2012, {www.theguardian.com/environment/2012/mar/27/tory-donor-climate-sceptic-thinktank}, letzter Zugriff 05.08.2022.

Steve Connor, »How the ›Kochtopus‹ stifled green debate: behind the climate ›countermovement‹ are two billionaire brothers«, in: *Independent*, 24.01.2013, {www.independent.co.uk/climate-change/news/how-the-kochtopus-stifled-green-debate-8466316.html}, letzter Zugriff 07.02.2023.

Bob Ward, »When climate change denial is promoted in mainstream news«, in: *New Statesman*, 20.08.2014, {www.newstatesman.com/politics/2014/08/when-climate-change-denial-promoted-mainstream-news}, letzter Zugriff 07.02.2023.

»Global Warming's Denier Elite«, in: *Rolling Stone*, 12.09.2013, {www.rollingstone.com/politics/politics-news/global-warmings-denier-elite-177604/}, letzter Zugriff 07.02.2023.

»Climate Denial Machine Fuelled by Big Oil ...«, in: *ecowatch*, 29.07.2014, Quelle erloschen.

Weitere Informationen zur Kampagne gegen den Klimawandel siehe: {www.campaigncc.org}, letzter Zugriff 07.02.2023.

George Monbiot, *Hitze. Wie wir verhindern, dass sich die Erde weiter aufheizt und unbewohnbar wird,* München 2007.

John A. Baker, *Der Wanderfalke*, Berlin 2014, S. 24.

Die Übersetzerin dankt dem Deutschen Übersetzerfonds
für die Förderung ihrer Arbeit.

Erste Auflage Berlin 2023

Copyright der deutschen Ausgabe © 2023
MSB Matthes & Seitz Berlin Verlagsgesellschaft mbH
Großbeerenstraße 57A | 10965 Berlin
info@matthes-seitz-berlin.de
Copyright der Originalausgabe *Common Ground*
erschienen bei Hutchinson 2015
© Rob Cowen 2015

Alle Rechte vorbehalten.

Layout und Satz: Monika Grucza-Nápoles, Berlin
Druck und Bindung: Pustet, Regensburg

ISBN 978-3-7518-0926-9

www.matthes-seitz-berlin.de